生命之根

耿峻平 著

陕西新华出版传媒集团

太白文艺出版社

图书在版编目（CIP）数据

生命之根 / 耿峻平著. -- 西安：太白文艺出版社，
2019.11(2022.1重印)
ISBN 978-7-5513-1624-8

Ⅰ.①生… Ⅱ.①耿… Ⅲ.①散文集－中国－当代
Ⅳ.①I267

中国版本图书馆CIP数据核字(2019)第192596号

生命之根
SHENGMING ZHI GEN

作　　者	耿峻平
责任编辑	刘　涛　刘　雨
封面设计	王　洋
版式设计	前程设计
出版发行	陕西新华出版传媒集团 太白文艺出版社
经　　销	新华书店
印　　刷	三河市华东印刷有限公司
开　　本	787mm ×1092mm　1/16
字　　数	360千字
印　　张	25.125
版　　次	2019年11月第1版
印　　次	2022年1月第3次印刷
书　　号	ISBN 978-7-5513-1624-8
定　　价	68.00元

读那绿叶对根的情怀

杨焕亭

　　两年多前,峻平出版了自己的第一部散文集《生命之花》。永寿县文联为包括他在内的几位作家举行了一个作品研讨会,我在被邀请参与评论的嘉宾之列。他的作品接郁郁地气、散发着烟火气的特点给我留下了深刻的印象。这一次,他送来厚厚的四大本打印稿,书名冠以《生命之根》,我很震撼——为他的笔耕不辍,为他的勤奋多思,为他孜孜不倦的文学情结。如果说,《生命之花》从人的本体存在的意义上艺术地回答了"我是谁"的问题,那么,在我看来,作为姊妹篇的《生命之根》,则从人的诗意存在和历史存在的视角,贯注了一种对于"我从哪里来,又到哪里去"的哲学思考,这无论在思想上、审美上还是艺术上都站在了一个新的高度。

　　"我是谁?我曾经是谁?我将会成为谁?"这是德国作家霍佩毕生都在追寻的课题,也是一个具有泛人类价值的命题。但这种追寻在哲学家那里与文学家是完全不同的,《生命之根》以散文的笔调,从《寻找老辈人的仙踪》起步,作家的思绪徜徉在《那年月,爷爷在林场》间,盘桓在《菜园小记》中,沉醉于《祖母和她的那群鸡》,流连于《二爷家的窑院》,感受《邻居老妈》笑声中的温暖,而在《村心的老槐树》下陷入沉思。那些关于村名沿革的掌故钩沉，关于姓氏演变的连类畅想，无疑有着对于家族生命基因的慎终追远，但作家更倾情于在家族生生不息中人的生命存在和生存状态的价值审美。"文化是民族的根脉"。让一个家族经历风雨磨砺，走到今天的，是蜿蜒在沧桑岁月中的精神链，是在这个家族每一个成员血脉中永不枯竭的文化品格。因此，"很善良、很慈祥，但也是一个非常正直、非常认真的人"的爷爷，就成为这个家族兰馨松盛的缩影，成为传统文化的一个"符号"。作为林场的场员，他"很老实、很勤劳，能忍辱负重，能任劳任怨，场里安排啥活干啥活，啥活都干得有眉有眼"；作为一个家族的核心，他把土地看作"农民的命根子"。对土地"近乎本能的虔诚"，成为他攻坚克难，走过"贫瘠"年月的力量，也是他注入作家血管中的"根"。它给予作家的，不仅仅是"丰富了我们那时穷难不易的生活"，更有"除了死法是活法！活人还能让屎尿憋死不成"的精神滋养；是祖母与鸡群之间那种"不可言喻的深厚感情"，是纺车摇出的春花秋月，是机杼声弹奏的苦乐年华。所有这些，都使得作家笔下的人物"辛勤地劳作，诗意地栖居在大地上"。因此，从美学的层面说，作家所要追寻的"生命之根"，正是根植于古老的农耕文明，走过历史风尘，走进这个世纪的文化激流，是世世代代守望的精神家园。这种关于文化寻根的写作价值取向，是对文化多元背景下，构建中华民族精神家园的自觉回应。

正是这种守望，赋予作者的作品以浓郁的"乡愁"意味。作家给自己的文集的第二辑命名为"老村之殇"，一个"殇"字，表达了对渐行渐远的乡村传统文化的忧郁和惆怅。"乡愁是村头的一口老井/是年节炕头上的一杯老酒"，对于从大山深处走出的峻平有着刻骨铭心的生命体验。一方面，时代的激流不断刷新着乡村的面貌，使得在这方土地上的人的生活方式越来越多样化；另一方面，那些曾经留下生命体温的风物、承载着生命留痕的习俗、链接着生命密码的礼仪却日益淡出乡村人的生活。这些，一俟进入峻平的审美视野，就酿造出缠绵悱恻而又挥之不去的诗绪。作家在这一辑的题记中写道："一片绿树簇拥环合的地方，一股炊烟袅袅升起的地方，那就是我的村落——北村，我的家园，我儿时的乐土。"这一方乐土，成为作家魂牵梦绕的地方。从《北村纪事》到《老池记忆》，从《南沟苇塘》到《村心的老槐树》，从《别了，我的辘轳和井》到《我的梧桐老村落》，涌动在字里行间的是乡风和煦的温暖，乡情悠悠的温馨，乡思漫漫的温情，乡忆缓缓的温润。作者怀念《从前的那群羊》，难忘那几匹《红马白马和黑马》……当这一切，只能在记忆中"复活"的时候，作者油然发出"别了，我的老井坊！别了，我的辘轳和井"的感慨。与其说是一种告别，毋宁说是一种眷恋。近年来，守望家园成为作家们十分关注的题材。之所以守望，是因为现实中在流失，在远去。而守望，不是别的，是北村人世代相沿的"仁慈"和"善良"，"吃苦"和"勤劳"，"老实"和"本分"。这些散落在每一个"北村人"生活碎片中的文化品性，正是我们要继承的民族文化的基因，不管时代怎么变化，它永远具有穿越历史的"普世价值"。这样，我们才能赋予现代化的恢宏乐章以历史的凝重和思想的重量。

这种对乡村文明的守望，也决定着作者对于城市的审美视角。"旁观者清而当局者迷"，作者站在一个局外人的方位看城市，就透过"熙来攘往的人流，如织如潮""商场或商城就像蜂巢，人们成群结队，小蜜蜂似的，出出进进""商家店门口的霓虹灯闪烁着魅惑的眼睛，一些流行歌曲唱得火辣撩人"这些繁华表象，看到了"太阳早已消失得无影无踪，整个城市都在灰白色的帐子里了""仿佛被屏蔽在了一个无边无际的玻璃罩子里"，看到了"欲望"之城的浮躁和喧嚣，看到生命主体所营造的环境与生命存在的文化错位。作家毫不讳言这种文化生态上的隔膜，"我们确实不属于这个城市，这个城市也确实不属于我们""这不是我们的栖身之地"，这种文化认知上的落差，正是当今中国社会深层矛盾的反映，是普遍存在的一种"心理综合征"。当作家最终选择了"撤退"时，实际上向我们传递了一种源自文化寻根而酿成的呼唤：这就是我们在工业时代或者后工业时代，在我们不断推进城市化脚步的时候，我们怎样为生活在这方土地上的生命群体构建属于民族，也属于

时代的；属于地域，也属于世界的精神栖息地。正如叙利亚诗人阿多尼斯所说："我们必须在批判的同时反思自身。"

在读他的散文的同时，我还看到了他编辑的一部诗集，题曰《生命之火》，与他的《生命之根》珠联璧合，相映生辉。这些作品，或激情奔涌，或婉转柔丽，或讴歌故乡的明山秀水，或吟诵爱情的月轮物华。有些作品打着现代主义的印痕，具有浓郁的象征意味，在节奏上体现出"瀑布跌宕"的审美效应，充分表现出作家诗性的张扬和诗心的明澈，给人另外一种艺术享受。

愿峻平的作品早日问世。

2016 年 1 月 4 日于咸阳梅轩

（本文作者系原咸阳市作家协会主席，第五届陕西省作家协会理事，第二、三届陕西省文艺评论家协会理事，现为中国作家协会会员、咸阳师范学院兼职教授）

人是文之本　文是人之光

秦　力

壹　家风和做人

　　散文写作是一种艰苦的人生体验，需要最大限度地逼近人生，最深程度地体验人生。而在其中写出家族之忆、老村之殇、城市之痒……进而升华到大人类、大宇宙、大自然则不是任何写作者都能游刃有余的。《生命之根》作者耿峻平先生能逼近人生，体验人生，写出这么多篇美文华章，不仅仅和他的人生经历、学养水平有关，更和他"勤俭家风，山高水长"的耳濡目染有着直接的关联。

　　我的祖父名志平，儿女字修治、修齐。无不彰显着儒家修身、齐家、治国、平天下的家风序列。而耿峻平坚持"平"的同时，更多了一点马列主义的辩证法：既峻又平，平中有峻。我们正在全社会弘扬践行的社会主义核心价值观二十四字，无不体现着中华民族的传统美德。而美德的传承发扬，家庭起着关键作用。它强化着个体的修身，也筑实了治国、平天下的基础。因此，从耿峻平这本《生命之根》中，我们可以看出，他们耿氏家族无论多么困

难,始终如一非常重视对家庭的维护与建设,注重对子弟的修养教育。而家庭,正如耿峻平所言——

"小燕子飞进去的地方,大黄狗蹿出来的地方,花公鸡引吭高歌的地方,那就是我们的家。"

"家,像老槐树上的鹊巢。家,血浓于水,是我们嗷嗷待哺的地方,是充满人伦情爱的地方,更是晨起晚炊、吃喝拉撒过日子的地方。我的亲人们,曾经吃糠咽菜,曾经拆东墙补西墙,曾经把东山的太阳背到西山……"

"我的兄弟姐妹们像一簇簇火焰,像窑院里的一棵棵泡桐树苗,快快乐乐,茁壮成长。"

家不仅是一个人最初物质生活资源的供应者,更是其精神养分的提供地;不仅是一个人最初的知识和生活常识的学习场所,更是其四维八德、人生修养、礼仪规范、道德修为的冶炼炉、淬火厂。不信你看:

《寻找老辈人的仙踪》

《那年月,爷爷在林场》

《菜园小记》

《可怜的老黄牛》

《疲惫的日子里》

《腊月·正月》

《祖母和她的那群鸡》

……

这些篇章重点表现了家对子弟的影响。比如,爷爷、奶奶的言传身教。这样一点一滴传承下去,耿氏家庭便形成了不同于其他家庭的独特风气,这就是家风,就是耿氏家风。

家风一旦以人为本,炼字成文,文便会发出熠熠之光。

贰 环境和作文

　　墨翟曾经路过染丝坊,见到丝帛变色而发感慨:"染于苍则苍,染于黄则黄。"所谓孟母择邻而居,所谓此一时也,彼一时也,时位之移人也。由此可以看出,一个人所处的环境,对他眼界的开阔、学养的完善、性格的塑造都有很大影响。基于此,我们再读第二辑"老村之殇"和第三辑"城市之痒"中的篇章:

《遥望那片苍茫的槐树林》

《北村纪事》

《老池记忆》

《南沟苇塘》

《村心的老槐树》

《别了,我的辘轳和井》

《我的梧桐老村落》

《从前的那群羊》

《红马、白马和黑马》

《梦回阳坡崄》

《火热的乡村麦场》

《马车夫》

《远去的石匠》

《鸟儿与村庄》

······

《周末的流浪》

《走进渭滨公园》

《动物园游记》

《欢聚在咸阳》

《生命之露》

《"枪手"的滋味》

《一把花布伞》

《春天,就在我的生活里》

……

《生命之根》由家到村,由村到市,由小而大,由近而远,由本到末,环境由小到大,心灵由感性到理性、由主观到客观、由客观到主观,视野开阔,识博志远……这些巧妙优美的文字,只要读了,想了,消化了,便会为读者诸君的生活增添许多色彩和哲理。

作为推介人,我希望人们阅读《生命之根》之后,能够不由自主地去品味自己的生活,给自己的生活增添一点人生的小情趣,我也就心满意足了。

叁 平实和人生

读《生命之根》这部书稿,我眼前总浮现着一位从车村出发,徒步翻越永寿梁的少年学子形象。那清瘦睿智的脸庞,那倔强熟悉的背影,那磨满血泡的双脚……读他的散文如同品味他的人生一样,那样厚重,那样谦虚,那样深透。

一个爱好文学的师范生,一个陷入公门的好教师,一个"灭火的消防员",一个追求精神生活的独立者,写作是他心灵的栖息绿地。写作的过程,就是一个不断发现、不断丰富、不断完善的生命历程,峻平能跻身这一写作族而硕果累累,当然需要才情,更需要平实的生活和丰富的人生体验。

读《生命之根》,我们读不到那种刻意营造的撕心裂肺的景象,也听不见那种鲁迅式的呼天唤地的呐喊。《生命之根》时时处处让我们体验着平实淡然的常态人生,犹如婉约的小夜曲袅袅流淌在心田,催人入眠,又浩瀚磅礴

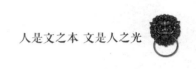

使人心旷神怡，浮想联翩。

《生命之根》清新的文笔、恬淡的风格、优美的语言，犹如唐宋时代的文人斗茶，围炉夜话，韵味悠长。浓情和小景，平实和人生，亲情和哲理一定会获得读者的回眸和青睐。

我特别欣赏收录在《生命之根》中吟咏鸟兽生灵的散文，无论燕子、麻雀，还是乌鸦、老牛，都是那么充满灵性，那么富有生命韵律。我相信，峻平赋予写作对象以灵性，以感知，让自己的情感一次次和生灵对话，和生灵一起驻足仰天，一定感动了峻平自己，感动了秦力，同时一定会感动阅读此书的你们。

肆 生命和根本

说实在的，社会很复杂，文人很单纯。耿峻平当然也不例外。他的生活简朴，心灵透明，思想纯粹，他的散文笔法也不故弄玄虚，不去刻意追求什么深刻、复杂，以及那些功利性的社会问题，不去琢磨现实生活当中那些深奥的、玄妙的、实惠的事情。他的《生命之根》里的诸多篇章犹如一位小姑娘，天真、清纯；更像一位邻家大嫂，处处透露出质朴和坦诚。

正是因为天真、清纯、质朴和坦诚，耿峻平的散文集命名《生命之根》，我觉得甚是贴切：一个"根"字表现出诸多意象，任你复杂的大脑思想它十遍百遍，也不会找出一个代替它的字来。散文本身就是闲暇之时，用闲散之笔娓娓道来的闲情逸致，一个"根"便涵盖了其本义和味道。况且作为一名公务员，业余时间的创作者，峻平笔下流溢着的朴实而率真的文墨，每每总让人嗅到一股淡雅有致的白色槐花的香气。全书共分三辑，九十四篇文章，一夜读来，许多精彩篇什，令我感慨颇多。从书中我读到了峻平艰难坎坷的成长经历，五味俱全的生活感悟，对于故土的由衷思念，对于人生的执着追求，对于亲人的无私深爱，以及对于社会和生活给予的一切美好所报以的感恩之心。这些文章还让我读到了耿峻平这个来自山村、走向城市、向往完美的人,读到了他槐山一样淳朴的思想,泾水一样淳朴的情怀。我以为,无论是公务员还是创作者,无论是作文还是做人,这一点是极其难能可贵的。

耿峻平用生活写作,不事技巧。丰富的生活积累,使他随手拈来,自成文章。他以亲身经历的鲜活生活,将文章渲染得格外真实生动,让人读后备感亲切可信。我们都能感受到那扑面而来的原汁原味的永寿生活气息。相比之下,一些名川秀水游览之后的即兴篇章,如《一次最壮美的穿越》《马栏之行》等篇就显得声色不够。尽管不乏奇句妙语,但就总体而言,立足点不高,缺少了对于风景之外的思想拷问和人文关怀。我想,究其原因还是生活。这些秀丽的景致,并不是耿峻平经常性的生活体验。

伍 结尾和自叹

最近经常听到人们感叹:社会发展,财富积聚,人心不古。然而,任何时代,在芸芸众生中总会出现引领时代风气的佼佼者,弘扬优良家风的弄潮儿。读读《生命之根》吧,它会为你提供一些有益的启迪和借鉴,助你成为佼佼者和弄潮儿,在没有雾霾的星空也会发出熠熠之光,照亮前进的道路。

合上《生命之根》,我想是永寿山水的高洁,让峻平升起了壮志,是峻平的妙笔,让永寿人有了新的面貌,红苹果一般,高悬在武陵寺的塔刹之上!

我近年来案牍劳神,散文写得很少,没有什么心得,对文友的作品始终抱着学习的动机阅读。在为《生命之根》写下皱皱巴巴、言不成理的杂乱文字时,也希望自己重拾散文之笔,歌唱自然,检讨人生……

2015 年 12 月 17 日于咸阳文联

目 录

家族之忆

老村之殇

后记

家族之忆

　　小燕子飞进去的地方，大黄狗蹿出来的地方，花公鸡引吭高歌的地方，那就是我们的家。

　　家，像老槐树上的鹊巢。家，血浓于水，是我们嗷嗷待哺的地方，是充满人伦情爱的地方，更是晨起晚炊、吃喝拉撒过日子的地方。我的亲人们，曾经吃糠咽菜，曾经拆东墙补西墙，曾经把东山的太阳背到西山……

　　我的兄弟姐妹们像一簇簇火焰，像窑院里的一棵棵泡桐树苗，快快乐乐，苗壮成长。

寻找老辈人的仙踪

—— 一份可怜的家族备忘录

　　一天,有位朋友修家谱,征求我的意见,请我给他修改初稿。当时,他的想法对我的触动很大。过后,我一直在想,修家谱是多好的事情啊!不但可以将祖先生存繁衍的脉络清晰地记录下来,可以使他们的嘉言懿行、传统美德代代传承下来,而且更重要的是,此乃凝聚后世人心、教育子孙万代很有效的方式。于是,我搜肠刮肚地思量,慢慢地,一些零零星星的关于家族的记忆,便像演老电影似的,一股脑儿涌到了我的眼前。它们反复出现,搞得我吃饭不香,睡觉不甜。想来想去,我终于下决心了,一定要写出来,权当一份家族的备忘录。

　　我的老家在永寿县槐山东麓伸出的一道棒槌梁上。镇名叫永太,村名曰车村。据老辈人代代口耳相传的说法,车村最早是车姓人的栖身之地、发源之地,现在的杨、景、耿、负四大姓皆是后来的。人们始终困惑、弄不明白的是,既然这样,为什么眼前一千五百多口人的村子,竟然连一户车姓人家都没有?他们的子孙后代呢?难道都成了绝户?或者他们的后裔迁徙到了别处?在哪里呢?或者隐姓埋名了?为什么啊?这些都缺乏文字记载,没有碑石可考,不可全信。倒是坊间长期流传着"耿景不分"的传说。记得我上初中时,同村的历史老师景文秀在课堂上曾讲到了其中的原委,说是耿姓为老户,族里一支人家犯了事,为避朝廷追杀,遂改名换姓,改为姓景了。

"耿景不分"的说法由此而来。这么推想,耿景本是一家人。倘若这个故事是真的,那么耿景一家的人口就占到了全村五分之三。

在槐山南麓的马坊镇,有一个距离车村二十多里路的村子,方圆的老年人都叫它景家村,但村里人基本上姓耿,后来改为现在的耿家村了。儿时,爷爷也曾说到耿家族谱的事情,说是永太车村的耿姓是老户,马坊镇的耿姓是族里在外包山庄的一支,属于勤苦守业做成做大的新发户。他很小很小的时候,亲眼看见过马坊镇的景家村耿姓人家,每年大年三十都来车村拜老影(族谱)呢。后来,那边发迹了,家大业大,人丁兴旺,这边人茶户小,他们就把老影偷走了。这边人发现后赶紧追了上去,那边的人就在路边一把火烧了老影。从那以后,那个地方就落下了一个"灰堆坡"的名字。如此看来,民间的这个掌故是有事实根据的,并非人为刻意杜撰。

车村的北沟边,有一个小小的自然村,叫北村,那是我的出生地。儿时,村里有耿、杨、徐三姓二十多户人。老年人说,耿家和徐家是老户,杨家是后来的。这是一个极其古老的村子。村子里有些窑洞离沟边很近很近,高高的洞顶被烟火熏得黑黢黢的,简直像抹上了厚厚的柏油,谁也说不清经过了多少年人间烟火了。在村心的位置上,离沟边两丈处,有一眼古老的水井,上面覆盖着一块比碾盘还大的石头,其中间凿出的井口,长年累月被井绳磨得溜光溜光,留下了很大的豁口;井壁上青苔幽幽,似乎在向人们诉说着沧桑的岁月。在古井的旁边,长着一棵古槐,底盘盘根错节,树冠遮天蔽日,树干粗壮,早已空心,三人手拉手方可合抱。它俨然一位饱经风风雨雨的老者,亲眼见证了村子的历史。如果走出村子,来到村东空阔的沟壑里伸出的一条龟盖似的趄梁上,就可以看见,梁的中间有一座我们耿家的古墓。据深谙堪舆之学的风水先生说,这座古墓后有靠山,前有应山,左右两边有碧水环绕,有长梁护佑,风水绝佳。听族里的老人们说,他们小时候曾亲眼看见过,祖上求财心切,请人重新翻埋,墓穴打开时,一股白气扑面而来,袅袅升起,草根结成了十几个绣球状的东西,披挂整齐,一棵粗粗的树根从棺材下

面穿过,把棺材高高地抬了起来,说是已经骑上了马,就快要大发了。有人说,祖坟的风水被破坏,脉气彻底跑了,正因为如此,家族才人死财散,迅速衰落了。

爷爷在世的时候,曾不止一次地给我们讲述过家族的逸事。据说,耿家的先祖老弟兄两个,人丁兴旺,后辈出过读书人,有戴过顶子的。光景特别好的时候,家里曾拥有百亩田产,开有染坊和烧坊,在村里盖有山神庙。常言道,创业易守成难,富不过三代。后来,一个个亲兄热弟都闹吵着分家了,一如呼啦啦大厦倾,家道开始衰落了。在众多的人口里,有少小病死的,有年纪轻轻被狼吃了的,有撂飞靶当土匪毙命的,有拉牛背包袱被填古井的,有离家出走下落不明的,有一辈子苦守家业的,有经常疯疯癫癫的,有忽而经神失常的,有杀人后上吊的,有因分家打官司的,故曾经出现了好些绝户。爷爷的父辈有亲弟兄五个,最后只剩下一个老大不小成不了家的幺叔。他是个很暴戾的败家子,整天东游西荡,吃喝玩乐,抽烟赌钱,不务正业,卖光了祖上留下的所有家业,两孔老窑洞也典当给了别人。爷爷四岁就成了孤儿,他爷爷把他拉扯到八岁就死了。爷爷没办法,就钻进丐帮混肚子,十岁被他幺叔送到财主家放羊做活去了。"树倒猢狲散",这话是真的。到了爷爷这一代,宗族中我们这一支里的人丁,就像一盏即将燃尽的煤油灯。我们这一支,有大爷、二爷、三爷、四爷、五爷、六爷、七爷,爷爷排行为六,被人们称作六爷。四爷、五爷是绝户,其他几位爷都养着独苗。这些独苗里,唯有大爷的儿子是亲生的,其他的或是从人家怀里抱养来的,或是七八岁、十几岁从难民堆里收养来的,远有甘肃的、河南的,近有兴平的、乾县的。凑合起来的也罢,反正不管怎么样,家族的香火还是由茶而旺,终于慢慢地延续了下来。

大爷、二爷、三爷和我们家的老窑洞位置最好,背风向阳,一个紧挨一个,都是老祖宗留下的。其中,我家那两孔老窑洞,早些年典了出去,爷爷后来从别人手里赎回来了。据说,过去祖上分家时,攒下的银钱不少。祖上故

去后,银钱全部不知去向。大爷恨天跺地,一气之下,掘地三尺,竟然把窑屋地面都挖成了深坑。最后到底找到没有,其他人一概不知。我常常想,就是找到了,大爷也不会告诉任何人的。否则,遇上"党阁老后人"(方言,意为败家子),说不定又要闹得血光淋漓,日月无光。当然,有骨气有志气的,也许看都不会看一眼。

一个寒风瑟瑟的日子里,九十岁的邻居老妈仙逝了。接到电话,我愕然一惊,立即安顿好了单位上的琐碎杂事,请了假,带着全家人回到了老家奔丧。哇!我的堂兄弟们、侄子侄孙们,在外工作的、创业的,都纷纷回来了。走进村口,远远地就看见他们披麻戴孝,一个个齐突突的,像火焰,像枪杆,像门前的一排排泡桐!

阔别十年了。十年足可以毁灭一个人,可以苍老一个人,更可以成长一个人。呜呼!我们这些后世儿孙好得很呢!先祖们,你们可以瞑目了,可以含笑九泉了!

爷爷是一头牛

　　离开老村已经十五年了,但我的灵魂却依然在老村里流浪,漂泊,栖息。一回回梦里回到老村,我就不由得诚惶诚恐,想起了年迈的爷爷,想起了他波澜壮阔、饱经沧桑的一生。

　　爷爷的一生,可谓多灾多难。要我说,他是这个世界上少有的可怜人。

　　在那兵荒马乱的年月里,爷爷四岁就成了一名可怜的孤儿。他不记得自己的亲爹,也不记得自己的亲娘。他只记得,是他的爷爷烧锅燎灶,把他拉扯到了八岁。随后,他的爷爷也撒手归天了。爷爷的父辈有兄弟五个,有狼吃了的,有病死了的,有撂飞靶当土匪毙命的,剩下个幺叔,还是个吃喝嫖赌抽五毒俱全的,家里的烧坊、染坊和田产,都被他当的当、卖的卖,踢了个底朝天。他没有心思照看养活爷爷,爷爷只能成为天不收地不管的孤儿。为了活下来,爷爷跟着一群丐帮的人起早贪黑东奔西跑讨饭混肚子去了。两年后,眼看着爷爷能干一些活了,他的幺叔就把他拽回来,送到了永太村卢姓财东家里去做活。

　　一个三夏大忙天,东家在前面割麦子,十岁的他在后边捆麦子。傍晚时分,忽然天空中乌云滚滚,电光闪闪,雷声隆隆,狂风大作,眼看着一场大雨顷刻间就要来了。东家回家收拾场里的麦子去了,剩下他一个人在地里急急慌慌捆着麦子。谁也想不到,一群狼蹿了上来,头狼咬住了他的脖子,他疼极了,索性紧紧抱住狼,被叼到了村外的乱坟岗里。狼并没有急着吃他,

而是像猫逮住老鼠一样，用爪子打倒他，再打倒他，扬扬得意地戏弄着眼前这个猎物。好在过路人远远看见了，急急告诉东家说，你的伙计娃被狼叼走了。东家急急火火带着一群狗追了过来。头狼一看失算了，就一爪子下去挖去了爷爷的乳头。还算好，爷爷最终捡回了一条命。从此，爷爷就成了人们口中所谓的"狼剩饭"。

有"兵败如山倒"的说法，却没有"家败如山倒"的说法。但卢姓财东家败落的时候，家里着实发生了一连串极其怪异的事情。老东家去世，过事的那天晚上人来人往，人们突然发现一只豹子镇定自若地趴在屋梁上。不久，就有狼群冲进了家里，一位记账的伙计吓得钻到了桌子底下。有人亲眼看见，那些狼用爪子和牙齿，把桌上的账本撕得粉碎，把算盘珠子一个一个咬烂了。之后，狼才摇着尾巴，大摇大摆，扬长而去。为什么呢？为什么撕账本，咬算盘珠子？为什么不吃人？

后来，爷爷被他幺叔送到了永太赫赫有名的北堡城邵财东家里当伙计。这是家乡最有名气、最有势力的大财主，望族大户，人口众多，家兴业旺，财大气粗。在外头，有当团长的，当处长的，当国大代表的。在生意场上，雇了两个账房先生，一个管黄货，一个管银货。从家里到西安，一路上不用住别人的店。在家里面，雇佣的伙计很多，有做饭的、洗衣服的、放羊的、喂牲口的、种地的、赶马车的、做生意的……少奶奶出门看戏时，穿的是绫罗绸缎，坐的是细活骡子拉的华丽马车，那派头，穷人们当景致看。邵家大当家是二老爷，他没读过多少书，是个土财迷。看到家里一个推磨子的山西小伙计整天莺歌小唱，不亦乐乎，便阴险而狡黠地说："哼！小伙小伙，你甭唱，担不住一个婆娘两个娃！"随后，他就背地里使了个坏招，给麦囤里埋银圆。一天，二老爷当着众伙计的面说："你们看看，小伙这两天怎么不唱了？他心里有事了呢。"伙计们深深地吸了一口凉气。邵财东家和爷爷的爷爷有姻亲关系，二老爷为讨债逼死过一名佃户，当时县里严查下来，爷爷的爷爷被拉去做了假证，死不改口，罚坐了三年牢。二老爷也灵机一动，当场耍开了死狗，

颠倒睡在粪堆上，口吐白沫，叽叽歪歪，装疯卖痴，躲过了一劫。谁知，二老爷是个地地道道的地痞流氓，对伙计们吃得瞎使得扎，年底还克扣爷爷的工钱。爷爷年轻气盛，着实气急了，腰里别着铁镰就去讨要工钱。二老爷正躺在炕上抽大烟，话说得很难听。爷爷三锤两棒子就砸了他的烟家具，所以，爷爷就落下了"忽雷爷"的恶名。

接下来，爷爷又给永太的卢家财东长年做伙计。刚到他们家不久，掌柜的也做了让他刻骨铭心的事情。有一天，几个人在窑堖堖上铡草，掌柜的和他在麦垛下撕麦秸。忽然，爷爷在麦秸下面发现了几个明晃晃的银圆。很明显，他们在试探爷爷，看爷爷是不是老实，是不是忠实于东家。跟着，老掌柜又请了一个名叫麻蛋娃的风水师，半夜三更，带着爷爷，提着斗，拿着戥子，神不知鬼不觉地来到了本村一户后辈人丁兴旺的老坟上，称了土，拿回来，倒在了自家的老坟上，然后，再从自家老坟上称了土，让爷爷倒回去。当时，有一件事最让爷爷欲哭无泪，他的幺叔欠了人家好多赌债，不但逼着他要钱还债，还和掌柜私下签了卖身契，提前一次性支取了他多年的血汗钱，压得他好多年直不起腰来。

爷爷上山了，他又给何家坪的财主做起了活。那年，他已经三十六岁，先后给人整整做了二十六年长工。爷爷做活不惜力气，远近很有名的，一些财主抢着叫他做活。何家掌柜看他老实本分可靠，就给了他一座荒山，让他放手自己干，还把女儿托付给他，这才有了我的奶奶。爷爷说，那几年，他时来运转，干啥都非常顺当。第一次上山，他一个人住在山上的窑洞里，为了防豹子和狼等野物，晚上在窑洞门口，爷爷烧起了熊熊大火。那夜，他做了一个奇怪的梦，梦中，一个人连声高喊着他的名字，还说："谁有你三石二斗麦，你要不要？"他被吓蒙了，出了一身冷汗。醒后才发现原来是一场梦。早上，天刚刚露出鱼肚白，对面山头上一个外号叫"朱跛子"的人隔沟喊爷爷说话，说他打了一把镢头，问爷爷要不要。爷爷正愁着没有镢头开荒呢，就干脆地要下了。他用这把镢头开出一片荒地，种上了麦子。翌年，这片麦地刚好打下了三石二斗麦子。就凭着这些麦子,爷爷置办了一些农具,一年又一年,爷爷开出了整个山头,不仅养起了几头牛,还雇了两个伙计,日子越过越红火。这时,爷爷奶奶抱养了一个男孩。七年后,夜里锅碗瓢盆乱响,屋外总像有人说话,不久,七岁的儿子就殇了,好几头牛也不明不白地死了。爷爷一看这地方再也待不下去了,当机立断,请人写了契约,把山头白白送给了朱跛子。回到村里,爷爷买了十几亩地,赎回了原来的窑洞,安上了家并养活起了幺叔老两口。不料想,幺叔老伴前夫的儿子当上了团长,来接老娘回老家。临走,她仗着儿子的势,硬是抢走了爷爷辛辛苦苦攒下来的七十五块银圆,还拿走了爷爷的一面古铜镜。一家人无奈号啕大哭了一场。接着,土改就轰轰烈烈地开始了,查田定产,定成分,爷爷被定为小土地出租。为此,他心里怎么也想不通,曾经很纠结很痛苦,发了一些牢骚,惹得农会的干部很不高兴。

新中国成立前夕,一个大年三十晚上,村里来了一群从甘肃逃荒讨饭的人,怀里还抱着一个孩子,爷爷给了二斤面收留下了这个孩子,他就是我出生在逃荒路上的爹爹。1949年,爷爷又收留了一个甘肃逃难来的小女孩,作为童养媳,她就是我的娘。一群苦命而有缘的人,就这样凑合着组成了一个家。60年代末期,我们兄妹三个出生了。爹在县降山电站上班,遭恶人讹诈得上了精神病,被遣送回家。娘也患上了哮喘病、风湿性心脏病,失去了劳动能力。四十多岁,正当壮年的时候,爹娘就撇下爷爷奶奶、我们兄妹,离开了人世。所以,我们是爷爷奶奶含辛茹苦养大的,是爷爷操持了哥哥的婚事,是爷爷和哥哥操持了我和妹妹的婚事。这也就是许多人不明白的,我们爷孙之间关系为什么这么好。

2000年阴历三月里的一天,爷爷起来得很迟,说自己可能病了,突然一点儿也拿不动身子了。我们看见他战战兢兢,抖抖瑟瑟,下不了炕,甚至都坐不起来,精神极度颓唐,说话有气无力,饭也吃不下去。我从街道医院请来医生,号了脉搏,听了心脏,量了血压,开了几样西药。临走时,大夫附耳

对我说,老人家身体虚弱得很,吃药不一定起作用。

当时,我的心里也产生了不祥的预感,也觉得爷爷可能不得好了。因为他一生从来没有进过医院,从来没有吃过药,以往有病了,他总是扛三两天就好了。从面貌气色精神状态上看,他的病比过去哪一次都严重。更重要的是,前几天的晚上我做了非常奇怪的梦:雪天雪地,我踽踽独行,一人来到了村北的梁盖上(那里是一片公共墓地)。站在沟边向下眺望,青葱的草坡上有四五只羊在吃草。我跺了跺脚,草丛里又跳出了好几只,我特意数了一下,共有十三只。正疑惑间,梦就醒了。我把梦说给了爷爷,爷爷若有所思地说:"白天白地,说明有丧事了,那群羊意味着孝子。看来,我活不了了。"古代有周公解梦的说法,我不知道爷爷解梦解得对不对,只感觉心里七上八下,空落落的。一看到他老人家病得这么重,我忽然觉得实在有些蹊跷,惴惴不安起来,很害怕、很担心。

奶奶是个聋哑人。哥哥和我商量,这天夜里陪着爷爷睡在一盘土炕上,就像小时候,爷爷陪着我们兄弟俩睡在一盘土炕上一样。那是个不眠之夜,屋子里整个晚上都亮着灯。哥哥睡在爷爷左边,我睡在爷爷右边。虽然他不声不响,呼吸又平静又均匀,可我却思绪万千,心里波涛起伏,难以入睡。夜里,爷爷忽然挣扎着坐起来。问他要什么,他说要小便,我们赶紧拿来了尿盆。他很固执,黑着脸,瞪着眼,硬要下炕去。没奈何,我们只有搀扶着他下炕去方便。这一夜,如此三番两次,爷爷几乎折腾到天明。第二天,我们赶紧通知了妹妹和爷爷的几个外甥,让他们在爷爷临终前来看他一眼。午饭前,该来的亲戚都来了,爷爷靠着被垛勉强能坐住,还能认得人,就是已经说不出话了。

饭后,客人刚一走,爷爷就闭上眼睛,再也没有醒来。我们赶紧请邻居老妈给他穿上了老衣,兄妹仨跪在地上,烧着纸钱,号啕痛哭。其实,爷爷是一个怎么也闲不住的人,就在他患病以前,八十三岁的他,还每天挪挪脚,挪挪步,像一只筑巢的喜鹊似的,为我们家叼回了一捆捆柴火。他太疲乏了,

他多像一盏油灯,熬干了自己,终于歇下了。

如今,每每念及爷爷那跌宕起伏、坎坷艰难的一生,我总是心怀感恩。爷爷是个老实巴交的农民,一生经历了新旧两个社会。在凄风苦雨的旧社会里,他出尽了牛马力,看惯了人情冷暖,经受了世态炎凉。在新社会里,他为了生活,为了我们全家,像一头永不停歇的牛,忍辱负重,磕磕绊绊,又付出了太多太多。

他用血和汗水养活了我们一家人,用亲身经历的故事滋养了我们兄妹几个健康成长。

写到这里,我忽然心里隐隐作痛,泪如泉涌。我只想说,爷爷就是一头牛。

那年月，爷爷在林场

　　巍巍槐山脚下，自西向东，一道狭长的土梁跌宕下去，径直延伸到浩浩荡荡的泾河岸边。这道土梁，大约三十里长，塬面很窄，人们称之为棒槌梁梁，从高到低，坐落着大大小小七八个村落。

　　我们村叫车村，是土梁上最大的村子，上距槐山十五里，下离泾河十五里。记得很小很小的时候，我们村里根据宗族姓氏、居住群落分为八个生产小队。其中，第七生产队在村子北边的半沟里一个叫上坪的地方，上下左右，零零散散地住着十几户人家。那里居住条件差，水质不好，生活不便，拐子比较多，大概就因为这些，在公社的安排下，这十几户人家先后搬到塬上，插进其他队里，安身落户了。虽然第七生产队彻底消失了，但上坪里有成片成片的槐树林，有成千上万的杂果树，有好几百亩地，农业税还是要上缴的。于是，上坪就成了村上的林场，大队分别从每个生产小队抽调劳力，共同组成了一个十几人的林场生产队伍。

　　就在这一年，我的爷爷成了林场里的一名场员。那时，他已经六十多岁。从幼年、青年到壮年，他先后给本地的富家大户扛过二十六年长工。土改前夕，还红红火火地经营过一处山庄。他的老实、他的勤劳，在方圆十里八村是出了名的。刚开始，大队里要求很严，林场也管得细，生产秩序井井有条。这十几个人里，有专门做饭的，有专门喂猪的，有专门放牛的，有专门干地里活的。这些活既有分工，又有协作。场员们就像一家人一样，心往一

处想,劲往一处使,早出晚归,一同吃饭,一同睡大炕,一同劳动,日子过得热热火火。到了年终,每个人都可以分上一袋麦子和几斤猪肉。后来,换了一班人就彻底乱套了,一年到头,啥都搞得马马虎虎,弄得毛毛糙糙。吃饭时,吃不到一块儿了,各做各的饭;睡觉时,也睡不到一块儿了,没有人愿意在林场住了。经常有人偷奸耍滑,借口这事那事,待在家里几天都不来。好些人半下午就偷偷地溜走了,第二天早饭后才摇铃打鼓地往林场来。据说,有人还往家里偷东西。平时,一到晚上,偌大的一面山坡、一个林场里就空荡荡的,只剩下爷爷一个人,像独鬼一样陪伴着那群牛。林场一年换一茬人,先后换了几茬子人,只有爷爷一直留了下来。其实,村里人心里很清楚,那些场员们心里更清楚,爷爷很老实、很勤劳,能忍辱负重,能任劳任怨,场里安排啥活干啥活,啥活都干得有眉有眼。大队里的干部们舍不得让爷爷走,特别是他们觉得把那群牛交给爷爷,心里绝对放心,哪里找像爷爷这样的人呢? 打着灯笼也难找啊!

在经营林场的那些年里,爷爷始终是场里年龄最大的人,他的主要任务是长年累月放养那群牛,管护、抚育林场里的树木。除此而外,其他的活,像垫圈、起圈、拉粪、耕地、撒种、收割、碾打……许许多多的活,他都要见缝插针地跟着大伙一起干。尤其是农忙时节,他把那群牛赶到沟底后,还要回来参加劳动。到了饭时,大伙都回去吃饭了,他却还要东奔西跑地经管那群牛。爷爷是个很能吃苦的人,总觉得放牛就是他的活,所以他尽职尽责,风里来雨里去,走遍了林场的坡坡坎坎、沟沟岔岔,哪里草场好,他就把牛往哪里赶。那些年里,在爷爷的精心放养下,林场里的牛生龙活虎,长得圆鼓鼓的,后来竟发展到近二十头。爷爷以场为家的典型事迹,被大队的负书记看在了眼里,也被好些人说到了公社朱书记那里。那位朱书记还带着干部深入林场看望慰问了爷爷,问爷爷还需要什么。爷爷说:"成天放牛,就是没有雨衣和雨鞋。"朱书记当场拍胸膛,对队上干部说:"没问题,赶紧买!"不久,一件黑色的皮雨衣、一双高靿儿雨靴就送到了爷爷手里。事后,在一次全公社群众大会上,那位朱书记还对爷爷大加褒扬。这件事情,爷爷似乎怎么也忘不了,生前曾多次非常自豪地说起过。

爷爷经常絮絮叨叨地对我和哥哥说,靠山吃山,靠水吃水,放羊摘酸枣。这些话,应该说,都是他很好的生存经验。反正,他放牛从不空手出去,也从不空手回来。每次出去时,不是肩上扛着镢头,就是手里提着砍刀,或者腰里别着铁镰。倘若是春夏季,草坡上到处是中草药,开着花儿,随风摇曳,黄灿灿的是柴胡,蓝莹莹的是黄芩。他常常边放牛边挖药。他挖得最多的是柴胡、黄芩和茵陈,一笼担一笼担地挑回家里,卖到收购站贴补家用。在这个季节里,他常常割些荆条背回来。若遇上雨天,他就在牛圈旁的窑洞里细细地修剪着那些荆条,用结满老茧、笨拙开裂甚至有些僵硬的手,编织着一个个笼、筐或者囤。这些东西,他从不卖钱,无论谁要都给,顺手做个人情。那些年里,我的亲戚里,几乎家家都有他编的东西。倘若到了秋冬季,他就一边放牛,一边用砍刀修剪那些洋槐树。他把剪下的树枝当柴火,一捆又一捆地背回来后一股脑儿放在窑洞门前的开阔处,不几天柴火就堆得跟小山一样。不久,爷爷的几个外甥女就叫来车,一车又一车拉回家了。当然,她们也为爷爷带来了茶叶、纸烟,还有零花钱。后来,塬上的人,不知从哪里听说爷爷卖柴火,一些干部家庭也纷纷来找爷爷。有的人拿包茶叶或几盒卷烟,就换走一架子车柴火。要说价钱,也很便宜,一块钱十捆柴火,买的人很多,以至于有人说爷爷很瓜,把自己的力气不当回事。爷爷听了后,总是嘿嘿一笑:"我还有力气。"

爷爷不会擀面,也不会蒸馍。林场的灶散伙之后,他就自己动手泥了一个圆嘟嘟的土炉子,放在土炕边,每顿饭就烤个馍吃,熬杯茶喝。馍吃完了,就回家来取,或者让我邻居的桃山伯给他顺便捎一布兜。因为早晚要放牛,爷爷每次回家赶午饭时也从不忘背一捆柴回来。他的腿有多年的风湿病,如果遇上下大雨的天气,坡陡路滑,自己的腿不好,回不来,饿肚子就是常有的事情。那时候,哥哥和我还没有念书,母亲就常常吩咐我俩往沟里跑给他

送吃的。多数时候送的是馍,有时也是做好的面。所以,哥哥和我也偶尔跟着爷爷在林场放牛,眼看着他参加其他劳动。故而,林场里的人,我们都认识;许多事情,我们不单听人说,也看得清清楚楚。尽管那时我们还是懵懵懂懂的孩子。

爷爷很善良、很慈祥,但也是一个非常正直、非常认真的人,他对我们要求很严。林场里的杂果树很多,有桃树、杏树、梨树、李子树、苹果树、核桃树、柿子树、枣树,路畔、地里、田埂上、窑庄周围,到处都是。果子成熟的时候,塬上的人络绎不绝地到林场去背果子。爷爷说,他是场里的人,不准我们去占小便宜。就是哥哥和我去给他送吃的,每次离开的时候,他都反复叮咛我们赶紧走,不要到树下去,还一直不放心地远远盯着我们。有一年的秋天里,哥哥和我给爷爷到林场送馍,场里的人正在院子里打核桃。爷爷远远地摇手,示意我俩不要过去。我俩便在原地乖乖地站着,看着他们把核桃搬走了,拿进了仓库,才跑了过去。我俩抱着侥幸心理,在树下的草丛里搜索着,看能不能拾几个核桃,果然找到了几个。不料,拐场长走了过来,黑虎着脸,大声吼起来:"老六!你干什么?放下!"我看见爷爷的脸一下子绿了,嘴唇哆嗦着,半晌才嗫嚅着说:"这是孩子在树下草里拾的!"跟着,就看见一颗老泪滚下了他沟沟壑壑的脸。爷爷被冤枉了!我能感觉得到,他的内心当时非常非常难受。

对爷爷来说,最熬煎的是冬天。这时,各种农活都停下来了,林场里的其他人都纷纷回家老婆娃娃热炕头去了。整个空旷的林场里,只留下爷爷一个人,朝朝暮暮与那群牛厮守着。冬天是寒冷的。北风呼啸、大雪纷飞的日子里,为了给牲口取暖,防止豹子和狼袭击,爷爷就在圈牛的窑洞里靠近门口的地方,用树根黑明昼夜生着火。冬天也是漫长的。眼见着秋贮的玉米秆、豆荚皮、谷草、糜秆剩得不多了,只要大雪没有封山,地上还有草露着,爷爷就要顶风冒雪去放牛。连续有几年,快到年关了,一场大雪就铺天盖地、密密实实捂下来,天地之间顿时白皑皑一片。干草早被那群吃货吃光了。没有办法，爷爷只能把牛赶到禾场上，让它们围起麦秸垛撕着长草吃。有一年的大年三十中午，爷爷顶着狼嗥般的风雪急匆匆地回来了。他气呼呼地去找场长，让派些人与他铡些麦草。哪知，这个场长竟然搬起砖头睡大觉，哼哼唧唧，半天都放不出一个响屁来。爷爷被气得说不出话来，回到家里，阴沉着脸，急得在屋里团团转，我们都劝他说，你给他们说到就行了，他们不管，你也不用管了。你不去了，看他们怎么办，反正责任不在你，林场又不是咱家的。"大冷天，牲口们遭罪啊。"爷爷怎么也放不下那些牛。于是，他便来到我家窑垴垴上，扯了两捆麦秸扔到院里，又从饲养室扛来铡刀，我们帮着他在屋子里把麦秸铡碎了。傍晚时分，天越来越冷，风越来越大，雪越来越厚。远远近近，传来稀稀落落的爆竹声，大年夜就要来了。爷爷却戴着"火车头"破棉帽，身穿黑色的棉褂褂，腰里缠着腰带，挑着两大笼麦草，跟跟跄跄头也不回地走了。我们全家怎么也拦不住。

望着他步履蹒跚，慢慢地、艰难地走出村口，消失在迷迷茫茫的雪幕中，我的鼻子一酸，眼泪止不住就淌了下来。我抬起头来，向着冥冥中的上苍，双手合十，默默地祈祷：老天爷啊，爷爷何时才能离开林场？请保佑他老人家！

熬着，熬着，熬了一年又一年。盼星星，盼月亮……

后来，农村土地承包责任制开始了，林场终于散伙了，那群牛被分到了各个队里，爷爷终于回到了家里。

菜园小记

记得那是个阴雨连绵、让人伤心的春天。一天早晨,我家的土窑洞忽然间轰隆一声坍塌了。气流的巨大冲击力一下子把窑洞口的土墙和门窗掀到了院子中央。万幸的是,土只深深地埋住了一个柴草棚和牛槽、磨子、面柜之类的东西。左邻右舍站满了院子,唏嘘不已。人们纷纷关切地说,剩下的那孔窑洞也不安全了,还是赶紧搬吧。搬到哪儿去呢? 觑着我们全家愁眉苦脸、无处可去的样子,一位村干部说,就到村外的砖瓦场去吧。我们全家忽然眼前一亮。是啊,村外有个废弃多年的砖瓦场,那里有三间破破烂烂的存放砖坯子的瓦房。于是,我们就请亲戚本家帮忙细细收拾了,作为我们全家八口人暂时的栖身之所。

祖父的一生都是很勤劳的,他对土地的感情除了近乎本能的虔诚之外,剩下的是我怎么也说不清楚的。他说,地是我们农民的命根子,有了地,啥都会有的。我家的房子旁边是一块空地,坑坑洼洼的,里面长满蓬茅乱草。一天,他靠在房前的土墙上,幽幽地看着这块荒地,一锅子一锅子地抽着浓烈的旱烟。忽然,他在鞋底轻轻磕掉烟灰,颤颤巍巍站起来,自言自语地说,这块地荒着多可惜,不如把它开辟出来种些菜! 跟着,他便不声不响,从屋檐下取下铁镰,猫着腰嚓嚓嚓地割起了茅草,镰刀刃子时不时在石块上碰出了火星。过了不一会儿,我便看见他沟壑纵横的额头上沁出了密密的汗珠,瘦骨嶙峋的脊背上湿了一大片。

　　就这样,惊蛰以后,他带着我们一家人一镢头一镢头地开垦出了这片荒地,捡拾出了一笼一笼的断砖碎瓦,又从老庄子的窑洞前挑了一担一担的土粪倒进去。随后,祖父从沟边的塄坎上挖了苦楝、狼牙、山枣、杜梨等荆棘,一捆一捆背回来,放在地边围了起来。这时候,细心的祖母赶紧对菜园做了规划,翻箱倒柜找出了一包一包的菜种子,领着哥哥、妹妹栽了大蒜、洋葱、韭菜,种下了土豆、黄瓜、南瓜、西红柿、葫芦瓜、茄子、豇豆、向日葵……

　　这期间,我曾清楚地记得祖父笑眯眯地说了一句非常意味深长的话:"土里有黄金呢。"只是当时,我对他的话似懂非懂。

　　夏天不知不觉快到了。我家的菜园无遮无拦,各种菜苗享受着自然界的和风细雨、灿烂的阳光,齐蓬蓬、火炽炽地长了起来。可是,长时间面对赤日炎炎的天气,菜苗们又蔫头耷脑了。没有办法,每天晚饭后,祖母就领着我们兄妹三个从屋后的水池边舀了污水,一瓢一瓢,挨个浇起来。终于,在我们的精心呵护下,菜苗们又神采奕奕、精神焕发地旺长起来。

　　说真的,这是一个姹紫嫣红、生机盎然、风风光光的菜园。葱、蒜、韭菜像列队的士兵,齐突突、绿油油的,仿佛在等待着检阅。黄瓜、南瓜、葫芦瓜袅袅娜娜,匍匐前进,扯出了长长的蔓,沿着篱笆墙延伸着,攀缘着,缠绕着;叶子小的像手掌,大的像蒲扇,交叉着,重叠着,婆娑着,襟飘带舞,飒飒有声;一朵朵或大或小的花儿藏在绿叶间,偶尔露出黄灿灿的笑脸,香气扑鼻而来。远远望去,最抢眼的还是妹妹种的向日葵,围着菜园长了一圈,粗壮的腰杆,擎着肥大的头颅,简直像一轮轮金色的太阳。那些飘飞浪荡的蝴蝶、无忧无虑的蜻蜓,还有忙忙碌碌的蜜蜂,一下子把菜园当成了花园,自由自在,翩然而来,飘然而去。

　　往往这时候,我的祖父就默默地戴着旧草帽,穿着老土布汗褂,亮着瘦骨嶙峋的胸膛,头顶火光天,足踏暑土气,汗流浃背地蹲在菜园里忙碌着。中耕锄草、压蔓、打杈、掐尖,样样活都干得那么在行,那么认真,那么精细。

看见蚜虫猖獗了，他就从灶膛里抓些草木灰撒上去；遇到地老虎或者菜青虫了，就顺手把它们捏死。我也记得往往这时候，祖父常常不厌其烦地说："娃娃啊，庄稼小觑不得呢。人亏地一时，地亏人一年。"当时，我们兄妹总是参不透他要说什么。

说句老实话，多姿多彩的菜园，确实丰富了我们那时穷难不易的生活。我们随时都可以走进菜园，摘下月牙似的黄瓜或者红艳艳的番茄，攥在手里，一个又一个毫无顾忌地往饱里吃。忙了的话，也可以随手拔根葱或者摘个辣椒，像个饿极了的饕餮之徒，就着馒头边走边大口大口地吃。尽管这样，这么多的菜还是吃不完的。祖父说，菜是自己在地里种的，不能卖钱的。所以，我们就经常给邻近的亲戚捎话带信，让他们来拿菜。当然，如果村里有人来串门了，或者有人到屋后的水池来挑水了，我们就让他们进菜园，随便摘些菜带回家。倘若来了小孩，妹妹也总要掰个向日葵头，让她的小伙伴们拿回家。

到了秋天，就是土豆、南瓜、白菜、萝卜这些菜穰穰满家的时候。土豆多得总是用粮囤圈着，胖娃娃似的南瓜在院子的玉米棚上和柴垛上放满了，葵花籽用麻袋装着，麻籽用斗盛着。那个时候，我家粮食年年跟不上，我们就把土豆、南瓜当作主粮吃。南瓜可以做成南瓜粥、南瓜饼；土豆可以炒着吃、蒸着吃、煮着吃、烧着吃。最常见的做法是把土豆切成条，拌上少许面，蒸成麦饭，调上盐和辣子，拿碗端着吃。那几年，我读着初中，也许是由于正长身体，也许是从来没有吃饱过，老感觉肚子饿，一顿能吃三大碗的土豆麦饭。记得那时进入秋季以后，母亲几乎每天早饭都蒸一笼屉的土豆和南瓜、一笼屉的土豆麦饭，我们吃些干面的土豆、甘甜的南瓜，刨上几碗土豆麦饭，再喝一碗玉米糁子或者稀糊涂，肚子就瓜胀瓜胀地饱了。午饭如果是面条，也是汤多面少、菜多面少，土豆、南瓜、白菜、萝卜一锅煮。

那个年代，没吃饭时，老感觉肚子饿得像猫抓；吃了饭，又老感觉肚子瓜胀。用一句玩笑话说，就是经常"大屁咚咚咚，小屁嗡嗡嗡"。你说这怪不怪？究竟为什么呢？原来，瓜菜一类都是凉性的食物，吃多了，肚子自然就凉；肚子凉了自然就胀，胀了就必然要放屁。尽管"瓜菜半年粮""瓜菜和水煮"，可我们一家人终于还是艰难地熬了过来。

祖父说："熬过来的都是好光景。"过了这许多年，回头仔细想想，还真是这么回事。不过，我永远不能忘记的还是那块菜园，因为土里的确有黄金呢。

可怜的老黄牛

在漫长的农耕时代,牛是农家人最得力、最可靠的助手,是平时生活中最忠实、最亲密的朋友。

20 世纪 80 年代初,中国农村开始实行联产承包责任制,土地包产到户,大锅饭就要散伙了。偌大的饲养室里,人头攒动,烟雾缭绕,就像在山雀窝里戳了一扁担,炸了营,开了锅。有人若有所思,有人茫然无措,有人欣喜若狂,有人情绪激昂,有人大吵大闹……在一次又一次无休止的争论中,那些牛马骡驴们,也最终被议定了价格,被红红的烙铁在脊梁上烫印上了号码。人们拥挤着,哄抢着,一下子就抢光了老队长手中的纸蛋儿。不行!绝对不行!一些人又歇斯底里地叫嚣起来,强烈要求推倒重来。我当时在会场里钻来挤去,老是不明白,这究竟是咋回事?(后来,我终于明白了,这就是社会和人性啊。)总之,如此三番五次,折腾了好几个晚上后,牲口们才分到各家各户去了。

抓阄是民间公认、老百姓惯用的一种解决难顽事情的方式。按许多人的说法,它就像布袋里买猫一样,黑乎乎、迷糊糊,天不知、地不知,只能凭运气。但说句老实话,大伙最关心的还是结果,每家每户都希望能抓到称心如意的牲口,或者膘肥体壮的,或者驯良精干的,或者口轻能繁的。就在最后一次,十四岁的哥哥乘兴而去,败兴而归。他为我们家抓到了一头价值 100 元的人人都不愿意要的老黄牛。看到他垂头丧气、闷闷不乐的样子,老实巴交的祖父长叹一声,笑着宽慰他说:"唉!罢了,罢了,从来运气不能当本事使呢。吃饭吧。"

也许是祖父对这头老牛有感情,它从此就成了我们家中很重要的一员,也是记忆中家里养的第一头牛。它,白鼻梁,乌嘴唇,无犄角,蹄腿短,全身毛色橘红,长长的尾巴上夹生着一绺儿白毛。哥哥是十三岁就辍学务农的,所以,老黄牛牵回来后,喂养放养就成了他平时最主要的活。像割草、铡草、垫圈、起粪等之类的杂活,他都像个小大人似的,干得像模像样。1980年的春天里,在祖父的悉心指导下,十四岁的哥哥摇摇摆摆扶着犁杖,吆喝着老黄牛,终于学会了犁地、耱地和耙地。

包产到户顺应人心,各家各户连颠带跑地过起了小日子。大人们面朝黄土背朝天,把东山的太阳背到西山,整天为地里的活忙得不可开交。暑假里,早晚放牛放羊很自然就成了孩子们最快乐的事情。那时,村子里沟前沟后,常常有狼出没,单独出去放牧极不安全。这正合上了孩子们天性贪玩、扎堆、好热闹的胃口。于是,我们一群孩子总是呼朋引伴,赶着成群结队的牛和羊一块儿出去放牧。但最让我气恼的是,我家的老黄牛走路不利索,行动很迟缓,每次总被远远地撂在后边,赶不上浩浩荡荡、汹涌奔突的大队伍。有时,明明头顶上亮闪闪电闪,轰隆隆雷鸣,一场暴风雨眼看着就要劈头盖脸砸下来了,它依旧那么泰然自若,不温不火,不声不响,不乱脚步地扑沙扑沙往前走。我心急如焚,禁不住暴跳起来,大声呵斥着它,用镢把频频狠抽着它的脊梁杆子,它还是跑不起来,始终摆出一副纵然天塌下来也自岿然不惊的架势,让我颇感无奈。

虽然如此,但它却始终任劳任怨,成了家中一年四季不可缺少的极其重要的劳动力。当时,我们家有七口人,是村子里人口最多劳力却最少的家庭。祖父、祖母风烛残年,行动不便;父亲、母亲病恹恹的,失去了劳动能力;哥哥十四岁,我十二岁,妹妹七岁。包产到户后,家里分到塬面地、坡台地、沟洼地近四十亩。在春耕春播、夏收碾场、秋耕秋播等一系列的生产活动中，一刻也离不开老黄牛。在乡下，田间耕作可谓最繁重的力气活，我们发现，不管是耕地、耙地、耱地，还是拉车爬坡过坎，拉着碌碡碾场，任我们手中的鞭子怎么抽打它，它仍然慢慢腾腾，一步一个脚印，拼命地拉着犁、拉着耙、拉着耱、拉着车、拉着碌碡，只是一个劲地往前走，从来没有不堪重负后退过，没有弹腿踢人反抗过，没有东拉西扯逃避过。倒是在残暴的皮鞭驱赶下，我们一次次地看见了，它摇摇晃晃，跟跟跄跄，跌倒再爬起来。有一次，祖父走过来，拍了一下老黄牛的头，摩挲着它的脊背，饱含深情地说："老伙计，真难为你了。"然后，又回过头来，对扶着犁杖的哥哥说："它老了，已经很不错了。悠着点儿干，到地头上歇一歇吧。人有喘息之机，牛有松鞅之力。"

祖父的话意味深长，深深地刺激了我们。我想，人生不易，过日子更不易。作为家庭中的一员，我们的老黄牛个子小，口齿大，一辈子爬坡过坎，忍辱负重，默默无闻，毫无所求，不知付出了多少力气和血汗，确实也疲惫不堪了。这一点，我们怎么就没有想到呢？不但没有想到，还对它那么苛刻，那么狠毒，经常诅咒它，鞭打它，乃至棍棒相加。祖父的话让我们醍醐灌顶，一下子幡然悔悟，大家不由得都同情怜惜起老黄牛来。于是，在以后的日子里，一旦把它套上架子车，拉运重东西，我们再也不忍心用鞭子了，相反，都忍不住施以援手。哥哥肩上挂着绳在车辕里拉，我在边上双手拽着绳拉，其他人在后边狠劲往前推。

其实，仔细想想，人生又何尝不是如此呢？

艰难的生活，有时真像一辆满负重荷而爬坡的车。只要大家相依为命，同声相应，齐心协力，都伸出手来，拉着，推着，就会顺顺当当地走过一天又一天，走过一月又一月，走过一年又一年。祖父的话，深深地影响了我的一生。我感觉到，人活在世上，不论干什么，只有像老黄牛一样，脚踏实地，能一次次跌倒再爬起来，才能最终到达目的地。

不知不觉间，十五岁的哥哥已满十八岁。可我们的日子仍然过得凑凑合合，紧紧巴巴，勉强有衣穿有饭吃而已。眼看着哥哥长成门扇大的小伙了,年迈的祖父心里急了,四处托人给哥哥介绍对象。好不容易终于找到了,女方要聘礼八百元。但钱毕竟是硬头货,钱呢? 哪来钱呢? 祖父不假思索地说,挪脚攒步,先卖了老黄牛,交上第一期彩礼再说。那以后家里的几十亩地怎么种呢? 这时,老迈的祖父显得很不耐烦似的,断然说出了一句在我认为惊天动地的话:"宁肯挣死牛,莫让打住车!"他的话斩钉截铁,掷地有声,不容置疑!

这话,太精彩,太有气魄了! 让我一辈子也忘不了。

就这样,老黄牛终于被人牵走了。后来,当听说它是被杀坊的人买走的时候,我们全家心疼了好一阵子。

疲惫的日子里

　　我们家的老黄牛被一个陌生人牵走了，卖了二百元钱。爷爷赶紧里里外外张罗着，用它买了烟酒、糖果、瓜子，外带二尺桂子红布，体体面面地给哥哥订了婚，交上了第一期礼金。毕竟这是喜事一桩，村里大人们向爷爷竖起了大拇指，半大不小的农家孩子对哥哥很羡慕、很眼红。正当我们还沉浸在快乐和喜悦中时，繁忙的秋播不期而至，一家人饱受熬煎的日子也跟着开始了。

　　在村子的塬面上，我们家有十几亩麦地。没有牲口，啥时候才能种进去呢？看着左邻右舍、一家一户，都忙活活地耕地，听着村前村后人欢马叫，田间传来一阵阵耧声，爷爷起先愁眉紧锁，唉声叹气，只是一锅子一锅子抽着旱烟。不久，他便如坐针毡，在屋子里踱来踱去，忽而走出去，忽而走进来，心里急得火烧火燎，像猫抓似的，再也待不下去了。无可奈何间，他拿出了家中所有的锄头和镢头，用石块一下一下擦亮了，心情郁闷地说："我们还是一锄头一镢头刨着种吧。"当时，我和哥哥简直有点不敢相信自己的耳朵，一下子瞪大了眼睛。"这怎么行呢？那得刨到什么时候啊？""不行又能咋样？总不能坐失农时啊。"爷爷从少年时候就开始给地主扛活，一直扛了二十六年。三十六岁时上山后白手起家，凭借一身力气，靠着"朱跛子"给他的一把老镢头，披荆斩棘，掘石垦壤，硬生生开辟出了一座遍地是庄稼的山头，过上了蒸蒸日上的农家小日子。后来，土改定成分时，他竟然成了小土地出租

户。最后，爷爷非常豪壮地说："除了死法是活法！活人能让屎尿憋死不成？"话丑理端，他说得确乎是真理。没有办法，在他老人家的带领下，我们一家老老少少，带着干粮，起早贪黑，面朝黄土背朝天，挥汗如雨，一锄头一锄头地刨着种，一镢头一镢头地挖着种。有道是：三人一条心，黄土变成金。我们马不停蹄地挖着刨着，刨着挖着，大有风卷残云之势，许多过路的人看得瞠目结舌。每当干得腰酸背疼、手臂麻木、浑身无力的时候，我便有些垂头丧气，心里一遍遍叫苦，思想也开起小差，不由得偷起懒来。有时借着口渴喝水去坐一坐，有时借着撒尿去转一转。有时干脆停下来，痴呆呆地望着地头，心里非常毛躁。有时不停地抬头望着西沉的日头，多么希望天快点黑下来啊。

说真的，当时我曾不止一次地想，要是有头牛，该多好啊！就用不着这么出力流汗了。可惜，我们的老黄牛卖了，只能徒唤奈何。

转眼间，到了农历九月，忙忙碌碌的秋收又开始了。我们村子里塬面窄小，家家分的平地不多，都种着油菜、小麦、大麦等夏粮。秋粮面积比较大，全都种在村子周边的深沟里，或者在很远的山庄里。这些地块各种各样，有坡地，有台地，有洼地，有谷地，主要种着玉米、高粱、谷子、糜子、豆子之类。毫无疑问，这是一种很传统的广种薄收的方式，无论耕作还是收种，都是极其艰难极其累人的。当时，我家种了二十多亩的秋庄稼。没有了牛，自然就得全部靠人力。沟里的路实在太陡，架子车是千万不能拉到沟里去的，更没有路拉到地头上去。好处是，秋收的时间要求不是很严格，三天收不完可当五天收，五天收不完可当十天收，十天收不完可当一月收，收完了，可以慢慢往回搬运。就这样，我们全家人只能一捆子一捆子、一笼担一笼担、一袋子一袋子，一趟又一趟，往塬面上背，往塬面上挑，往塬面上扛。然后，一股脑儿装上架子车，前边拉的拉，后边推的推，一车又一车地运回家里。

记得每次从沟里往塬上背、扛、挑庄稼时，我总是心慌气喘，上气不接下气，口干舌燥，胸腔里呼噜呼噜的，像拉风箱，像起了火，也似开了锅。汗水跟着就迷糊了双眼,涩涩的;流进了嘴巴,咸咸的。衣服一下子全湿透了,裹在身上,黏糊糊的。望着前面弯弯曲曲的山路,我常常在心里给自己加油,走到前边那个转弯处,歇一下;好不容易,终于一步一步挨到了,又给自己打气说,走到前边那棵树下歇会儿;等走到了树下,又咬牙忍耐着,继续挣扎着一步一步往前走。近了,近了……终于到了塬畔上,我一屁股瘫坐在地上,浑身骨头简直像散了架似的。我撩起衣襟擦着满头满脸的汗水,敞开湿漉漉的胸膛,一任凉风悠悠地吹着,舒服透了。等彻底缓过气来,我又站起身来,跟跟跄跄地走下深沟,开始又一趟的负重爬坡。

从沟里往塬上搬运东西,主要用肩膀挑和扛,常常是担子或绳索,从左肩挪到右肩,从右肩换到左肩,双肩早被磨得红肿或稀烂了。没有办法,便把衫子叠起来衬上去,继续挑,继续扛,继续背。每每这时,我总是禁不住想,要是有头牛多好啊!它可以帮我们一回又一回地往上驮,帮我们一车又一车地往家拉。可我们家没有牛了啊。

毕竟,胡思乱想是不起任何作用的。只有像爷爷那样,面对现实,脚踏实地,埋头苦干,才能最终渡过难关。就这样,家里的麦子还是一块一块,一片一片,种到了地里。所有的秋庄稼,也全部一块不落地从沟里收了回来。玉米摞起了厚厚一大棚,高粱、谷子、糜子也装满了一个又一个粮囤。那个时候,我们农家人大都是广种薄收,平时主要靠五谷杂粮充饥。所以,到了漫长的冬天,我们就吃玉米面粑粑、高粱卷卷、糜子坨坨,以及黄灿灿的小米稀饭。现在回想起来,还挺香挺香的。

民以食为天。看着收获回来这么多粮食,我们像吃了定心丸一样,心里比什么都踏实。

事实证明,生存是最现实、最重要的问题。在没有牛的日子里,我们这山沟沟里的农家人,自力更生,艰苦奋斗,日子照样过得有滋有味。所以,我常常在想,那个时代的苦日子,大概就是这样一步一步熬过来的。

腊月·正月

小时候,我们全村住在沟边的土崖下,二十几户人家,沿着簸箕似的村形,依崖蜗居,家家住的都是烟熏火燎的土窑洞。门前,土崖纵切,深不见底。人们从祖辈就隔沟相望,临沟而居。不论谁站在沟边喊一声,家家都可以听到回声。

我的祖母是个聋哑人,一字不识,但是她心灵手巧,想象丰富,悟性极好,看什么懂什么,学什么会什么。多少年来,她纺纱织布、扎花刺绣、剪裁缝补等针功女红,乃至腌菜、酿酒、擀面等精工厨艺,一直在村里都是呱呱叫的。虽然没有什么人给她赐以第一刀、第一针、第一剪的美名,但大家却公认她是村里的巧娘娘。

在我童年的记忆中,她似乎整天被一群大姑娘、小媳妇团团围住。有时候,点上煤油灯,教她们熏窗花,然后手把手教她们剪窗花;有时候,教她们给小孩扎猫娃枕套、狮子裹肚,或者虎头鞋之类;有时候,教大姑娘们扎个绣花鞋,或者鸳鸯戏水的花手绢……总之,她常常忙得像陀螺一样,有时就耽误了做饭时间,使我们上学迟到了,为此哥哥和我没有少抱怨她。

腊月和正月是比较消停的农闲季节,人们大都把相亲、订婚、娶媳妇、嫁姑娘这样的人生大喜事放在那时候。所以,一进入腊月,我们这个小村子里各种喜事就纷至沓来,祖母也就跟着忙得像个"吹鼓手"。如果有人嫁女,祖母便被提前好几天请去,吃在他家,住在他家,起早贪黑地帮着他家闺女赶

制嫁妆。比如缝制几件新衣服,刺绣精致的绣花鞋,绣个门帘、枕套、手帕之类,帮出嫁的姑娘捞脸,梳妆打扮一番,等等。倘使娶媳妇,祖母便被请去,铰窗花,布置洞房。只见她将一张四四方方的红纸,对折,对折,再对折,右手拿起一把小小的剪子,不假思索地就剪了起来。小心翼翼地撕开来,一个脸盆似的、轮廓圆圆的双喜字就赫然呈现在了大家的面前。孩子们拥来挤去争着看,啧啧赞叹,不绝于耳。接着,她又望着眼前的各色彩纸,琢磨着,琢磨着,先后剪出了童子戏莲、喜鹊闹梅、鹿鹤同春、欢天喜地、五谷丰登等一系列窗花。这些窗花象征着早生贵子、连年有余、喜上眉梢、延年益寿、白头偕老等内容,可谓把最美好、最甜蜜的祝福都献给了一对新人。最后,按照她的想法,孩子们帮忙把这些精美的窗花一一贴到了窑洞的墙壁上、窗户纸上、门板上、箱子盖上……

　　和关中许多农村一样,我们这个偏僻的小山村也有"正月十五以前不擀面"的习俗。腊月二十七到二十九,是人们蒸年馍的时间,家家户户都要蒸好多白馒头、包子和花馍,堆得满簸箕、满筛子都是。花馍主要是给年内出嫁的姑娘或近三年出生的小孩子送灯笼时,作为礼馍来送的。祖母是村里做花馍的高手。每年到了那几天,她就东家出来,西家进去,人红得像灯笼一样,香得像馉饳一样。不论走进谁家,灶上都热气腾腾地正等着她呢。她做花馍的工具很简单,只有一把洗净的木梳和一把剪刀。只见她漫不经心地拿起一疙瘩面团,时而搓着,时而揉着,时而捏着,时而拽着,时而压着,时而用剪刀,时而用木梳,红萝卜丝做成的是舌头,黑豆点上的是眼睛……眨眼间,一个个活灵活现、栩栩如生的小动物就出现了。有小鸟、蝌蚪、小鱼、壁虎、刺猬、老鼠、猪、牛、蛇等各种动物,形象逼真、情态传神,非常可爱。这些形态各异的小动物,总体来说,象征的是丰衣足食、连年有余,是吉祥如意、平安幸福。而我的祖母,一个不会言语的人,却通过她的面食绝活,把对生活的美好愿望和祝福,惟妙惟肖、淋漓尽致地表达了出来。

　　正月里,总是要来客的。我们家肉菜不多,往往到了初五六就基本上吃完了。待客时的主食,除了饸饹面,就是剺面。剺面主要靠祖母来做。因为她的手艺最好。早饭不久,她便开始和面、揉面,揉好后,把面盆放到锅盖上,再用碗扣上,慢慢饧面。等面饧好变软了,还要翻来覆去地狠劲揉,揉到了,就一擀杖一擀杖地往薄里擀,一直擀到像黄表纸一样薄。如此这般,再擀一张或两张,才把它们摞起来,对折,再对折,最后才一刀一刀细细密密地剺下去。祖母的刀功在村里是响当当的,她剺的面很精细,如一根根蚕丝,像一条条白线。煮熟了,再满满地浇上热乎乎、红艳艳的油泼辣子臊子汤,吸溜上一碗又一碗,那个香啊,多少年来,总是让我回味不已。

眼看着正月十五就要到了。挑灯笼,这可是我们这群孩子日思夜想,做梦也盼着的事情。从正月初八开始,一些婶婶们便纷纷拿着白纸和彩纸,找祖母做灯笼。一般先是用光滑的高粱穗秆儿,折成两个同样大小的正六边形、八个同样大小的小正方形,把它们有机组合,绑成灯笼架子,然后,糊上白纸,贴上五颜六色的窗花,镶上锯齿状的边框,每个顶角再挂上一串精美的缨子之后,一个朴素、结实、漂亮的斗子形灯笼就做成了。当然也有锣鼓形的、西瓜形的、兔子形的、马头形的。

后来的几年里,每到正月初八,村心的老槐树下总有人扛着灯笼柜子,声嘶力竭地喊着卖灯笼,有牛屎灯笼,有火罐灯笼,有脸盆灯笼。那时,正月走亲戚送灯笼很流行。一种是为年前或年后出嫁的姑娘送灯笼,来往的亲戚约好同一天去送,每家去两个人,送两个灯笼,灯笼都是气派、豪华的脸盆灯笼,来客一坐就是几桌子,大家热热闹闹,共同祝福新人日子红红火火;另一种是为重要亲戚最近三年出生的孩子送灯笼,灯笼成双成对,都是鲜红圆满的火罐灯笼,主要是祝福孩子福星高照、健康成长。

元宵夜终于来了。门前沟壑里刮来一阵阵山风,春寒料峭,让人禁不住瑟瑟发抖。"挑灯笼了——挑灯笼了——",不知是谁在村中大喊起来。听到喊声,孩子们就挑着灯笼一个个从屋里出来了。隔着深邃漆黑的沟壑远望,对岸的灯笼如同星星萤火,正向村心的老槐树方向移动。孩子们喊着,

叫着,嚷着,笑着,一起聚拢到了树下。伙伴们把灯笼凑到一块,相互比较着,你一言我一语,品评着谁的灯笼最漂亮。不用说,祖母为哥哥和我精心制作的灯笼,总是拔得头筹,让他们惊叹不已。随后,大一点的孩子雄赳赳气昂昂地走在前边,领着我们这浩浩荡荡的队伍,或吵吵嚷嚷,或嘻嘻哈哈,挨家挨户地转完了每一家。夜深了,才心满意足地散去。

就这样,年总是穿过腊月和正月,让我们增加了一岁又一岁,但记忆中的东西,总是魂牵梦绕,难以磨灭。

祖母和她的那群鸡

　　记得我小时候,祖父常常唉声叹气,自言自语地说,他和我祖母都属于鸡命,一辈子土里刨食,吃一顿,算一顿。这话说得一点没错。自从我能记事起,家里就从无隔夜之粮,年年过着有上顿没下顿、鸡屁股等着掏蛋的苦难日子。

　　我的祖母是个残疾人,不会言语,身体也不好,但她最爱养鸡,在村里是出了名的。人们特别称道的是她孵鸡娃的成活率非常高,每次最少都要孵出十七八只小鸡来。所以,大凡村里有人孵鸡娃,她总要被请上门去帮助选鸡蛋。在我的记忆中,祖母把孵鸡娃当作一件很神圣的事情。每年春暖花开的时候,她都要寻一个"罩窝鸡",精心伺候着孵一窝小鸡娃出来。每次给窝里放鸡蛋前,她都要抱出鸡蛋罐罐,一个一个认真地挑拣。琢磨着成色好不好,掂量着斤两足不足。接着,再拿一只圆圆的面笸倒扣在太阳地里,把鸡蛋小心翼翼地放到笸底上,仔细观察动静,随后又拿到手里对着太阳光反复端详。就这样,她总是亲手一个一个地选蛋,选够二十一个,才放到"罩窝鸡"的肚子下面。

　　"鸡孵鸡,二十一。"在这二十一天里,老母鸡是非常爱岗敬业的,不论白天还是晚上,它都一直静静地待在窑洞门背后的旮旯里,不声不响,坚持用自己的体温烘烤着那些鸡蛋。倘有陌生人靠近茅草窝,老母鸡便陡然变得凶悍起来,它张开双翅,蓬松着浑身羽毛,嘶哑着嗓子尖叫起来,仿佛盛怒咆哮的刺猬,摆出一副欲和你拼命的架势。有时,老母鸡也把坚硬的喙杵在鸡蛋里,划着圆圈,搅动着,翻动着,好让窝里的所有鸡蛋均匀受热。有时,烦躁闷热得不行,老母鸡也会跳下草窝,去院子里散步凉快,踱着步子转悠,嘴里咕咕叫着。在这段日子里,祖母总像伺候一个坐月子婆娘似的,精心伺候着老母鸡,一点一滴,总是那么细致。每天早起,她就剁些青草,掺上麸皮,和好一碟美食,放到老母鸡的嘴边。觑着老母鸡出去了,她便赶紧拿一团旧棉絮捂上鸡蛋,生怕着凉。这期间,祖母经常掰着手指头计算着日子,从她脸上的表情可以看出,她是那么焦急。有一天,我终于听到了小鸡吱吱的叫声。我赶紧告诉祖母。她殷殷跑来,立马抱起老母鸡。哇!多么可爱的小精灵啊!有的小鸡娃刚刚鹐破了蛋壳,有的已经露出了小嘴,有的正狠劲蹬着蛋壳,一点一点地往出挣扎。这时,祖母简直就像它们的接生婆一样,格外细心。她及时把那些空蛋壳捡拾出去,小心地翻动着每个鸡蛋,仔细地观察着它们的变化。

这以后,我们家里就多了一群活泼可爱的小生命。从早到晚,老母鸡带着它们出来进去,跑到这儿跑到那儿,时而来到篱笆下,时而钻进园子里,时而来到粪堆上,时而钻进草丛里,为觅食忙得不亦乐乎。每天早上一起来,祖母第一件事情就是把鸡从窝里放出来,或者撒些秕谷,或者拌些粗食给它们吃。第二件事情是,母鸡带着一群小鸡出去了,祖母总是跟在后边承担起保卫工作。如果它们走远了,她就一个劲往回赶。那个时候,威胁鸡群安全的有老鹰、狐狸、狸子、喜鹊、老鼠,甚至还有猫。常常是早饭或午饭时,老鹰会突然从村庄上空闪电似的降临,嘴尖尾长的红狐狸也会从门前的沟渠里悄悄蹿上来,它们往往一抓一个准;狸子来无踪去无影,经常半夜三更偷偷前来扒窝;喜鹊也会遽然从桐树的枝叶里俯冲下来,掳走小鸡娃。最气人、最猖獗的要算老鼠了。记得有年初夏,老母鸡在门后的墙角里孵出了十七只小鸡,恰好祖母那天出门,整整一个下午,老鼠在地上出出溜溜像遛马,尽管我撵着打,小鸡还是被拉走了十二只。祖母回来后,真是气极了,咿咿呀呀,见人就打手势诉说,眼里泪花涟涟。当时,我曾经迁怒于老母鸡,归咎于老母鸡,它为什么就不能尽职保护它的孩子们呢?最后,还是祖父说得很有些道理,门后光线太暗,老母鸡麻子眼,看不清楚。我们顿时恍然大悟。于是,祖母赶紧把孵小鸡的麦草笼放到了炕角角,面对面看管起来了。

在我们一家人的眼里,祖母疼爱着那群鸡,那群鸡也痴爱着祖母。如果祖母坐在院里的板凳上,那群鸡就把她团团围住,走过来,踱过去,盯着她目不转睛地看。祖母伸出手去,咕咕一叫,那群鸡就会一窝蜂似的乖乖跑过来。更为有趣的是,那些伶俐可爱的小鸡娃,也似乎看出了祖母是一个非常善良的人,它们都争着亲近祖母,有的站在她脚上,有的飞到她膝盖上,有的飞到她的手上,有的飞到她的肩膀上。一旦祖母站起来向前走去,那群鸡就好像一群士兵一样,从后边突突突地飞跑过来,紧紧地跟了上去。祖母走到哪里,它们就跟到哪里。往往这时候,就是那群鸡肚子饿了,在向祖母要吃的了。

后来,那群母鸡就开始下蛋了。下蛋前,母鸡们总是有些异常的表现,个个红着脸,在院子里、在柴草棚里转来转去,东张西望,好像寻找着什么。忽而向门背后的茅草堆踅摸过去,忽而跳上窗台,忽而飞上草棚。我们乡下人管这种现象叫作"跳窑窝",一旦母鸡开始"跳窑窝",就意味着它们正在找窝准备下蛋了。家里是没有那么多的鸡窝的,好些母鸡就把下蛋的地方选在了窑院前的菜园里,有的选在了篱笆下,有的选在了那棵大花椒树下,有的选在了黄花菜丛里,有的选在了大丽花丛里……下了蛋,窑院里可就一下子空前热闹了。一会儿,这儿钻出来一只母鸡,咕咕咕地叫起来;一会儿,那儿钻出来一只母鸡,咕咕咕地叫起来。它们似乎都在争着向主人炫耀请功,告知自己下蛋了。祖母从屋子里走出来,那群母鸡就箭一样射过去,把她跟前跟后,咕咕咕地叫个不停。随着一把秕谷撒出去,叫声才渐渐消停下来。

在那群母鸡的产蛋期,我们家每天都可以收到十几颗蛋,但那个时候,除了过节家里来了客人,或者给住队干部管饭,祖母是从来舍不得给我们吃

的。一旦有人上门来买，她却毫不犹豫地一股脑儿从柜子里拿出来。就是有时提着鸡蛋篮子到收购站卖了，祖母连个水果糖也没有给我们兄妹买过。其实，我们心里都很清楚，这并不是祖母抠门吝啬。那时候，她养鸡卖蛋的钱是要维持一家人的日常生活之用的。平时，像灌瓶煤油，称些盐或碱，买些火柴、针头线脑、衣料等，以及后来我们兄妹上学的报名费、书本费等，都花的是卖鸡蛋换来的钱。祖母，她之所以这么做，也是为了全家人能穿上能戴上，能顺利熬过那些艰难的日子。

现在想起来，那时候还多亏了祖母，以及祖母养的那群鸡！

祖母·纺车·织布机

　　过去,我家黑洞洞的窑屋里头,常年四季放着一架纺车和一台织布机。祖父说,在他的曾祖父时期,我们家是村里有名的殷实富户,家里曾开过染坊。到了他祖父这一代,人衰财散,家道败落。纺车和织布机是老祖宗留下的古董,"破四旧"时,他把它们藏匿在深深的拐窑里,才侥幸逃过一劫。

　　儿时的夏夜,月光皎洁。劳累了一天的大人们围坐在门前沟边的土台上纳凉,淘气的孩子们像一群小猴子,在人堆里钻来窜去,追逐嬉耍,闹腾不休。这时,就常常有大人说出一连串的谜语来,孩子们就忽然安静下来,争先恐后地抢着猜。"半个碗摞上坎,叫你去拾你嫌远。""弯月!""门前一树杏,天明落得干干净。""星星!""四四方方一座城,城里下雪城外晴,城内无人雷声大,城外只听咣当声。""面柜!""一根绳,绕过城,城动弹,龙叫唤。""纺线车!"……记得有一回,母亲说了这样一个谜语:"七亩地,八丈宽,里边坐了个娘子官。脚一踏,手一扳,噼里啪啦都动弹。"猜啥东西?猜一种家具。我们一下子抓耳挠腮,伸长了脖子,睁大眼睛,你看我,我看你,怎么也猜不出来。是什么呢?是什么呢?母亲说,是织布机。孩子们拍着脑门终于恍然大悟,跟着傻笑起来。哇!真是织布机呢!我们怎么都想不到呢?

　　有道是,人生在世,吃穿二事。从古到今,不管达官贵胄还是穷人难民,任何人任何时候都离不开吃和穿。那个年月,我们农村的商品特别紧缺,盐、碱、火柴、煤油等绝大部分日常生活用品都是凭票凭证供应的。买米还

要用粮票，买布还要用布票。所以，人们常常吃不饱、穿不上，孩子们一般长到七八岁了，要么破衣烂衫，补丁摞补丁，要么整天光着脚板，精屁股浪荡子。无可奈何间，大多数人就只能自力更生，穿土织布衣服。这时，自然经济时代老祖宗留下的纺线车、织布机，便自然而然地派上了大用场。

我祖母是西府扶风县人，在那战乱灾荒频仍的年景里，被她的继父和母亲挑在担子里逃到了永寿县永太镇的何家坪村，最后嫁给了长工出身的祖父，来到了车村的北村。祖母天生聋哑，腿脚残疾，是个实实在在的残疾人，不能参加村里的生产劳动，但老天爷却慷慨地赋予了她常人没有的聪明和智慧。她心灵手巧，看啥会啥，在她母亲的熏陶下，扎花、绣鞋、剪窗花、纺线、织布、烙烙面、擀细面、蒸花馍、绑扫天婆求雨、捏面虎送怪病、用簪子或大麦芒拨淤眼，用细线为出嫁的姑娘捎脸……样样精通。村里的大妈、婶子、大姑娘、小媳妇，经常围着她学艺呢。因而，她是全村男女老少最崇拜、最敬重的人。

我住的村子叫北村，坐落在深深的沟渠边，是个小小的自然村，也是一个独立的生产小队，全村仅有二十多户人家。因为我家有纺车和织布机，祖母又是村里唯一全面掌握织布工艺的行家里手，家里就跟着热闹了。麦黄五月，每年麦子碾打结束，村里便不断有人从商店称了棉花，或者从头脑精明、走村串巷的乾县人手里换了棉花，拎到家里来，央我祖母给她们家纺线织布。祖母不会言语，一边打手势，一边点点头，就表示答应了。随后的日子里，祖母便早起晚睡，马不停蹄地忙活开了。搓棉条是最简单的活儿，只要有点耐心，就可以不费吹灰之力地学会。拽下一疙瘩白花花的棉花，用手一点一点撕开撕均匀，摊开铺在案板上，呈长方形，拿根一尺左右又光又滑的小棍子，擀面似的轻轻擀一下，抽出棍子，棉条就成了。祖母不厌其烦，一坐就是几个小时，一搓就是大半天。有时，竟然忘了做饭，没少被我和哥哥抱怨。就这样搓了一天又一天，棉条就堆满了簸箕或筛子。接下来就是纺线，这是高难度的技术活儿。我帮祖母从屋子里的杂货棚上取下那辆老旧的纺车，她总是先掸去厚厚的尘土，把纺车的叶轮抹洗得干干净净，然后，熟练地安上锭子，用蜂蜡将弦索打得又光又滑，试着拧紧了，就开始纺线了。只见她右手轻轻摇着纺车，左手捏住棉条，线抽得又细又匀。眨眼间，一根棉条就抽完了，右手稍微倒转一下，左手中的线就会快速缠绕在锭子上。在喔儿喔儿的乐章里，一根棉条接着一根棉条，不停地纺，不停地抽，不停地缠。线穗子就不经意地膨大起来，变成一个胖乎乎的白萝卜。看得眼热了，我也偷偷尝试过几回，到底没有学会。祖母是村里有名的纺线高手，一天能纺五两线。线纺够了，便囫囵地绕在"工"字样的拐子上，取下来，就成了线桄子。

接下来的活儿，就更多更精细了。像浆线、经线、刷线、卷线、上线等一道道工序，非常烦琐，非常复杂，非常细致，其他人根本帮不上忙，都要靠祖母一个人来完成。最难弄的还是织布前的最后一道工序——上线。只见祖母始终平心静气，不声不响，忽左忽右，时前时后，猫着腰摆弄来，摆弄去。费了好大的劲，经过条分缕析，才终于将大约五百条经线理顺了，一根又一根拴到了织布机的布裙上。每每此时，她便长长地出一口气，脸上露出不能自抑的笑容，向我们点点头，意思是收拾停当了。坊间有句描述织布的顺口溜这样说："右脚踩板右手撂，左手接梭右手扳；咣当一声响，立马换手脚。左脚踩板左手撂，右手接梭左手扳；脚手都用上，白布长卷卷。"这技术要诀看起来很容易，但操作起来其实是很难的。曾记得祖母织布的那段时间里，经常有一拨一拨的女人过来围观，但印象中好像没有一个真正学会的。有一回，我有点"初生牛犊不怕虎"，趁着祖母不注意，悄悄爬上了织布机，不知天高地厚地斗胆试了试身手，随着乒乓一声响，我手忙脚乱，梭子不听使唤，怎么也钻不过那个洞，留下了笑柄。但我的祖母就不一样了。我总觉得，织布对她来说，实在是件简单的事情。观赏她织布是一种很美妙很惬意的艺术享受呢。我家的窑洞很大很深也很宽，织布机是摆在窑洞脚地中央的。你看，她精神抖擞地坐在织布机上，神情悠然自若，手脚配合并用，一招一式

是那么灵活,手法是那么纯熟。特别是那个枣木做的黑红色的两头尖尖的梭子,在她的两只手里,多像一条光溜溜活泼泼的鱼!随着织布机"乒乓、乒乓"的响声,哧溜一下就钻过去了,哧溜一下又钻过来了。自始至终,她的动作协调自如,流畅连贯,这边抛得快,那边接得准,即使她闭上眼睛,也依然如是。我和小伙伴们前前后后,转过来转过去,瞪着眼睛看,常常看得如痴如醉,眼花缭乱。祖母的织布速度是很惊人的,一天可以织到一丈布,左邻右舍谁不服气都不行。

人们常说,光阴似箭,日月如梭。从祖母飞梭织布的情景中,我完全理解了这句话的深刻含义。从夏天到秋天,从秋天到冬天,我的祖母整日默默无语,含辛茹苦,劳作不辍,终于为北村的乡亲们织出了一匹又一匹白花花的棉布,也为我们家换回了一尺两尺的棉布。在乡下,直接用白布做衣服,跟披麻戴孝一样,是人们忌讳的事情。于是,有的人家就从沟坡上采来木樨草和乌桕叶,咕嘟咕嘟熬出黑水,把布泡进去,再用青泥捂住,过上大半天,用清水洗净,布就变成了棕黑色。有的人家采来中槐的荚果,连同白布一起放在清水锅里煮,两三个小时后,白布就变成了黄布。有的人家将白布浸泡在麦草灰水里,不停地反复揉搓,后又捞出放在捶布石上用棒槌反复捶打,慢慢地,白布变成了银灰色。

就这样,小小的北村里,大人娃娃都穿上了用祖母的土织布做成的衣服。记得1976年的春天,元宵节刚过,我穿着全新的黑棉袄、黑棉裤、黑棉窝窝鞋第一次走进车村小学时,许多小伙伴都投来很羡慕的目光。然而,更让我感到自豪和风光的是,有几个同村的小伙伴说,他们的衣服也是用我祖母的土织布做成的,我高兴得差点一蹦三尺高。

弹指一挥间,三十年过去了。可那老旧的纺车、织布机,还有我勤劳善良的祖母却时时浮上我的心头。

父亲的魂在我身边

亲人之间有心灵感应吗？我的亲身经历告诉自己，这是肯定的。

记得1991年的三月里，连续有好几天，我老是感觉忐忑不安，惶惶不可终日，好像有什么事情要发生。不久，有天晚上，我就做了一个非常奇怪的梦，梦见自己和学员们正在三间房的大宿舍里睡觉，门突然哐啷一声打开了，进来一口偌大的红棺材，径直朝着我的床头而来。当时，我被吓得出了一身冷汗，连忙哆嗦着坐起来。睁开惺忪的睡眼环视左右，搜索房间，什么也没有。只见宿舍里静悄悄，如水的月光照进窗户，室内亮晃晃的，学员们正沉浸在甜美的梦乡里，鼾声隐隐约约，此起彼伏。棺材，红棺材，而且朝我而来，这究竟是怎么一回事？我心里七上八下，害怕极了，到天明也没有合眼。翌日，我头脑昏沉，精神恍惚，坐立不安。没料想，午饭时，哥哥就急煎煎走进了我们那个小院子。他说，父亲殁了。家里打了电报，也不见我回家。办完丧事，祖父实在不放心，就让他来找我，看我好着没有。我一下子软瘫在床边，泪水禁不住泉涌而出。

下午，我就向辅导员老师请了假，跟着哥哥急匆匆回家了。回到家里，天早已黑了。我是性格太内向的人，看着祖父、祖母、母亲、哥哥、妹妹都默默无声地围着我，满脸戚然，我感到自己心碎了。但我强忍着，没有号啕痛哭，一任伤心的泪水往腔子里流。我不知道如何安慰我的亲人们。忽然，不知怎么回事，我的头就疼起来，几乎要爆炸似的。看着我在炕上翻来滚去，非常难受，母亲就说，一定是撞上父亲的魂了。这时，她连忙让家里其他人离开，让我头朝炕边平躺着，不要动。又从瓮里舀来一碗清水，拿来一把筷子，蘸了水，画着圆弧，在我身上淋洒了一遍又一遍。母亲喃喃自语："他爸，你走时娃没回来。刚一回来，你就吓他？立住，立好，你肚子饥了，我给你取馍去。"真奇怪，我看见筷子在碗里端端地立着。接着，母亲掰了一疙瘩馍放在水碗里，说："我送你走。娃已经长大了，你就放心去吧，别回来了。"说着，她就把筷子摁倒，端着碗从门里跑出去了。一会儿，母亲回来了。她说："你爸去时，你没回来。肯定是嫌你没给他烧纸。"我赶紧爬起来去烧纸，去上香。就这样，我的头疼病似乎突然间好了。

这样的事情，我不知道如何去解释，但我相信人死后是有魂的。特别是我的父亲，我总觉得他虽然离开了，但他的魂依然每时每刻在我的生活里转悠。有这样一件事情，别人也许根本无法相信。

那是 1996 年，我已经二十八岁了。当时，村里人大都搬到窑垴垴上的新房里去了，老村沟边的土窑洞都被各家各户做了牛羊的牲口圈。暑假里的一天下午，我去门前的沟底放牛。傍晚时分，我把牛赶进了老屋的院子。院子坐西朝东，没有院墙。在斑斑驳驳、荒草离离的土崖下，有两孔土窑洞，一孔是家里的牛圈，另一孔塌窑借给邻居圈着一群羊。院子里，父亲手植的几棵梧桐树，根深叶茂，遮天蔽日。邻居的羊还没有回来，我家牛圈门大开着。我家的牛站在门口，把头摇晃过来，摇晃过去，就是怎么也不进去。给人的感觉就是好像门背后有什么东西。能有什么呢？右手门后是过去我们睡了多年的大土炕，左手门后啥也没有，窑洞中间是牛槽，再里面是石磨子，能有什么呢？我有些气不打一处来，便拿起手中的镢头把在牛脊背上狠狠抽了一下。那头牛这才身子紧贴着左手边的门，咚咚咚地跑了进去。我随后紧跟着就跨进了门槛。突然，右手门后传来很清晰的呻吟声。啊，怎么是父亲的声音！怎么是父亲的声音！父亲已经去世五年了。我倏地感到全身发麻，脸皮发紧，头发都乍了起来。我忽然想起了母亲曾经对我说的话，说是

每个人都有三盏灯，头顶有一盏灯，左右肩膀上各有一盏。如果遇到鬼祟，千万不要回头，要不然，肩膀上的两盏灯就灭了。所以，我当时硬是没有扭头去看，径直走向槽头，慌慌张张拴好了牛，就飞也似的跑出了牛窑，跑出了老村。

跑出沟边的老村，我看见夕阳还没有落窝。回到家里，我战战兢兢说起这事。母亲几乎是不假思索地说："你一定是撞上你爸的魂了！牛是阴阳牲口，能看见。前几年在老屋里我也听到过你爸的咳嗽声。"哥哥也说，他每次放牛回来，牛也是站在门口，摇头晃脑，就是不进圈。晚饭后，母亲领着哥哥，拿着香蜡纸，去老屋为我叫了魂。回来后说，牛缰绳根本就没有拴住，牛圈门也没有上锁。我说实在记不起来了。此后，连续有好多晚，我因为这件事做噩梦，睡不好觉。

这件事情，听起来很离奇，不可思议，但绝对不是杜撰。反正，就是到现在，快二十年过去了，我每每想起来，就毛骨悚然，浑身起鸡皮疙瘩。这是我有生以来亲身经历的最害怕、最恐怖的一件事。因为，我亲耳听到了死去父亲的声音！从这件事里，我更加相信了母亲的话，人死后是有魂的。特别是像我父亲这样的冤魂，生前活得痛苦，死后仍很纠结，很不甘心。

听母亲说，父亲祖籍甘肃武都县（现陇南市武都区），出生在逃荒的路上，很小的时候被祖父收留，长大后参加县上的水电站建设，开始当炮手。由于父亲老实，人品好，成绩出色，最后被水电站留下来，一直工作了十六年。在那个普遍吃不饱饭的年月里，他省吃俭用，背着家里人，悄悄攒了二百多元钱和一百六十多斤粮票，放在室友的箱子里，想等以后带我们回老家看看。不料，人心险恶。后来，那个室友就讹他，说没有放。父亲咽不下这口恶气，就和那人吵闹，甚至厮打。这真是哑巴吃黄连——有苦说不出啊。更何况那个年代公道不彰，公理不存，哪有说理的地方。于是，就在我童年时候的一个风雪交加的夜里，父亲被扭送回来。不仅钱和粮票没有讨回来，又丢了工作，还被关进了劳教班，被村里人看不起。起初，他也积极劳动，只

不过总是闷闷不乐,一言不发。后来,经常看见他自言自语,叫着那个室友的名字,咬牙切齿地骂。有时能絮絮叨叨骂一个晚上,吵得我们都睡不着觉。再后来,父亲就像丢了魂一样,经常一个人在田野里、深沟里游转,三五天都不回家。就这样,在有冤无处申、有理无处辩的情况下,父亲的精神彻底崩溃了。1991年的三月,父亲死在了野外的槐树林里。

按农村人的说法,父亲的死是一种非正常死亡,属于横死。既是横死,那他的魂就天不收地不管,到处漂泊流浪。所以,父亲虽然含冤九泉,但我觉得他的魂依然没有离开我们;他的魂依然在沟边的老村里,在老屋的院子里,在那个居住了几十年的窑洞里,在门背后的那个土炕上。我相信,他能看见我们,只是我们看不见他而已。大概正因为有这样的想法吧,我每次来到老屋的院子或窑洞里,在干活前总是先毕恭毕敬地为他点燃一支烟,放在他生前经常靠坐的柿子树根上,或者放在土炕边的砖头上。然后,静静地看着香烟袅袅地燃尽。

因为,我始终相信,父亲的魂一直就在我身边。

昨夜父亲入梦来

　　许多人曾这样说:"日有所思,夜有所梦。"这话有一定的合理性。估计每个人都有过这样的经历、这样的体验呢。

　　正月初七,是法定的各个行政事业单位统一收假的日子。没料想,初九中午回家,我走路不小心,平地跌倒,崴了脚,竟然崴成了重伤,当下就胀了起来,红肿红肿的,像面包,妻子打趣地说,简直就像肥厚的红烧猪蹄。过了几天,瘀血出来了,青紫青紫的,又像胖乎乎的茄子。下床也作难,走路扶着墙,一瘸一拐,更不用说上下楼梯了。没办法,就请假,躺下休养了。我整天抱着伤脚,用热水敷,用手揉,用药搽,一遍又一遍。就这样,一天又一天,我数着日子熬过了三个星期。虽说痛感越来越轻了,瘀块越来越小了,但要一下子像往常那样迈开步子自由行走,确实很难很难。这时,我的心里就不安然了,就很急躁,一急躁,就烦躁得不行。老是想着,脚何时才能好起来?我何时才能上班去?

　　我做了一个非常奇怪的梦,梦境断断续续,恍恍惚惚,也真真切切,让我难以释怀。好像在什么沟里,高高的山,青青的山,山上百草丰茂,风景似乎很美。我到处找水喝,忽然扭头看见沟底有一条绿汪汪的溪水。怎么到水边去呢?正困惑间,竟然喜出望外地看见了一个老熟人,正在溪流边汲水,挑了一担水往上走。我连忙跳下荆棘丛生的塄坎,到了水边,也看到了一条小路。不知啥时候,我又来到了过去曾经工作过的车村中学的院子里,我背着一捆干柴,路过自己的办公室门前,往出走。父亲不是过世多年了吗?怎

么在我的床上躺着，好像还瘫痪了，痛苦不堪地大声呐喊着。我觉得很奇怪，只是背着柴往前走。不料，走到大路上，父亲悄悄地跟了上来，一把拽住了我的左脚。我不由得腿一蹬，梦忽然醒了。我被吓得出了一身冷汗，拿过手机一看，清晨五点四十分。

这究竟是怎么一回事呢？我心里忐忑不安。

忽然，就不由得想起了多年前的一个梦。那时候，我还在乡下的学校教书。一个寒冷的冬天，我连续几个晚上梦见了父亲，记得最清楚的是，父亲来到了我的宿办室，站在我的床前，默默不语，用手给我盖被子。我忽然就醒来了。那几天，一进房子，总感觉他好像站在我面前，夜里更是如此。我被吓得惶惶不可终日。回家向母亲说起这事。她说，你父亲来看你了，也托梦给你，他缺衣少穿，没钱花了，赶紧给他烧些纸钱吧。我照着做了。此后，果然再也没有梦见父亲。

父亲是1991年春天过世的，距今已经过去了二十四个年头。2002年，我被调进了县城工作，顺便把家也带了过来。在这些年里，每逢十月一、冬至、大年夜这些日子，我都会在街边买几张烧纸和一沓沓冥币，夜里来到楼下，在地上画一个不封口的圆圈，中间画个十字，然后面朝老家的方向跪下来，诚惶诚恐，毕恭毕敬，把纸和冥币烧给父亲，还有过世的祖父、祖母和母亲，让亲人们享用，心里也默默地祈祷他们保佑全家平平安安。死者长已矣，生者长相思。我和周围的许多人一样，只是用这种简单朴素的方式，来表达不忘根本、不忘亲人养育之恩的一种念想罢了。但愿他们泉下有知，能时时看着我们一家人吃喝拉撒，活得健健康康，活得快快乐乐，活得有模有样。

有人说，梦是现实生活的反映。昨天晚上，他竟然来到了我的梦里。这是要告诉我什么呢？我仔细地一遍又一遍地回忆着琢磨着梦中的情形。我总觉得梦就像一首美丽而隐晦的诗，是通过意象来反映生活的。梦中的我又"挑水"又"背柴"，又"背柴"又"挑水"。水？柴？柴？水？我忽然大彻大悟,原来是"薪(就是柴的意思)水"之意啊。如此看来,挣工资养家是我的生存现状,也是我目前最大的目标。难道不是吗? 那么,父亲拽住了我的脚,又是什么意思呢? 我想,父亲是不会整他的儿子的。难道他是想告诉我,好好养伤,把自己的身体看重一点,把身外的钱财看淡一点? 确实啊。因为我想起了一副对联:"上联:爱妻、爱子、爱家庭,不爱身体等于零。下联:有钱,有权,有成功,没有健康一场空。横批:健康无价! 穷人失去健康,等于雪上加霜。富人失去健康,等于一辈子白忙。男人失去健康,老婆会成为别人的新娘。女人失去健康,老公会重新装点洞房。老人失去健康,天伦之乐成为奢望。儿童失去健康,孩子父母痛断肝肠。人这一辈子,没了健康都是在瞎忙!"

父亲生在逃荒的路上,从小受苦受难。后来,在县里的一家电站当了工人,节衣缩食,省吃俭用,曾瞒着家里人,辛辛苦苦攒了一百六十多斤粮票和二百多元钱。这些粮票和钱放在同室的工友的箱子里。再后来,卑劣无耻的工友拒不承认。老实巴交的父亲一下子就被气得精神失常了。这样的事情,在那个黑白颠倒的年代,找谁去理论? 于是,父亲就被五花大绑着,在一个大雪飘飘的夜里,被遣送回来了。他不但丢了工作,病还越来越严重,最后就含冤去世了。死时,只有四十四岁。

岁月峥嵘,世事沧桑,人心险恶。不料想,二十四年后,父亲来到了我的梦里。难道是他真的把这些都终于想明白了,想开了,看淡了? 所以,才以梦的形式默默地暗示我:一个人,活着比什么都重要。只有活着,才是最真实的,才是最精彩的,也才是最值钱的。只要本本分分地活着,健健康康地活着,平平淡淡地活着,安安全全地活着,本身就是最大的幸运和幸福。什么钱财、名誉、地位、权力……都是身外之物,生不带来,死不带走,都是靠不住的东西。

想到这里,我忽然蝉蜕了、超脱了,有一种茅塞顿开、醍醐灌顶的感觉。父亲,我终于想通了! 谢天谢地,我还活着,我的脚也快要好起来了!

这天夜里,我把冥币烧给父亲,心里一下子无比坦然,无比释然。

长兄比父

    在乡下,有这样一句老话:长兄比父。初次听到这句话,我曾感到纳闷,感到困惑。长兄就是长兄,怎么能和父亲比呢?后来,随着年龄稍长,我才渐渐从自己的生活经历中理解了这句话的含义。原来,长兄比父,是相对于年幼的弟妹们说的。作为哥哥,生在前长在前,承担着扶养弟妹成长的责任和义务。

    我的哥哥是小学二年级辍学回家的。穷人的孩子早当家,就从那时开始,他已经学着当家立事了,用稚嫩的双肩扛起了养家糊口的重担。

    那是 1978 年,我们全家七口人,是村子里人口最多也最困难的一个家庭。祖父祖母灯笼火把,有年没月,离大去之期不远;父亲早年被恶人构陷精神失常,母亲多年来患有风湿性心脏病、肺气肿,他们丧失了劳动能力。常年四季,家里缺人手、缺劳力,吃不上,穿不上,总是寅吃卯粮、拆东墙补西墙,日子紧得像绳子捆了一样,恓惶极了。十三岁的哥哥,少年老成,早已无心读书,不顾家人的反对,毅然决然弃学回家,铁心务农挣工分,风里来,雨里去,为生产队放起了羊。1979 年,中国农村包产到户,家里分了几十亩沟坡地,农活就更多了,也更忙了。无奈何间,哥哥只有整天跟着风烛残年的祖父和祖母下地干活。天长日久,在祖父的带领和指点下,他小小年纪就学会了锄地、犁地、耙糖、播种、扬场等各种各样的农活,甚至成了村里最年轻的把式。

人都是被生活逼出来的！我的哥哥更是这样。

我的哥哥，虽然"斗大的字识不了一毛线口袋"，但他的头脑非常灵活，胆子很大，敢想敢做，善于折腾，有一肚子的生意经。为了增加家庭收入，贴补家用，供我上学，他向祖父提出了养羊的想法。祖父很支持，但家里拿不出一分钱来。俗话说："嘴上没毛，说话不牢。"为了能借到钱，他就让祖父出面以人格担保，大胆向村里一户有钱的人家借了二百元高利贷（一百元每月七元钱利息），买回了七只小山羊羔，精心饲养起来。眼看着这些羊羔长大了，但没料想在一场瘟疫中，这些家伙一只一只死光了。可是，哥哥并没有气馁，他又央求祖父向亲戚借了四百元钱，买回牛犊养起来。养大了，有点利润，就赶紧卖了还账，腾出一些钱就再买一头牛犊回来继续养。他硬是凭着自己的倔强，以及不停地倒腾，一百二百，三百五百，交清了几千元的彩礼，娶回了我的嫂子。农村有句古训："富不离书，穷不离猪。"按哥哥的说法，养猪没有一点利，就是将零钱变作了整钱而已。所以那时，家里每年都养猪。年初从集市上赊一对猪崽回来，养到半大不小，卖掉一头还账，另一头养大喂肥了，年底再卖，换一疙瘩钱回来。有时，哥哥也买一头猪婆回来养起来，一年下两窝猪崽，盼到出月，就一只只背绑起来，放在草笼里，挑到集市上去卖。有人说，我们家是穷根扎到了海底里的。在家庭人口多、负担极其沉重的情况下，年轻的哥哥当家立事，总是不断地穷折腾。他养过灰色的肉兔，养过雪白的毛兔；他也挑着担子，翻沟越岭，十里八村地贩卖过鸡蛋和药材，挣着分分厘厘；也带着我在酷热的暑假，在村里的砖瓦场里汗流浃背地干活，一架子车一架子车往砖窑里或砖窑外拉着砖瓦，手指头被磨得血肉模糊。

后来，我初中毕业考上了陕西省彬县师范学校。说真的，像我这样的家庭，考不上学愁，考上了学也愁。也许是凑巧，也许是天无绝人之路，正当一家人为我的学费一筹莫展的时候，家里的老猪婆下了十四个猪崽。这些小家伙活蹦乱跳，见风见长，八月半间出月时，个个长得圆鼓鼓的。哥哥把它们挑到集市上卖了八十多元钱。拿着这些钱，哥哥在商店里买了大红的缎被面子、白布里子，称了六斤棉花，为我做了一床铺盖；还为我买了一件蓝色的衫子，买了一个洋瓷碗、一个洋瓷缸。9月13日开学的日子，老天风起云涌，下着瓢泼大雨。哥哥撑着雨伞送我去上学，我们一路换着背铺盖，走了四五十里弯弯转转的山路，才搭上长途汽车。到学校报到后，一位老师指着哥哥说，你再给孩子交二十元生活费。到了宿舍，一位同学的父亲也把哥哥误认为我的父亲。当时，我一阵心酸。其实，他们哪里知道哥哥仅仅比我大两岁。我想，他们之所以出现这样的错觉，也许哥哥的面孔太显苍老吧。

1983年春季里的一天，我放学回家吃饭。老远就看见我家的院子里站满了人，叽叽喳喳，唏嘘不已。挤进去一看，家里的两孔窑洞坍塌了一孔。当时，我突然感到了一种无家可归的悲凉，眼泪禁不住就流了下来。还算幸运，要是晚上坍塌，后果简直不堪设想。此后，我们全家就来到了村外的砖瓦场上，收拾了三间破破烂烂的茅草房蜗居下来。在这里，哥哥简简单单结了婚，我也读完了初中，考进了师范。那时候，哥哥领着祖父、祖母和三年级就辍学的妹妹，年年养牛、养猪、栽烤烟。1990年春季，哥哥起早贪黑，东挪西借，买木料，赊砖瓦，终于建起了属于我们自己的六间土坯房，结束了全家人风飘云荡、无家可归的日子。

解决了全家人的住处之后，哥哥立即就把我的婚事放在了心里。他先是到处托人给我提亲，方圆十里八村，说了一个又一个，人家都回话说，嫌我家有四个老人，家里太穷，负担太重了，没人愿意睁眼跳壕，把女儿往火坑里推。后来，终于要订婚了。我家盖房的账还没有还清，哪里有钱交彩礼啊？实在无可奈何，哥哥就把家里那头膘肥体壮的大犍牛忍痛卖了，交了第一期彩礼。结婚的那年，哥哥作尽了难。他请木匠给我做了高低柜和写字台，又请人专门给我收拾了房子。为了借钱，他东奔西跑，几乎走遍了所有有钱的亲戚朋友家，借了两千元的高利贷。就是我结婚那天穿的外衣和内衣，都是他领我到县城买的。就这样，他以我的家长的身份风风光光、圆圆满满地操

持了我的婚事,左邻右舍称道不已,佩服不已。

　　如今,几十年过去了,我却常常想起这些事情。长兄比父,对于比我大两岁的哥哥来说,这是多么的不容易啊!可他却实实在在担当起了这个责任,所以我永远敬重他。

妹子、狼和小羊

在我们兄妹三人中，只有我坚持上完了小学、初中、师范，最后完成了学业。哥哥是读完二年级时辍学的，妹妹是读完三年级时辍学的。

其实，妹妹很聪明，读书很用功，从来不用家里人操心，她每年都是班里的三好学生，每年都往家里捧奖状回来。同学们非常羡慕，左邻右舍也啧啧称赞。可是，四年级开学时，家里怎么也搞不到学费。年纪小小的妹妹，看到父母病恹恹的，失去了劳动能力，祖父母灯笼火把，还要起早贪黑，累死累活地拉扯一家人的生活，就干脆提出不念书了。就这样，妹妹默默地永远地离开了学堂。

那年，我十七岁，正读初中二年级，妹妹只有十一岁。

穷人家的孩子早担当。妹妹辍学以后，就自觉地帮着家里人干起了家务活。那时，家里养着一头黄牛、两只奶羊。一年四季，牛羊主要靠放养，风雨阴晴，每天两晌，除了冬季大雪封山的时候，天天如此。妹妹年纪很小，但她却默默地承担起了放牧牛羊的任务。每天早上天不亮，她就跟着村里的人们把牛羊赶下了山沟。"放羊摘酸枣"，这是我们农村人常说的一句话。妹妹是深深地懂得其中的含义的。所以，她放羊放牛的时候，有时手里拿着铲铲，拎着草笼或菜篮，有时带着镰刀，有时肩上扛着镢头，有时还带着袋子、绳子之类。放牧归来的时候，她从来没有空过手。早春二月，青黄不接，有时她会拎回来一篮子黑黢黢的地软，洗净淘干，用玉米面包成红苕大小的

"角角"，好吃极了；有时会拎回来一笼绿生生的小蒜，洗净剁碎，撒上盐，浇上醋，蘸馍吃，味道香辣新鲜，实在"香死老汉"呢；有时，她会扛回来瓷瓷实实一袋子树叶，有时背回来一嘟噜青草，有时背回来一捆干柴……倘使秋天，妹妹会不怕刺，一布兜一布兜摘回红艳艳的酸枣来，酸甜酸甜，去皮之后晒干，拿去卖钱。然而，更多的时候，她却是一边放牧牛羊，一边挖蒲公英、白蒿、柴胡、黄芩等，晾晒干了，就卖给收购站，换回我的学费，还有日用零花钱，以贴补家用。

那个时候，我们村子周围常常有饿狼出没，为害乡里，人们担惊受怕，平时都不敢单独出门。到了半夜三更，常常可以听见远处传来的群狼学娃哭、学牛叫、学狗叫的声音，一声接着一声，听得人毛骨悚然，不寒而栗。当时，一位同学的父亲和一个名叫"石猴"的猎人，用铁夹子套住了一只狼，拴在了村子窑垴垴禾场边的杨树上。那狼时而张牙舞爪，时而低吼咆哮，样子非常凶恶，惹来了全村男女老少的围观。听母亲说，父亲以前当过炮手，身体好着的时候也曾自己配制炸药炸死了几只狼和几只狐狸。

在这样的情况下，村里养牛养羊的人，大都不约而同、成群结伙，组成浩浩荡荡的队伍，一块儿去放牧，图的是相互之间好有个照应。说起来也怪，我们家运气不好，很倒霉。有一天，妹妹跟着村里的人合伙去放牛放羊。偌大的一群牛和羊，散开在密密的草丛里。不知什么时候，我家的一只奶山羊就被几只饿狼咬死在了沟渠里。等人发现时，只剩下一堆乱七八糟的骨殖了。妹妹曾经为此大哭了一场，还伤心了好一阵子。过了不多久，有一天早晨，还是妹妹与大伙合伙去放羊。到了早饭时候，该收群回家了。羊呢？羊呢？我家的羊又出奇地失踪了。妹妹心急如焚，哭着不回家，一个人坡上坡下地跑，沟里沟外地找。村里人回来一说，祖父一下子面如土色，浑身打着战，暴跳如雷，嘴里喃喃自语："咋能这样呢？咋能这样呢？她那么小，怎么能撂下她一个人？"于是，赶紧拉上哥哥连颠带跑去找。午饭时，妹妹被邻村一个走亲戚的过路女人领回来了。祖父满脸释然地说："丢了就丢了！人回来就是了，你咋就那么犟呢？只要你好着，比啥都强啊。"说着，祖父忽然老泪纵横，泣不成声。我们也禁不住泪水夺眶而出。过路的女人说，她走到沟底，眼睁睁看到一只羊被两只狼撕扯着，向远处去了。她当时一个人，不敢喊，也不敢撵。

狼啊狼，你给我们留下了多么可怕的记忆！

祖父四岁时成了孤儿，不久入了"丐帮"，四处讨饭，剜野菜，他亲眼看见一个伙伴被狼叼走。十岁时，他给本地一个富户当童工。夏天的傍晚，乌云如盖，暴雨将来，他正在麦场上低头捆麦子，一只狼忽然咬住了他的脖子，他疼极了，就紧紧抱住狼，被叼了几里地。后来，又给人家放羊，曾被群狼从后面穷追不舍，一直撵到了村里……一次次狼口余生。

狼啊狼，你咋就这么凶恶歹毒？一下子从羊群里残忍地吃掉了我们家的两只羊！事后，祖父曾唉声叹气地说，啥都不怪呢，只怪我们家运气不好。妹妹坚持说，只怪自己顾着挖柴胡，太马虎，太大意，没有看管好。她无论如何都想不到，怎么又是我家的羊被狼吃掉？

是啊，全村的羊都挤在一块儿吃草呢，那狼怎么就找得那么准呢？

二爷家的窑院

老家的小村子紧紧偎依在一条沟渠边上。远远看去,一孔孔土窑洞高低错落,前后凸凹,窟窿眼睛的,乱得像鸡窝。村里二十多户人,几乎家家没有院墙,出门不几步,就到了深沟边。

二爷家的窑院在村子里是颇为特别的。他的庄子坐北朝南,东挨壁立的土崖,西边不远处还是土崖,南面临着深深的沟渠,对面是一个叫作"城台台"的小山头。人都说,这是一个背风向阳的风水宝地。在正面高高的黄土崖下,凿着三孔窑洞,一大两小,大窑里住着二爷和二婆;墙犄角里的小窑,住着村上一位杨姓的记工员。小窑洞的上方有一孔开口的高窑,那是二爷的仓库。在大窑旁一人高的窑窝里,常年穴居着一窝土蜜蜂。有经验的老人们说,凡是有土蜂窝的地方大都背风向阳,风水比较好,蜜源比较近。

就这样,二爷家的窑院成了村子里最暖和、最有生气,也最有人气的地方。

大约从农历正月开始吧,一些大孩子就整天在村里跑来跑去,扯着嗓子高唱着坊间流传的《九九歌》,其中最后一句是"九九八十一,老婆老汉顺墙立"。那时天寒地冻,正是乍暖还寒时候,门前的沟壑里还积着厚厚的残雪,一股股刺骨的风扑腾扑腾撞着门窗。日头出来了,天放晴了,人们就纷纷从家里走出来,身上依然穿着老棉袄,弓着腰,笼着手,打着哆嗦,一见面便寒暄着,搭讪着:"走,转转去。""走,晒暖暖去。"二爷家的门似乎永远敞开着,窑院里阳光灿烂，没有一丝风，暖暖和和的。不一会儿，就三三两两聚拢来好些人。大家或者坐在炕上，或者站在地上，或者靠着门口的土墙狗蹲下来。没事儿就唠着嗑，谝闲传，说笑话，有一搭没一搭地聊着那些陈谷子烂糜子八辈子不上串的经年往事，扯着油盐酱醋茶琐琐碎碎的家务事，传着方圆十里八乡虚虚实实的花边新闻。往往这时，有人干脆掏出烟包放在地上，大伙儿便都凑上去，你剜一锅子我剜一锅子，或者你卷一棒子我卷一棒子，有滋有味地抽起来。

二爷是村里年龄最长的老人，瘦高瘦高，长着小蒜头鼻，满脸沟壑，没有胡须。听爷爷说，二爷是一个命很苦的人，年轻时候多灾多难，一家子十几口人，全在饥荒、瘟疫、匪患、战乱中丧生了。后来，收留了逃难到家门口的大伯做干儿子，这才延续了那一门的香火。按大伯的说法，他是年馑月里，一个十几岁的娃娃，从滩滩滚到了洼洼。二婆个子矮小，腿脚不好，是个典型的小脚女人，走起路来，拄着拐棍，颤颤巍巍。二爷和二婆都抽烟，二爷用的烟锅杆子很短，约有五寸长；二婆用的烟锅杆子很长，约有二尺。一年四季三百六十五天，他们的土炕上天天放着一个脸盆大小的烟笸箩。人们下地前或劳作回来路过门前时，都喜欢到二爷的屋子里坐坐，喝口水，抽锅烟或者卷个棒子。二爷是个沉默寡言没脾气的人，半天都说不上一句话，几乎没有见过他开怀大笑的样子。就是大家吞云吐雾谝得不亦乐乎的时候，他也沉默不语，很少主动说话。只见他坐在人堆里，默默地，幽幽地，一锅子一锅子地抽着烟，眯着眼睛，似睡非睡，不惊不喜，一副木讷的样子，偶尔"嗯""哦"应答一下。二爷是喜欢孩子的。球娃哥带着我们一进屋子，就扒开盆盆罐罐，到处找好吃的。或者一会儿躲在老瓮背后，一会儿藏在案板底下，一会儿跳进粮囤里，天不怕地不怕地捉起迷藏来。总之，不论我们怎么捣乱怎么淘神，他总是笑眯眯地看着，一言不发。二婆就不一样了，她是个话匣子，伶牙俐齿，很能说的，实在受不了，就厉声吼喊起来："我把你们一群碎土匪！"顺手就抄起笤帚撂过来，把我们赶得鸡飞狗跳墙，作鸟兽散了。

日子就这样有滋没味、糊里糊涂地向前过着。

二爷家的窑垴垴和院前沟边边长满了密匝匝的枣树。似乎谁也没有注意到，随着夏天不期而至，这些枣树不知不觉间就开花了，有意无意地为小院带来了无限生机。天光大开，风和日暖，一片片鹅黄嫩绿的叶子里，一串串金灿灿的枣花，静静地摇曳着，米粒似的簌簌地撒落下来。窑院里，到处弥散着一股淡淡的甜甜的香气，二爷家的那窝蜜蜂也跟着空前活跃起来，整日沸沸扬扬，飞出飞进，忙碌不已。来到院子里，耳边嘤嘤嗡嗡，仿佛走进了一个偌大的蜂箱。一个小伙伴曾经由于太害怕，对眼前的蜂手之舞之、足之蹈之，竟惹来一窝蜂的围攻，被蜇得抱头鼠窜，脸肿成了弥勒佛。

就在这静悄悄的枣花雨里，每天天刚麻麻亮，就有人拿着木杈、木锹、尖杈之类农具来到二爷家的窑院里，一边叮叮当当地收拾着农具，一边咕咕哝哝地谈论着当年的收成。熹微的晨光染上窗棂，鸟儿也聒噪起来，我们呼朋引伴聚到窑院里，无忧无虑，肆无忌惮地疯玩起来，乐得常常连饭也顾不上吃。有时，抢着哧溜哧溜爬上树抓蝉，用细线拴成一串，拍得吱吱哇哇叫，嘻嘻哈哈听响声；有时，猫着腰玩捉蜜蜂的游戏，一旦看见蜜蜂钻进了地上的桐花，就赶紧捏住桐花这头，听蜜蜂在里面呜呜乱叫；有时，扫出一块地皮，画出"米"字形方框，双手抱住一条腿，以金鸡独立之势，兴趣盎然地玩着踢方的游戏；有时，伙伴们轮换着打陀螺，直打得院子里烟山土雾……到了傍晚时分，记工员老杨就站在窑院中间大声呐喊起来："记工了！记工了！"听到喊声，劳作了一天的人们懒懒散散地围了过来。等人们走完了，天也彻底黑了，我们这才喊叫着回家了。

二爷终生勤劳，老来身体硬朗，一直和儿孙分开生活。秋天来了，他种的谷子、玉米丰收了，一下子就堆了半院。二爷的孙子球娃哥，长得健壮如牛，有碌碡一样的腰身，人很老实、很孝顺，干活非常卖力。他敏捷地爬上梯子，帮着二爷把谷子、糜子一袋又一袋背上了高窑，又抡圆了膀子，扔飞镖似的，把玉米棒子一个个扔了上去。眼看着二爷家的枣子慢慢地由青绿变黄

白,由黄白变黑红,终于成熟了,我们心里非常高兴。打枣的日子里,二婆乐颠颠地请孩子们去帮忙。球娃哥像猴子一样爬上崖畔的枣树,狠劲地摇着打着。一阵密麻麻的枣子雨霎时就唰唰唰、砰砰砰地下了起来,砸在我们的身上、头上、胳膊上。枣子在地上活蹦乱跳,我们欢快地跑着,追着,捡着,吃了一个又一个,心里头那个甜啊,简直跟喝了蜜汁一样。

不错,我们确实吃到了沁人心脾的蜂蜜。每年的农历十月前后,二婆都会兴冲冲地迈着小脚,拄着拐棍,东家出来,西家进去,为村里每户人家送去一茶盅自家的枣花蜜。颜色黑红黑红的枣花蜜,黏黏糊糊的,味儿很甜很甜,直甜到人们的心坎里去了。

土蜂之殇

　　土蜂是一种经营社群生活的小昆虫。

　　据说,土蜂对生存环境的要求是极其苛刻的,巢居的地方必须安静、背风、向阳,既淋不着雨,又要有充足的蜜粉源。

　　二爷家的窑院周围长着许许多多的枣树,向阳的墙面上,凿着一个土窑窝,不深不浅,四四方方,窑窝口用光滑的土坯封着,中间只留一个核桃大小的窟窿。一群黄黑色的土蜂穴居其中,早出晚归,出出进进,忙忙碌碌。这些小家伙很听话,生活很有规律,从不要人喂养,也从不要人经管,每到冬天,便可割下甘甜爽口的蜜来。大家伙儿不止一次地尝过二婆送上门的枣花蜜。

　　似乎是农历四月间的事情了。

　　艳阳天,艳阳地。旷亮的天空下,阳光洒满了沟边的小村子。一天早饭后,二爷家窑院里的那窝土蜂突然间倾巢出动,真正变成了一群"没王的蜂"。一下子院子里到处都是蜂,地上的,空中的,密密麻麻,熙熙攘攘,飞来飞去,不停地撞到人的脸上、手上、身上,简直让人睁不开眼睛。

　　面对如此异常的现象,好些人疑惑不解,嘀咕开了。有人说,蜂要分家分群了,新的蜂王出现了,老蜂王要离家出走了。一直靠在土墙上默默抽烟的二爷,慢慢吞吞地说:"蜂群向着旺处飞。风水变了,它们要全家出逃了。"出逃?逃到哪里去?怎么办呢?怎么办呢?二爷接着话茬说:"天意难违啊,不顶用的。啥事都有个兴和败。万事随缘,还是顺其自然吧。"院子里的蜂越来越多,飞舞着,盘旋着,集结着,慢慢地向前移动着。真正急死忙活的是二婆,她说:"就你老头子死犟,大伙搭把手赶紧堵啊。"二婆的话太有号召力了,大伙儿纷纷跑回家,从炕洞里、灶膛里抓出草木灰来,提着笼,端着盆,急煎煎奔上窑垴垴。须臾间,整个村子里哗然骚动起来,所有的闲人都投入到了围追堵截蜂群的战斗中来了。只见成群结队的土蜂像一股黑风,扶摇而上。"过来了!""快扬!""又过去了!""快扬!"人们一边呼叫着,一边抓起灰迎头就扬。刹那间,村子上空烟山土雾,天昏地暗。蜂群像一条被天兵天将包围了的黑色虬龙一样,尽管忽上忽下,左冲右突,还是被拦截了回来。

蜂群回旋着,回旋着,慢慢地落下来了,落下来了。最终落在了三爷家门洞前沟边的一棵歪脖子枣树上。成千上万只土蜂围着蜂王,密密麻麻粘在一起,紧紧抱成团儿,蠕动着,蠕动着,慢慢地凝结成向日葵头大的一堆,远看仿佛一团晒干的黑牛粪。周围的土蜂显得烦躁不安,飞舞着,喧闹着,似乎不知所措。

许多人蹑手蹑脚地围了上去。二婆挤进人群,嘴里喃喃地说:"这可咋办呢?"

三爷喜出望外,一下子来了兴致。他摆出了一副先下手为强的架势,毫不犹豫地对身后的家人说:"快去拿笊篱!赶紧收蜂!"几个孙子连颠带跑地端来一碗白糖水,递给他一把笊篱,将一项旧草帽扣到了他的秃脑门上。三爷接过碗,猛喝一大口白糖水,噗的一下就喷到了笊篱上。他十分麻利地将笊篱贴了上去,用一根长长的棍子,小心翼翼地把蜂团拨到了笊篱上。不一会儿,三爷的帽子上、羊胡子上、胳膊上也爬满了蜂,他被蜇得龇牙咧嘴,嘿嘿直叫,眼尖手快的孙子赶紧咬破蒜瓣,在他脸上擦了几下。接下来,三爷便像端着一团火焰似的,端着一团蜂,扬扬得意地走进了自家深深的门洞。进了院子,三爷爬上梯子,非常小心地把蜂群安顿到了自家院子的旧蜂窑窝里,三下五除二就封了口。此后的几天里,听说三爷好像病倒了,脸肿得好长时间不敢见人。

话说,当时三爷把蜂收走了,头也不回地走进自家院子,二婆的眼睛都绿了,脸色蜡黄,很不好看。也许她在想,这蜂本是她家的,凭什么三爷就要收回他家去呢?对于三爷来说,也许他在想,蜂落在了自家的枣树上,就应该是自家的。所以,他才不管二婆乐意不乐意呢。

其实,二爷和三爷是很亲近的堂兄弟,两个院子中间被一堵薄墙隔开,两边说话,彼此都能听得见。但仔细看,两家院落的小气候和风水情况还是明显不一样的。二爷家的院子,前边没有围墙,背风向阳,开阔豁亮,窑垴垴和院边边都长满了枣树。那窝土蜂在二爷家的窑院里生活了好些年。可三爷家的院落,阴气比较重,一个深深的幽暗的门洞内,四面高崖壁立,天井窄小,凉风习习,每日之内,太阳总是从头顶一晃而过,很显然,这样的环境是不适合土蜂生存的。所以,那窝蜂在三爷家里,死的死,逃的逃,越来越少,不出半月就销声匿迹了。

不久后的一天,二爷靠在自家窑院空空的蜂巢下晒太阳。等二婆发现时,二爷已在不知不觉间驾鹤西去了,没有一点痛苦的样子,走得非常安详。后来,人们怎么也想不到的是,那年枣树正在孕育花蕾的时候,村里突然遭受了一场严重的霜冻,那些枣树根本就开不了花。

这时,有人就开始琢磨,究竟是那窝土蜂先知先觉呢,还是二爷早有预感或者已经参透了玄机呢?

三爷的那些事儿

　　三爷，是我家东边的邻居，我们两家中间隔着大爷家。

　　那时，三爷住在他家院前门洞旁的"碎窑窑"里。从"碎窑窑"这个说法，你大概就可以知道，它是多么狭小多么局促的一孔土窑。大人站在门口，可以摸到窑顶，踏着半个石磨扇台阶走进去，窑脚地足足有一尺多深。窑内除了挨墙摆放着的箱箱柜柜和一铺大土炕之外，仅能容下两个人站着。

　　听大人们说，这是我们这几家老先人住过的地方，后来兄弟几个分家过日子了。下世前，老先人中风不语，钱财糊里糊涂被遗失了。三爷与大爷弟兄两个，上抓下挖，四处找银子、寻宝贝，把每个屋子都掘地三尺，弄成了深坑。据说，还曾偷偷请过一个外号叫西瞎子的风水大师，意欲取出地下的银子来。可西瞎子扳着指头一算，做了土匪的五爷在槐山上头呢。如果取出来了，他过不了槐山。所以，他们还是作罢了。

　　我的家乡在槐山脚下，在泾河畔上。河的北面是旬邑，属于红区；河的南面是永寿，属于白区。爷爷说，我们村里过去设着乡公所，三爷在里面是跑腿的。他大半辈子东奔西跑，吊儿郎当，没下过苦，没出过力，成过几次家，但都守不长久，媳妇不是死了，就是走了，什么也没留下。古人言，不孝有三，无后为大。身边没有个一男半女，养老送终怎么办？如何向老祖宗交代？眼看着碰来撞去没有着落，还是光棍棍一个，他的哥哥和嫂子急死忙活，赶紧收留了一个来村里讨饭的孩子，替他拉扯了起来。这个孩子就是堂伯父。好在他很争气,见风见长,聪明能干好学,长大后就光荣参军了。退伍后,他进了单位,成了正儿八经端着公家铁饭碗的人,北村的男女老少颇为羡慕。记得孩提时候,堂伯父每次回家,好像都会带回许多东西,一个又一个盖得严严实实的竹筐。我偷偷地揭开看过,都是没有见过更没有吃过的山货,大哥哥大姐姐们七手八脚,忙着往家里搬。我们一群棒槌高的碎娃娃,有时候也上去帮忙。后来,也不知怎么回事,他们不要我们帮了,我们就只能跟前撵后围着看了。

　　三爷的家里,共有十口人,是我们北村人口最多的家庭。堂伯父是公家人,按老人们的说法是,把手伸到了国家的馍笼里,他们家有着我们北村最瓷实的光景。所以,人们都说三爷简直跟神仙似的,不缺吃,不缺穿,活得悠闲,活得自在,孙子孙女一伙伙,日子走到了上坡处,他睡觉都没瞌睡了。每每听到人们这么说,三爷就脸上笑眯眯、心里甜丝丝的,自豪地从领口里抽出长长的烟锅杆子,剜上一锅子旱烟,吧嗒吧嗒、有滋有味地抽起来。上了一年级后,我每天早上在他们家的碎窑窑门前喊三堂兄去上学,不经意间就发现,三爷是北村里第一个熬茶喝的人。他有这样一个习惯,每天凌晨四五点就起来,盘腿坐在土炕边,用圆乎乎的土炉子,咕嘟嘟地熬着早茶,用长长的烟锅杆子抽着旱烟。我们上学刚走,他就拿着铁镰下沟割柴去了。太阳一升起来,他就从沟里背着一捆柴,忽忽悠悠回来了。这大概就是人们所说的日子过到上坡处,人也睡不着觉了。

　　有人说,三爷是人前人,一辈子从来没吃过亏,更不愿吃眼前亏。有年腊月二十三,爷爷一大早起来,就在院里的柿子树下,搬来长条板凳,支起了门扇,搭起了架子,磨利了刀子。早饭后,田五八爷被请来了。他先给三爷家杀了一只山羊,再为我们家杀了一只绵羊。当时,左邻右舍前来帮忙剥羊皮、翻肠子、倒肚子的人不少。晚饭前,爷爷去村里家家户户跑了一趟,请来了邻里乡亲吃羊肉泡馍。人们泡上白生生的锅盔馍,奶奶和娘切上肥嘟嘟的羊肉和羊血,浇上油晃晃的煎汤,大伙呼噜呼噜地吃着,吃了一大碗又一

大碗。三爷也跟着来了，他坐在炕上，吃着喝着，连说带笑，美美地咥了一顿。不料想，这顿饭后，村里传出了不好的说法。有人气不忿儿地说，三爷没有请村里人去他家吃羊肉，他舍不得吃自家的肉，还跑来别人家里吃了。

我当时虽然年纪很小，但总觉得，三爷一大把年纪了，实在丢不起这个人。世上竟然还会有这样的人和事？他在我心目中的形象一下子打了大大的折扣。

还有一回，是个午饭后，事情就发生在窑垴垴后边的胡同里。队长正组织社员们络绎不绝地到地里去干活。三爷腰里束着草绳，手里拿着铁镰，领口里插着烟锅杆子。不知啥原因，他忽然把当队长的侄儿，在路上面对面地堵住了。三爷脸像一窝黑风，嘴里不停地说："你驴日的能成了！翅膀硬了！我今天就拿我的老羊皮，换你的羔羊皮！你来把我杀了！把我们全家杀了！"说着，就摆出了一副拼命的架势，猫着腰，把头直往队长怀里撞。队长被吓蒙了，连连往后退。有人赶紧上去抱住了三爷的腰，说："你这把年纪了，还跟年轻人较量啥呢嘛！"三爷像一只发怒的公鸡，尽管连跳带蹦，还是被拉走了。队长梗着脖子，脸红堂堂的，他啥话也没说，就被住队干部劝走了。后来，才听人说，好像是由过去分家的事情引起的。不过，不管怎样，三爷很暴戾很强势的一面，我还真的是见识了。

应该说，三爷在家里是很有权威的，有话语权，更有决定权，人人都得听他的，谁也不敢犯上不尊。三爷过去在乡公所里当过跑腿的，经常南北二塬跑，熟络很多当地有名望有身份的人。也许是他自视阅人无数吧，就眼尖手快，提早给孙子、孙女们安排了婚姻。乡下孩子的婚姻，是靠父母之命、媒妁之言的。所以，他南塬跑一趟，北塬跑一趟，亲自出马，自作主张，给孙子们都张罗了娃娃亲。凡人凡事都是他一一捋码过的，他感觉非常满意。孙子未过门的媳妇，个个聪明漂亮；给孙女找的女婿，个个帅气精干。亲家们有头有脸，家境既宽裕又体面，真所谓门当户对。凭着这一点，北村的每户人家都眼红不已。大堂兄结婚时，他兄弟的未婚妻、他妹子的女婿一个个都出场了,东家出来,西家进去,跑着帮忙。记得比我大的堂兄,八九岁就有了娃娃亲。十二岁那年,三爷无疾而终时,堂兄把对象也叫来了。转献饭时,只见她包着白头巾,穿着长长的白孝衫,戴着一对花筒袖,脸前露出一条细缝儿,跟在女孝子队的最后边,慢慢地向前走动。我们这帮淘气鬼,尾随在她身边,指点着,撩拨着,惹逗着,耍笑着,有胆大的伙伴忽然冲上去,猛地揭开了她的围巾,撒腿就跑开了,周围看热闹的人哈哈大笑起来。"快看花媳妇,光笑没眼泪!"这时候,她捂着嘴莞尔笑了。我看清楚了,她皮肤白皙,圆脸蛋,一口玉石般的皓齿,大眼睛,长睫毛,扎着长长的马尾辫,实在是一个很漂亮的姑娘。

然而,世事并没有像三爷预料的那样简单。大堂兄十八岁时,很害怕结婚似的,哭哭啼啼,战战兢兢,亲戚邻里千叮咛万嘱咐,才把媳妇娶进了门。二堂兄正上高中,不期眼睛看不见了,无奈娃娃亲自然就散伙了。三堂兄念到二年级,就寻死觅活不念书了。不知是没文化,还是不解风情,他和未婚妻两人关系淡得像凉水,眼看着快要结婚了,却像树叶一样黄了落了。大堂姐的对象,快到结婚年龄时变卦了,悔婚了。二堂姐的娃娃亲,也许是命中注定的,始终很顺利,结局很圆满。小堂妹的娃娃亲,一路磕磕绊绊,婚后不久便离婚了,小堂妹带走了一个闺女。三爷七个孙子孙女,只有小堂弟当时年龄尚幼,他没有顾得上给定娃娃亲。他下世的时候,三堂兄、堂妹还没有结婚。

谁也没有想到,特别是三爷更没有想到,世事总不以人的意志为转移!虽然他一世精明,啥事都抢先一步,精打细算,料理得滴水不漏,妥妥帖帖,但结果却往往总是出人意料。

于是,有人就这样说,这是天意啊。凡事还是顺其自然的好!

春天里的故事

听见柳笛嘟嘟哇哇响起来了,我就知道,天气转暖,万物苏醒,春天悄悄地来了。

走出村子,来到窑垴垴上,看见一位大叔背着一捆柳条从田野里回来了,一群大孩子像一股土匪,一窝蜂似的扑了上去,紧紧围住他,拉住他,缠住他。"给我扭一个吧!给我扭一个吧!"眼看着怎么也脱不开身,大叔就把柳条捆摞在路边,索性一个一个给拧起来,吹响了分给他们。一个怯怯的小男孩,他的柳笛被一个大小伙儿抢走了,他抬头仰望,那大小伙儿像牛一样高,像马一样大,便倏地低下了头,背过身去,伤心地哭起来。那位大叔瞪起眼睛:"看你那尿样子,整天叨着吃打着喝!来,我再给你拧一个大的,最响亮的,最好听的。"小男孩抹着眼泪,突然又破涕为笑。

那个小男孩,就是我。娘说,我从小就像个女孩子,听话、懂事、脾气好,很腼腆,从不争强好胜,不惹是生非。

灰褐色的土山朗润起来了,绚丽起来了,多彩起来了。沟坡上、河塘边,一棵棵桃树、杏树、梨树、李子树,你不让我,我不让你,都一股脑儿开满了绚丽烂漫的花儿。远远望去,桃红杏粉,梨李雪白,这儿一团团,那儿一簇簇,沟壑梁峁俨然穿上了妙手天成的锦绣长袍。我们这些小孩子,呼朋引伴,扛着镬头,挎着篮子,像刚刚出笼的小鸟,跟着老羊倌沟里洼里坡上坡下疯跑。说起来是受大人们派遣,去掐苜蓿,拔野生的水芹菜,去掰香椿芽儿。可是,苜蓿被人们偷着掐了一茬又一茬,怎么也长不起来。一点一点,抠着掐着,老队长忽然出现在坡顶上,大声吆喝起来:"狼来了!狼来了!"我们跟着就哗地作鸟兽散了。香椿芽儿呢,本来就少得可怜,采不了几把。于是,我们就呼啦一下来到小溪边,拔了些水灵灵的带点药香味儿的水芹菜后,就开始嬉闹着玩起恶作剧来,捞着泡沫似的蛙卵,扔过来,撂过去。尽兴之后,又小心翼翼,费尽心机,抓上几只活蹦乱跳的小蝌蚪,装在塑料袋里。回到家后,把小蝌蚪盛在瓦罐里,看它们往来倏忽,优哉游哉地玩。或者,再顺手折上一枝枝桃花、杏花、梨花、李子花,欣欣然拿回来,插在瓶子里,浇上清水,养在柜盖上、案板上、窗台上。

玩耍归玩耍,也确实很尽兴。但玩过之后,我总感觉春天是个漫长而青黄不接的季节,肚子里常瘪瘪的,咕咕咕地响动着让人难受。

风儿,像娘给我挠痒痒的手,轻悄悄的;雨儿,像蛛丝,像牛毛,像烟雾,软绵绵的。一两天后,窑垴垴上的草坪里,就忽然冒出了那么多的葛仙米。它是一种很常见的藻类植物,一片一片,黑黑的、软软的,我们乡下的土话形象地叫它地软软。雨一停,奶奶就急忙忙领着我去捡,捡多了,拿回家再一遍遍淘洗干净。然后,她就来个"七十二搅",做好一大锅玉米面搅团,漏上一瓦盆"鱼鱼",用笊篱盛在碗里,浇上酸辣可口的地软软汤,让我们充饥果腹。地软软汤香得不得了,我总是呼噜呼噜地吃了一碗又一碗,直到吃得肚子瓜胀瓜胀,才肯撂下饭碗。有时奶奶也把地软软撒上盐,用菜油炒了,再用黏糊糊的玉米面包成角角,样子有点像洋芋,像红苕,或者像秤锤。蒸熟以后,非常好吃。在春天,它是我们乡下最好吃的食物。

村前村后,梁塬上下,过春风十里。这时,草儿早已伸着懒腰起身了,麦苗也抖擞着返青了。园子里、土壕里、田野里,一大块一大块,像绿油油的毡子。春日迟迟,社员们都在田野里排成一条长蛇,一边说着话拉着家长,一边松着土锄着田里的杂草。我穿梭于娘的脚下和锄头边,像磕头虫似的,不停歇地捡拾着花荠荠、麦葫芦萍,一晌就能捡满满一大笼。拿回家,先是当

当当一剁，将一部分野菜倒进猪食槽里喂猪。剩下的淘洗干净，与寥寥可数的几根面条下到锅里，煮熟了连吃带喝，灌饱肚子；或者干脆蒸一笼菜馍、一笼菜疙瘩，用盐醋辣子调了，盛在大老碗里端着吃，一直往饱里吃。在这一点上，黑猪是不笑黑老鸹的。说真的，那个年代里，左邻右舍大都是一样的。

因为，饥饿的阴影时常笼罩在每个家庭每个人的心上。

奶奶的娘家，在村子西边的胡同里，与我们家隔着一片麦地。她的娘，我的老奶奶，年近八十岁，经常拄着拐棍，颠着三寸金莲到我家里来，一住就是一两个月。有一天，三岁的妹妹和老奶奶怄气了，对正在帮我们做鞋帮子的老奶奶说："你回去，回你屋里去，把我们的粮吃完了。"老奶奶低着头，啥话也没说，只是红了眼圈，悄悄地擦着眼泪。听爷爷说，老奶奶一生多灾多难，守寡再守寡，领着奶奶和她同母异父的哥哥，四处讨生活。最后，薄命人遇上了逃难人，流落到槐山脚下的何家坪，又生下了一对儿女。土改后，全家插队落户到村里。很显然，妹妹年幼太不懂事，她的话的确过头了，立即遭到了娘的厉声呵斥。但那时，我们家祖孙三代七口人，是一个大家庭，经常吃了上顿没下顿。老奶奶一直不回去，也是不可能的。女儿永远是贴心的，老奶奶回去了，奶奶也三天两头穿过那片麦地去家里照顾她。

有一天上午，奶奶给我打手势说，要带着我挖些花荠荠菜去老奶奶家做搅团吃。我们正在那片地里挖着菜，忽然有土块朝我们身上密密地飞来。跟着，就发现地头的草丛里露出几个脑袋来。原来是抢我柳笛的那个大小伙儿，他怂恿着四五个大男孩，作践我们呢。其实，在村子里，他们经常这样欺负奶奶，欺负她不会言语不会骂人，欺负她腿残走不动撵不上，也欺负我年龄小、个子低、没力气，不敢和他们较量。他们像凶神恶煞一样，一步步逼上前来，团团围住我们，晃着棍子吐着长舌头，做着丑恶的鬼脸，继续往我和奶奶身上扬土。我心惊胆战，害怕极了，啥话也不敢说，悄悄拽着奶奶的衣角，想转身离开。孰料，他们变本加厉，更加肆无忌惮了，竟然上前抢我们的菜篮子。我一下子忍无可忍，决心豁出去了，不知哪儿来的勇气，我忽然咆哮起来,拾起脚下的土块,毫不犹豫地就朝那个领头的孩子砸了过去。他们见我拼命了,就狼狈而窜,落荒而逃。我进而像一头发疯的小老虎,奋不顾身地冲了上去,紧追不舍,嘴里大声骂着,手里狠劲砸着,直把他们赶得鸡飞狗跳墙,一个个从高高的土埂上跳了下去,跑进胡同不见了。我唯恐他们反扑过来,赶紧提着菜篮子,拉着奶奶的手,去老奶奶家了。

当时,我只有四五岁的样子,他们一个个都是十几岁的大小伙儿。我第一次斗胆打败了他们,保护了奶奶,捍卫了奶奶的尊严,成就了我小小的男子汉气概,很惊险很英雄很风光地玩了一把。最后,在远处挖野菜的邻居老妈走过来,抚摸着我的头,竖起了大拇指,说:"那伙狼不吃鬼不掐的土匪!你出息了!真勇敢!像个男子汉!"

那个春天里,我忽然感到自己长大了。

难忘的砖瓦场

能记起村子沟边的砖瓦场,最初的原因是,我觉得那是一个比较好玩,甚至说是一个有浪漫故事的地方。

记得那是阳春三月,有一回星期六午饭时,我和伙伴们去那里游荡,不小心惊动了一对"鸳鸯",两个高中学生模样的青年男女,满脸黑灰、慌里慌张跑出了砖瓦窑,女孩子一直用双手捂着脸。我们在他们身后叽叽喳喳,指指点点。说真的,那时候乡下的人们规矩得很,保守得很,大都遵从父母之命、媒妁之言,几乎没有人谈过恋爱的。再说,也没有个谈情说爱的去处。所以,我们觉着特别新鲜,感到第一次看到了稀奇。于是,有的伙伴逢人就说起我们看见的这件事儿。

过了不久,公社里的砖瓦场复工了。我们经常看到师傅们在高高的塄坎下,挖了一大堆又一大堆新土,从沟底抽上白花花的水,一股脑儿地混在一起。过上一天,就挽起裤腿,赤着双脚,在泥水里吭哧吭哧,踩来踩去。接着,就给腰里系上围裙,怀里抱着三斗砖模子,在木案子前,背着青天大日头,从早到晚,忙忙碌碌。他们把泥抓到案子上,像和面蒸馒头似的,颠来倒去,狠劲摔着打着揉着,忽然啪啪啪三下,就把泥摔到斗子里,再用圆圆的木棒轻轻一刮,然后抱起来,啪地倒扣在场子里。太阳快落山的时候,师傅们就把砖坯子一个个搬起来,用两块光滑平整的木板子噼里啪啦地扇着打着,之后再把它们搬到三间开口土房里,整整齐齐地成垛成垛地码起来,让风吹着,尽快阴干起来。

砖瓦窑是用土坯子箍起来的,上面没有盖儿,从上看下去,肚子圆圆的,简直像个硕大的瓷罐,稳稳实实地蹲在地上。装窑纯粹是个技术活,六七个男人用骨碌碌车不停地往窑里推着砖坯子,三四个男人七手八脚,在烧窑师傅的指点下,忙着打下手,将砖坯子一层又一层疏密有致地摞起来。烧窑似乎很神秘,甚至还有些神圣。点火以后,就着实苦了烧窑师傅一个人。那几天里,他压力特别大,总好像心事重重的样子,脸绷得平平的、紧紧的,很严肃,不准女人和孩子到窑上来,来了就莫名其妙地训斥,给冷脸子看。问起爷爷,他说,行有行规,道有道门。烧窑的确是大事,虽说火候全凭师傅把握,但也千万不能让不洁的事亵渎了窑神、冲撞了窑神,乃至冒犯了窑神,否则中了邪,就像蒸馍一样,一窑砖烧得不生不熟了,那多可惜啊。那时候,村里人还没有见过煤,砖全靠麦秸草来烧。炉口大得像狼窝,一刻也不停息,烧了一捆又一捆,整整烧上三天三夜,据说闻到一股温吞吞的土香时,就烧熟了。歇火后,就赶紧抽水来淬火。水从窑顶上稀里哗啦灌下去,就像一锅鼎沸的滚水,里面咕咚咕咚泛起水泡,腾起一阵阵白茫茫的水汽。

但那时,我却很担心水把窑泡塌了怎么办。不过,事实很快就证明了我的担心是多余的,简直是杞人忧天。

三夏大忙是农村最忙的时候,大人们都忙着夏收夏耕夏播这些农事。出窑的活,就轮到了我们这些孩子去干。一天,砖瓦场的一个管理人员找到了哥哥说,出一窑砖给十五元钱。我和伙伴们同声相应,欣欣然加入到了出窑的行列。我们兴冲冲爬上窑顶,从上面弄起。哇,一划全是蓝莹莹的青砖。砖很烫很烫,棱角也很扎手,我们换着跳下去,一块一块掂着往上撂,边上的人接起来,一垛一垛地摞起来。很快,窑里的砖就陷下去一人多深,再也撂不上来了。这时,我们就扒开了侧洞的封土,赤裸着上身,猫着腰钻进去,蹲下来,排成一长溜儿,一块一块往出传递。窑里热烘烘的,我们仿佛钻进了蒸笼,像上了屉的蒸饺,浑身上下汗出如浆,淋淋漓漓。裤子早湿透了,

头发也粘在一起,汗水像断了线的珠子直往下滚。眼睛被迷糊住了,就用胳膊左一擦,右一抹,眨眼的工夫,我们都成了黑脸包公。虽然个个手指血红血红,甚至磨得稀巴烂,可始终没有人叫苦,也没有人叫累。

哪知,不料想的事情却发生了。眼看着窑里的砖也深到侧洞了,没有办法,就从窑下面向侧洞口撂。由于我埋头急着拾砖,不小心,突然一块砖飞了上来,不偏不倚,正好砸在了我的右手中指头上。我疼得"啊呀"一声大叫起来,咬着牙,吸溜着,连忙跑出了侧洞,蹲在地上。伙伴们不知道怎么回事,一窝蜂似的跟了出来。一看,我的右手鲜血淋漓,中指指甲盖不见了,指头血肉模糊。伙伴们吓傻了,把我搀回了村子,赶紧找邻居老妈,抓了一把自制的面面刀剑药敷上,包了起来。就这样,我因为受伤退出了出窑的劳动。

那是我第一次参加这样的劳动,但当时的情景,我却永远地记住了。那年,我六岁。三个月后,手指才慢慢长出了一点点指甲。就是到现在,这根中指的指甲盖旁边,还有一个深坑。

后来,农村包产到户了,公社里的砖瓦场也跟着散伙了。上初中时的一个春天,我家的老窑洞不知怎么回事忽然塌了。还好是在早上,窑里没人,我们一家福大命大,幸运得很。村干部领我们一家来到了村外的砖瓦场里,指着三间三面开口的放砖坯子的土房说,把它收拾了,住下来吧。只好如此。于是,我们叫来亲戚邻里,爬上房顶苫了茅草,用锤子打了土坯,垒起三面围墙、一面隔墙,安上了门窗,房内砌了两盘土炕,安上了锅灶。就这样,我们一家先蜗居下来,生活了近十年。

奇怪得很,那几年我们家的运气非常顺当。爷爷带我们在砖瓦场开垦出了一块荒地,种上了南瓜、葫芦瓜、黄瓜、辣椒、番茄、茄子、葱、蒜、韭菜、芫荽……一年四季,新鲜的蔬菜吃个不断。吃不完,就捎话带信让亲戚朋友来拿。到了秋季,穰穰满家。土豆用粮囤圈着,南瓜摆满了柴垛,玉米棒子垒了一大棚。尤其是妹妹点种的向日葵、奶奶撒种的辣椒,简直可以说出奇地丰收了。一棵棵向日葵，绕在菜园四周，像一个个黑脸大汉，摇晃着硕大的头颅；一长串一长串的辣椒辫，像红缎子似的，挂满了墙壁，远看红红火火的，简直成为一道亮丽的风景线。许多人很羡慕，竟然有好事者忍耐不住，一夜之间，就掠去了几十颗向日葵头，偷去了十几串红辣椒。不久，哥哥养起了猪和狗，奶奶养起了一大群鸡，房子周围，篱笆墙里，到处都有鸡下蛋，每天可以收十几个蛋。那年，我考上了师范，全家人正愁着没法供我上学，家里的老猪婆就下了十几个猪崽。八月份猪崽一卖，就一下子解决了我的上学路费、衣物和铺盖等问题。

总之，那十年里，我们全家吃上了饱饭。

就是在这里，我天天起五更睡半夜，点灯熬油，埋头苦读，三年后终于考上了师范。在这里，哥哥娶妻生子，妹妹出嫁了，我也订婚了。在这里，我们省吃俭用，一分一分地攒着盖房的砖瓦钱和木料钱。1990 年春，村里把砖瓦场承包出去了，我们一家被逼得走投无路，又回到了村里的那两孔半截窑里。

一切都是被逼出来的！

看着一家人愁眉苦脸的样子，爷爷拍着胸膛，斩钉截铁地说："这不算什么事！苦日子会熬过去的。这世上本来就没有把钱顶到额头上弄事的！"无可奈何，我们只能东挪西借，挣着命建起了新房，搬出了老村。

眨眼间，几十年过去了。忽然觉得，爷爷的话让我终身受用无穷。仔细想了想，那个砖瓦场与我们家还挺有缘分的。

我们家的那只狗

　　黑豹，其实是我家从前养过的唯一一只狗的名字。

　　在我的记忆里，家里从无养狗。至于为什么不养狗，我不得而知；但为什么要养狗，我却记得清清楚楚。这话还得从头细细说起。

　　那是个春雨蒙蒙的日子，我们全家流离失所，像一伙难民似的搬到了村外废弃多年的砖瓦场上，靠三间土房遮风挡雨。房子整理修葺之后，祖父在房子旁边开辟了一块荒地，种上了许多蔬菜。秋天里，辣椒丰收了，祖母摘了一茬又一茬，摘了一大笼又一大笼，拴了一长串又一长串，挂满了屋外的墙壁，远远看去，就像一片鲜红的幕布。妹妹在菜园周围种的向日葵也个个如同黑脸大汉，在萧飒的秋风里摇晃着沉重的头颅。村里去屋后水池边挑水的人们从门前经过，看到我们家的菜园和辣椒串、向日葵，都羡慕得不得了。可是，让人料想不到的是，一个风雨大作的夜晚，十八串辣椒和三十多个盆大的向日葵头，竟然全都不翼而飞了，全家人气得一连几天闷头无语。后来更严重的一次是，半夜里我们忽然听到屋后的鸡窝里传来喔喔喔的叫声，慌忙跑出去看，一只公鸡不见了。究竟是谁这么恶心，这么缺德呢？肯定是那些好吃懒做之人和偷鸡摸狗之徒。见此，沉默寡言的祖父安慰我们说："罢了，罢了。这算什么事呢！毕竟都是些人吃的东西。"

　　话虽这么说，可我们还得做些防范啊。哥哥灵机一动，提出养一只狗。祖父说，一只狗相当一口人呢。它要吃一个人一年的口粮，难啊。我和妹妹

拍手赞成。就这样，哥哥从村里抱了一只黑黢黢的小狗回来。小家伙毛茸茸、胖嘟嘟，简直像个枕头，怪可爱的。哥哥在门外搭了个茅草窝，在窝口给它放上美食。起初，它总是闷闷不乐，怯生生地蜷缩在里面，一声不响，傻乎乎地睡大觉。只是肚子饿了，才钻出来吃几口食物。几天熬过去了，它忽然变得肯吃又肯喝，像个小孩子一样活泼起来，又调皮又贪玩，见了鸡就撵，遇着蝴蝶就抓。不久，它和家里的每个人都熟了起来，一见面就亲热地扑过来，抱住我们的腿，或者叼住裤脚不放，有时也懒散地蹭着痒痒，不停地摇晃着尾巴，向人再三示好。

就这样，小家伙终于亲密无间地融入了我们一家人的生活。特别是，它还成了我们兄妹朝夕相处的好玩伴。说握握手，它就狗蹲着，友好地伸出自己的一只前爪；说抱一下，它立马就直立起来，两只前爪搂过来。指着一只鞋，说拿过来，它就毫不犹豫地跑过去，突突突地叼回来。它太听话了，简直比一个四五岁的小孩子还懂事，还好侍弄。于是，我和哥哥经常与它玩游戏，故意捉弄它。拿个馒头，掰成核桃大小，抛向空中，它一下子腾跃而起，张大嘴巴就端端地接住了。有一回，我搞了恶作剧，向空中扔了一疙瘩土，它也跳起来接住了。但第二次、第三次，它只盯着看了一下，没有上当。可见，它是一只多么聪明的狗啊。

小家伙对我们一家人是百依百顺的，但对陌生人就没有好脸色了。如果村里有人来我家串门，进门时，它总躺在地上，把头放在腿裆里，眯缝着眼呼呼睡觉，似乎懒得连眼也怕睁一下。可一旦那人拿了什么东西要离开，它就忽地跳起来，跑过去死死地堵在前面，汪汪汪地狂吠起来，就是不放人走。最有趣的是，有几回，村里人到院子里拿了绳子或水担去屋后挑水，它就一骨碌爬起来，咆哮着抢在前面，跳起来，紧紧咬住绳子或水担，往回拽，怎么也不松口。有时，甚至能把人追出好远好远。只有听到我们一声断喝："趴下！"它才悻悻然转过身来，摇晃着尾巴，乖乖地卧下来。叶落秋去，鸟随春来。不知不觉间，小家伙就慢慢长大了。它虎头虎脑，浑身乌黑，四肢矫健，闪转腾跃,勇猛神速,活脱脱一只黑豹。于是,我便给它起名叫"黑豹"。黑豹看家护院,总是那么尽职,那么忠实。白天,如果有人到家里来,老远就喊话过来,让我们先把它拦住。到了晚上,它就卧在院子里,一有动静,就汪汪地大叫起来。记得有天傍晚,有一只狼溜到屋后叼走了我家的猪崽,听到它的惨叫声,我们大声吆喝着,黑豹像离弦之箭一样勇猛地冲了上去。撵了半里路的光景,狼落荒而逃,我们救回了猪崽。

在我看来,黑豹是最通人性的,也是绝顶聪明的。那时,我刚刚上初中,从学校到家里要经过一片野地。因为村子周围常常有狼出没,所以早晨上学,家里人要送;晚上回家,家里人要接。后来,家里人带着黑豹走了几回,就自然而然把接送我的任务交给了它。每天早晨天不亮,我就带着黑豹去学校,走到大街上了,我摸摸它的头,喊一声:"回去!"它就舔舔我的手,摇摇尾巴,跑回去了。晚上回家,我转过街角,走到那片野地边上,大喊一声,黑豹就连蹦带跳呼哧呼哧从那条小路上跑过来迎接我。那种蹭来蹭去的亲热劲,仿佛是见到久违的老朋友,实在让人心里温暖。学校终于放暑假了。这时,我的主要任务就是带着黑豹去放牛。沟里野兔和野鸡很多,走着走着,草丛里就冷不防窜出一只野兔来。说时迟,那时快,我们的黑豹就像黑色的闪电一样,扑了上去,冲锋陷阵,穷追不舍。野兔吓得惊慌失措,拼命逃跑,忽而向左,忽而向右,忽而一蹦三尺高,忽而来个急刹车,忽而来个紧转弯,几次都从黑豹的胯下溜脱了。追着追着,就倏地钻进茂密的草丛不见了。不过,有时黑豹也能叼一只野兔或野鸡回来,让一家人美餐一顿。

自从有了这只黑豹,尽管我家在野外也没有院墙,可家里再也没有丢过东西。不但没有丢过东西,我们还感受到了一种实实在在的安全感。一转眼,平平淡淡的生活就在黑豹的陪伴和保护中过去了几年,它已经成为我们家中重要的一员,成为我们形影不离的好伙伴和好朋友。可是,谁也没有想到,有天半夜里,黑豹突然尖叫着猛烈地撞门,门没有撞开,又嚎叫着离开了,叫声越来越小。情急之中,我们呐喊,赶紧起身去寻找。黑豹呢? 黑豹呢！我们大声呼唤着它的名字，哥哥和我差点哭出声来。我们打着手电筒在院里寻来寻去，最后从屋后的猪窝里，把它拉了出来。它身上没有伤，但后半身已经站不起来了，浑身抖得像筛糠，吱吱吱地低声叫着，气息很微弱很微弱，只用黑黑的眼睛痴痴地看着我们。须臾间，它就倒了下去，一动不动了。

究竟是怎么回事呢？有经验的老人说，肯定是遇到豹子了。豹子是狗的天敌，它背狗呢，黑豹一定被吓破了胆。这话究竟有没有道理，我们不得而知。如果是这样的话，那就是我们的罪过了。平时，有黑豹在院子里尽职尽责地巡夜，为什么那天晚上就关了门呢？为什么啊？不然，我们的黑豹进了屋子，就可以免去劫难啊！我们都相互抱怨着。

然而，抱怨是没有用的。黑豹就这样离奇地死了，永远地离开了。我们全家像失去一位亲人似的，痛苦了好一阵子。

呜呼！我们的黑豹！我们的好朋友！

腊月二十三

"腊月二十三,家家户户乱拾翻。"这是一个很有意义的传统节日,主要是家家户户、娃娃大小打扫卫生,迎接新年。所以腊月二十三被称为扫尘节。"尘"与"陈"谐音,"扫尘"也叫"扫陈",有除旧布新之意。相传"扫尘"起源于帝尧时代,距今已有四千多年的历史了。为什么扫尘节要定在腊月二十三呢? 民间传说,腊月二十三是灶王爷上天言好事的日子,人们便趁着灶王爷上天之日,将家中里里外外彻底进行一次大扫除,以便驱除疾病邪祟,图个来年大吉大利。

记得这天,村里几乎家家都忙着翻箱倒柜打扫卫生,家具什物等乱七八糟的东西,这儿一堆,那儿一摊,摆得满院子都是。一大早,母亲就从沟边的土崖下掰来一筐白土,放倒锤布石,一棒槌一棒槌地捣碎,将面面土筛入大铁盆,浇上一瓢又一瓢清水,像农村打搅团一样,来个七十二搅,一直搅成不稠不稀的泥水糊糊,方才罢手。然后,母亲便把席子、被子、案板、锅碗瓢盆一股脑儿搬到院子里;搬不动的全用烂袋子、旧塑料薄膜等细细覆盖上。之后,祖母和母亲就用烂头巾包了脸,戴上草帽,站上高高的板凳,或登上摇摇晃晃的梯子,怀抱一脸盆的稀糊糊泥水,用一把老笤帚蘸着泥水,在墙面上啪啪啪不停地摔打,一遍又一遍涂抹着我们黑不溜秋的土窑洞。傍晚,鸡快上架的时候,她们终于把我们烟熏火燎的家粉刷得焕然一新。随后,母亲从里到外,从犄角旮旯,连铲带扫,清理出一大堆垃圾,用笼提着倒入门前的沟里;然后,再热一锅水,仔仔细细地把箱箱柜柜、坛坛罐罐抹洗一遍。这当儿,我总是和小伙伴在村子里跑来跑去,一个劲地疯玩。晚上回家一看,经过她们辛辛苦苦的收拾,土窑洞似乎一下子整齐多了,亮堂多了,也温馨多了。

到了腊月二十三,年味就越来越浓了。家有余粮喂猪的人家就开始杀猪了,他们忙忙碌碌,喜形于色,不亦乐乎。往往这时候,左邻右舍纷纷围上去帮忙。大人们总是靠近粪堆挖一个大坑,或者栽上一口大水缸,或者埋上一口圆圆的大饭锅;如果猪太大,又找不到大水缸或大饭锅,便在地上挖一个长方形的大池子,里面铺上塑料薄膜,以便烫猪毛。杀猪宰羊的老把式从家里找出了生锈的刀子,蹲在又长又弯的磨刀石旁,霍霍霍地磨砺着刀刃。若听见猪一声尖利的长嚎,准是一拨子人将年猪死死地摁在门板上。眨眼间,一把明晃晃的刀子就戳进去了,一注殷红的猪血便汩汩地流了出来。跟着年猪就被放在滚烫的开水锅或池子里左右翻腾,或者在大水缸里被人抬着上下扑腾。好了,赶紧上案。人们团团围住年猪,火烧火燎似的,嘴里哈着气,七八双大手纵横交错着,钳子似的,快速地拔着猪毛。一会儿工夫,一头白生生、赤条条的年猪,就被七手八脚地倒挂在了架子上。杀猪老把式手拿草抹布,一遍又一遍,狠劲搓洗着年猪美白肥硕的胴体。要开膛破肚了,有人赶紧端来一个大方盘,一刀子豁下去,猪的腹腔就被提前准备好的木棍撑开了。老把式便将手伸进热气腾腾的腹腔掏摸着,肚子、肠子、心肝肺一下子就被有条不紊、干净利落地掏到了盘子上。人们挽着袖子,有的倒脏,有的翻着肠子,有的给猪肚子灌着热水。

这时候,我们这些看热闹的孩子也凑上去,帮着大人灌水,翻肠子。只有老把式心里最清楚,我们是想着那个猪尿脬玩呢。他摘下猪尿脬,毫不犹豫地扔了过来,"给! 拿去吧!"小伙伴们撂下手中的活儿,狗抢骨头似的一下子就扑了过去。揉啊揉啊,吹啊吹啊,一会儿就弄出个明晃晃的气球来,大摇大摆地挑着玩,招摇过市,简直快活极了。

　　杀猪饭是村里老几辈流传下来的风俗习惯。天刚擦黑，杀猪的人家就挨家挨户叫人去吃肉。人缘好、人气旺的人家，能坐几大炕。管你杀猪帮没帮忙，只要去了，主人家总是满面春风，眉开眼笑，热情招待。有白酒的话，总要先喝几盅。然后，就是一大锅肥膘膘的滚豆腐，或者煮萝卜片、熬白菜，满盘子满碗往上端。泡上又绵又暄的大白蒸馍，呼噜呼噜刨上几大碗，心里真是热乎透了，舒服极了。饭后，通情达理、善良贤惠的女主人，还要给村里德高望重、年老多病、行动不便的老人们端一碗杀猪饭，再拿几个馒头、几块血馍送到家里去。

　　总之，在我的记忆里，不管家里过年杀没杀猪，我每年的腊月二十三都吃到了油晃晃、香喷喷的杀猪饭。一想起那个味儿，就止不住馋涎欲滴。

穷人过年

　　孩提时候，一进入腊月，就常常听见大人们说："腊月穷汉比马快。"此话何意？当时的我，懵懵懂懂，怎么也琢磨不透。不过，从他们的言语和表情中似乎可以看出，人们对过年总有些焦虑。记得最清楚的倒是半夜里祖父常常坐起来，就着一盏忽忽悠悠的煤油灯，一锅子一锅子地抽闷烟，还长吁短叹，自言自语地说："年好过，月难过。到底过什么年呢？过什么年呢？"在孩子们眼里，过年可是做梦也盼着的事情，可以穿新衣，放鞭炮，走亲戚，可以吃到平时任何时候也吃不到的好吃货，究竟有什么不好呢？

　　对于穷人来说，过年实在是过穷过难。为了孩子们能穿上、能戴上，不短精神，大人们总得忙忙碌碌、东奔西走，费尽思量，好好准备一番。这时候，我们兄妹都怀着非常急切、非常期盼的心情等着过年，整天跟在大人身后屁颠儿屁颠儿的，帮着他们做一些准备过年的家务活。有时，帮着祖父和父亲在窑垴垴上铡些麦秸，或从麦垛里掏些麦糠出来，一担一担挑回家，贮存够老牛一个月吃的饲草；有时，跟着父亲来到菜园里，掘开冰冻的地面，提前刨出窖藏了一冬的白菜、萝卜、洋芋等蔬菜，以备过年享用；有时，从早到晚跟着大人下沟拾干柴，或在院子里劈柴火、抱柴火；有时，坐在热乎乎的炕头上，摇着小巧的手磨，看着白花花的豆浆从磨口流到磨槽里，再从磨槽淅淅沥沥地流到水缸里，心里也乐滋滋的；有时，帮着大人打扫院子，把家中里里外外收拾一番；有时，找来一卷旧报纸，摊开抹平，把土炕、锅灶周围仔仔细细裱糊一新；有时，也爬

坡溜坎,泥一身土一身,在门前的沟里,捡拾些骨头、烂鞋、废铁之类,拿到收购站换几毛钱,买几颗糖或几个炮仗回来……

到了腊月二十三,我们的村子就忽然间变得热闹起来了,远远近近时不时可以听到稀稀落落的鞭炮声。家有余粮的人家,喜笑颜开,门前院里,人头攒动,他们忙忙活活地劈柴、烧水、支锅、搭架,磨刀霍霍,准备杀猪宰羊,兴冲冲地过年。那时,还是人民公社时代,我家人口多,病号多,劳力少,挣工分少,分的粮食自然少。每年秋罢到翌年新麦上场,全靠玉米、高粱、糜子、南瓜、洋芋等填充肚子。常常是玉米吃得人胃作酸,高粱吃得人屙不下,糜子吃得人尿不下,南瓜和洋芋吃得人肚子瓜胀瓜胀。那时,物资都特别短缺,穿衣要凭布票供应,一家人自然是过着吃不上、穿不上穷难不易的光景。所以,要过年了,最闹心、最难熬的还是家中的大人。祖父的想法是,好歹大过年的,总要吃个白面馍馍吧!为了我们这帮嗷嗷待哺的黄口孺子,无可奈何间,他便东家出来西家进去,四处向人借麦子。我曾亲眼看见他常常空手而归,也不能怪人们吝啬,说真的,那时村里有余粮的人家很少很少,借粮谈何容易啊!母亲则老为我们的新衣犯愁,布票早都用完了。怎么办呢?只有去借。好在我们一家都是很善良的人,为人老实,做事实在,很讲信用。结局总是,一袋麦子也借到了,白面也磨出来了;布票也借到了,我们的新衣也做成了。跟着,生产队里也给家家户户分了盐、碱、白糖和红糖。腊月二十五这天,街道逢集,方圆各村的猪肉都上市了。收购站的肉卖现钱,我们这些穷人家自然问都不敢问。祖父在街道趑摸来趑摸去,最后总会为家里赊一个猪头和一副猪下水拿回来(因为猪头和下水比较便宜)。到了腊月二十七、二十八,一大早,祖母和母亲就开始忙活开了。她们用心合计后,总把玉米面和麦面混合在一起蒸馒头、蒸糖包子。蒸完馍,祖母和母亲又和上一大盆荞面面水。夜里就点上昏暗的油灯,围着一口大黑锅,一勺一勺开始摊荞面煎饼。我们兄妹蘸着辣子水水吃了一张又一张,总是那么香,那么香。翌日,祖母将一厚摞子的煎饼压在了锤布石下。随后几天里,她又将压平的煎饼对折起来,默默地,细细地,一刀一刀切下去,切了满满一簸箕的烙面。春节期间,全家就能吃到又细又薄又筋道的油汤烙面了。

大年三十这天,祖父气色很好,容光焕发,精神矍铄,往往天一亮,便在屋子中央烧起一堆熊熊的火。他挽起袖子,提着毛乎乎的猪头,连烧带烤,边刮边洗,仔仔细细地收拾着。随后,他亲自下厨煮肉,放调料、舀泥沫。这时,我们穿上了新衣服,呼朋引伴,串门子,玩耍去了。当时,我们的小村子好像不贴春联,也没有门神可贴,没有大红灯笼可挂。不过,家家户户的窗户都糊上了白生生的窗纸,窗纸上贴着五颜六色的十二生肖窗花,很朴素,也很美观。太阳落窝时,我就赶紧往家里跑,肉已经煮熟了,远远就可以闻到一股扑鼻的香气。祖父捞起热腾腾的骨头放到碟子里,给灶王爷面前搁了一份,又给祖先灵位前搁了一份。等天地神灵和先人们享用过之后,我和哥哥才狼吞虎咽地啃起碟子里的骨头。祖父知道,我是家里的一个大“肉狼”,啃骨头并不过瘾。他干脆给我切了半碗肉,抓起提前煮好的萝卜片放进去,浇满煎汤。我泡着蒸馍,痛痛快快吃了三大碗,方才撂手。祖父抚摸着我的头说:“馋了一年了。”这时,我看见他褶褶皱皱的脸上荡漾开了一圈圈笑纹。

除夕夜很快就降临了。寂静的小山村里,我的父老乡亲们一下子全都沉浸在温馨、祥和、甜蜜的大年夜里。迎接新年的鞭炮声噼里啪啦,一阵接一阵,此起彼伏。“岁夜高堂列明烛”,大年夜的晚上全家人是要守夜的。祖父给煤油灯里加满了油,把灯捻子往上挑了又挑,拨了又拨。他在身上掏摸来掏摸去,半晌工夫,才掏出一个手帕小包来,给我们兄妹发一毛或两毛的压岁钱。祖母也打开箱子,手在里面摸来摸去,摸出几颗核桃和干枣,偶尔也有花生,塞到我们兄妹手里。母亲下厨张罗了几个简简单单的小菜,端上烧热的土炕,我们一家人团团坐定。祖父是我们家里一棵饱经沧桑的大树,也是救命伞。我们兄妹三个轮流着给他老人家敬酒。酒过三巡,他的话就多起来。他说起了自己曾经几十年的长工经历,说起了年好过月难过的艰

苦岁月，说起了几家欢乐几家愁的世态炎凉。有一年，他说起了自己小时候的一次经历：那时他八岁，大年三十下午，他讨饭来到了姑母家的门前。年迈的姑母看他无家可归，把他挽留了下来。当时的姑母家是方圆有名的富家大户。姑母给当家的大儿子说，你舅家没人了，你兄弟今天遇上了，就让在咱家过个年，你给发些钱吧。祖父的这位大表哥不但没有给，还挤眉瞪眼，嘟嘟囔囔地嫌他来了，话很难入耳。看着姑母泪流满面，那晚他还是留了下来，默默地坐在炕角，眼泪一直往腔子里流。说到伤心处，便不由得老泪纵横，惹得我们全家人也跟着泣不成声。我记得很清楚，那几年里，我的那位表爷都八十多岁了，每年冬天或正月，都到家里来，一待就是七八天，我们一家人没有一个人说过不字。我每天早上还给他端洗脸水、端茶、端饭吃呢。

吃罢年夜饭，门外就响起了一阵杂沓纷乱的脚步声。跟着，本家叔侄们打着电筒，提着酒瓶，端着菜碟，领着娃娃大大小小咕里咕咚拥进了院子。大人们凑合着坐下来，娃娃们不安分，就不用管了，窑洞里一下子热闹起来。土炕上摆满了碟子，我的叔侄们按照年龄长幼，分别向长辈敬酒。大家一边吃，一边喝，一边聊。那个时候，大人们聊得最多的话题是各自的收成情况。譬如，今年挣了多少工分，队里分了多少麦子，分了多少玉米，猪下了几个猪娃，自留地里种了什么菜……其次，谈论的就是家长里短，油盐酱醋等日常琐事。比如买了几斤棉花，给孩子做了几件衣服，鸡蛋卖了多少钱，啥时候粮食能够吃……聊着聊着，夜就不知不觉地深了。孩子们困乏得不行，早就回去睡觉了，剩下几个大人还咕叽咕叽地小声说着话。

筵终人散，大约就到了子夜时分。祖父叫哥哥和我去烧纸，在院子门口，他艰难地跪了下去，用树枝在地上画了一个圆，留了缺口，然后就点着了烧纸。

我们扶着祖父颤颤巍巍地站起来后，他突然仰天长叹一声：

"年，过去了！"

大年初一

大年初一,天蒙蒙亮,我就一骨碌从被窝里爬起来,穿上新衣,乐颠颠地跑出去。

第一件事就是放炮迎新年。我的胆子很小,总是把指头粗细的一个红红的炮仗抠出捻子,端直栽在院子中央,找一根长长的木棍放在灶膛里烧红,然后攥着这一头,远远地蹲下来,战战兢兢地对着炮捻伸过去,小心地试探着。好不容易点着了,我扔下棍子,捂着耳朵,撒腿便跑,窑洞里传来瓮声瓮气的回声。

第二件事就是给祖辈老人拜年。据说,我的家族到了祖辈那一代人手里,家道衰落了,有的未成年就病死了,有的饿死了,有的叫狼吃了,还有的偷牛背包袱,最后当了土匪。有幸存活下来的二爷、三爷、六爷、七爷,他们的命似乎都很不好,香火稀少,人丁不旺。家中唯一的一个男丁都是他们收养来的。那时逃难的人有来自河南的,有来自甘肃的,也有来自乾县和兴平的。日月相推,风水总是轮流转,到了我们这一代,人手齐蓬蓬上来了,各家都男女一伙伙。大概正由于有这样的身世吧,我们这些后辈很珍惜缘分,相处非常和睦,干啥事都一呼百应。大年初一拜年也一样,由年龄最大的堂兄领头带着,挨家挨户给二爷、三爷、六爷、七爷拜年。一踏进门,大堂兄便领着我们给祖先灵位扑通一声跪下来,接着,他又站起来,满脸严肃的表情,拿起三根香点着,毕恭毕敬地作了三个揖后,把香插到香炉里。然后,又跪

下来，带着我们深深地磕了三个头。之后，我们才回过头来给坐在土炕上的爷爷、奶奶磕头作揖，嘴里说着，侄儿侄孙给您拜年了。这时，他们便笑呵呵地端出笸箩，抓起核桃、枣，一股脑儿向我们撒了过来。

　　新年第一天的早饭，有肉有菜，要么吃烙面，要么吃犄面。总之，一家人呼里呼噜，吃得无所顾忌，有滋有味。饭罢，人们便各自找乐子去了。那时候，村里没有电视，也没有什么文化娱乐活动。我的姊姊、嫂子们无事可干，便攒三聚四，围在热乎乎的炕头上，嘻嘻哈哈地打起了扑克牌。姑娘们都穿着花衫子，扎着红头绳或红绸条，个个打扮得漂漂亮亮，焕然一新。她们在院子里三个一堆两个一团地踢毽子。棒槌高低的娃娃们在门口，或者你追我赶，或者藏猫猫，或者玩起了面面土，甚至用尿和泥盖房子，玩娶媳妇的游戏。我们这些男孩子很不安分，呼朋引伴，上蹿下跳，满村子乱跑。有时，就围着村心的碾盘，用架子车轱辘上的辐条自制三角形的摔枪，装上火柴头或炮药，排着队在碌碡上摔起来，啪啪作响。如果能找到一根八号铁丝和几节自行车上的链条做成高档的手枪，那就会让我们有些得意忘形了。老人们则显得有些慵懒，有些随意，甚至有些颓唐，靠着门前的土墙，噙着长长的烟袋锅子，吧嗒吧嗒抽着浓烈的旱烟，一边晒着暖暖，一边眯着眼睛，有一搭没一搭地谝着陈谷子烂芝麻的旧事。中年男人们围成一团，似乎很逍遥，也很悠闲，慢条斯理地耍着花王川牌。天属最大，打虎要天；牛要成群，对牛吃对虎，三牛吃三虎，三"天"却不能吃三牛。那里面的规则真让人搞不懂。有时，他们也会下象棋。一开局，就剑拔弩张，火药味十足，噼里啪啦光顾着吃对方的人马。不知何时，唇枪舌剑也跟着斗起来了。输了棋的，就大言不惭地说："让你二两星子，你还以为我不识秤！"赢了棋的，就得意扬扬地说："给你二两颜色，你还想开染坊！"看着他们毫不示弱的样子，真是有趣极了，围观的人们总是笑得前俯后仰。

　　有一年正月初一，老队长看着碾盘一样大的牛车轱辘，突发奇想，发动男人们就地取材，在村子中央高大的老槐树下，创造性地做起了轮轮秋千。

他们先是从老牛车上卸下桶一样粗的车轴,杵在三个大碌碡中间,再将硕大的车轮高高抬起,小心翼翼地套在竖起的轴头上,然后用牛鞅套绳在车轮上挂了三个秋千。只要轴头上抹些润滑油,用手狠劲一推,车轮就欢快地霍霍转动,三个秋千便跟着悠悠荡荡飞起来,真有些让人心惊胆战的感觉。人们一下子就被吸引过来了,大人们围观着,欣赏着,闲谝着;孩子们哭着,闹着,争着,抢着,喊着,笑着……村心的老槐树底下简直成了孩子们的乐园,从这以后,村里每年初一都做轮轮秋千。

后来,农业社散伙了,老牛车废弃了,就再也没有见过轮轮秋千了。

走亲记忆

　　我祖父命不好，没有亲生的儿女，父亲是他用二斤面从甘肃下来逃荒讨饭的人怀里换来的。我的姑妈也是甘肃人，其实是我父亲姑妈家的女儿，也是苦难时候逃荒下来的。她和我父亲是表兄妹的关系。就这样，祖父也把她认作女儿，她也把我家当作她的娘家。我自然就把她称作姑妈了。

　　记得小时候，每年大年初二，哥哥和我都要装上几个白蒸馍，或者包子，或者油饼、麻花、油条之类，翻过一条大深沟去看望姑妈。每次去，一待就是半个月，真有些"乐不思蜀"。姑妈家的村子是一个仅有几十户人的小村。村子中央长着一棵古老的大槐树，粗粗的树枝上挂着一口锈迹斑斑的大铁钟，钟上刻满密密麻麻的文字。离树不远的开阔处，是一个多半人高、三面围着土墙的戏台子。然而，就是这个小村子，却给我带来了无限乐趣。

　　夜幕终于降临了，我们表兄弟六七个早早吃过晚饭，就高高兴兴地去看戏。黑蒙蒙的夜色烘托出了一处亮晃晃、空荡荡的舞台。台下早已熙熙攘攘，人们走动着，拥挤着，喊着，叫着，笑着，说着，急切地盼着开场。一些淘气的孩子迫不及待地爬上土台子，跑过来，窜过去，时不时撅着屁股，撩起幕布往里看。忽然，大幕徐徐拉开了。秦腔《杀庙》开始了。姑母的邻居老田男扮女装，拖儿携女，急煎煎出场了，一步一顿，那女声女气刚一开腔，台下就哗哗哗地响起了掌声，有人还吹起了尖利的口哨。台上唱得如泣如诉，台下看得如痴如醉。群众是爱憎分明的，也是疾恶如仇的，他们的情绪被充分地调动起来了。有人竟然无所顾忌,高声大骂起来。一切都怪狗日的陈世美那家伙,真不是人!你看那秦香莲母子多可怜啊!韩琦风风火火上场了。仔细一看,原来姑父是扮演者。只见他威风凛凛,怒不可遏的样子,嘴里呀呀呀呀地喊着,冲了上去,又退了下来;举起了剑,又放下了剑,急得像热锅上的蚂蚁,在舞台上转圈圈。不杀她们,有辱君命;杀了她们,有丧天良。可以看得出,他的内心世界是多么矛盾!忽然,他大喊一声,犹如霹雳雷霆,拔下佩剑,就朝自己的脖子抹去。只见寒光一闪,咚的一声,韩琦就直直地倒下了。掌声春雷似的在大年正月的夜里响起来了。台下骚动起来,许多人不约而同地站起来,伸长脖子往台子上看。大幕缓缓合上了。我和哥哥心里有些着急,连忙挤出人群,向后台跑去。啊,姑父还好端端地活着,他正在和几个人有说有笑。

事后,我曾经问起姑父,你怎么演得那么像啊?他说,戏演人生,戏演社会。演员要演什么像什么。当时,他的话意味深长,我年龄小,并没有理解多少。现在想起来,果真是那样,从古到今,人世间的"陈世美"的确太多了。那时姑父真的是把一个大义凛然、疾恶如仇、视死如归的韩琦声情并茂地演活了。

有一年的正月里,姑妈家的村子里要耍社火,有跑旱船、踩高跷、秧歌队等。我们表兄弟们整天跟在后面看热闹。那时,姑父带着一伙人编了一个非常有趣的节目:用纸糊了一头活灵活现的黑毛驴,让邻居老田假装骑着毛驴,男扮女装,穿着黑礼服,围着白毛巾,还叼着长长的烟斗,戴着一顶七品芝麻官的官帽,大摇大摆,趾高气扬,妖里妖气;每个人都穿着不同的衣服,画着不同的脸谱;一个人在前面颐指气使地牵着驴;一个人像古戏里的公公似的,在旁边怀抱着笏板,拿着扇子,边走边摇;还有一个人拿着鞭子,在后边跟跟跄跄,跑得满头大汗。那小毛驴走着走着,就不走了,用鞭子一赶,竟然尥起了蹶子,还昂昂昂地大叫起来,真有点不可一世的样子。我们一群小孩子跟在后边直笑得前俯后仰肚子疼。那个节目从开始创作,我一直跟前

跟后地看，姑父他们一群人，你一言，我一语，各抒己见，不论是构思、扮相，还是表演，都切中时弊，让人感觉非常滑稽，非常搞笑，有力地鞭挞抨击了现实生活中的丑恶形象。

那时，姑父是村里的干部，也经管着村里的代销点和药铺。正月里，他四处跑着联系群众唱戏、耍社火的事情，根本顾不上家里的家务活。所以，我们表兄弟们也时不时帮着姑母家干些力所能及的家务活。当时，大表哥刚刚结婚不久，哥哥、我和二表哥就一直睡在村外的饲养室里，天天伺候着一头红红的大犍牛，喂草，挑水，垫圈。有时，我们拿着铁刷子给大犍牛挠痒痒；有时，也趁着风和日暖铡几担麦草。然而，对我来说，最好不过的是坐在饲养室热烘烘的土炕上，独自一人，吃着甘甜的柿子，静悄悄地、如痴如醉地阅读着《封神演义》《西游记》等长篇神话小说了。大表哥爱看书，他自己掏钱买了许多书。这些书我听说过，从来没有看过，那时一看便爱不释手。那个正月里，除了看戏，看社火，我的腋下都夹着书，走到哪儿，就读到哪儿。就这样，我第一次读完了《封神演义》和《西游记》。

不知不觉间，春节就要结束了。正月十五下午回家的时候，我和哥哥总有些依依不舍。

田五八爷

　　能影影绰绰开始记起田五八爷,是我四五岁时候的事情。

　　听爷爷说,田五八爷不是本村人,也不是我们永泰梁上的人,而是沟南广寿塬梁梢的下芦堡村人。他姓田,族里排行为五,叫啥名字我不知道,只听大人们称他为田五老汉、田五叔、田五爷,我们一群精尻子碎娃都叫他"田五八爷"(在我们这里的方言中,把比爷爷长一辈的人都称呼为"八爷")。他幼年时就父母双亡了,家里没有直系血亲。年轻时,天不收地不管,家里上无片瓦,下无立锥之地,穷得讨不起老婆。后曾给方圆的富家大户当过多年长工,也被抓过好几次壮丁。红白两家扯锯那阵子,他没家没舍,没牵没挂,毅然加入游击队,扛起枪东奔西跑,风风火火闹起了革命。到了新中国成立后,田五八爷满头秋霜,老大一把年纪了,这才遇到了同村本家的一位寡妇,经人撮合走到一起,落户到我们这个小生产队,这个沟边的小村子。

　　有人说,田五八爷要不是大老粗的话,兴许早就干大了呢。然而,不管怎么说,他年高德劭,经见过大世面,是在大风大浪、刀山火海里滚爬过来的人。单凭着他是村子里唯一的老革命,就已经赢得了全村男男女女、老老少少的爱戴和敬重。自从我懵懵懂懂记事起,他好像就是村里的能成人,心直口快、处事果断、为人公道,因此很有威望,深得人们信任。他平时说话很少,一旦人前说话,不仅有分量,而且总是一斧头两半截,一锤定音。不管多么难顽的人,多么难缠的事情,只要他老人家一出面,难题往往都会迎刃而

解,大事化小,小事化了。就是清官最难断的家务事,他也能处理得井井有条,妥妥帖帖;最麻縻不分的媳妇,他也能说得她们心服口服,满意而归。

田五八爷住在村东一孔向阳的土窑洞里,离我家很近,中间仅隔着三户人家。他是一个很帅气的人,天庭饱满、地阁方圆、身材魁梧、气宇轩昂、只可仰视。长臂膀,大手掌,长条腿,大脚片,留着一把灰白的山羊胡子,经常戴一副白色镜片的老花镜,显得非常儒雅,也非常慈祥。五婆是个很典型很传统的小脚女人,个子矮小,行走拄着拐杖,颤颤巍巍的,有点弱不禁风。那时,在我的眼里,总感觉他们的小日子过得很精致、很有滋味。你看,放上炕的盘子,乌黑发亮,中间彩绘着鱼戏莲叶图案;筷子黑漆,上头雕刻着绿绿的兰草,做工精细;碗是喇叭碗,白色细瓷,蓝花花,小巧玲珑。一盘核桃大小的馒头,白花花的,热气腾腾。好香啊!看着就眼馋。说真的,那时的哥哥和我都只有几岁,一点都不懂事,没少站过他家的门口,没少趴过他家的炕边,没少吃过他家的饭。

田五八爷是公家人,退休前,一直在公社兽医站工作,还当过站长。他们老两口的小日子过得不缺吃,不缺穿,人人都羡慕。但一大把年纪了,膝下没个一男半女照顾,日常生活有时也是很作难的。爷爷比田五八爷至少小二十岁,但由于从小都是孤儿出身,都给人扛过多年长工,为人都很耿直、很善良,他们就成了村里最要好的忘年交。所以,平时从井里绞水,生产队里分口粮,爷爷再忙再累也总惦记着他家,帮衬着他家。他们经常在一块儿聊天,拉家常,无话不说,无所不谈。当时,我们家人口多,几乎年年青黄不接,田五八爷每回都慷慨大方地借粮给我家,帮我们一次次地度过了饥荒。有一年,我家里有事急需钱,爷爷愁得唉声叹气,吃不下,睡不着。田五八爷听说后,立马拿了六十元钱来到家里,硬塞到爷爷手里,还一再抱怨爷爷不给他说,把他当外人。爷爷还多次说到,哥哥两岁时得了疝气,四处求医不起作用,疼得整天呜呜哇哇哭个不停。有天他背着哥哥去兽医站闲逛,向田五八爷说了这事。后来,识字不多的田五八爷,凭着肚子中的那点墨水,艰难地翻阅了好些古药书,终于查到一个民间偏方,草药攒齐后赶紧如法炮制。不料想,服用几次后,竟然奇迹般把哥哥的病彻底治好了。这是爷爷生前念念不忘的一件事情。

老了的田五八爷清闲安详,经常和孩子们搅和在一起。要说,他最喜欢的还是我们兄弟俩。那时候,他大概已经退休,家里养着几只奶山羊。每天出去放羊,他都乐意叫上哥哥和我跟他一块儿去。夏忙之后,我们可以采到红艳艳的野草莓吃,酸甜酸甜的;初秋,又可摘到红珍珠似的玛瑙豆吃,香甜香甜的。更多的时候是,到了山坡上,他手把手地教我们认识了柴胡、黄芩、地丁、益母、茵陈等许许多多的中药材,津津有味地给我们讲解草药的性能,领着我们一铲子一铲子、一镢头一镢头挖药材,晒干了卖到收购站,换点钱回来,以贴补日常家用。歇下时,他又给我们绘声绘色地讲起很多故事,直听得我们兄弟俩如痴如醉。回家时,也不忘叮咛我们捡些干柴,捆起来,背回家。他还经常絮絮叨叨地对我们说:"娃娃勤,爱死人;娃娃懒,抠了鼻子剜了眼。"他的言下之意,我们是完全理解的。他的良苦用心,我们是心领神会的。他是教育我们从小要养成勤劳的习惯,要体贴父母,要做懂事的好孩子。

有一回,是个冬天的早饭后,在他家门口,有一群人笼着手靠墙晒暖暖。田五八爷把我叫到他跟前,问:"你几岁了?"我说:"六岁了。"然后他拿出半截粉笔,便在土墙上写了一个"耿"字让我认。我搔着后脑勺哑口无言。他抚着我脑门说:"傻孩子,你姓啥?"我说:"姓耿啊。"他忽然摸着山羊胡子爽朗地大笑起来:"那你怎么连自家姓都不认识呢?"大家见状跟着都嘻嘻哈哈笑了起来。当时,我感觉脸发烧,窘得恨不能找个地缝钻进去。接着,他和蔼地对我说:"你要好好读书了,千万莫学打牛后半截的。"从那以后,一有空,田五八爷就教我认字,在地上写字。八岁上学时,我竟然认会了四五十个字。

最让我佩服的是田五八爷调教驯服那些高脚牲口真有两下子。那时,生产队里有一匹膘肥体壮、桀骜不驯的黑骏马，性情嚣张，老炝蹶子，一直没人敢使唤它。队里要用大车拉粪了，不使唤实在不行。一开始，连续几天，这家伙连踢带咬，怎么也上不了套，更不要说把它套进车辕里。年轻的车夫们气急了，怒不可遏，就把它拴在桐树上，不管三七二十一，用皮鞭一顿狠抽。后来，一直坐在门前的田五八爷看不下去了，就说："这家伙火性子！吃软不吃硬！下马威绝对不行！要照木下线，慢慢来，哄唆着来。"只见他折了一大捧桐树叶子走过去，小心翼翼地喂了起来。一边喂，一边在马的头上、脖子上，用手不停地摩挲起来。眼见黑马精神慢慢放松了，情绪渐渐温和下来。田五八爷索性叉开两只大手，像耙子似的，一下一下给它挠起了痒痒，一直从脊梁挠到了腹部、大腿、裆下，甚至都摸到了蹄子上。黑骏马被伺候得浑身舒服透了，懒洋洋地斜着身子，尽情地享受着。这时，他示意和平哥悄悄拿来套绳，轻轻地搭在黑马的脊背上。再慢慢套好夹棒，系好背带和肚带。接下来，田五八爷从树上解下缰绳，用手继续摩挲着，往后推着黑马，车夫们从后面拽着套绳，慢慢地就后退着把它套进了车辕里。就这样，气势汹汹、咄咄逼人的黑骏马，终于被田五八爷柔性体贴地降伏了，围观的人们一下子都佩服得五体投地。

不久，就听爷爷说，田五八爷要回老家了。接着，便看见人们接二连三、络绎不绝地去看望他老人家。时间不长，五婆的儿子就真的赶着一辆马车来了，停在了他家的门口。记得那是一个初冬的午饭后，西风猎猎，落叶飞扬。村里的人们全都从窑洞里出来了，七手八脚忙着搬东西。很快，田五八爷的箱箱柜柜、坛坛罐罐、柴柴棍棍全被装上了马车。两位老人家是最后被搀扶上车的。只见五婆用黑头巾包了脸，面无表情；田五八爷穿着长长的羊皮大氅，戴着"火车头"棉帽，故作镇静轻松的样子，向前来送行的人们笨拙地挥着手。其实，我发现，他神情痴呆呆的，目光空洞洞的，两眼却一直在望着远处不知什么地方。临走时，他突然软瘫下去，两手抱着头，老泪纵横，失声痛哭。送行的人群不自觉地向前移动着，有人唏嘘叹息，有人低泣垂泪。

慢慢地,马车出了村子,渐行渐远,消失在了人们的视野中。我和哥哥跑向村口,爬到高高的杏树上,遥望着,遥望着……

　　大约半年后,田五八爷又只身回来了,在村里转了一圈,来到家里和我爷爷聊了聊别后的情况。回去后不久,就卧床不起了。

邻居老妈

　　小时候,听爷爷说,邻居大爷和大婆的日子过得很熬煎,常常吃了上顿没下顿。大伯父老大不小了讨不到媳妇,成不了家。大爷和大婆整天唉声叹气,愁死愁活,茶饭不思。20 世纪 60 年代初甘肃遭遇大饥荒。1962 年的一天,村里来了一位讨饭的武都女子,三十多岁,手里牵着两个孩子,一男一女,五六岁的样子。就这样,经村里年长的老人热心撮合,大伯很快就成了家。

　　那时候,大婆还在世,一双尖尖的小脚,挂着拐棍,走起路来,颤颤巍巍,一步一歇,气喘微微,正是灯笼火把的年纪。大伯六十多岁,兴利哥的两个孩子也已经出生,比我小几岁。他们家和我家一样,都是上有老下有小的六口之家。但是,人们私下里都纷纷说,邻居老妈吃过苦受过难,是村里最会持家过日子的。自从她进了大伯的家,日子就过得像芝麻开花——节节高,蒸蒸日上。

　　邻居老妈的勤劳在村里是出了名的,大人孩子有口皆碑,有目共睹。她总是村子里起得最早的人,每天天刚蒙蒙亮,羊倌们吆喝着队里的牛羊群走出村子,新鲜的牛粪噗嗒噗嗒落下来,黑色的羊粪豆沥沥啦啦撒了一路。这时,多数人还在酣睡之中。你听,她家院子的门闩喔嘟一声就打开了,她手里提着粪笼,拿着铁锨,腋下夹着扫帚,急煎煎地出来了。她铲着牛粪,扫着羊粪,一声不响走出了村子,把牛羊粪一笼又一笼地提回来倒在了自家门前的粪堆上。早饭时候，牛羊进村了，她又紧跟着拾一遍。午饭后牛羊出村，傍晚时牛羊回村，她仍然跟在后边拾粪。一年四季，春夏秋冬，她几乎天天如此。一回，有个小伙伴还用嘲笑的口吻对我说，他还看到过邻居老妈用手掬牛粪羊粪、用衣襟兜牛粪羊粪的事情。我不屑一顾地说："那有什么呢！你看看她家的粪堆高不高？她家的日子过得红火不红火？"有句谚语这样说：攒粪就是攒粮。我想，只要有白馍吃，比什么都重要。

在我的记忆中，邻居老妈家的自留地里的麦苗长得比谁家的都要好，产下的麦子比谁家的都要多。三夏大忙过去了，青天白日之下，远远望去刚刚收割过的麦田里白晃晃的。村里的大人娃娃都去拾麦了，田野里到处都是人。我看见邻居老妈起早贪黑，拾了一把又一把、一捆又一捆。地里的麦子拾完了，老妈又拿着笤帚、提着篮子，来到马路上、麦场边，连捡带扫，一笼又一笼地拿回家来，在院子的核桃树下乱七八糟堆满了。随后，她便坐在院子里，忙得连饭也顾不上吃，把麦子用连枷细细打碎了，用簸箕簸了又簸，用筛子筛了又筛，最后装了满满几口袋。每每这时，我总感觉她的心里无比踏实，总能看见她脸上流露出满足自得的笑容。

我不知道邻居老妈在甘肃时家里养没养过家畜，反正，我总感到她养牲口有拿手绝招。她养猪和许多人不一样，一般人是耐不了这个烦的。所以，常常看见她推着碌碡把猪糠碾得很细很细，筛去土渣石子，拣去柴柴棍棍。喂食前，先烧一大锅开水，再把细糠和烂菜叶、烂瓜果、麦麸等一股脑儿搅和进去，咕嘟咕嘟煮熟了，才一勺一勺舀到石槽里让猪吃。那时，人民公社鼓励家家养猪呢。她在家里辛辛苦苦养着一头老母猪，老母猪下崽子时，从这家那家往窝里叼柴。须臾间，就从屁股后面出来一个又一个水汪汪、黑不溜秋的小家伙。数了数，啊，共十几个！一旦老母猪舔干了小猪崽，把它们用嘴拨到肚子下面，它们便争先恐后地噙住奶头，一拱一拱地、贪婪地吮咂着奶水。邻居老妈一直悉心地伺候在旁边，看到幺崽抢不上、吃不到，就一下子心疼了，连忙抓过来，把母猪的奶头揾到它嘴里，紧紧地按住，让它吃饱喝

足才撂手。不料，老母猪一点儿也不领情，以为她要伤害它的孩子，常常张开大嘴咆哮着，咬伤她的腿和手。尽管如此，她家还是养了一窝又一窝猪崽。刚一出月，强壮欢实的小家伙一下子就被人们抢光了。剩下体质孱弱的，她就精心地喂养起来。到了年底，一头肥腤腤的"统购猪"就出槽了，在众目睽睽之下，被吆到收购站。乡邻们指指点点，赞不绝口，真是眼红极了。

邻居老妈不但是一个不怕苦、不怕累、不怕脏的人，更是一个心地非常善良、非常仁慈、非常善解人意的人。那个时候，一般农村人家有粮食吃就很不错了，从来很少想过一日三餐能有菜吃，更不用说专门种菜了。可是，我的邻居老妈却在自家的窑院里，开辟了土炕大小的一块空地，扎出了一个小小的篱笆菜园。她从门前沟底的河渠里挖来韭菜根，仔细地栽上去，覆上腐熟的羊粪，浇上水，育出了一畦鲜嫩鲜嫩、翠绿翠绿的韭菜。隔三岔五割一篮子，提到集市上去卖。每次，邻居老妈总不忘给族里本家送一把。接下来，我就有幸吃到了新鲜美味的韭菜饺子或者韭菜包子。那个年代里，吃肉实在是一种奢望，一般情况下，唯有过年的时候才可以。不过，生产队的羊圈里也常常有死羊被拉出来。人们虽然肚子饿得慌，但担心吃了死羊肉会染上疫病，只是围着看，用脚拨来拨去，没有人敢下手。每每这时候，我便常常看见邻居老妈磨利刀子，挽起袖子，动作麻利，三下五除二就剥开了一只死羊。每次做好之后，她总会亲自端上满满一老碗热气腾腾的汤和肉，外带几个绵软的热蒸馍，给左邻右舍送去，让大伙儿尝尝鲜，解解馋，分享一下她的手艺。特别是对我们这些孩子来说，那个馋、那个香啊至今回味无穷，记得我每次连碗都舔干净了呢。

我的邻居老妈颇有爱心和善心，她亲手救活过许多小动物。要知道，养活一个动物的小崽子，实在不是一件很容易的事情。有一年，我家的猫咪不小心吃了死耗子，被毒死了。剩下五只嗷嗷待哺的猫崽子，我们准备扔掉。老妈听说后，连忙跑过来抱了回去，硬是早出晚归，东家出来，西家进去，挤羊奶，一个个喂活了后送给亲戚邻里。她双手按住奶壶，还喂活过村里孤苦伶仃的狗崽,喂活过生产队里的小牛犊和小马驹。她的想法似乎很简单,这些小家伙离开了妈妈,多可怜,救活一个算一个。佛家说,救人一命,胜造七级浮屠。我知道,邻居老妈一字不识,没有读过书,不懂什么大道理,也根本说不出这样的话。但她的心地却是那么善良。直到现在,她仍然是我心目中最善良的人! 古人云,仁者无敌,大德者寿。大概正因为如此吧,她九十岁下世的时候,无论男女老少都找上门来,扑倒在灵堂前,呼天抢地,泪水涟涟,哭得搀扶不起来。我仔细听了一下,他们把她叫妈。问了许多人,我才明白过来,原来,他们都是一拨子干儿女呢。

邻居老妈是村里少有的精明人。在她一手操持下,她的一家人,和和气气,快快乐乐,日子过得有滋有味。村里方圆远近,大人碎娃,都对她家羡慕得要命,对她佩服得五体投地。再看看,老妈带来的兴利哥、香兰姐,是多么的孝顺! 我大伯平时想吃什么有什么,想什么时候吃就什么时候吃。衣来伸手,饭来张口。毫不夸张地说,大伯是很有福的,兴利哥、香兰姐把什么好吃的都给他吃了。在这个世界上,许许多多亲娘老子养的儿女,都做不到呢。

这些都是我邻居老妈大慈大悲、救苦救难的结果,更是她含辛茹苦、言传身教的结果。有善心,做善事,人人都能看见的。我母亲生前就曾用她的事例多次教育我们:一个人,帮别人就等于帮自己。仔细想,这话让我们兄妹一路幸幸福福地走了过来,一辈子都受用无穷。假如那些猫儿狗儿猪儿牛儿地下有灵的话,它们也一定会记住我的邻居老妈的。

前几天,惊闻邻居老妈忽然逝去。回家奔丧,我久久地跪在她的灵堂前,一遍又一遍地回味着,那些关于她的枝枝节节的琐屑事以及她的大恩大德。夜里,我辗转反侧,难以入睡。想来想去,我决定写一篇文字,记录下她的懿德懿行,让我们的后辈儿孙永远记住,记住她老人家!

写到这里,我忽然感到很欣慰,再也写不下去了,也不想说什么了。

臭臭嫂子

　　年前的一天下午,我穿过广场急急忙忙去上班。

　　"喂!喂!"忽然听到旁边好像有人叫我。我下意识地扭过头来,看见广场台阶上坐着一位年近古稀的女人。"是叫我吗?""是啊。你认得我吗?"我仔细地打量着面前的这个女人。她身体健壮,圆蛋蛋脸,黑黑的皮肤,额头横着几道深深的皱纹,满头秋霜,甚为惹眼。她是谁呢?我尽力搜索着自己的记忆。看我一时怎么也想不起来,她笑着说:"我是水龙他妈。"哦,水龙!他比我小五岁左右,是我老家的邻居,还是我的远房侄儿呢。

　　"啊,原来你是臭臭嫂子!"我终于一下子想了起来。

　　恍惚间,我就回到了三十多年前的那个小村子里。

　　臭臭嫂子,是隔沟的北塬上人,我不知道她姓什么,真名叫什么,只知道大伙都叫她臭臭,可能是乳名吧。因为在农村,许多人家生了女孩,小时候都叫臭臭或者丑女呢。臭臭嫂子是一个极其直爽、极其坦荡、极其乐观的人。在农村,弟弟们和嫂子们之间往往狗皮袜子没反正,讲的就是没大没小、没高没低地疯玩疯闹。所以,我经常看见比我大好多岁的哥哥们口无遮拦,和她肆无忌惮地开玩笑,甚至打来骂去。她总是针锋相对,嘻嘻哈哈,当面从不生气,背后也不放心里去。

　　那年学校放暑假,我被评为一年级的"三好学生"。当我捧着奖状路过她家门前时,她一把拉住了我,接过奖状,走进人堆里,摸着我的头,兴高采

烈地说:"娃娃看小时,媳妇看来时。你真有出息!嫂子看好你!以后你妈会享福的!"弄得我一下子脸烧到了脖根。不过,说真的,我却永远记住了她的话,特别是在我读书求学的青少年时期,我总是自觉不自觉地把她的话奉作金玉良言,一次次地用它来激励、鞭策自己。

还有一回,那是读小学二年级的时候。有一天我小跑着去上学,她突然在路边大声喊住了我,笑着问:"你妈和我年龄一样大,你多大了?"我说:"十二岁了。"跟着,她指指身后一个穿花衫子的姑娘说:"我妹妹和你年龄一样。将来给你当媳妇行不?"她看着妹妹扭怩起来,又指着我说:"这娃腼腆,懂事,好学,长大一定会有出息的。"当时,谁都以为这是个玩笑话。可臭臭嫂子是一个认真的人,这样的话,她在我面前说过两回。后来,她还真向我的母亲说了。母亲说,娃娃年龄都太小,变数大,看他们以后的造化吧。

臭臭嫂子的丈夫是我的远房哥哥保民。在我的记忆里,保民哥是一个很爱读书的人。他经常向我们一群小孩子借《三国演义》《西游记》连环画看,看完了就及时还给我们。有时,在上下学的路上遇见了,就拦住我们,在我们的书包里找连环画,找到了,便蹲在路边如饥似渴地看。后来,听家里人说,保民哥好像得了什么病,很严重。接着,我就从院门洞里看见臭臭嫂子抱着小儿子,满脸愁容,蹲坐在窑洞前,烟熏火燎地熬着中药。大概过了几个月吧,保民哥就被病魔夺去了生命。

那时,村子里刚刚包产到户。保民哥的撒手西去,对臭臭嫂子来说,简直跟天塌了一样。她一个人不但要干着地里的活儿,还要拉扯两个孩子。其中,小儿子不到两岁的样子,没有断奶,一时都离不开。于是,我便常常看见她去地里劳动也背着孩子,到了地里,地头铺上袋子,把孩子放下来玩耍,才开始干活儿。有时,孩子哭闹得实在不行,她就用腰带把孩子绑在自己脊背上,继续干着手头的活儿。夏天的麦场里,一棒槌高的大儿子站在麦垛上,臭臭嫂子艰难地把一个个麦捆扔了上去。秋天来了,沟里的玉米丰收了。家家户户男女老少齐动员,挑的挑,背的背,扛的扛,蚂蚁搬家似的往家

运着玉米棒子。有牲口的人家,还用牛马往回驮。臭臭嫂子却一个人默默地扛着袋子,在崎岖的羊肠小路上攀登着,上气不接下气,满头大汗。臭臭嫂子是一个很坚强的女人,生活再苦,都咬紧牙关往前熬。我从来没有见她在人前向谁诉过苦,也没有听见过她唉声叹气。

不管怎么说,臭臭嫂子也是一个苦命的女人。保民哥去世的时候,她也就才三十多岁。人常说,寡妇门前是非多,这话一点不假。一天,有个小伙伴挤眉弄眼地告诉我们一个秘密,说是臭臭嫂子有男人了。他放牛的时候,看见臭臭嫂子和一个陌生男人在树林里,叽里呱啦,连说带笑。很快,这个消息就被人们添枝加叶,制造成一个爆炸性的新闻,在小村子里没远没近地传开了,风一阵雨一阵的,简直能淹死人。不久,听说臭臭嫂子要结婚了。果不其然,一个男人走进了臭臭嫂子的生活。听说,这个男人死了婆娘,留下三个孩子。接着,我就看见这个老实巴交、沉默寡言的男人,起早贪黑,打柴,挑水,春种,秋收,干着一个庄稼汉应该干的所有活儿。但我的感觉是,由于世俗偏见作怪吧,村里的大多数人都瞧不起他们,挤对他们,甚至有人还故意刁难他们,欺负他们。当时,我就想不明白,一个女人失了家,拉扯两个孩子,多么可怜,多么作难。臭臭嫂子找个搭伴的男人,究竟有什么错?想不明白也没办法,大概熬过了一年吧,我看见臭臭嫂子还是流着眼泪跟着这个男人走了。大儿子留给了本家兄弟抚养,小儿子自己带走了。后来,还听说她的小儿子不幸殇了,她又生了几个女儿……

端详着眼前饱经风霜的臭臭嫂子,我忽然想起了关于她的许多往事,感到了岁月的无情和人世的沧桑。原谅我口拙舌笨,一肚子的话不知从何说起。倒是她很关切地问起了我现在的工作情况、家庭情况和儿子念书情况。她说,小女儿最近要结婚了,她是来县上给置办嫁妆的。女儿一结婚,就什么事儿都安顿了,什么事儿也没有了。说这话时,我看见她神情是那么坦然,心里好像笤帚扫了一样熨帖。

离开时,我在心里默默地说,臭臭嫂子,但愿好人一生平安,一切都好啊。

老队长逸事

  儿时的记忆中,我们北村的队长经常换人,唯有一人例外,他就是我的大伯。

  大伯是本家二爷的儿子,身材高大魁梧,背有点驼,整天耷拉着一张黑苍苍的长脸,走路办事风风火火,该出手时就出手,从不拖泥带水,说话特别严厉,脾气火暴得很。如果有哪位社员做错了什么事儿,他就常常揪住不放,当面锣对面鼓,不留情面,收拾得人实在下不了台。不要说我们这些猪嫌狗不爱的娃娃不敢正眼看他,就是和他年纪相仿的大人也惧怕他三分。平时,我常常看见一群妇女边干活边叽里呱啦谝着闲传,一旦觑着他过来,就戛然而止,默不作声,只埋头做活儿。有时,三五妇女在门前,正拉着家长里短,手里补着破衣服或纳着鞋底,他一过来,就鸦雀无声,甚或纷纷站起身,哗啦哗啦散开了。

  那情景,简直就像老鼠见了猫一样。

  说真的,我和哥哥见了他,就常常手足无措,心里紧张,很恐惧。因为我们兄弟俩亲眼见识过、领教过他的厉害。有一次,看见邻居的伙伴拿着块马蹄铁玩,哥哥就从窑里头的杂物堆里翻出个牛鼻环来,我们一块在门前的枣树下玩耍。突然,大伯大步流星走过来,虎着脸,大声吼起来:"你们一个个碎驴的!拿的啥?拿出来!在哪儿偷的?我非让公安局把你们法办不可!"我们一下子被吓傻了,一个个呆若木鸡,眼睛睁得像酒盅子。

那一夜，我心里害怕得扑通扑通的，整个晚上都没有睡好。

第二天早饭后，大伯就把村里男女老少召集到他的窑院里，火药味十足地开起了群众批斗会。他说，有的妇女三个一团两个一堆，说是道非；有的社员劳动时，像吊死鬼寻绳，出勤不出力；有的社员给牛割草像猪婆叼柴，拈轻怕重；有的社员犁地时，像猫儿盖屎，应付差事；有的社员光天化日偷队里的苜蓿，还大摇大摆；有的社员简直就是小炉匠，把集体的啥东西都往家里拿。说着说着，就亮出了马蹄铁和牛鼻环……大伯的嘴茬很犀利，骂人的话尖酸刻薄，听起来既气人又好笑。当时，我远远地看见，爷爷的脸色很难看，眼睛一下子都绿了。那天，回到家里，爷爷向我和哥哥说起了那个牛鼻环的来历。他说，入社前，他曾在山里包山庄，家里养过五头牛，牛鼻环是他找人打制的。那您为什么要背那个黑锅？为什么在会上不说呢？爷爷说，他是我的侄子啊，是队里的掌柜的，不当家不知柴米贵，你大伯也是为大伙好呢。

那个年代，人们的日子很不好过。每年夏收秋收，队里交过公粮后，剩下的粮食预留下来年的籽种，就都分到各家各户去了。到了寒冬腊月，或者青黄不接的二三月，多数家庭都要靠吃返销粮维持生活。所以，人们往常都过着"野菜和水煮""瓜菜半年粮"的苦日子。后来，全国号召"农业学大寨"，人们起早贪黑，战天斗地，饿着肚子，开山修路，筑地打坝，掀起了轰轰烈烈的农业生产大会战热潮。

大伯是队长，在驻队干部的支持下，他在社员大会上豪情满怀，慷慨陈词，拍着胸膛，做了很煽情的精彩演讲。他曾这样鼓动大伙："眼前的吃饭问题，全国各地到处都一样，谁比谁强不了多少。这些困难都是暂时的。好在我们守着穷山恶水，有的是山，有的是坡，有的是沟，有的是渠，只要我们大家一条心，九牛爬坡，个个出力，黄土也能变成金子的。人定胜天，苦作美吃，我们一定会填饱肚子的。当年的南泥湾就是这样干的，今天的大寨也是这样干的！我们只能靠山吃山，靠水吃水。要吃饭，跟我干……"不知是谁给他教的，大伯发出了向荒山沟壑要粮食的号召。他的演讲激动人心，确实

感动了很多人。

于是，那个初冬，一场熊熊的大火终于从沟底毕毕剥剥燃烧起来了！西风呼啸，红旗漫卷。人们排成一条龙，一镢头一镢头，叩石垦壤，撕开了荒山沟坡的胸膛。冬去春来，山庄里，几百亩地开辟出来了；半沟里，几孔窑洞倚崖开凿出来了。随后，大伯又积极动员人们"酸枣接大枣""杜梨接梨树"，把荒山也变成了花果山。如此一来，荒坡遍地是庄稼，沟渠上下是杂果。不久，队里也养起了成群的绵羊和山羊。遇上逢年过节或者大会战，队里也会偶尔杀只羊犒劳犒劳大伙，解解馋气。所以，方圆十里八村的人都说，我们北村人粮多，北村人劲大。就这样，我们北村也成了全公社艰苦奋斗、自力更生、丰衣足食的先进典型。大伯也着实跟着美美地风光了一回。

一句话，大伯说话，一斧头，两半截。他为民请命立军令状，风里来，雨里去，是功不可没的。

为了人人都能吃上饭，村里的大队长以及其他五个小队长不愿意了！凭什么？凭什么呢！有个连畔种地的队长首先发话了，不少人纷纷附和着，是啊，是啊。于是，大队长拍板了，要将国棉五厂在北村建的电厂房拆了，给大队盖会议室。在全村群众大会上，大伯气不过，拍了桌子："谁要拆，先从我手里栽个跟头出去！要不然，北村的饲养室往哪儿搬？"没有办法，此事只能不了了之，全村男女老少都给大伯竖起了大拇指。

不久，大队部重新划地，要将我们六队的一块下湿地划给四队。大伯死也不答应，还和人相互撕了胸口。为此，大队撤了他的队长，还让他在水库大坝上背石头，劳教了三个月。谁也没有想到，期满回家时，全村老的老，少的少，竟然都在村口迎接他。

20世纪70年代末期，年龄渐大的大伯辞掉了队长职务。农村土地经营制全面开始了，土地包产到户了，牛马驴骡子都分到户里去了，架子车、新式铁犁、铡子、硬轱辘土车、石碌碡等各种农具也跟着分到户里去了。人们欢天喜地，兴冲冲地过起了小日子。大伯是村里最能吃苦、最能干的人，他一

个人开了几十亩荒地,养着几头牛,是北村第一个买了新式铡刀的人。他家的小日子过得有滋有味,像模像样,很殷实,不缺吃的,不缺穿的,不缺花的,许多人都羡慕得不得了。

这个时候,他好像变了一个人似的,见面再也不收拾人了;面貌上比以前和善多了,慈祥多了,随和多了,也能跟人开个玩笑,甚至能凑一堆,拉拉家长里短。记得刚刚包产到户,我们家时常借他家的架子车和铡刀用,他很大方,显得从来没有的客气。大忙天碾场时,哥哥和我也经常乐颠颠跑过去给他家帮忙。倘若到了大年夜,我们一大群侄、孙就去他家陪坐熬夜,轮番给他敬酒,他总是来者不拒,喝了一盅又一盅,直喝得酒酣耳热,豪气满怀,一肚子的热心话,滔滔不绝,说也说不完。初一一大早我们就去拜年,在大伯的窑脚地,我们按辈分、年龄排班,刚刚跪下去,他就乐呵呵地端出筐箩,大把大把抓着核桃、枣,朝我们头顶抛撒下来,孩子们不容分说,就抢了起来。离开时,他还拿出他家特有的牛心柿子,把我们几个年龄小的衣服兜塞得满满的让我们带回家去。我看得出来,他绝对不是无情的人,他也会享受天伦之乐。

说起过日子,大伯省吃俭用,节衣缩食,舍不得花钱,有时甚至对自己很苛刻,对别人很吝啬。有人说,他那几年,家里没有什么大事,攒下了不少钱。但你如果想从他手里借出一毛钱来,却实在比登天还难。有人还说,你就是用钱换,也换不出来的。跟着,村子里就有鼻子有眼地传出了这样的说法,说大伯把攒的一厚沓钱一直压在箱底,竟然不知什么时候让老鼠啮咬得没有角角了,拿出来放在簸箕里晾晒时不小心叫人看见了呢。这件事在村里一时被传为人们茶余饭后的笑料。我没有亲眼见过,不知道这是不是真的,也不敢妄说。

不过,大伯在窑院前和人们晒暖暖时,经常感喟自己命苦,这是千真万确的。他说,自己生在了滩滩,滚到了洼洼。年幼时死了爹娘,跟着就离家四处逃荒讨饭,七八岁时来到了北村,是好心善良的二爷二婆收留下了他,

然后就做了他们的干儿子。有一天,眼见着大伯心情不错,和大伙儿聊得很乐和,我竟然斗胆问起他:"大伯,你还晒过钱?你的钱被老鼠咬得没角角了,是真的?"大伯下意识地站起身,面带羞赧之色,拍着屁股上的土,答非所问地说:"日子过得跟绳子捆了一样紧,都鸡屁股里等着掏蛋呢,哪儿来那么多钱?你们看,我这胳膊!这腿!哎哟哟!老了,不跟你说了……"说着,就步履蹒跚地走了。

接着,他的身后就爆发出一阵哄堂大笑。

望着他伛偻的背影,我就仔细琢磨,大伯真的把钱看得很重,大概也是苦日子、穷日子过怕了的缘故呢。就在那天晚上,扛了二十六年长工的爷爷,在家高喉咙大嗓门教育我:"你怎么还跟你大伯较真呢?"我当时一下子羞得想找个地缝钻进去。

我想了一个晚上,终于蝉蜕大悟了:倘真是这样,也是可以理解的。人啊,毕竟不是圣人。谁会没有缺点呢?

谁也没有想到,大伯殁的前一晚上,那是大年夜,他竟然醉得一塌糊涂,不停地用手抓着自己的胸口。一次次拉着我爷爷的手,欲言又止,欲言又止。伴随着一场纷纷扬扬的大雪,他悄悄地去了远方。

球娃哥

　　球娃哥是我很近的邻家,年龄比我大过十五岁。

　　他是二爷的孙子。听爷爷说,二爷家那一门子最兴旺的时候,曾经老老少少、热热闹闹,好大一家子人。后来,饥荒来了,瘟疫来了,战乱来了,匪患来了,一家人风吹云散,饿死的、病死的、横死的,折了十几口人,只剩下二爷一个光杆了。老话说,不孝有三,无后为大。遇到二婆后,无可奈何,收养了一个讨饭到家门口的七岁的孤儿,他就是大伯了。恍惚记得,大伯说他是关中平原兴平一带什么地方的人。所以,小时候,便在聊天的人群里,常常听见他发感叹说,生死有命,富贵在天,自己是从滩滩滚到了洼洼。

　　大伯有三个女儿,球娃哥出生以后,自然给他们家带来了莫大的安慰和快乐。二爷一家大喜过望,非常疼爱他。他们出出进进,口口声声地喊他球球娃,天长日久,球娃就成了他的真名了。那时候,球娃哥似乎很活泼,很淘气,也很可爱,颇得大人们喜欢。在二爷家的院子或家里,不管他怎么捣乱翻弄,怎么上蹿下跳,怎么胡作非为,二爷、二婆总是乐呵呵、笑眯眯的样子,只管吧嗒吧嗒地抽着旱烟。就这样,球娃哥在几代人浓浓的宠爱中,一天天长大了,也一天天懂事了。没人吩咐,他就自觉地操心起了二爷、二婆两位老人家的饮食起居以及日常吃喝拉撒。家里没水了,他就默默地到井坊去绞水或从沟里往上挑水;瓦缸没面了,他就悄悄地去推磨子磨面;没油点灯了,他就提着煤油瓶赶紧往商店跑。总之,年迈的二爷、二婆的日常生活被球娃哥料理得井井有条。常来二爷家串门子聊闲天的人们,对球娃哥总是啧啧有声,赞不绝口。当着众乡亲的面,二爷也常常情不自禁地说:"我球娃,勤快!孝顺!懂事!很不错呢!"

旧历年的腊月,大人们里里外外张罗着要给球娃哥娶新媳妇了。我们这些堂兄弟们也跟着欢天喜地。多年来,乡下流行着"耍房""听房"(也就是偷听新婚夫妇的房事活动)的风俗,如果没人前去"听房",家里大人也要在窑洞窗子外边的烟囱角角,习惯性地靠一把扫帚,表示有人"听房"呢。于是,就在前半夜里,一位堂兄撺掇了几个哥们儿,夜猫似的蹑手蹑脚去了,屏息静气地贴着窗根听起来。听人家两口窃窃私语,卿卿我我,甜甜蜜蜜,男欢女爱,渐渐入港。忽然间,不知谁憋不住了哧哧笑起来,接着大家都忍不住了,一阵嘎嘎嘎的大笑,就像受惊的山鸡。翌日,见了面,众目睽睽之下,那位堂兄便肆无忌惮地问起来:"球娃哥,你昨晚和嫂子干什么了?""没干什么啊,就规规矩矩睡觉。""那怎么地动山摇的?""像牛吃胀了?""像狼吸猪了?"球娃哥支支吾吾起来:"我肚子疼,打摆子呢!""还吭哧吭哧?"人群里顿然爆发出一阵哈哈大笑,许多人前仰后合,笑弯了腰,笑出了眼泪。球娃哥的脸就腾地红了,只是腼腆地,嘿嘿嘿地憨笑着,再也不作声了。

不久,一场纷纷扬扬的大雪,就在大年夜里降临了。雪落无声,小山村静悄悄的。球娃哥领着我们一伙兄弟围着族里的老人们去坐夜。坐完夜,他又热情地招呼大家去他家玩。那时候,我们这乡下的小村子,没有电视,没有收音机,也没有通电。能玩什么把戏呢?正当我们疑惑不解时,他便拍着衣服兜说:"我早准备好了。""是什么呢?"抢过来一看,哇!是一盒新灿灿的扑克牌。我们一下子心花怒放,连跳带蹦,一股脑拥进了他家。只见窑洞里收拾得整整齐齐,地净窗亮,家具生辉,热气腾腾,灯火通明,竟然点着三盏煤油灯:一盏灯从窑顶上垂下来,悬在土炕上头;一盏灯放在炕头的栏槛上;一盏灯放在窗台上。火苗红红的,旺旺的,忽悠着,在这寒冷的冬夜里,带给人一种温吞吞、暖和的感觉。"快上炕!快上炕!"说着,新嫂子连忙

张罗了几个菜,端了上来。球娃哥给每个人倒上了酒,恭恭敬敬地递过来。有人说:"灯这么亮,你不过日子了?"他仍然只是憨憨地笑着说:"平时,各人都忙着各人的事。大过年的,大家好好乐一乐。"于是,一群年轻人就高喉咙大嗓子,老虎杠子鸡,锤头剪刀布,又是一番热热闹闹地胡吃海喝。酒饱了,饭足了,就兴致勃勃地玩起了牌。一浪一浪的开怀大笑声,不时飘出温暖的屋子,穿过绵绵密密的大雪,在小山村的夜空中回荡不已。我们几个年龄小的,就一直蜷曲在烫热的土炕上,津津有味地吃着他家的牛心柿子,坐着看到天明。一大早回家,扫完门前雪后,他又招呼我们挨家挨户给老人们拜年。拜完年,核桃、红枣之类好吃的东西,就装满了我们的衣兜,攥满了两手。我觉得,特别是球娃哥家的牛心柿子、二爷家的土蜂蜜,是我今生吃过的最甜心的东西。

人人都说,球娃哥壮实得像头牛,有着一身使不完的蛮力气。这一点,我是眼见为实的。球娃哥的个子并不高,但他有着一碌碡壮、两老瓮粗的腰身,浑身肌肉很发达,肌腱块很瓷实。平时,从沟底打柴,他的柴捆总是最大;从沟底往上挑玉米,他的笼也总是最大。这时,有人就不服气了。最不服气的当是牛高马大的民民哥了。那是个三月艳阳天艳阳地的日子,有人惹猫逗狗,极力鼓动他们好好比试一下,让大伙见识见识究竟孰高孰低。俩人也按捺不住性子,就雄赳赳气昂昂地来到了禾场上。先是比搬碌碡,他俩都甩开了膀子,一口气把圆滚滚的碌碡推得不停翻跟头,直看得我们哎哟哟咂舌头。最后,又比抱一人高的石碾子。球娃哥先来,他猫下腰来,运足气力,嗨哟一下,就轻而易举地抱了起来。民民哥也不甘示弱,不声不响地抱了起来。正当大家欢呼喝彩的时候,石碾子顺着民民哥的大腿滚下去了。就这样,民民哥的大腿严重受伤,有大半年的时间下不了炕。为了此事,球娃哥心里还非常纠结,抱愧不已,登门向民民哥道歉。

然而,我最难忘的还是球娃哥的老实、善良。记得那是我初中上学的时候,家里为了给爷爷做一具棺材,在村后的沟渠里买了一棵大桐树,请了师傅到沟底现场解板,去时我们叫了球娃哥帮忙往塬上背板。当时,我把木板放上脊背,走不了几步,就心慌气喘,摇摇晃晃,腿软得不行。看我这样,球娃哥就说:"不急,你拣小的薄的背,大板我来背。"就这样,师傅们每解完一块木板,他就默默地往塬上背一块。那一天,他帮我们家背完了所有的大板。1998年的春天,听说我家要盖房,每天早上四点钟,他就到家门口叫我起来,帮我推土垫院子。他说:"你白天教书没时间,每天早上四点我准时叫你,一块推土。"当时,我感动得简直不知道说什么好。不久,正式开工了,他又来抬着石夯喊着号子,帮我打着房根子。接下来,他又免费当小工,来得早,去得迟,抱砖、和泥、拉水、扛椽……啥活缺人手干啥活,啥活重干啥活。忙前忙后,忙了近一月,终于帮我家盖成了房。说真的,这是我今生今世都刻骨铭心、没齿难忘的事情。

球娃哥是个性急心强的人,他上有老人,下有两个儿子,负担重,日子过得不容易,也很不顺心,心情始终有些压抑,有些苦闷。老天爷也真不睁眼,总使好人多遭难。后来,谁也弄不清究竟什么原因,他竟然莫名其妙地得上了什么怪病,这里那里,四处求医问药,怎么也治不好。当然,一个更重要的原因是,家里经济非常拮据,他根本就没有进过大医院。如此拖延下来,一个好端端的人,就慢慢地变得痴呆呆的,话也不说了,饭也吃不动,活也干不了,身体彻底垮了。每每看见他,我的心里就觉得特别难受,感觉很不是滋味。

七八年前吧,球娃哥终于熬得油尽捻子干,无牵无挂地走了。

心 殇

　　老村消失之后，我常常孤独地魂游在那片生我养我的土地上，悄悄地穿越一个又一个曾经的故事。忽然，就撞见了一个被父老乡亲称作"疯明华"的女人。

　　六岁的时候，我的爷爷在村子北沟的上坪林场里做活。在一个寒冬腊月的夜晚，西北风像狮子一样吼着，一个胡子拉碴、五大三粗的壮年男子，披着满身雪花，急煎煎地来到了林场。说他是从老北塬走亲戚回来，天黑了，又冷又饿，想歇店住一晚上。爷爷连忙熬了糁子，馏了馒头，让他吃饱喝饱。这一夜，他、爷爷和我，还有林场其他场员，一共七八个人，身贴身，腿挨腿，挤在热乎乎的大土炕上。人们东拉西扯，亲热地谝着闲传，聊着家长里短，一直聊到很晚很晚。那个男人性格特别直爽，说话调门很高，声音很响亮。夜里，他的鼾声也如过山雷似的，轰隆隆、轰隆隆地响着，吵得我久久难以入睡。从他们的话里，我知道他是我们车村南头子的，姓杨，有两个男孩子，大孩子比我大一岁。

　　那个壮年男子就是明华姨的丈夫。听人说，明华姨好像是四川什么地方的人，曾在西安城里上大学，是个正儿八经的洋学生呢。知识青年上山下乡时，她毅然决然来到了我们村里。她漂亮、善良、大方、泼辣、精明，有头脑，有知识，有一身蛮力，不怕脏，不怕累，能吃苦，深受乡亲们赞扬。大概也是她不想回老家了，在一些老年人的撮合下，就和一个年轻力壮的后生在破

窑里结婚了，全村人纷纷去恭喜道贺，说了许多婚姻幸福、日子甜蜜的祝福话。不久，她就扑里扑通生了两个儿子。有一天，爷爷带我去南头子磨面。当时，她因为有文化，懂技术，经管着五队新买的磨面机。午饭时，她请爷爷和我去她家吃饭，爷爷执意不肯，我也忸怩着不去。没有办法，她索性回家拿来两个馒头半截葱，硬塞到了我手里，我狼吞虎咽地吃完了。就这样，我默默地记住了她，也永远地记住了她，她就是我的明华姨。

十一岁时，我读小学一年级。明华姨的儿子忽然不念书了，班里有同学说，他爸病死了。要说，他家那几年也真是倒霉透顶了，屋漏偏逢连夜雨，船迟又遇打头风。女人是极其敏感的，也是非常脆弱的，丈夫不幸远去，她就忽然感觉少了半边天，和别人家不一样了，家庭重担一下子让她喘不过气来。为了两个孩子能穿上能戴上，不短精神，他的娘——我的明华姨，养了一头老猪婆，老猪婆下了十几个崽子。有天，老母猪带着它的儿女跑出了院子。不料想，回来后竟然一个个口吐白沫，战战兢兢，东倒西歪，腿一蹬，就咽气了。这下，明华姨就怎么也想不通了，饭也吃不好，觉也睡不下，整日哭天抹泪，左邻右舍都想办法去开导，可她总是面无表情，闷头不语，啥话也听不进去，似乎成了石门铁锁子，谁也找不到打开她心结的钥匙。跟着，她的精神就有点不正常，就开始说胡话，不停地唠唠叨叨。

明华姨太好强了，老天爷对她的打击太大了！一个好端端的家，在一两年间就天塌地陷，几近崩溃了。

明华姨头脑一阵清醒，一阵糊涂，她怎么也转不过弯，迈不过生命中的这道坎。她确实病了，而且病得越来越重。看病吧，到哪里去看？钱从何而来？谁经管她的孩子？那时，我们山里人好像还没有听说过有精神病院，各家各户的日子都过得紧巴巴的，生产队里的活儿多得受不了，谁能顾上她、帮上她？于是，她逢人就说她的遭遇，说她亲爱的丈夫，说她家的老猪婆，说那一群活蹦乱跳的猪娃。她说，她怎么也没有想到，一万个没有想到……她一遍又一遍地向人们倾诉着一肚子苦水。开始，还有人勉强愿意听，说得太多了，听得腻烦了，也就没有了好声气。她简直就像当时秦腔戏《祝福》中的祥林嫂，见人就说，见人就说，说得许多人的同情心都没有了，老远一看见她，就把屁股上的土一拍，逃之夭夭，好像见了瘟神。她的身后，整天跟随着一群很不懂事的孩子，有的往她身上吐唾沫，有的往她身上扔石子，有的撕扯她的衣服，有的不停声地叫喊着："疯明华！疯明华！"

为了养儿糊口，她就去要饭，成了一个地地道道的叫花子。她不知道热冷，不知道换季，有时夏天穿着老棉袄，冬天竟然穿着单衫子，衣服斜披吊搭，片片扇扇。迟早看见她，两只手都黑黢黢脏兮兮的，好像一个掏炭农妇似的。一走到村心的涝池边，就用双手掬着污水大口大口地喝。尤其是她好像总不洗脸、不梳头，头发满头多，乱蓬蓬的，像茅草，也像鸡窝，女人怀里的小娃娃见了她，吓得号啕大哭。以前，村子里有孩子不听话，哭闹起来，大人们就吓唬说"马武来了"，孩子们立马就停止了哭声。明华姨串村讨饭以后，大人们就连声说："疯明华来了！疯明华来了！""你再哭闹，让疯明华把你背去！"娃娃们的哭闹就戛然而止，一下子变乖了，真是灵验极了。

尽管如此，明华姨始终也没有忘记她的两个孩子。她几乎天天挨家挨户去讨饭，有时竟然跑到十几里外的村子去。她总是这样说："好好的，好好的，大叔（大姨、大哥、大姐、大妹子、小兄弟），把你的馍给我一个。"她能根据不同的对象，称呼对方，显得很有礼貌。但是，你给她一块馍，她却要掰下一块还给你，说够的了够的了，硬要你收下，实在让人想不通。起初，父老乡亲们知道她家里有两个孩子，都特别同情她，只要她上门，不管白馍黑馍都给她。天长日久，就很少有人给她了。精明的人家，老远一见她来了，就关上院门或者屋门，半天都不理会；甚至也有人态度极其恶劣，厉声吆喝着，把她从门里赶了出来，让她快滚。没奈何，她就站在人家的门口，不停地自言自语。大约彻底绝望了，才怏怏地离开。有的人说明华姨趁人不注意，在人家里偷吃的。有一天，一个邻居告诉我，她亲眼看见明华姨偷偷溜进我家厨房，手托两块瓦片大的搅团，慌慌张张跑出去了。还有一位邻居也说，他有

天不留神,明华姨一进厨房,就抓起瓢,舀着凉水猛灌一阵子,看见有人来了,就急忙抓着两个馒头夺门而出。

许多人说,明华姨已经瓜实了。我常常看见她一个人站在路中间,仰头望着天空,打着手势,连说带笑,忽地就号哭起来,哭着又笑了,好像身旁站着什么人,也好像老天爷始终在听着她的话似的。一天,老队长在村口说,她现在确实越来越难说话了。你给的馍黑了,她不要;你给得多了,不但不要,还要掰一块坚决留下。她现在是瓜人,天不收地不管的,拿了就拿了吧,莫要计较了。我们谁也都过得去,不缺少那一点儿。唉,人活一世,人皮子难背啊。好在作为一个母亲,她虽病得很重很重,不顾羞丑了,但与生俱来的母性还没有泯灭,她还始终惦记着她的责任,惦记着要抚养两个孩子长大呢。

就这样,好几年过去了,她已渐渐病入膏肓,再也不能动弹了。一天,当我忽然意识到好久不见明华姨要饭了,才知道她已经去世了。我想,她终于解脱了,终于与这个世界一笔勾销了。

放心吧,明华姨,你的孩子已经长大。在另一个世界里,你会幸福的。

云

云是我儿时的好伙伴。

我出生在 1968 年农历七月,据说,那天是个好日子,正逢村里有人结婚。一大早,就有人走出篱笆院子,手里拿着一沓吉祥的红喜帖,沿着曲里拐弯的村巷,边走边贴,贴在路旁的树上,贴在路旁的墙上,一直贴到了村口;村巷的两旁,那些井口、碾子、碌碡之类被称作"青龙白虎"的不祥之物,都被大红被子蒙上了。迎亲队伍里,两个吹手高昂着头,鼓起腮帮子,挤眉弄眼,吹起了黄铜唢呐。新郎粗布新衣,背着包袱,新娘骑着凉州驴儿,风风光光走进了村子。

娘说,当天傍晚,羊进圈的当儿,我就呱呱坠地了。

其实,云的家住在村心心里,离我家很近,中间只夹了两个大杂院,她家门前是个泥糊涂涝池,岸边长着一棵古老的大槐树,树下有青光光的碾盘和圆溜溜的滚子,隔壁是老井坊,有辘轳和井。她和我同月生,生日仅比我大了三天。我生下来时,娘没有奶水,就抱着我去吃云她娘的奶。当然,还有小伙伴忠红,他是老三哥的儿子,比我大一个月,我也吃过他娘的奶。所以,我总感觉到自己是非常幸运的,能活下来,也多亏了这些善良的父老乡亲。

云的爹和娘,是多年的瞎眼,眼里经常长瞎肉,磨得厉害,见风落泪,视野模糊。受大人之托,她经常来我家里,请奶奶过去给老人拨眼,我总是尾巴一样跟了去。我不止一次地亲眼看见，他们坐在窑屋的门口，奶奶屏息静气，小心翼翼，左手轻轻掰开眼皮，右手举着一支大麦穗长长的麦芒，一点一点地往出带胬肉。不大一会儿，眼里就血淋淋的，直往下淌血水，一串串肉疙瘩便被拉到了眼角。记得第一次看见这场面时，我曾吓得心惊肉跳，禁不住替奶奶担心起来。奶奶天生不会言语，我便不停地打手势示意她别干了，别把人的眼睛搞坏了。这时候，云怕我干扰奶奶拨眼，就索性跑过来，拉着我一块儿去玩耍。她家的院里有一片月季和蜀葵，花开得非常鲜艳，空气里弥散着一股浓郁的香气。也许是女孩子天性爱美，她真会玩，先是摘下一朵小花凑到鼻尖嗅了嗅，别在辫梢上，然后采了一个鲜红的大花瓣，轻轻地在脸蛋上搽来搽去。最后，又麻利地折了花枝，精心编了两个美丽的花环，一个扣到了我的头上，一个戴在了自己头上。她背着手，一本正经地盯着我问："快看！我美不美啊？"我不假思索地说："你真美瓜了呢！简直像个花媳妇！"她一下子咯咯咯地笑了起来，显得那么得意，那么天真。

时光如水，岁月静好。我们的童年生活是无拘无束的，也是自由快乐的。云经常找我一块儿去玩，有时在她家院子的核桃树下逮蚂蚁，有时蹲在她家门前的老槐树下抓蛐蛐，有时坐在碾盘上玩小石子，有时在涝池边玩泥巴……炎热的夏天，她爹给生产队里的牲口割苜蓿，我俩也跟着去玩。可以说，那是我们最开心最快乐的时候。灿烂的阳光下，一片厚厚的苜蓿开满了蓝紫色的花，彩蝶翩跹起舞，蜜蜂嘤嘤嗡嗡，还有蚂蚱、蚱蜢蹦跶蹦跶乱跳，七星瓢虫、"花花媳妇"沙沙沙地横飞。我们手拉手，迫不及待地跑进地里，时而抓蝴蝶，时而逮蚂蚱，忽然间就惊得野鸡嘎嘎嘎地大叫着蹿向天空，有时还可以在草丛里很幸运地捡到淡青色的野鸡蛋。最难忘的是，有一回，云她爹还指给我们远远地看，一只黄鼠狼悄悄地钻出洞穴，蹑足雀步，趔摸着，趔摸着，忽然向一只枕头大小的田鼠扑了过去。

有一次，我记得很准，是六岁的时候，云她爹来到我家里，和爷爷坐在炕

沿上拉呱儿，我俩在院子里用砖块垒房子，玩起了过家家的游戏。忽然，爷爷走过来开玩笑似的说："你俩同年同月生，玩得好，合得来！云云，干脆以后就嫁给平儿吧。"她抬起头来，脸一下子腾地红到了耳根，立马站起身，一副很害羞的样子，撒腿就跑了。从那以后，我们在一块儿玩的时候少了，见了面，手足无措，十分拘谨，也不太说话，心里老是疙疙瘩瘩的，显得有些不自在。

还有一回历险，让我终生铭记在心。那也是个夏天，在门前沟边塄坎下，我和云拔一种俗名叫"婆婆干粮"的野菜吃。由于用力过猛，我一个后背身仰面从陡坡上骨碌骨碌滚了下去，云被吓得呜呜大哭。说来也是我命大，你说巧不巧，刚滚到半沟大约一米宽的小路上，云的爹气喘吁吁地挑着一担草从沟里上来，碰到了就挡住了我。要不然，跌下深崖沟谷，我就没命了。

八岁时，我们开始念书了。云背的是桂子红书包，我背的是奶奶用各种碎布片拼凑成的花书包，我俩坐同一张课桌。这以后，无论上学还是放学，风里来，雨里去，我们都如影随形。那时，作业似乎特别多，每天要写一页大字，三页小字，十页生字。下午放学，班主任实行"连坐制"，一个队里如果有一个孩子完不成作业，那其余的孩子也不能回家，都得一起等。于是，为了早点回家，我便经常偷偷帮助云写生字。后来，到了三年级，云的娘眼睛看不见了，她就辍学了。云在家喂猪，做饭，缝补衣服，伺候老娘。我很同情她的遭遇，怎么这么小就要担负起照顾老人的责任？因而，每次路过她家门前，我都不由得从梢门往里面瞟一眼，希望能看到她，跟她说句话。只是偶尔听到，她娘在里屋喊她的名字。小学还没有毕业吧，七爷出面做媒，她和一个外村木匠的学徒订婚了。后来，过了没几年，云的娘也病故了。十八岁那年，我考上了师范，她结婚了。这以后见面的机会就更少了。只是每年正月，她带着一群儿女回娘家时，有时可以看到她。

岁月不饶人啊，一切都已成了永恒的记忆。

　　前不久,我十三岁的女儿回乡下在我哥哥家遇到了云。云说,她儿时和我很要好,我还替她写作业。女儿回来说她当时很生气,惹得我和妻子哈哈大笑。女儿急了,问为什么? 我说,我们急着一块儿回家呢。女儿莞尔一笑,连连说,原来如此。我错了,我懂了。

老村之殇

　　一片绿树簇拥环合的地方，一股炊烟袅袅升起的地方，那就是我的村落——北村，我的家园，我儿时的乐土。

　　看得见槐山，望得见泾河。蓝天白云间，老鹰盘旋，众鸟翔集；黄土高坡下，梧桐老院落，千疮百孔，鸡鸣犬吠；村心的古槐，古槐边的老池，老池边的老井；临沟穴居，日出而作，日落而息；听老村旧事，在老池耍水，进戏院看秦腔，翻墙看电影，串机关看电视，下南沟苇塘逮鸭子……

　　一方水土，养一方人。听乡音亲切，任乡情泛滥，乡愁一下子山高水长。

遥望那片苍茫的槐树林

如果仔细翻阅一下永寿县志，就可以清清楚楚地知道，县境内梁峁起伏，沟壑纵横，梁、塬、岭、台、坡、沟、壑、渠、坳、岔……如此复杂多样的地形地貌，完完全全是上天所为，是轰轰烈烈的史前地质运动的伟大壮举。

但现在，我要说的却是永寿的刺槐树。据官方统计，永寿 896 平方公里的土地上，分布着 891 条支毛沟，百里页梁 40 万亩刺槐林，密密匝匝，波澜壮阔，形成了关中地区一块苍郁葱茏的绿肺。

自古以来，永寿就有一座山叫槐山，土名叫槐疙瘩。坊间有句俗语这样说："爬上槐疙瘩，摸到老天爷的鼻疙瘩。"可以说，这座山是永寿最大的山，也是最高的山。按风水先生的说法，这里是一个龙脉结穴或者说龙头昂起的地方，有好几条路曲里拐弯通到了山脚下不同的土梁上。过去，槐山之巅矗立着一座高高的木塔。小时候，祖父到槐山粮站交粮，我跟了去，被一位大哥偷偷地带着爬上了塔顶。就是那时，我亲眼领略到了槐山豪迈的景色。好大好大的一座山啊！一条条梁，一道道岭，一条条沟，岭连岭，渠连渠，山势逶迤，纵横交错，连绵不绝，气势雄伟；偌大的刺槐林覆满山头深坳，就像苍翠的汪洋大海，波谷浪峰，无边无际。

这就是让我的心灵第一次感到非常震撼的槐山！

后来，我还登上槐树林避暑山庄高高的观景台，瞭望俯瞰过这无比壮美的情景。目之所及，"百里刺槐锁页梁"，千山万壑，一划全是刺槐树！随着山势曲折迤逦,刺槐林像一道道绿色的巨浪,像一簇簇熊熊蹿起的绿色的火焰,奔腾着,回旋着,莽莽荡荡而来,似乎要铺天盖地,淹没永寿的山川梁峁。这么多的刺槐树,究竟是从哪里来的?震撼之余,惊叹之余,我曾不止一次地向人打听着、询问着,千方百计地寻找着答案。这些树不是先天就有的,不是与生俱来的,这是肯定的。于是,便有人说,这是人栽的,这种说法有一定道理,但我始终觉得很牵强。山窝窝,沟岔儿,土崖上,那么多的地方,人都无法攀缘或到达,树是怎么栽下的呢?况且,那时候的人们,大都为生活朝朝暮暮奔波劳碌呢,哪有那么多的时间去栽树?就是天天饿着肚子不停地栽,也栽不来那么多呢。

所以,一连串的疑问还是在我的心里纠结。

我出生在槐山支脉的一条棒槌梁梁上。每到暮春时节,不论河谷沟岔、村庄周围,还是农家院落、房前屋后,到处都可以看见一棵棵刺槐树,看见一片片或大或小的刺槐林。人们建房砍伐了一茬又一茬,用不了两三年,就又齐蓬蓬密匝匝长出一茬又一茬来。后来,我走出槐山,来到了县城工作后又一次次路过槐山,穿越页梁,回到自己的家乡。如今,多少年过去了,每当我遥望着那片槐树林,那个疑问便在我的脑海里盘旋来盘旋去,百思而不得其解。

有一天,我忽然想起了很久以前老家的一件事情。

我家的村子北边是一条光秃秃的鳖盖似的土梁。土梁北高南低,三台梯田面南向阳摊开,这就是村里的公共墓地。一人高的田埂下面,摆着一溜儿墓谷堆,里面躺着各家各户已故的亲人。1985 年秋季,一位堂伯在村子的一场车祸中不幸丧生。葬后第三天,晚辈亲人去攒墓,堂弟永军在父亲的坟前栽上了一棵半人高的刺槐树。不料,刺槐树根系发达,分蘖力强,生长快,不嫌地瘠土薄,随遇而安,落地生根,根又长树,树又开花,花又结子,熙熙攘攘地繁殖开了后代。一棵棵,一簇簇,一堆堆,一片片,一年比一年苗壮,一年比一年繁茂,一年比一年密实。如今,近三十年过去了,竟然有了小气候,成为密密丛丛的树林,变得只见林而不见墓了。前不久,邻居老妈仙逝,我回家奔丧,大伙还不期然提起了这件事情,说如果没有堂弟永军当年栽下的刺槐树,这里肯定还是一片乱坟岗。

为什么会这样呢?想来想去,我忽然想明白了。

一棵小小的刺槐,初夏绽开满树繁花,秋季就结下一串串籽实。秋风萧瑟,窸窣作响的种子,东扬西撒,北漂南荡,来年地面上就火焰般冒出一棵棵刺槐树来。树又开花,花又结子,子又生孙,孙又生子,子子孙孙,无穷匮也。日月轮转,春秋代序,年复一年,刺槐树爬坡过坎,上山下沟,也就渐渐地成了林,成了海,有了百里燎原之态,有了波谷浪峰之势。

写到这里,我不禁想起了藏在刺槐林深处的永平古镇。据县志记载,元朝时这里始设县治,隶属古豳州,前后有七百多年的历史。从明朝中叶开始,这一带就开始有刺槐生长了。到了20世纪五六十年代,全县人民响应国家号召,上山下乡,植树造林,绿化祖国;80年代,西部大开发号角吹响,全县实施退耕还林工程,建设秀美山川。皇天后土,有好生之德,厚德方可载物。就这样,经过一代又一代人的不懈努力,才成就了四十万亩莽苍的刺槐林,才使永寿县有了中国第一槐乡的美誉。

我忽然觉得,生态永寿、美丽永寿首先是世世代代生活在这里的人们叩石垦壤、开启山林的结果,其次才是刺槐树一族自我选择、自强不息、生生不已、经年累月繁殖衍生的结果。

根连根的刺槐树,多像我们永寿勤劳朴实、倔强不屈的二十万人民啊!

北村纪事

在莽苍的槐山余脉上，在浩浩荡荡的泾河岸边，坐落着一个名不见经传的村子。这个村子叫车村，村里共有八个生产队。这里，没有什么名胜古迹，没有流芳百世的先贤达人，没有哪怕只言片语的文献记载。可以说，它的历史简直干净得像一张白纸，谁也说不清它的来龙去脉。

北村是车村的一个生产队。为什么称北村？有人说，这还不明白？顾名思义，就是因为它是车村北沟边一个小小的自然村，仅此而已。千真万确，从大队部向北，穿过一条辘轳把似的荒草胡同，走下一段仄仄的斜坡，就到了所谓的北村，这里是我呱呱坠地的地方。

其实，在我的记忆中，北村是一个风光秀丽的小村庄。村形像半个碗，像弯弯的月牙，一位风水先生说更像庄户人家手里的簸箕。高高的黄土崖面凹凸不平，斑斑驳驳，几十孔老窑洞破破烂烂，蜂窝似的出现在崖根。崖畔上，大都长着一长溜儿枣树，好像美女的长睫毛似的。家家户户几乎都没有院墙，也不栽篱笆，出了窑洞不几步，便到了深深的沟边。沟边塄坎下，密密匝匝地长着一大片树木，有枣树、核桃、洋槐、桐树、椿树等许多乔木，也有沙棘、苦楝、枸杞、野玫瑰、野葡萄等许多灌木和藤类植物。往常，小小的村子总被笼罩在蓊葱郁勃的烟树丛中。一年四季，众鸟翔集，鸟语成韵；春夏秋三季，花朵簇簇，香气袭人。站在沟边，可近观云海日出，可聆听鸦鹊噪晚。如果站在一个叫作"城台台"的地方，向东，可以远眺泾河杳然长逝；向西，可以仰望巍巍槐山绵延逶迤。

这，就是生我养我的北村，一个世外桃源一样的地方。

北村，在整个车村人的心目中，是个又穷又烂又落后又偏僻的地方。在我的记忆里，北村人自卑得不行，常常被人瞧不起。他们说，北村人住的条件差，家家户户都住在烟熏火燎、破破烂烂的老窑洞，没有哪家能说出自己住的窑洞是谁修的，是什么时候修的。他们说，北村人穿衣服一点不讲究，冬天里，总是一身黑色的粗布老棉袄棉裤，腰间束一根草绳，脚穿脏兮兮的黑棉布窝窝，笼着双手，喜欢站在南墙根晒暖暖，抽旱烟，有年没月地唠叨着一些陈谷子烂糜子的事情。他们说，北村人瓜老实瓜老实，个个沉默寡言，见人面冷，木木的、闷闷的，只会丁是丁卯是卯，一五一十地说话，说不出讨人喜欢的恭维话，说不出虚情假意的哄人话。他们说，北村人个个长得三扁二圆，难看极了，还常常不修边幅，不注意个人形象。二十几岁的小伙子，就长得胡子拉碴，满脸老形。他们说，北村人日子过得稀里糊涂，舍不得吃，舍不得穿；不问时事，不懂时尚，不赶时髦，不追浪头，干啥都规规矩矩，喜欢老一套。一般没事，北村人都不愿出村，他们不喜欢和外界打交道。北村人自己也曾这样说，北村人里，没有一个咬狼的狗，十脚八脚，都踢不出一个响屁来。记得有一回，队长派了几个大人赶着牛车去大队拉化肥，我和几个伙伴跟了去。刚到，就被几个大孩子围住了，被他们揪住胸口，拳打脚踢。有个伙伴被打得满脸鼻血，有个伙伴被打得抱着头哀号，而我被打得眼前金星乱溅，踉踉跄跄栽倒。奇怪！我们没有一个人还手。当时，我也曾用祈求的眼神望着车夫，我希望他能上前拦住他们，最起码能呵斥一声，吓退他们。我发现车夫麻木不仁，脸上毫无表情。这个事情让我难忘，也让我明白，北村人是不好斗的，似乎天生胆小，怯懦怕事。

所以，不知什么时候，北村人就被叫作"原始人"。这是个多多少少带有轻视味道的称呼。其中隐含的意思就是说，北村人没有见过世面，思想封闭、落后、保守。后来，竟然还有人这样叫嚷着："不要跟那些原始人打

交道!"

但是,我觉得北村人首先是老实本分的。

那个时候,整个车村里有八个生产小队,每个队里都有一群羊,都有至少十几头的牛马驴骡,都有专门的饲养室。记得每年全公社的赛畜会上,北村的牲口数最多,个个膘肥体壮,趾高气扬,精气神很足。其他几个队里的牲口们瘦骨嶙峋,蔫头耷脑,茶不呆呆的。到了那天,那些平常根本不出村的北村人,都跟着去了会场。当羊倌、饲养员举起奖状的时候,北村人扬眉吐气,满面春风,无比自豪,算是出尽了风头。北村人都是些老实疙瘩,放羊也好,喂牛喂马也好,都很敬业,不会投机取巧,更不会偷工减料,自然,那些牲畜就长得肥硕体壮了。记得当时,方圆的村子里普遍流传着这样的话:"牛哭哩,马笑哩,饲养员偷着吃料哩。"可是,我们北村,从来没有听说过饲养员偷着吃料的事情。

其实,北村人不但能吃苦,还是勤劳的。

北村的村心心里,有棵饱经沧桑的老槐树,谁也弄不清它的来历。平时,队里如果要开会了,记工分了,分碱分盐了,分柴火了,老队长便来到树下吼喊一声,那喊声就在门前的沟里久久回荡。在那个饥肠辘辘、人心惶惶的年代里,老队长做出了一个发动全村人开荒种地的决策。一时间,男女老少,共同参战,起早贪黑,干得热火朝天。当年,就开辟出了两个山庄几百亩荒地,彻底解决了饿肚子的问题。后来,还响应号召,组织人满山跑着种核桃,酸枣接大枣,杜梨树接梨树,搞出了一个呱呱叫的花果山来,让其他队里的人着实羡慕了好几年。有人曾很不屑地说,北村人有的是瓜力气。这话确实没错,公社每年五一节都举行拔河比赛,北村人所在的六队总是名列前茅。就是到现在,我仍然清楚地记得,每天天刚麻麻亮,就有人背着一大捆柴从沟里爬上来了。北村人说,这个世界上有饿死的,没有挣死的,就这么简单。

北村人是仁慈的,也是善良的。在那个极其困难的年代,逃难到北村落户的人不少。我父亲就是甘肃大饥荒的年月里，被他父亲抱在怀里，一路颠沛流离乞讨，来到北村，最后被好心的祖父收养下来的。我母亲也是甘肃人，亲人饿死后，被从小逃难到槐山脚下落户的碎爷托人从甘肃带下来，被祖父收养，做了我父亲的童养媳。北村多像个收容所，它收留了甘肃、河南、山东和乾县、扶风等外省外县逃难的几十口人。记得好像是冬天的一个傍晚，一对河南夫妻领着两个孩子来到了村子里。女孩十八九岁，男孩和我一般大，六七岁。他们一家人又冷又饿，无处栖身。村里人见状，连忙给拿去吃的，有人还腾出了窑洞，拿出了自己的被子。那一家人感动得泣不成声。后来，队里还给他们几十亩地，让他们自己耕种，养家糊口。

1977年，我在小学一年级上学。国家刚恢复了高考制度，老会计的儿子文文就考上了大学，这是惊天动地的新闻，也是史无前例的事情，北村一下子就跟着出名了。人们奔走相告，纷纷传播着这个天大的好消息。有人睁大了眼睛，有人竖起了大拇指，有人似乎不相信自己的耳朵。北村，那是一群原始人待的地方。北村人，考上了大学？似乎这是天方夜谭。

就在那一年，祖祖辈辈老老实实的北村人美美地风光了一回。也就在那个秋季，我背着书包开始上学了。

老池记忆

过去,老家的村子中央挖有一个池塘,它的样子颇像我们一般乡下人家里的"黑老鸹"大铁锅,圆圆的,深深的,大大的。在我的印象里,它总像一位仁慈的老母亲,常年怀抱着一坛子水,默默地滋养着那片土地、那片土地上生生不息的儿孙。我的父老乡亲们一直把它称作老池。这老池的作用非常大,我们一年四季都离不开它。

那时,不像现在,我们村里的人饮水非常困难。平时,大多数人饮用的是井水,也有个别人家饮用窖水。我们乡下沟大土厚井深,水绝对是一尘不染的矿泉水,但是绞水却是很费劲也很费工的事情,绞一担水,两三个人最少得半个小时。可以说,在我们乡下一年四季所有的农活中,绞水不论在啥时候,都是最重要的农活,想赖也赖不过去。除了一日三餐饮水,人们的生产生活中还要用大量的水,像盖个牛棚猪圈和泥、喂养骡马、烤烟育苗、栽树、种菜,甚至洗衣服等等,都需要大量的水。怎么办呢? 人们就在村子中央挖了一个大大的老池。

听祖父说,破土动工之前,村里几位老人老是念叨着,千万不能破坏村里的风水。没有办法,就按乡间的老惯例,请了一个方圆很有名气的风水先生,选定了地点,父老乡亲齐刷刷跪下来,点香烧纸,拜天地,敬鬼神,祈求全村人平安吉祥,永世安康。于是,村里男女老少齐参战,肩挑筐提,硬是在平地上挖出了大老池,周边修出了走水坡。为了防止漏水渗水,他们像和面一样,揉搓了不计其数的泥团,一个挨一个甩打在老池里,踩平锤光,连缀成一个整体。最后,按照风水先生的指点,把一个青石碌碡镶嵌在老池最底部,作为镇池之物,如同《西游记》中东海深处的定海神针一样。

在我们乡下,祖祖辈辈人都是靠天吃饭。许多人戏谑地说,这老池收集的是老天爷可怜同情我们这些穷人流下的眼泪。夏天是收集雨水的最好季节。午后,雷雨常常不期而至。蓝莹莹的天空里,不知不觉崛起一座皑皑雪山,愈长愈高。忽然间,不知是倒塌了,还是雪崩了,天空中,云峰峥嵘,势态崔嵬。车辚辚,马萧萧,风猎猎,一场混战直杀得昏天黑地。跟着,电光霍霍,雷声隆隆,乌云翻墨,白雨跳珠,一场期盼已久的大雨便唰唰唰从天而降了。地上顿时成了汪洋。村里每条胡同都哗哗哗淌出一条小河,从四面八方汹涌而来,汇集着,一股脑儿奔向老池。云散日出,雨住了,水也满了。这时,老池极像一锅浑浊的黄汤,满盈盈的,溢出来的水从南边的涵洞里潺潺湲湲地流向沟边。三两天过去了,经过沉淀,老池就一下子变得像少女一样靓丽起来。灿烂的阳光下,清风冉冉而来,吹皱了一池子的水,细浪粼粼,绿波漾漾,像一支无词的曲子。池子中央的大柳树,像一位顶天立地的巨人,向水面投下魁梧的倒影,那影子摇摇晃晃,似乎一个踉踉跄跄的醉鬼,也像一个大汉跳着扭腰摆臀的舞蹈。

一年四季,除了寒冷的冬天,村心的老池边上几乎天天围着一圈子的大姑娘、小媳妇,她们一边慢条斯理地洗衣服,一边漫不经心地谝着闲传,口无遮拦地说着笑话,絮絮叨叨地拉着家长里短,自觉不自觉地传播着从哪里逮来的什么消息……说到高兴处,老池边就爆发出一阵脆生生的大笑。特别是那些小媳妇们,说到脸红时,还用手一个给一个扬水呢。赤日炎炎的夏天,几乎每天中午都能看到饲养员老三哥吆喝着村上的一群骡马去老池饮水。它们这群畜生个个膘肥体壮,雄赳赳气昂昂的。那匹圆鼓鼓的黑马非常嚣张,高高地昂着头,恣意地咆哮着,径直划到池子中央,不停地翻滚扑腾,似乎表演起了精彩的水上舞蹈,惹得我们一群孩子傻乎乎地直瞪眼。记得每年的夏天里,老羊倌也会领着我们这些孩子,赶着队里的绵羊来老池洗澡。我们在岸边把羊群团团围住,老羊倌双手抓住羊,就扑里扑通往池子中间扔,水里溅起雪一样的浪花。羊在池子里奋力挣扎着,扑腾着,游弋着,出得水来,打着哆嗦,咩咩叫着,回到岸上。

到了落日照红鹊巢的时候,一群刚刚放牧归来的牛,也会被孩子们赶着冲过来,老池边立马就响起一片哗啦哗啦的水声,还有牛群长长的出气声和吱吱的饮水声。最后离开老池的是村子西头的那几只鸭子,随着暮色咣当一声降临,它们不惊不慌,慢悠悠地踱上岸来,个个腆着饱肚子,大摇大摆,毫无顾忌地从大街上走过。偶尔,也会有几个猪嫌狗不爱的顽童撵上去。遇到惊吓,那些鸭子就摇头摆屁股,扇着翅膀,一阵嘎嘎嘎大叫,斜着身子疾跑着,做出欲飞之状。夜里,朗月高悬,静影沉璧,凉风徐徐,树影婆娑。人们三三两两来到老池岸边纳凉,抽着旱烟,拉着家常,幕天席地,打着呼噜,惬意极了。这时候,那些大嗓门的青蛙,也不安分地聒噪起来,高一声低一声,此起彼伏。你听,有人下水了。循着哗啦哗啦的水声望去,有人搅碎了水中的月亮。

多么安谧悠闲的乡村夜晚啊!

老池也是我们全村孩子常常玩耍的地方。寒冬腊月里,老池结了厚厚的冰,白花花一片。人们在池子边上凿出一个筛子大的窟窿,喂猪喂牛早晚挑水用。我们这些毛孩子则在冰面上跑来跑去,有时滑冰,有时堆雪人。春天来了,我们又站成一排比赛打水漂,看谁的水漂打得多。

最快活、最有趣的还是酷热难耐的夏天。午休的时候,班主任老师站在胡同口,一直盯着我们回到家里。瞅着老师回去了,伙伴们就相互撺掇,向老池跑去。哇!浮水的人真不少!真是个热热闹闹、人声鼎沸的大漩涡。毒花花的太阳照耀在头顶上,那些大一点的孩子,个个欢实得像浪里白条,或仰泳,或蛙游,或狗刨;有的,从这里一个猛子扎下去,从那边冒出来;有的,在水面上,浮过来,浮过去,来来往往,自由自在;有时,也打水仗,或者面对面,或者背对背,一开始打起来,立即水花四溅,雨雾蒙蒙。我们这些小一点的孩子也看得眼红心热起来,也一个个脱得光溜溜的,跳进水里,在岸边的浅处玩了起来。"校长来了! 校长来了!"不知啥时候,也不知谁突然大声喊起来。只见那些大孩子爬上岸,惊慌失措,狼奔豕突,抱起衣服撒腿就跑,一溜烟就不见了。等我们战战兢兢从水里爬上来,老校长已经站在了我们面前。我们只能用衣服擦着脸,傻乎乎、赤条条、湿漉漉地站着。那狼狈相真是好笑极了。

暑假里的一天,我坐在老池岸边看小伙伴们游泳。突然,一个小伙伴在老池中间,两手拍着水面,嘴里喝着水,咕咚一下就不见了。我们被吓得大声喊叫起来。这时,一个男子挑水路过,慌忙撂下担子,扑通跳进水里,一个猛子扎下去,摸到那个小伙伴,就拉了上来。那个男子把他头朝下,脚往上,放躺在岸边的草坪上。弄了好一阵,小伙伴才慢慢苏醒了。好像从这件事以后,大人们对小孩子的管束严厉多了,再也不许游泳了。第二年,我也上了二年级,再也没有下过水。

如今,四十年过去了。我的村子发生了翻天覆地的变化,家家住上了新房子,户户吃上了自来水。村心的老池被填平了,崭新的村委会和小广场建起来了,人们还和城里人一样跳起了健身舞。

南沟苇塘

槐山是永寿县境内一座有名的山,三条苍莽的余脉朝东北方向蜿蜒而去,一直延伸到浩浩汤汤的泾河畔,远远望去,就像三条巨蟒俯首饮水。若从反方向远观,则像三条巨龙昂首撕咬,结穴处就是槐山主峰。我们村子就坐落在槐山脚下中间的那条棒槌梁梁上。这里,我要说明的是,之所以叫"棒槌梁",这是老家人一种形象而夸张的说法,言下之意便是这条梁塬面太窄、太短、太小,像个农村人家里常用的棒槌。

南边的两条土梁之间是一条空阔的大沟,由于在村子南边,大家就叫它南沟。记得 20 世纪 70 年代初的一个冬天,全村男女老少起早贪黑,热火朝天,在沟渠的上游建起拦河大坝,修成了一座水库,积蓄了满盈盈一潭子水,水里还养上了鱼。堤坝以下,地势开阔平坦,水草茂盛,人们就弄来好多芦苇根,一层土一层根,深深地埋了下去。就这样苇塘建起来了,山沟沟里从此平添了一道亮丽的江南风景。

芦苇是我见过的生命力最强的一种多年生草本植物。每年惊蛰刚过,一阵阵春风化作一场场细雨,那些芦苇就跟秧苗似的,齐突突、旺火火地长了起来。这时,我们一群小孩子就跟随大人,头顶丽日,身披和风,挎着篮子,三五成群来到河塘里,或在苇丛里挖荠菜,或在堤坝上捡地软软,或者循着汩汩流淌的渠水拔着绿生生的野芹菜。夏天里,老天爷总是隔三岔五下雷雨,雨水从两边的沟沟渠渠里哗哗啦啦流下来,咕咚咕咚,一股脑儿灌进

苇塘里,饱饮着充沛的雨水,享受着灿烂的阳光。芦苇见风见长,不几天,就长成了一堵密密匝匝的绿墙。如果遇上旱年,人们就会适时打开闸门放水出来,美美地灌上一气。

夏天是苇塘风景最美的时候,也是孩子们玩得最快乐的时候。一吃过午饭,我们就呼朋引伴,驴喊马叫,把牛羊赶下南沟,吩咐几个小一点的孩子看管牛羊,其他人就都轻骑兵似的钻进了苇塘。河滩里简直安静极了。小鸟在空中自由自在地飞来飞去,啾啾鸣叫,蝉在附近的树林里嘶哑嘶哑地苦吟,时不时可以听见野鸡在苇塘深处扑扇翅膀的声音。一阵凉风悠悠吹来,青青的芦苇荡就一波一浪摇曳起来。密密麻麻的苇叶兴奋地颤动着,相互摩挲着,发出一阵阵飒飒的轻响,如同细细的龙吟。苇塘中央,一条欢快的小溪咕咕嘟嘟向下游流去。周围一洼一洼的积水里,一群翠绿色的青蛙跳来蹦去。我们猫下腰在苇丛里钻来钻去,撵着,逮着。忽然,一只野鸡被惊得咕咕咕大叫着,像炮弹一样射了出去。孩子们一哄而上。啊,一窝淡青色的野鸡蛋,拿在手上,光光的,暖暖的。能找到野鸡蛋,这是我们最初的期盼,也是最大的收获。大家一下子羡慕得不得了,便都纷纷四散开来,专心找起了野鸡蛋。当然,最快乐、最幸运的是,我们有时候也能在旺相的草垛里找到野鸭的窠巢,抓到几只乖巧的小鸭子,抱在怀里玩。特别是那雄鸭子,一身灰色的羽毛,一双橙红色的大腿,还有翠绿色的大逗号似的头,简直可爱极了。

大约到了八月份吧,南沟河塘里的芦苇就开花了。一枝枝挑在芦苇顶上,像长长的鹅毛,像白白的蜡烛,随风摇曳,悠悠忽忽,飞得满天都是。站在沟边远远望下去,整个河塘里就像落了一层薄薄的雪,白茫茫一片。白露为霜的时候,芦苇就真正成熟了。每每到了这时候,村里的大喇叭就整天嘹亮地喊叫着,让社员去收割芦苇。河塘里一下子到处都是人,他们把割下的芦苇捆成一搂抱粗的捆子,然后就拦腰扛起来,沿着弯弯曲曲的羊肠小道,杭育杭育爬上沟。约莫过上一个月,大队的院里就堆得跟山一样了。

　　这些芦苇大多数是卖给外地人一车一车拉走。有一年,来了一个河南的席匠,他教会了村里的几个人用苇篾编织炕席、编织粮囤。跟着,我们就在秋天的窑垴垴上,看见男女老少许多人坐在禾场上,手里不停地剥着苇叶。年轻的席匠们用一个自制的工具快速麻利地划着苇秆,然后推来一个圆滚滚、光溜溜的石碌碡,人站在上面,用脚一前一后,蹬着碌碡碾轧着苇篾。随后,整个冬天,他们就在窑院里,或者屋子里,席地而坐,马不停蹄地给这家编织炕席,给那家编织粮囤,人红得简直像灯笼。看着那些细长的苇篾在他们怀里跳跃着、跳跃着,眨眼间就变成了一件雪花般的美丽图案,心里真是羡慕透了。

　　后来,农业社散伙了。人们抢着要承包南沟苇塘和水库,争执不下,老队长就和一帮干部商量着,把它承包给了一个残疾人。记得每年端午节前夕,村子里就有人专门来收购苇叶,那个人出钱雇村里的女人们下沟摘苇叶,卖了一车又一车,让大家感到非常眼红。过了几年,也许是由于长久没有维修,水库坍塌了,慢慢干涸了,枯竭了。

　　就这样,苇塘也跟着稀里糊涂、悄无声息地消失了。我的童年也不知不觉地结束了。

东方红

　　每到下午两点时,公社里的大喇叭就用最大的音量播放起了《东方红》,村里角角落落都能听得到。日子一长,听到这首歌曲,人们就知道午饭时候到了,该下工回家了,该喂喂肚子了。

　　清明前后,巍巍槐山脚下天朗气清,阳光明媚。

　　这天,喇叭里照例播放着《东方红》,可大队部院门口仍然聚集着不少人,东拉西扯地谝着闲传,他们好像在焦急地等着什么。忽然,听见有隆隆的声音,自远而近,越来越大,有人便禁不住大呼小叫起来:"快看! 来了!'东方红'来了!'东方红'来了!"果然,从山外的土路上轰隆隆地开来了一台"东方红"。沿路院落里的大人娃娃闻声都从窑院里跑出来了。近了,近了,终于近在眼前,原来赫赫乎一庞然大物,纯粹一大堆铁玩意儿。这家伙骨架大,骨殖重,稳稳实实,呆头呆脑,全靠一组大大小小的铁轮子密切配合,相互协作,啮合着,搅动着,滚动着,共同推动圆骨碌碌的履带,缓慢蠕动,匍匐前行。

　　这就是我们村刚刚买回来的东方红牌拖拉机,有人叫它链滚拖拉机,有人形象地叫它铁牛,更多的人则叫它"东方红"。只见车头上早已用桂子红绾上了一朵鲜艳的大红花,车后拖着一组犁铧,由大到小,依次共五副,最大的像簸箕,最小的像铛锣,简直就是五个兄弟。车到大队部院子门口,熄火停了下来,前面座位上跳下两个人。一个是大队长的儿子,他说,回来时,考

虑路途遥远,翻沟越岭,图个大吉大利,他们一开始就绑上了大红花。是啊,买回了一台东方红大拖拉机,不管怎么说,都是村里开天辟地的大事情,更是一件天大的喜事。所以,人们像欢天喜地迎娶新媳妇一样,隆重地迎娶着"东方红"。锣鼓拿出来了,炮仗点起来了。刹那间,鞭炮齐鸣,锣鼓喧天。随着一股袅袅青烟升起,纸屑纷纷然飘落下来,有人提议说,开着这新鲜的玩意儿到村里转一圈,亮亮相,让大伙见识见识,大伙纷纷赞同。于是,在人们的欢呼声中,大队长的儿子跳上车头,开着它在街道里风风光光巡游起来。我们这些淘气捣蛋的小家伙,紧随其后,手舞足蹈,连跳带蹦。经过公社、商店、医院、中学、小学门前时,这些单位的人都一下子跑出来看稀奇,大家噼里啪啦放起了鞭炮,表示热烈的祝贺。

最后,大队长说:"出门好些天了,都回家歇着去吧,明日下地试火试火!"

翌日,东方红,太阳升。村外西崦新修的几百亩田里,埂边上一下子呼啦啦站满了人,仿佛偌大的田野里即将上演一场酣畅淋漓的秦腔大戏。大队长的儿子坐在司机楼里,后边的打犁人是一个牛高马大的精壮男子,他用上了吃奶的劲才放下了沉重的犁铧。东方红的烟囱里咕咚咕咚地喷着黑烟,咚咚咚地吼叫着,忽而就撒起欢来。跟着,每块铧立即翻起一尺多高的土浪,这些土浪密密相连,形成了一糖宽半人高的土雾,从后面看去,简直像大海上龙卷风掀起了一排强劲的浊浪,打犁人眨眼间便被埋没在了土雾中。不料,地头掉向时,这家伙很作难,有点尾大不掉。打犁人费尽九牛二虎之力压着扳手,才把明晃晃亮锃锃的犁铧从土里提了出来。深深翻过的土地,又绵又暄,犹如发酵的面团或者刚刚蒸出笼的玉米面糕。有人高兴地踩了下去,一脚一个深坑。围观的人们啧啧不已,连声赞叹:"好家伙啊!""真是铁牛呢,威力这么大!"竟然有人预言家似的说了这么一句:"耕地不用牛了!点灯不用油、楼上楼下电灯电话,离我们不远了。"

从此,每年忙罢以后,白花花的麦茬地里,"汉大力不怯"的"东方红",就

夙兴夜寐，风风火火，马不停蹄，一个队接一个队，一日也不停歇地忙碌起来。轮着我们北村这个小队耕地时，队里往往是要给杀羊炸油饼油糕的，以慰劳师傅们。这时，家家也能沾上光，喝一点羊汤什么的。静谧的夏夜，月光如水，我们坐在窑院门前纳凉。每每此时，我们总是远远听见沟对岸传来"东方红"突突突的叫声，看见黑蒙蒙的夜色里，它眼睛里发出强烈的光芒，一闪一闪的，如同夏夜的闪电，偶尔还可以听见师傅们的呐喊声。若是大白天，我们这些捣蛋鬼就一定会站在田野地头，或者跟在"东方红"的屁股后面，跑得大汗淋漓。最有趣的是，经常可以碰到蛇，多数是遍体鳞伤的死蛇，我们挑在棍子上，吓唬女孩子；有时候，还可以捡到田鼠，我们乡下叫瞎老鼠，它似乎没有眼睛，全身灰黑色，皮毛光滑，肥嘟嘟的，像个小儿枕头。在那个吃不饱肚子的年代，可以拿回家大快朵颐，美餐一顿，田鼠肉细嫩、鲜美，吃起来挺解馋的。

不久，公社里建起了拖拉机站，购回了几台50型、55型拖拉机。相比之下，我们村的"东方红"很有些笨气。新买的那些家伙似乎要简单得多，也进步得多，体积轻便，马力不大，用的是胶轮，出行也好，转向也罢，很是灵活，耕起地来，师傅一个人便可以操控。后来，不知是保养维护不到位，还是使用过度，我们村的"东方红"经常无缘无故熄火耍起"狗熊"来，像一头筋疲力尽的老牛，卧在犁沟起不来了。这下，便着实苦了师傅。只见他蹲在履带上，袖子挽得高高的，两只手油晃晃的，绞尽脑汁地摆弄起来，一个个螺丝等零部件安上又卸了，卸了又安上。随后，就用一根绳子缠住一个轮子，狠劲一拉，还好，咚咚咚地叫唤开了。不知咋回事，突然又哑巴了。如此三番，直搞得师傅汗流浃背，长吁短叹，没有任何法子。我们也等得没有了一点耐心，就悻悻地去了。

好不容易呼噜喘气地弄回来，我们的"东方红"就像一位饱经沧桑再也不能动弹的老演员，彻底地离开了农村广阔的田野，离开了自己辛勤耕耘的舞台，永远地歇下了。有一次，我和伙伴们来到了大队院的一间破房里，亲

眼看见它千疮百孔,烟囱不见了,灯被砸成了大窟窿,老鼠竟然在里面下了一窝幼崽。那副沉重的犁铧,常年风吹雨淋,陷在后院深深的野草丛中,锈迹斑斑。

再后来,过了好多年,我看见一个外地人竟然发动了它,开着它慢慢地走了。

那天,我一直目送着它出了村子,心里忽然产生了一种特别凄凉的感觉。

村心的老槐树

　　曾记得很小的时候，一个月亮明晃晃的夏夜，乡亲们围坐在村心的老槐树下纳凉、聊天。不知谁突然问起了一个奇怪的问题：

　　"我们的祖先是从哪里来的呢？"

　　"当然是山西大槐树下啊。"有几位老人不约而同地说

　　"山西大槐树下是哪儿呢？"

　　这时，读过几天书、德高望重、见多识广的田五八爷，说起了坊间到处流传的一首歌谣："问我祖先来何处，山西洪洞大槐树。祖先故居叫什么？大槐树下老鹳窝。"这话究竟是谁说的呢？还是在哪本书上看到的？祖先为什么要从山西迁来？他们什么时候迁来的？这一系列的问题，没有一个人能说得清楚，让人感到满意。后来，上了小学，一位老师也在课堂上说，我们的祖先是从山西大槐树下迁来的。除此而外，他再也说不出所以然来。由此可以看出，这仅仅是一个历来口耳相传的传说罢了，根本无史可查，无案可稽，无碑可考。再后来，我长大了，才知道这个传说其实在海内外的所有华人华侨中流传得非常广泛；也弄清了明初全国性大移民，山西洪洞作为集散地，人们骨肉分离，各奔东西，断肠人送断肠人，一步一回头，泪水涟涟，就刻骨铭心地记住了这生离死别的伤心地——山西洪洞大槐树下了。之后，也便一代一代口耳相传下来了。

　　究竟是否为了寻根认祖，先人们才在村心栽了一棵槐树，说真的，我们

这些后人不得而知。这是一棵戴天履地的老槐树,历经百年沧桑,栉风沐雨,谁也搞不清它是什么时候栽植的,是谁栽植的,有什么用意。这棵树有四丈多高,树干粗壮巍峨,约莫三个大人手拉手,才能搂抱得住。干内已经腐朽中空,常常往下掉着黑黄的碎屑。树皮厚实皲裂,沟沟壑壑,呈现出黑苍苍的颜色,阴面老是湿漉漉的,覆着一层绿茸茸的苔藓。树干以上,铁桶似的粗枝四面伸展开来,纵横交错着,上下重叠着,左右遮挡着,形成繁枝蔽天、浓荫匝地的庞大树冠,整个看来,好像一把绿茵茵的庇护伞。在最高处的枝丫间,一大堆黑乎乎的树枝横七竖八、密密层层地交织在一起,那是喜鹊的窝巢。一年四季,早晚有喜鹊在上面舞翩翩起落,闹嚷嚷聒噪。

这棵老槐树,如同一位饱经风雨的百岁老人,它日复一日,年复一年,静悄悄地站在村子里,默默地见证着一个个风雨阴晴的日子。

要开会了,老队长就走出自家院子,站在沟边大声喊起来:"开会了——"眼前的沟壑里经久不息地回荡着这喊声。社员们三三两两,陆陆续续来到老槐树下,或坐在碾子上,或坐在老槐树的根上,有的打着旱烟棒子,有的抽着烟袋锅子,有的咕咕叽叽谝着闲传,有的呆若木鸡毫无表情……看着老队长脸似黑蜂、浓云密布的模样,若不是开谁的批斗会,那最起码也是要骂人了。我们一群孩子就躲得远远地听,讲话内容林林总总,乱七八糟,指名道姓批评人。比如,有的人明目张胆到队里的羊圈偷羊粪,有的人给牲口割草偷偷摸摸给家里掰棒子,有的人把撒得剩下的麦种子肆无忌惮地拿回家,有的人拈轻怕重,见队里派重活就装病……如果到了麦收忙罢,就经常有人背着包袱来到我们村里,坐在老槐树的树根上,或者狗蹲在碾盘上,一边用草帽扇着风凉快,一边解开包袱粗嗓门吆喝起来:"换布了——换布了——"这些人都是头脑非常灵活、做事非常精明的乾县人。乾县过去叫乾州,历来为通都大邑,也许受历史环境和文化背景的熏陶吧,乾县人似乎天生就擅长做生意。他们拿着自己土地上出产的棉花和布匹,几经转折,来到我们这偏僻的小山村,赚取我们的五谷杂粮,一轱辘车一轱辘车推了回去,养活了一家人。后来,还陆续有了一拨一拨的乾县人,拉着清油、大米、红苕、花生、洋葱等,来到村里的老槐树下,喊着换取粮食,再一车一车拉回去。

夏夜,月光皎洁,如水,如霜,地上到处白花花一片。月光透过密匝匝的树叶,漏下星星点点的光斑,如同一枚枚银币,晃动着,闪烁着。人们纷纷来到老槐树下,坐着,躺着,趴着,甚至席地而卧,一边自由散漫地拉呱着,一边惬意地享受着沟边凉飕飕的夜风,真是舒服透了。淘气的孩子们悄悄地下了池塘,或狗刨,或蛙泳,或仰泳,也偶然玩起水中捞月亮的游戏,一次次打破了圆圆的金黄的月亮,又一次次觑着月亮摇摇晃晃,破镜重圆。一种被我们乡下人叫作石猴咣当的鸟,在远远的沟那边,不停歇地彻夜叫着。蚂蚱在池塘边的草丛里,吱吱吱地唱着高歌,偶尔,可以听到扑扇翅膀或蹦跶的声音。蛐蛐在树根的罅隙里低吟着,萤火虫提着灯笼,忽悠忽悠,姗姗而来。夜,多么宁静安谧的夜啊!一转眼,金秋九月潇潇洒洒地来了,老槐树的叶子仿佛金币,灿黄透亮,淅淅沥沥而下。树下,从早到晚,坐着一拨排队碾谷子的女人,她们总像一群喜鹊叽叽喳喳,吵吵嚷嚷,喧闹不休。戴着眼罩的小毛驴被赶得急煎煎小跑起来,碾碡子上的驳架就咯吱咯吱响个不停。阳春三月,万物萌发,暖阳融融,特别是清明前后正是人们最爱吃绿面的时候,有人就端着满满一脸盆剁碎的荠菜,和上少许面,搅匀了,倒在青光光的碾盘上,一家人或拉,或推,圆滚滚的石碌碡就飞也似的一圈又一圈转起来。

这是一棵很古气的老槐树,人人都有点敬它为神树的感觉。它的产权到底归谁所有,谁也说不清,也没有人出来争论过。可是,有年初夏,老槐树下来了个收槐米的人。当时,老槐树根深枝繁叶茂,正如一把葱葱茏茏的擎天大伞,满树开着密密麻麻、黄灿灿的细花,这无疑是一笔可观的收入啊。许多人沿着梯子爬上树,像群猴子一样跳来蹦去,抢着折树枝往地上扔,弄得老槐树像遭了雷击。翌年,最靠近老槐树的两户非同姓人家站了出来,都说老槐树是自家的,其他人谁也不能上树采花。于是,拉拉扯扯,争执起来,分别操起了镢头和铁锨大打出手,两个家族的人几乎都掺和进去了。老队

长像一头咆哮的豹子一样冲了过去:"证据呢? 证据呢? 像这么年深日久的古树,既然大家谁也拿不出真凭实据,就只能归队里所有。你们两家离树近,今后看管权交给你们,采花权也交给你们。邻里之间,闹什么仗,打什么架呢? 记住:我们都是山西大槐树底下的!"老队长一番话犹如雷霆霹雳,落地有声,一下子镇住了所有在场的人,大家面面相觑,纷纷后退,散了。就这样,一场剑拔弩张的祸事就平息了下来。

后来,不知从啥时候,这棵老槐树还增加了几分神气和妖气。有人说,它历经百年风雨沧桑,已经修炼成为一棵神树,谁若动了它,村里就会出大事;有人说,它已经修炼成蛇精,不想办法铲除它,人们就会遭大殃;有人还说他亲眼看见,那年夏夜响雷,随着轰隆一声巨响,夜幕被犀利的电光撕开,老槐树顶上升起一条盘曲蜿蜒的黑蛇。有一回,一个捉邪的人来到村里,对一位常年卧床的病人说,老槐树上有个黑蛇精缠着你,除了它病就会好。果不其然,那捉邪的就从树洞里拽出一条镢头把粗的黑蛇,蛇嘴里正吞住一只翠绿的大青蛙,让在场的人们胆战心惊。后来,就有许多人认为这棵树是个祸害,提议挖了它。关键时候,还是当年的老队长拄着拐杖站出来,拍着胸脯死死拦住了大伙:"怎么? 要打架吗? 朝这儿来! 我们都是山西大槐树底下的!"老槐树就此逃过了一场斧钺之痛、灭顶之灾。

再后来,老槐树依然是永葆生命力的老槐树,简直像一个返老还童的老人,春天一到,总焕发出蓬蓬勃勃的活力,长得那么苍翠,那么葱茏,那么旺盛。终于有一天,老村旧庄基还田的时候,上头来了几个人,像孙悟空给师父画圈一样,也绕着老槐树画了一个圈,说这是一棵古树,有文物价值,我们一定要保护好它,让它世世代代活下去。

活在人们的心里。

别了，我的辘轳和井

　　我出生在永太乡车村北沟边的一个小小的自然村，由于地理位置的原因，这个村被人们习惯上称为北村。小的时候，北村仅仅是一个小生产队，主要聚居着两大姓，二十多户人家。从车村街道往北，穿过一条狭长的胡同，走下一段仄仄的斜坡，就是一条深邃空阔辽远苍茫的黄土沟壑。在沟壑的南北西三面，高高的黄土崖斑斑驳驳，人老几辈靠着高崖，顺着沟圈，叩石垦壤，开钻了一孔孔或深或浅的土窑洞，世世代代临沟吸风饮露蜗居下来。

　　在村子的西头有座粗陋的茅草房，一面大开口，三面围着厚厚的土墙，墙头撑起两副人字形大梁，梁上横架着五根檩条，檩上竖钉着数根杨木小椽，椽上平铺了树枝和茅草，用麦草麦糠泥抹光，覆盖上了灰褐色的瓦片。这就是我们村子里的老井坊。就在这座茅草房下，有口古老的水井，深三十多丈，覆着一整块巨石，光滑、平整、厚实，中间凿个大窟窿，算是井口，不知经历了多少岁月，井口已被绳索磨成了椭圆形。井台靠着后墙，是个稳稳实实的土墩子。土墩子架着水桶一样粗的老牛车车轴，上面压着沉沉的磨扇，一头穿墙而过；对着井口的这一头，将车轮锯掉辐条，套在轴头上，再安上弯弯的辘轳把，就可以骨碌碌骨碌碌地绞水了。

　　有道是：吃水不忘挖井人。可惜的是，村里没有任何文字记载，谁也不知道这口井是何人凿于何朝何代。但是，一看到村里烟熏火燎、千疮百孔的老窑洞、饱经沧桑的老槐树，就可以知道，这是一个具有千年历史的村子了，

这口井绝对是一口古井。小时候，我们常常让小伙伴们拽着双脚，小心翼翼地趴在井口，探头探脑地往下望，井壁上幽幽青苔依稀可见，再往下，黑洞洞的，一股冰森森的凉气扑面而来，沁人心脾。这口井离沟边只有八九米远，水质纯净清冽甘甜，人们都说这是方圆最好的水井。

我们乡下人把从井里汲水称作绞水。由于是深水井的缘故，绞水绝不是一件轻松的事情。一般情况下，绞水要三个人协作，最少也必须两个人。一个人绞辘轳，一个人拽井绳，一个人扳辘轳。主绞的人大多是男人，而且要身强体壮、四肢矫健、膂力过人，双手能把持住弯弯的辘轳把。否则，万一不慎失手，井绳和水桶就会像下面条一样噼里啪啦掉到井里去了。搞不好，有时辘轳把还会碰伤人。拽绳的人必须有些力气，这边的空桶刚入井口，就要狗蹲下去，使出全身力气，吭哧吭哧往下拽；一旦那边的水桶摇摇晃晃上到了井口，这边拽绳的人便要站起来，死死地把绳往上提，好让绞水的人倒水。如果提不住，水桶和井绳就要下了"面条"，弄不好，人也会有危险。那个扳辘轳的人，充其量是给绞辘轳的当个帮手，力量可大可小。如果绞水的人是个虎背熊腰的汉子，可以完全不用这个帮手，也照样能绞得轻而易举，得心应手。当然，最费劲、最吃力的是绞毕水"出绳"的时候，就是把井绳和最后一桶水从井里弄上来的时候，整个井绳吊着一桶水都在井里，一开始最吃力，绞辘轳、扳辘轳的两个人一会儿就满头大汗，气喘吁吁；这时候，拽绳的人也摆出蹲马步的姿势狠劲往后拽着，一边拽，一边要把井绳一圈圈盘起来。要知道这整盘井绳，不是小伙背不起来呢。

在我童年模模糊糊的记忆中，那个时候，"农业学大寨"，我的父老乡亲们战天斗地，风风火火，吃不饱，穿不暖，穷精神，穷劲大，似乎天天都没黑没明连轴转地忙着队里的活儿，打坝、修地、修路、开渠，等等。一到上工时间，村里的有线喇叭里就急煎煎火催催喊叫起来，谁去迟了，除了上批斗会，还要在大会上做检讨呢。所以，像绞水这样的家务活，人们只能叨空干。

一大早，家里等水做饭的人就借了左邻右舍的水桶来到了老井坊。一

些人听到井坊有响声，或看到有人要绞水，也就挑着水桶三三两两聚拢过来。他们一边说着闲话，一边扳着辘轳，一边拽着井绳，一招一式，衔接有序，动作娴熟，配合得那么默契。一会儿工夫，主绞辘轳的人便大汗淋漓，呼哧呼哧，有些上气不接下气。人来得多了，他们就先自觉排队，或狗蹲在一旁，或靠着土墙，卷着旱烟棒子，慢悠悠地抽着，或高喉咙大嗓门，漫无目的地飞说浪谝一通。大家说着谝着，不知不觉就汲上几桶水，有人就干脆站起来，抄起水担，给挑到家里去了。一旦第一个绞水的人弄满了家里的水缸，就可以轮流换着绞了，一人绞一担水，先由扳辘轳的人换，拽井绳的人再接替扳辘轳的人。总之，你要绞水，必须先从拽井绳开始排队，换到了把持辘轳把主绞的位置，就是给自己绞水了。虽然人们一直遵守着这样的规则，但也有女人家端了水盆到井坊来借水，更有年老的五保户来讨水。遇到这种情况，人们都会毫不犹豫地给一桶水，特别是五保户，还会有人挑一担水送到家里去。

最难忘的还是那些缺水的日子。听村里的老年人说，这口井很奇怪，天道不顺的时候，井里就突然没水了。隐约记得那一年，久旱不雨，又发生了地震，村里闹起了水荒，吃水要到门前的深沟里去挑。为了能在翌日凌晨最先绞到水，有人竟然偷偷卸走了辘轳把。没有辘轳把怎么绞水呢？起得再早也不顶用。于是，就常常听见有人后半夜在村里跑过来跑过去，失声吼叫："谁把辘轳把拿去了——"不久，有人夜里干脆把笨重的辘轳轮子卸掉藏起来，有人做得更绝，索性把井绳也背回了家。

大约是忙前吧，老队长召集社员们开会，说井下面塌了，该淘一淘了。他领着社员在井口边打了一个孔，买来长长的塑料软管通到了井底，用鼓风机给井下通风换气。记得第一个下井的男人是老三哥。他上身穿着黑色粗布老棉袄，脚蹬一双高筒雨鞋，衣领里插着烟袋锅子，腰间捆着草绳，挂着电筒、马勺和短把镢头，双脚踩在一个水桶里，屁股下面坐着木棒，木棒被井绳拴牢，双手紧紧抓住井绳。就这样，他滴里嘟噜，忽忽悠悠，慢慢地下到了井里。井上的人也都分了工，从早到晚，轮番上阵，一桶又一桶地往上吊着黄泥。天黑了，老三哥被拉出井口，昏黄的灯光下，他活脱脱成了一个黏糊糊的泥人，只有两只眼珠在骨碌碌地动。有人就嬉笑着说："简直跟泥抹猪一样。"周围人顿时哄堂大笑。跟着，又一个人被七手八脚地放下井去了。入夜，井坊里灯光明亮，人影晃动，大伙干着，说着，谝着，笑着，那一阵阵爽朗粗犷的笑声，在这寂静的小山村传得很远很远。淘上六七天，井下的水就渐渐多起来，井坊前的黄泥便堆得像麦垛。村里人终于又有水吃了。在我的记忆中，好像每隔三两年，村里都要组织大伙把井淘一淘。

后来，村里组织社员在门前的深沟里打了一眼深深的辐射井，弯弯转转修了下沟路，把沙子、水泥、料石、砖块、瓦片、发电机、水管、电杆等，一架子车又一架子车源源不断运了下去，建成了抽水站。闸刀一拉，白花花的水就从沟底里飞了上来。特别是前几年，自来水也进村入户，通到了灶头上。老井坊，没用了；辘轳井，没用了。在挖掘机、推土机的一阵阵轰鸣中，老井坊轰隆一声倒塌了，升腾起一股滚滚的尘烟。

别了，我的老井坊！别了，我的辘轳和井！

我的梧桐老村落

　　写这篇文字之前,我曾查阅资料,考证过梧桐这种树。现在,城市街道的梧桐树叫法桐,属于景观树,不是中国梧桐树。中国梧桐树叫云南梧桐,也叫青桐。在我的家乡,人们好像不知道它的真名,只称它为土桐。我想,人们之所以叫它土桐,是相对于法桐和泡桐而言的。然而,不管怎么说,在我的心目中,它是一种傍着家园生长的树,也是最有乡土情结的树。

　　那个时候,在乡下,在村子里,在院子里,在窑垴垴上,在沟渠边,在田埂地畔上……到处都长着梧桐树。远远望去,我们的村子被一片葱葱茏茏的梧桐树环抱着,簇拥着,遮蔽着,掩映着。或者说,只要你远远看到了一座小山似的团团簇簇的浓荫,那里就一定是梧桐树,里面也一定隐藏着一个村子。走进村子,门洞旁,院子里,街道边,菜园前,这里那里,扑入眼帘的都是梧桐树,所以,村子是离不开梧桐树的,梧桐树是离不开人们的日常生活的。

　　记得孩提时候,每年一听到呜呜呜的柳笛声,我们就知道春天来了。这时候,父亲总要从野外挖些半人高的桐树苗回来。在院子里转来转去,选好地方,就带着我和哥哥挖坑、栽树、提桶浇水。然后,再到门前的沟里挖些酸枣树回来,在树坑周围密密栽上酸枣树,把树苗保护起来,防止猪拱羊啃。夏天里,小小的梧桐树就气昂昂地疯长了起来,对生的叶柄指头粗细,心形的叶片如同碧玉的圆盘,有风飒然而至,便仿佛一个青春少妇翩翩然跳起了扇子舞。往往这时候,我们一群小孩子每人掰下一片叶子,拿在手里,顶在头上,在火辣辣的太阳底下跑来跑去。俗话说:"栽下梧桐树,引得凤凰来。"过了几年,这梧桐树虽然没有引来凤凰,却引来了喜鹊、麻雀、啄木鸟、鸥鹆、猫头鹰等鸟类。喜鹊经常在树上吱吱喳喳地叫。民间的说法是,喜鹊是一种吉祥之鸟、报喜之鸟,谁家门前喜鹊喳喳叫,必定有喜事降临。可是,我的经验是它不光报喜,也报忧呢。有一回,喜鹊连着几天在我家院子的树上喳喳叫,我们都弄不清是怎么回事。结果第四天中午,我家的十一个猪崽吃了药,全部死在了院子当中。最让人讨厌和害怕的是鸥鹆,黑漆漆的夜里,雌雄两只鸟,高一声低一声,一唱一和地叫。特别是那雌鸟叽里呱啦阴阳怪气的叫声,简直像恶鬼在厉声狞笑。它们的叫声阴森恐怖,令人毛骨悚然,不寒而栗,总是把我吵醒,吓得我怎么也睡不着觉。有天晚上,我出去小便,大着胆子,抓起石块朝梧桐树上扔去,它们怪叫着远去了。

后来,我家的窑院里除了一棵柿子树、苹果树和花椒树之外,全被这些梧桐树头挨头挤满了,它们一棵棵搂抱粗,擎着庞大的树冠,像魁梧的巨人似的,挣出了窑洞的崖面,遮天蔽日的,为我家院落及门前投下了一片浓浓的阴凉。夏日里,树影婆娑,凉风习习。邻居大妈、婶子,以及大姑娘小媳妇们,一下子聚拢到树下,有一搭没一搭地闲聊着,有的补着破衣,有的纳着鞋底,有的绣着花手绢。这时,祖母便拿出席子铺在地上,席地而坐,或者在大方盘里搓着棉条,或者嘤嘤嗡嗡地纺线。有时候,她也在村街上急急忙忙走过来,又急急忙忙走过去。我们这些小淘气们,手脚一点儿不闲,狗逮兔似的,在人堆里追打嬉闹,窜来窜去。就在这快乐的时光里,红眼睛、绿翅膀的大蜻蜓,无忧无虑,在这枝树梢与那枝树梢之间,来来回回地飞。我们觑着它们停歇下来的瞬间,猛然扑过去,用藤条狠狠抽下去,梧桐树叶的碎屑翩然飘落下来。过了一会儿,那只红眼睛绿翅膀的大蜻蜓又出现了,依然在两根枝梢之间,飞来飞去。一旦知了吱吱哇哇叫起来,我们又呼啦一下被吸引了过去。如果知了在树的低处,就抢着脱鞋,哧溜哧溜往树上爬;如果知了在高处,就纷纷捡起土块,一阵枪林弹雨地朝树上投去。

　　每年四月份，梧桐树就悄悄开花了。这时，树上还只是一片纷繁的乱枝，看不到片片绿叶。那蓝紫色的梧桐花，一朵朵像铃铛，像喇叭，挨挨挤挤，一串串，一簇簇，累累赘赘挂满树枝。从高处眺望，整个村庄梧桐树竞相开花，像花的海洋、花的河流，更像一幅绚丽的壮锦，或一片彩霞坠落凡间。走进胡同，抬头看，一棵梧桐树就是一把无比巨大的花纸伞，无数棵树头挨头连在一起，就仿佛走进了一条烂漫深邃的花洞。蜜蜂们在树枝间、花蕊里熙熙攘攘，嘤嘤嗡嗡，仔细听，宛然走进了一个偌大的蜂箱。空气里到处弥散着一股甜甜的馨香。一群孩子在树下跑来跑去，他们捡拾着刚刚落下的桐花，噘起小嘴，吱吱吱地吮咂着花朵里黏黏的甜味。有时，孩子们看见一只小蜜蜂钻进了桐花采蜜，就赶紧捡起来，捏紧花边，竖在耳边，听蜜蜂急得嗡嗡嘤嘤地叫，然后爆发出一阵银铃般的开心大笑。那一年，我六岁，不小心让蜜蜂狠狠蜇了一下，疼得哇哇大哭，和我同月出生的云云赶紧跑过来，把我的指头含进嘴里吮起来。一位老爷爷路过看见了，笑着说："云云，明儿做平娃的花媳妇吧。"当时，云云的脸上倏然飞起红晕，撂开我的手，跑了。从此以后，我们俩再也没有在一块儿玩过，也没有说过一句话，见了面总感到很不好意思。后来，上一年级了，我们还在一张课桌坐过。后来，她母亲有病，她就失学了。再后来，我上初二的时候，她就嫁到一个很远的地方去了。

　　梧桐树的根系非常发达，它的繁育能力是很强的。一棵粗壮的梧桐树下，或者一片梧桐树下，时不时就会冒出些小梧桐树来，长着长着，就跟红缨枪的枪杆似的，用不了一年，就苗壮得手腕一样粗。小时候，村里来了外地人，专门收购梧桐树根，手指粗细，五寸长，每根五分钱，全村人男女老少村里村外、坡上坡下跑着挖，抢着卖。很显然，外地人是把树根收回去繁育桐树苗子呢。在家乡，梧桐树与人们的生活息息相关，用处可谓大矣。它的材质细密光滑，能做许多家具。记得很小的时候，人们给娃娶媳妇或者嫁女儿，几乎没有什么嫁妆，那送女子的臂弯里只挎着一个花包袱。后来，娘家

　　给女儿陪嫁的是桐木做的红漆箱子,大方的人家是桐木做的黑漆柜子,送亲的时候,人们用扁担抬着送过去。再后来,又变成了桐木做的红漆小橱柜、写字台、大立柜,人们开着手扶拖拉机送过去。那时,用于日常生活的床、门、窗、桶、斗、面柜、风箱、锅盖等许多东西,都是梧桐木做的。木匠行业非常吃香,泾河以北的木匠常常过河来,在村子里不停地做活。特别是到了年底,结婚嫁女的事情多起来,请做家具的人都排队呢,他们简直红得跟灯笼一样。更重要的是,家乡死了人,棺材都用梧桐木做。有句土话这样说:"七把半,不用算。"意思就是,如果一棵梧桐树身子长到七把半粗,那么它就够做一副棺材了。

　　时代的发展变化真是快啊。随着人们生活越来越好,用梧桐树打造家具的时代一去不复返了,木匠行业也跟着式微了。无论哪家,也无论是孩子娶妻,还是嫁女,家具全到城里去买;盖房子几乎再也用不到木头了,全是铝合金或者塑钢门窗。人们终于搬出土窑洞,在开阔平整的田野上,建起了整齐、漂亮的新村。不久,旧庄基复垦,坡坡坎坎的地块推平了,大大小小的梧桐树被砍光了,老村彻底从人们的视野中消失了。

　　别了,我们的梧桐树!我们的绿树葱茏的老村落!

北村的窑洞

老村是一个很典型的地平线下的小村庄。

站在地平线上是看不见的。小时候,每年的正月里,我都要跟着哥哥走出村子,走上五六里塬面土路,翻过一条深深的大沟,再走上好几里路,到我的姑妈家去玩。每次回来时,一上塬畔,我都要睁大眼睛,遥望西北方向,搜索着我的村子。我只依稀望见辽远的天际映衬着一大片漠漠的烟树。近了,就看到麦场边上那高高的白杨树,那树杈上黑乎乎的喜鹊窝。再近了,就看见一片纷繁的纵横交错的乱枝,看见窑垴垴上东一个西一个的麦秸垛,看见喜鹊在村庄上空飞来飞去,喳喳喳地叫着。

顺着一条胡同,走下一段狭窄的陡坡,就到了沟湾里,那就是我们的村子。高高的崖畔上长满枣树或酸枣树,这些树偃仰倾斜,虬曲嶙峋,有些根裸露在外边。崖面上黄土斑驳,凹凸不平,累累赘赘,墙缝里到处都是短尾雀窝、麻雀窝。土崖下面,左邻右舍都没有院墙,或前或后,或东或西,一孔窑洞挨着一孔窑洞,一个院子连着一个院子,出门几步远,就到了深沟边。沟边最多的是枣树,村内路边和院子里,最密集的是梧桐树,一棵棵长得和土崖一般高,遮天蔽日。可以这么说,整个老村都安坐在树木的怀抱里,所有窑洞都掩映在树木的荫翳里。

这就是北村!北村是我们吃喝拉撒睡的地方。那些窑洞,就是我们的褓褓,是我们的摇篮,是我们祖祖辈辈的窝口,是我们早出晚归的栖息之地。

远看,它们就像一个个群体生活的蜂巢,风风雨雨中,守护着我们蝼蚁般的生命。

那些窑洞,并不像延安窑洞的样子,它们不是一排排的,也不是整整齐齐的,而是院面高低不平,崖面前后错落有致,窑口左右参差不齐,窑洞里面大小不一。可以看得出来,在漫漫岁月中,它们不是一时挖出来的。似乎是一代代老祖宗情急之下,怎么方便就怎么挖出来的,前边的塌了一直向后挖,东边塌了就去西边挖。所以,沟边所有的窑洞形态各异:有的沧桑,有的年轻;有的阔大,有的狭小;有的幽深,有的浅显;有的塌陷,有的完好;有的光里光堂,有的毛毛糙糙。一年四季,我的父老乡亲们就随遇而安地住在这些窑洞里,日出而作,日落而息,绞水而饮,磨面而食,每个早晚都会有一股炊烟袅袅升起,每个院子都会传出笑声,也会传出哭声。

住过窑洞的人都知道,窑洞的最大特点是冬暖夏凉。寒冬腊月的深夜,沟口的狂风猛烈地灌进来,屋外像狮吼狼嗥,雪花肆意飘飞着,门窗被撞得噼噼啪啪响。但土炕烫热烫热的,窑里很温暖,滴水未冻。惊蛰刚过,大人们圪蹴在窑洞门前,一边吧嗒吧嗒抽着旱烟,一边收拾着木犁、耙耱、锄头之类的农具。外祖奶奶坐在窗下,慢条斯理地搓着棉条,她的银手镯在案板上有节奏地咣当咣当地响着。她的旁边,奶奶显得更悠闲,她十分娴熟地摇着纺车,嗡嗡嗡地纺着线,线穗子像白萝卜,骨碌碌骨碌碌地转着,忽然就膨大起来。火热的夏天里,窑洞里像安了空调,进去很凉爽,不穿衫子甚至有些冷。晚上睡觉,不盖被子是要着凉的。淫雨霏霏的日子里,爷爷总是坐在窑门口,用长满老茧的手,笨拙地攥着弯镰,一下一下削着荆条,编出一个个草笼或者粮囤。然而,最让全村人提心吊胆的是夏天的雷雨之夜,屋外电闪雷鸣,暴雨嘈嘈切切。忽然,听见院子里的土崖上,这儿啪地掉下一堆土来,那儿啪地掉下一堆土来,让人担惊受怕,毛骨悚然。睡,肯定是不敢睡了。有时,大人们还要提着马灯,冒雨出去,查看院子水路通不通。不通,就要及时抢修。不然,窑洞就会灌水的。

　　一般情况下,安灶的窑洞里都是土炕连着锅头,土炕阔大,至少能睡七八个人,土炕和锅头之间被背墙或栏槛隔着。倘若是很古老的窑洞,里面肯定又高又大又深,有的还架着结实的大木梁,长年累月,烟熏火燎,里面一划黑黢黢的,就像涂了一层厚厚的沥青。我们一家就住在这样的两孔老窑洞里。其中,一孔窑洞里头的墙上揳着木橛,小燕子以木橛为支点,飞出飞进,来来去去,叼了一棵又一棵草茎,衔了一口又一口湿泥,垒起了一个格外精致的窝,像饲养室里的马勺一样大,圆乎乎的,光溜溜的。每天天刚蒙蒙亮,两只小燕子就忙碌起来。有时,从天窗里飞出飞进;有时,贴着窑顶蹍来蹍去;有时,也贴着地面疾飞,猛然来一个一百八十度的急转弯,动作潇洒极了,也优雅极了。它们飞倦了,就歇在空中的浮梁上,歪着小脑袋,梳理着羽毛,或者呢喃呢喃地唱起来。到了初夏,它们就孵出了一窝幼雏,浑身毛茸茸的,长着黄灿灿的大嘴,憨态可掬,煞是可爱。一旦看着亲鸟飞进来,幼雏便争先恐后地张开了大嘴,叽里呱啦地大叫着抢食吃。早晨的太阳慢慢地升起来了,阳光透过院中浓密的树叶,从天窗射进来,一束束,一缕缕,颤动着,摇晃着,瑞气缤纷。此时,大人早已下地去了,我们兄妹三人一睁眼,就趴在炕上,一边仰头看着伶俐的小燕子,一边啃着手里的玉米糕。

　　爷爷说,我们家的这两孔窑洞是村里最大的,老先人们发家时用过,一代代流传下来。他很小的时候,一孔窑里唱过大戏。据说,我们家另一孔窑洞,是祖上存放粮食的地方。窑顶上有个比水桶粗的窟窿,简直像个狼窝,看着很害怕。爷爷说,上面那窟窿叫天井,直通窑垴垴上的麦场,麦子收上场,碾晒干净了,就直接从天井里灌下来,淌到粮囤里。村里像这样的老窑洞,门背后都是大土炕,土炕往里脚地中间就支着石磨子。磨面时,既可以人工推,也可以套上牲口推。儿时,我家的磨窑里,三天两头有人磨面。夏天天气热,窑里很凉爽,我常常听着面柜咣当咣当的响声就睡着了。穿过磨道往里走,里面有牛槽牛圈,还有一个放饲草的黑咕隆咚的大拐窑。1983年春天的一个早上,轰隆一声巨响,这孔老窑突然坍塌了,石磨子、面柜、牛槽、还有一个农具棚全埋在了里面。窑洞的门墙、窗子和门被巨大的气浪一下子冲到了院子中间。好在发生在白天，人和牛都没在窑里，才一个个逃了活口。我们都深深地感觉到，这真是不幸中的万幸。跟着，让人熬煎的难事就来了。剩下了一孔窑洞，一家祖孙三代七口人怎么住？无奈，我们就在另一孔窑里垒起了牛槽，让爹娘和妹妹留住下来。然后，把灶搬迁到了村外砖瓦场上的一个茅草房里，爷爷、奶奶带着哥哥和我，在那里蜗居下来。后来，砖瓦场承包出去了，大队干部你一趟我一趟车轮战，火烧火燎地找爷爷谈话，逼我们腾地方。没有办法，我们就收拾了邻居的半截塌窑，安上了锅灶，哥哥嫂子带着女儿住进去了。爷爷、奶奶和我又回到了老院子，在那孔半截塌窑里住了四五年。

好在天无绝人之路！山不转水转，时代永远向前发展变化着。

其实，那个时候，村里人的生活普遍很窘迫，家家都住得非常紧张，一家人最多也只有两孔窑洞。再大的孩子，只要没结婚，大都和爷爷奶奶或者爹娘挤在一盘炕上。没有褥子，就睡在光席子上，被子也是几个人东拉西扯合着盖。一般家里来了客人，就只能去找光棍或者去饲养室蹭睡了。有的人家孩子结婚了，添了人口，实在没办法腾挪，就给队长打声招呼，依着沟边土崖，自己挖起窑洞来。

后来，好像不准在沟边乱挖土窑了。那时还不兴盖房，也好像没有人会盖房。但要在平地上挖地坑窑洞，没有人手，谈何容易。看着村里好几户人家，儿女一伙伙，没处住，愁得吃不下喝不下，老队长突然发话了："活人还能让屎尿憋死不成？人心齐，泰山移。还是老办法，驴啃脖子工变工。"说干就干，十几个精壮的男子，一下子就呼啦啦组织起来了。他们赤着膀子，挽起裤腿，挖的挖，挑的挑，一鼓作气，马不停蹄地干了起来。大伙汗流满面，把一笼担一笼担的土挑出了深坑。真是人多力量大！半月过去了，他们硬是在村口胡同边的平地里挖出了一个长方体的地窖庄子，一条长长的深深的门洞，弯出了胡同。不久，大伙也帮着尊敬叔挖出了深深的地坑。农忙之隙,他叨空挖出了窑洞和门洞,最后住进去了。

曾几何时,平地上不准乱挖地窖了,只能按统一规划要求盖房。起初,邻里乡亲都很老实,很憨厚,主人家只要把饭管上,请几个瓦工,家家户户都自愿去帮忙。可没过多久,随着市场经济的日益活跃,人们经济意识增强了,没有人白干活了,瓦工开始挣钱了,小工后来也挣钱了。慢慢地,老村之外的平地上,盖起了一排又一排、一院子又一院子大瓦房。北村终于变成地平线上的村庄了!

前几年,告别土窑洞,我的老村跟着就消失了,窑洞也消失了。

逝水如斯

那是几十年前的往事了。

一天,村子里忽然传出了爆炸性新闻,说村西的土壕旁边,来了一支钻井队,有几十号人。我们跑去看时,社员们正七手八脚地帮着从卡车上卸倒链、钢管之类的铁器,噼里啪啦的响声传得很远。

很快,宽大的帐篷就在空地上撑开了。三根粗壮的钢管好像三个魁梧大汉,头碰头抱在一起,稳稳当当地在地面上扎起来了,悬着的倒链哐啷哐啷作响。钻井台上人头攒动,一招一式,按部就班,也很快安装调试好了。一台脏兮兮的柴油机就咕咚咕咚喷着黑烟发动了,巨大的响声持续不断地震颤着大地。眼见着钻杆轰隆隆地转动着,老碗口粗的钻头,就咕噜噜咕噜噜地钻了下去。一股泥糊涂水泛着泡泡,四面飞溅着,汩汩地流向旁边的水坑。

村里破天荒头一回打机井,这是人老几辈子想都不敢想的新鲜事。前来围观的人络绎不绝,个个歪着头脑,看得目瞪口呆,半信半疑。许多人惴惴不安,心里琢磨着:井是这样钻的吗?能钻出水来吗?我们村里七个生产队一千多口人,共有六七口老井,井筒子三十多丈深,每天绞水时井口旁都围拢着一大拨子人。父老乡亲们唠着嗑,谝着闲传,相互协作着,你绞一担,我绞一担,按先来后到,有秩序地轮着来,真是熬煎极了。一老瓮水,少说也得三个人咯吱咯吱绞半天。

老人们说，这些井颇有年头了，都是老先人们打出来的，不是钻出来的。但究竟是什么时候谁打出来的，似乎谁也说不出根到梢来。其实，打井和打窑是一样的，只不过井要比窑深得多，花费的功夫多得多。故而，打井历来是全村人心头的大事情，很庄重，也很慎重。往往是大户人家出面承头，家家户户都要有钱出钱，有物出物，有力出力。先是邀请风水先生带上罗盘，反复勘察，选好穴地，焚香祈祷，方可动土。然后，才雇请专门的土工师傅，领上精壮的男子，一镢头一镢头，一铲子一铲子，一笼土一笼土，不停歇地挖出来。挖出水后，再请石匠从沟底的断崖底下，錾下一方大大的尺来厚的片石，十人九马弄回来，中间凿出一个大圆孔，安放在井口上。最后，再垒起一人高的井台，安上辘轳和弯弯的把杖，请绳匠合上一大盘牛皮井绳，才可以吭哧吭哧绞上水来。反正前后是需要几年时间的。

我们北村的老井距沟边两丈多远，是全车村最深的井，水源不断，水质清洌，甘甜可口，在方圆很有名气。老少爷们都自豪地说，这井是村里的传家宝。多少年来，取之不尽，用之不竭。但 1976 年，全国风不调雨不顺，三个伟人相继陨落，唐山发生了大地震，东北下了陨石雨，民生非常艰难。奇怪，就在这一年，全村的井里忽然一下子没水了。桶下到井底，尽管人们抓住井绳摇晃来摇晃去，可绞上来后充其量只有一马勺水，有时甚至只有一碗水，而且是黄泥糊涂水。往常的一桶水，绞了七八下还倒不满。于是，就出现了你方唱罢我登场的情形，你刚无可奈何地离开老井坊，他又急不可耐地把桶下到了井里。没水！没水！依然还是供不上。随后，更蹊跷的事情就发生了。为了争抢着绞水，刚开始有人趁着天黑，偷走了辘轳把。后来，有人做得更绝，竟然藏起了辘轳轮子，还有人干脆背走了井绳。没有了辘轳把，有人就自制了辘轳把。但是，没有辘轳和井绳，绝对绞不成水，井绳不够更不行。我绞不成水，叫你也绞不成水。夜里，鸡叫头遍的时候，有的人就早早地起来了，在村街上高喉咙大嗓门，声嘶力竭地吼叫起来，有时喊："谁把井绳拿走了？"有时喊："谁把辘轳拿走了？"心中有鬼的人就急急慌慌地起来了。唯一的办法，只有合起来绞水了。缺一样东西，谁都老虎吃天没法下口。那时，我突然感觉到人们一下子变得很生分，极端自私自利，过去大伙儿轮着绞水的良好秩序，就再也没有了。哪怕你在老井坊等候整整一早上，他们绞不到盆满罐满，总是霸占着辘轳把，绝不会松手让给你的。所以，有的人就红了脸，绿了眼睛，气不忿儿，破口大骂："水火不拒人，井是老先人给你一家打的吗？""为啥不写上你的名字？为啥不把井搬到你家里去？"

吵归吵，骂归骂，人总是要活下去，生活还得一天一天过下去。

绞水本来就是两三个人的力气活。面对没水吃，面对这么深的井，娘总是带着我和哥哥三天两头，甚至半夜三更去绞水。长我两岁的哥哥扳辘轳，我在其对面当帮手，娘蹲下拽着井绳。最看人脸色的时候，就是抢不到辘轳把的时候。每逢此时，我们只有跑下门前的深沟里去抬水。老三哥是队里的饲养员，牲口用水量大。他每天早晚都要牵着青骡子用筲去驮水。我们常常跟着他去，弯弯转转上坡的时候，我总是上气不接下气，跟跟跄跄，拽着青骡子尾巴，满头大汗地往上爬。

天道不顺，持续干旱，井里断水，这是谁也料想不到的事情。人们不无感叹地说，吃水比吃油还金贵呢。当时，我在想：油，我们可以少吃，甚至可以不吃，但一天不喝水却绝对不行。水啊，我们全村老少爷们的活命之水，咋就这么缺呢！

天长日久，有的人家便请人在院子里打了水窖。然后，就拭目以待，看云识天气，天天盼着下雨。雨前，他们做的第一件事就是赶紧拿上扫帚，把门前院落里里外外打扫得很干净，简直能晾搅团，目的是收集胡同院子里的雨水。水沉淀以后，就一桶一桶吊上来，捞去上面的柴草浮渣，用来做饭。没窖的人家，下雨天就搬出盆盆罐罐，院里斜支起木板，到处淅沥淅沥接水，直到接个盆满罐满。以至于，我竟然常常盼望下雨。只要下雨了，就不愁没水吃了，就不愁绞水了。不过，这样收集来的水是死水，有杂质，不太干净。倘若不及时清底，就有微生物在里面滋生。有一天午后，我们玩得渴极了，有个小伙伴领我去他家喝水。揭开瓮盖，舀上来的水里，全是熙攘的小虫子，我恶心极了，就头也不回地跑了。

有一天，老队长很忧虑地说："一定是地震了，井下面塌了，才没水了。大伙看看，一个个为吃水都像斗鸡，彼此掐仗了。伤了和气不说，会出事的。这样下去实在不行啊。"淘井吧，不淘怎么行呢？老三哥是个老实人，天不怕，地不怕，浑身是胆，他自告奋勇，率先下井。有天早上，他穿着老棉袄和棉裤，被五花大绑着，带上短把镢头、铁马勺和手电筒，丁零当啷着，被小心翼翼地放下去了。大人们没有一个嘻嘻哈哈说笑的，人人表情严肃，大气都不敢出一声。到了井底，他瓮声瓮气传上话来，说井下塌得厉害，全是一堆黄泥。于是，便一马勺一马勺淘起来，半桶半桶绞了上来。傍晚时候，电灯亮起来了。老三哥被几个大汉拽出了井口，全身都是泥，活脱脱一个泥人。第二个下井的人是逮住叔，第三个下井的人是老队长……就这样，白天晚上连轴转，一直马不停蹄地淘。七八天后，老井坊前面的黄泥堆得像麦秸垛。收工的那天，老队长安排人炸了油饼，杀了一只羊，美美实实地犒劳了大伙一回。

山不转水转。村里终于来了钻井队。这是天大的喜事啊！人们盼星星盼月亮，天天盼着能吃上机井水呢。

钻井是需要大量用水的。大队里一担水五分钱，天天收水，发动起了全村人。那个冬天里，哥哥和我挑着笼到处挖雪。我们烧上大火，用大铁锅消了一锅又一锅雪水，卖到了钻井队。春天里，我们又从门前的深沟里摇摇晃晃挑水去卖。有一回，我挑着一担水，战战兢兢，行进在陡峭崎岖的小路上。由于个子矮，转弯时，前面的桶碰在愣坎上，我差点一个背身栽下悬崖，呜呼哀哉。说真的，这竟成了我人生经历中最惊险的一次记忆。谁知工程进展并不顺利，动不动就无缘无故地停下来。工程一停下来，大队里就杀羊，就买鸡蛋，就摆饭。最后，历时一年多，机井终于打成了。可好景不长，用了两三年后，就没水了，只得报废了。

后来,大队里组织人在我们北村门前的深沟里打了一个大口辐射井,井下钻了八个眼,水涓涓流出来,一下子汇聚得满盈盈的,抽上塬来,基本解决了全村人畜用水。再后来,村里又把南沟里的山泉引上了塬,建起了高位水塔,靠着自压,家家户户吃上了自来水。

老话说得好,三十年河东,三十年河西。我们村祖祖辈辈吃水难的问题,终于在这个新世纪初叶彻底解决了。

石碾子，那曾经的岁月

北村的石碾子，离老井坊不远，在城台台旁边，在老池岸上，在老槐树底下。

这里是村子的白菜心心，离沟边稍远，地势开阔平坦，是人们常常集会的场所。平时，这一块人多，有绞水的，有洗衣服的，有碾五谷杂粮的，有拉呱谝闲传的，更有没事凑热闹的。就是生产队里开社员会、记工分，或者给户里分发食用碱、红糖、砂糖、火柴之类紧缺物品，只要队长站在石碾子旁吆喝几声，沟边的人们就呼啦啦围过来了。当然，还常常有乾县那些背着包袱前来换粮食的人，他们一到村里，就坐在青汪汪的碾盘上，靠着光溜溜的碾碡子，打开包袱，高声喊起来："换旧衣服了！""换棉花了！"

村心的古槐树，简直就是一个象征。

它戴天履地，栉风沐雨，根深叶茂，极像一位饱经忧患的老人，伫立在静静的时光里，默默地叙说着什么。我们的石碾子，就坐在老槐树庞大的树荫下，好像乘凉的父老乡亲，好像老母鸡翼护下的一群小鸡。树是谁栽的？石碾子是谁做的？问天，天不应；问地，地不语；问槐树，槐树摇头不语；问碾子，碾子俯首不言。问起满头霜雪的老爷爷，他说我们是山西老槐树底下来的。深究这些像谜一样的问题，没有人能对我们这些好奇的小屁孩子说出个根到梢来。

从此，我就隐隐约约地感觉到，老村的历史是厚重的，沧桑的，更是苍茫

的,极像一本被时光翻烂的老书。

皇天后土,民以食为天。石碾子无疑是古老的,也是绝对厚重的。它毕竟是千百年来黄土农耕文化的杰作之一。一大块一拃厚的碾盘,七八个人抬不起来;一个铁青滚圆的石碌子,四个强壮小伙也无能为力;一副方方正正、结结实实的木架子,笨重得够一个壮汉背;还有一根粗壮的揳入大地的槐木桩,在几块大石头的支撑下,共同组成了一台石碾子。它们一路相互配合着,苦也罢,难也罢,吱吱咯咯,磕磕碰碰,转了一圈又一圈,不知碾过了多少岁月,不知舂出了多少干瘪或饱满的日子。年深日久,它们早已被打磨得溜光圆滑。你看那碾盘大大的,圆圆的,多像娘烙出的死面菜饼;碾碌子光光的,滑滑的,多像西北汉子浑圆的脊梁。

春天来了。一块块绿油油的麦田里,这儿一拨人,那儿一拨人。我的父老乡亲早出晚归,锄着杂草,挖着野菜。最多最嫩最香的是荠菜,他们挖了一篮又一篮,满满地提了回来。娘总是把野菜和面条下到锅里煮着给我们吃,或蒸成菜疙瘩让我们用碗端着吃。到了二三月,更是青黄不接,人们三天两头吃绿面。特别是清明前后,石碾子就从早到晚不停地忙活开了。大人们用刀细细地剁碎了荠菜,拌上少许麦子面,带着我们这些淘气的小孩子,一盆子一盆子端到老槐树下,按着先来后到排起了队。队上的小毛驴戴着眼罩套上了。磨道里的驴听喝,鞭子轻轻一挥,它就嘚嘚嘚地跑起来。这期间,似乎是孩子们最快乐的时候。我们要么坐在碾盘大的树根上,要么撅着屁股用手在树洞里掏摸着,要么就看着蚂蚁搬家,要么在老池边玩着泥巴。排队等候的女人们,有的低头纳着鞋底,有的给孩子做花裹肚,有的三个一团、两个一堆,交头接耳,没完没了地拉着家长里短。轧绿面的女人紧紧张张,跟在驴后不停地小跑着,用铲子一下一下地铲着绿面,嘴里也不歇着,时不时回过头来,东拉一句西扯一句,谝着一些没根没底的陈年旧事。小毛驴跑着跑着,就不知不觉地慢下来了。猛不防,旁边谁一个响鞭下去,它就昂着头疯跑起来。直追得那个女人上气不接下气,转着圈圈跑。逗得我们手舞足蹈,前俯后仰地大笑起来。

火热的夏天,说到就到了。夜幕刚刚降临,劳累了一天的人们就三三两两地来到老槐树下,懒懒散散地坐在纵横交错的树根上,坐在热乎乎的碾盘上,歇乏乘凉唠嗑。仔细看,竟然也有人端着饭碗来到了人群里,也有人坐在老池边,撩着温温的水,洗着双脚,有人下水了,扑腾起了水花。月亮从城台台背后冉冉地升起来了,银白色的月光洒下来,地面像淹没在水里,像覆盖上一层薄霜,白茫茫的,白花花的。凉风徐来,树影婆娑,浓密的树叶里,筛下一片银币似的光斑,斑斑驳驳,熠熠闪烁。我慵懒地躺在奶奶的怀里,望着天上的星星。远处,沟塬梁峁暗沉沉,黑黢黢的。有一种叫不上名字的夜鸟,在深沟对岸,不停声地叫着。遥远的天际上,有道红光一闪一闪,老人们说这是闪伏,不是闪电。不经意间,如雷的鼾声就响起来了,此起彼伏。寂静的小村似乎也瞬间沉入了梦乡,一切都偎依在朦朦胧胧的诗意里。

这时候,不知是谁,突然仰天长叹:"天旱得很啊,庄稼都拧绳绳了,又要饿肚子了。"有人接上了话茬,说:"姑娘们是该洗洗碾子了。"为什么要洗碾子呢? 洗碾子就能下雨吗? 我感觉太不可思议了。原来,民间传说,石碾子是青龙的一颗眼珠,龙王是上界管雨的天神,若有七仙女将石碾子洗上七天七夜,就自然会降雨了。所以,遇上大旱之年,必然要求雨的。在乡下,洗碾子求雨是很神秘也很神圣的事情,是不许男人和孩子们打扰的。于是,此后的几个晚上,半夜三更,我远远地偷偷地看到七个姑娘,手提水桶,端着脸盆,拿着谷草抹布,悄悄地洗着石碾子。她们一边洗,一边哀伤地唱起了求雨歌:"天大大,地妈妈,下点雨儿,救娃娃。天苍苍,地茫茫,落下雨来见龙王。大雨落进麦地里,小雨落进菜园里……"过了好一会儿,洗完之后,七个姑娘分作两拨,一拨人来到了一家院子里,一拨人手提水桶,端着脸盆,来到了窑垴垴上。窑上头的姑娘们端着水脸盆,朝着院子里的姑娘,兜头就泼了下去,同时大声问:"下雨了吗?"院子里的姑娘们浑身精湿,齐声响亮地应答着:"下雨了! 下雨了!"

不管怎么样，老天爷最终还是下了雨。庄稼该歉收的还是歉收了，该丰收的还是丰收了。糜子、谷子、豆子和玉米都一股脑儿收回来了。秋风吹起，万物萧瑟。老槐树的叶子慢慢变黄了，像一枚枚黄灿灿的金币，飘飘洒洒，落下来了。我们的石碾子又像一位老人，从早到晚，开始忙碌起来了。碾玉米糁子的，碾糜子的，碾麦仁的……簸箕、筛子和斗都一股脑儿拿来了。最多的是碾谷子的。队里的牲口，最老实最驯良最能忍辱负重的是青骡子，一大早就被套上了石碾子。它温驯善良，从不偷着吃碾盘上的粮食，不用戴眼罩。拉起套来，不紧不慢，始终一个步调，一种节奏。不论你怎样用鞭子驱赶它，它依然还是我行我素。所以，大伙都喜欢它，觉得使唤它很省心很放心。有一次，有个爱说爱笑的大嫂子，跟在青骡子后边，一边手拿笤帚扫着碾盘上的谷子，一边瞅着转着圈圈的碾磙子，好像突然想起了什么似的，和一个刚过门不久的兄弟媳妇开起玩笑来："碌碡背后一碗油，睡觉天天晚上要膏油。你说是弄啥呢？"那位媳妇突然就弄了个大红脸，随即又针尖对麦芒："你个千刀万剐的！咋不让骡子踢死你！"这位大嫂子一下子软了："你个乌鸦嘴，狗嘴里也吐不出象牙！"她们一来二去，惹得碾子周围、老池边的人们捧腹大笑。

一年四季，春夏秋冬。在老村静静的时光里，石碾子转了一圈又一圈，我们吃着它舂出来的五谷杂粮，也慢慢长大了。后来，生产队里买回了磨面机、脱粒机，石碾子彻底退休了。一日，老队长带着群众费了九牛二虎之力，把它搬到了村东的沟边。前几年，土窑洞搬迁，旧庄基复垦，在一片轰鸣中，老村就忽然间消失了。

我终于看见它像一位逝去的老人，被土深深地埋了起来。

唢呐声声故乡来

渭北高原的永寿，峰峦如聚，波涛如怒。在荡荡黄土沟壑中，在茫茫丘陵褶皱间，在一个个炊烟袅袅的古老村落里，一阵阵喜庆欢快的唢呐声，常常越过高天流云，黄土高坡，峰回路转，一波一浪地传来，久久地滋润着我的心。

侧耳一听，我就深深地知道，这是老家那亲切的久违的唢呐声。它来自槐山脚下，来自泾河岸边，来自那遥远的小山村。

在过去，老家的人给儿子娶媳妇总要图个面子，讲个热闹，摆个场面，吹吹打打，美美实实庆祝一番。靠什么增添气氛呢？口耳相传的唢呐手，自然是必须请的，而且须是两个唢呐手。坊间通常把他们称作吹鼓手，或者吹手。我对音乐是一窍不通的，但小时候一听到高昂的唢呐声响起来，就六神无主，好像魂儿被勾走了，立马撂下手头的活儿，没远没近地跑了。小孩子，天性爱热闹。不管远近，一提到看新媳妇，那是逢场必去的。

娶媳妇往往都在过了腊八以后。先一天，主人家就热闹起来。院子里人来人往，大人们挑水、劈柴、搭棚、砌锅灶、蒸馒头、搬桌凳，紧张有序地忙着各自的活儿。孩子们仿佛过新年，欢天喜地，穿得齐齐整整，手里拿着白馒头，在院子里跑出跑进，欢叫着，蹦跳着，追逐着，一刻也不安宁。洞房的窑门两侧，红底黑字的对联贴上了；格子窗子上，五颜六色的窗花贴上了；烟囱犄角或屋旮旯里，一捆谷草也早早地备上了。洞房里明明晃晃，亮亮堂堂,刚收拾过的土炕,烧得烫热烫热的,铺着新席子、新褥子、新单子、新被子;以往烟熏火燎的窑洞,用白土浆涂白了,用旧报纸裱糊过了,炕墙正中贴上了大大的红喜字,周边也贴上了喜鹊闹梅、胖娃娃拔萝卜的年画。刚漆过的新柜子箱子椅子,新买的热水瓶脸盆茶具,摆得井井有条。新做的长明灯,捻子长长的,点着煤油,在窗台上亮起来了。整个屋子暖暖和和,到处都是一派迎喜接福的全新气象。

这一天晚饭前,两个吹手就背着家伙赶到了。他们都是南塬的,彼此邻村。一个叫解放,是我们月荣姐的女婿;一个叫勤学,是侄女彩英的女婿。他俩是一对友好的搭档,常常在方圆各村跟红白喜事。在北村,他们在老少爷们面前说话办事,乖得跟猫一样。甚至有人开玩笑地说,我们北村出来任何一条狗都比他们大。所以,那些把他们叫姐夫的人,见了面,没大没小,没高没低,就一哄而上,叼着吃打着喝,毫无顾忌地闹腾起来。但老会计还是按着礼数,把他们迎进洞房,请到了热炕上。饭菜端上来了,酒杯满上了,大伙轮番上阵,扯着耳朵,捏着鼻子,给他们一杯杯猛灌起来。忽然,有个嫂子悄悄挤过去,把一个馒头掰开两半,扔进了解放的汤碗里,惹得周围爆出叽里呱啦的笑声。不一会儿工夫,屋子里就已挨挨挤挤,水泄不通了。我们这些小屁孩,嘻嘻哈哈,大呼小叫,直看得张口结舌,目瞪口呆,觉得过瘾极了。看着他们吃好了,喝足了,烟瘾过饱了,老会计便让撤下碗碟,端上了花红钱。他不紧不慢地说:"甭闹了,开始响堂吧。"

我们仰起了脸蛋,眉欢眼笑,哗哗哗,急不可耐地鼓起了掌。解放和勤学抹着油晃晃的大嘴,慢悠悠地拿过布袋,掏出了祖传的唢呐,又从贴身的衣袋里摸出了芦苇做的哨子。其实,唢呐那玩意儿,看起来很简单,尺五左右长,杆儿油黑发亮,周身露着八个黑豆般的眼儿,梢头带着黄铜碗儿。说吹就吹,他们红脖子涨脸,容光焕发,乘着酒兴,带着醉意,鼓弄起腮帮子,嘴里咂摸着咂摸着,忽然就摇头晃脑,挤眉弄眼地吹奏开了。一位公社宣传队上的大哥哥,不停地在旁边给我们做着解说,第一首是和谐抒情浪漫的《婚礼曲》,接下来的是欢快喜庆的《喜洋洋》《抬花轿》《入洞房》《庆丰收》《步步高》《金蛇狂舞》……唢呐,曲儿小腔儿大。当时,我懵懂无知,也不懂音乐,只是觉得这一首首曲子,调子欢乐明快,既粗犷嘹亮,又热烈奔放,既感心动耳,又回肠荡气,实在叫人血脉偾张,心霍霍而动了。

吹奏一开始,须臾间屋子里就安静下来,大伙目不转睛地盯着他们看,屏息静气地聆听着。

听到一阵阵悠扬的唢呐声,似乎父老乡亲们都出动了,看热闹的人越来越多了。忽然,有几个人扯着嗓子喊起来:"在我们北村,你就别想偷懒!""在老丈人家门口,你就乖乖地表现吧!"许多人跟着随声附和:"说得好!把吃奶的劲都用上!"说着,有人挤上前去,吆喝着开始点菜单了:"解放,来一个《蚂蚁上树》!""勤学,来一个《路边的野花不要采》!"大概受到现场情绪的极度感染,两位老实憨厚的吹手,帽子脱掉了,胸口敞开了,再也按捺不住了,他们纷纷献出了自己的拿手绝活和看家本领。解放用双唢呐吹奏了一曲,勤学用鼻孔吹奏了一曲。当然,最为精彩的是,他们俩还激情饱满地合奏了一曲《百鸟朝凤》,将响堂的气氛推向了高潮。在扣人心弦的音乐里,我似乎听到了也看到了,在明媚的春光里,凤舞九霄,众鸟翔集,翩跹齐飞,鸣声上下,莺歌呖呖,燕语呢喃,到处呈现出一派欢乐祥和、生机盎然的群鸟闹春图景。屋子里响起了经久不息的掌声和一阵阵喝彩声。

这是多么纯粹、多么生动的天籁之音啊!就在这槐山脚下沟边偏僻的小村,在这寒风刺骨的冬夜,这极其优美的唢呐声,飞出了屋子,飞出了村落,飞出了黄土高坡,飞向了苍茫的夜空,在褶褶皱皱的沟壑梁峁间,袅袅娜娜地飘转。它向人们宣示着,这一定是个欢乐的不眠之夜。

我仔细地看着他们那一起一伏的腮帮子,看着他们那一上一下的兰花指,总感觉他们满脸褶皱,手指也很笨拙,和普通人一模一样,但我却始终想不明白,他们怎么就弄出了那么美妙那么动听的音乐?当时,我就觉得他们绝对不是一般人!至少是很有灵性和很有天赋的人。不过,爷爷却说,男子汉大丈夫,别羡慕他们。在旧社会,吹手和唱戏的一样,都是不务正业,属于三教九流。他们没有地位,总被人瞧不起,死后也进不了祖宗老坟。像过去那些打砖的、模泥娃的、剃头的、磨剪刀的,仅仅是混一口饭吃,没有出息。有志气的人,不到万不得已是不会干的。今后,你应该好好读书才是正道。咱人老几辈子睁眼瞎,斗大的字不识一个,吃了没读书的大亏。

好在世道终于变了,现在毕竟是新社会。职业无贵贱,有智者吃智,无智者吃力,这是生活的必然。

翌日,吹手的主要任务是迎客、陪嫁妆、请客、道喜。

天刚一亮,院子的大门口,有人就用大树根烧起了一堆熊熊的大火。冬天天冷,没安顿歇处的客人们,就围着这红红的大火堆,抽着旱烟,取着暖,谝着闲传。旁边,大方桌上摆着肉碟酒瓶热水瓶。吹手就坐在桌前不厌其烦地吹着那些耳熟能详的唢呐曲。"来客了!"一听见端盘子接客的人大声喊起来,吹手便连忙跟上老会计急趋一步,奏着欢快的曲子,把他们迎进院子。这时候,我们这些小孩子是没事干的,就手拉手唱着儿歌,"抬花花轿,一对唢呐一对炮"。盼着盼着,骑着马骑着驴的送亲队伍终于到了,新人刚下小毛驴,就见老会计指挥着迎亲队伍热情地扑了上去,背包袱的背包袱,抬柜子的抬柜子,提篮子的提篮子,拉驴牵马的拉驴牵马。吹手打着头阵,新娘紧随其后,穿着一身红嫁衣,顶着红盖头,被左右搀扶着。孩子们一个个像孙猴子似的,尾随吹手身后,钻来挤去,攒着看新媳妇。刚走到院子门口,一串鞭炮就忽然在一对新人脚边噼里啪啦炸响了。干草火也点着了,新娘被搀着跳过了火堆。一名引客的男子眼尖手快,拉着新郎围着新娘,左转三圈,右转三圈,转眼就完成了"争门"。然后走进院子,进入洞房,新郎跳上炕"踩四角"。之后,新娘就一直顶着红盖头,被送女的搀女的围坐在炕角里。我们这些捣蛋鬼,时不时爬上炕,抢着撩起盖头,一睹新娘的风采。

早饭时候,客人们三三两两,先后纷纷到来,吹手们最忙碌,得不停地鼓着劲吹，一刻也不能停下来。一停下来，就有人高喉咙大嗓子喊起来："解放偷懒了！""勤学偷懒了！""看月荣、彩英晚上怎么收拾你！"人群里就爆发出一阵哄堂大笑。最后，估计该来的客人们大体上都到了，老会计才安排给他们上饭。

刚撂下筷子，还顾不上喘口气，老会计就吆喝起来，陪嫁开始了。吃人家的饭，跟着人家转。解放和勤学两个人又拿起唢呐，嘹亮地吹起了《金蛇狂舞》。这是女人和孩子们最爱看的热闹了。新郎家的重要亲属围坐在另一孔窑洞里的土炕上。洞房里，新媳妇的柜子或箱子终于打开了，大把大把的洋糖、核桃、枣等被抓了出来，搀女的端着笸箩走了出来，忽然就朝着半院子的人劈头盖脸地撒下来。孩子们一下子像疯了似的，钻来挤去，猫着腰哄抢起来。接着，新媳妇的一件衫子、一张床单、一条毛巾、一面镜子、一副鞋垫、一把梳子……所有陪嫁物品，就用盘子一件一件端到另一孔窑里，让新郎的众亲友商量着陪。坊间约定俗成的规则是，有东西的陪嫁上同样的实物，没东西的就折成钱陪嫁，让搀女的端回洞房里去。于是，就一毛、两毛、三毛、五毛、一块、两块……一件一件陪起来。搀女的端着盘子来回两边跑。有时，新媳妇那边嫌少了，就让搀女的又端了回来。如此三番，所有物品都这样一一陪过了，才算圆满结束。自然，通过"陪"这种形式，一对新人就收获了一疙瘩私房钱。应该说，这些钱是小两口今后居家过日子的本钱，他们从此以后，就要慢慢地独立地开始新的生活了。

午饭时，要分批次请客人们入席安坐，礼节很是烦琐。吹手们一时也闲不下来。只见老会计领着吹手，领着新郎官，挨家挨户把客人请到院子里入席。每走到一家歇着客人的院子里，吹手们总是先吹起曲子，然后老会计就在门口吆喝起来："娃给磕头呢，请你们入席呢。"不用说，第一拨请的是媒人，然后是娘家人，再下来依次是老舅家、小舅家和其他客人。就这样，如此三番，按着远近长幼尊卑次序，用一声声仰天欢叫的唢呐曲，把来客一拨一拨请到院子里。入席时,老会计先要一轮轮呐喊着让新郎磕头安坐。吹手们不管这些,径直吹起了《打靶归来》,使气氛显得更热烈,更欢快,更喜庆。自古以来,我们中国人尊奉父母之命、媒妁之言。这一天,介绍人大红大紫,自然被称为"红爷",前席是非他莫属的。跟着,能说会道的老会计就吆喝起来了:"娃给介绍人磕头呢,请出席收礼呢。"当场,一个毛乎乎的猪头和一双布鞋就被端上来了。"娃给娘家人磕头呢,请出席收柜子钱呢。"礼钱用帖子包着端上来了。"娃给老小舅家磕头呢,请给娃插花披红呢。"几条桂子红端上来了,新郎立马被插花披红,好像新科状元回家。"娃给所有众客磕头呢,给所有家门本眷磕头呢,感谢操了心的、跑了腿的、担了水的、劈了柴的、端了盘的、抹了桌的、剥了葱的、砸了蒜的所有父老乡亲们,请大家吃好喝好。现在开席!"

　　下午,客人们大都走了。晚饭后,吹手们还要吹唢呐道喜助兴。这应该是我们乡下结婚习俗里最热闹、最亲切、最有人情味的场面。夜幕刚刚降临,门外便响起一阵噼噼啪啪的鞭炮声,乡邻们,男男女女,老老少少,提着一篮各家各户凑起来的鸡蛋,一下子咕里咕咚拥进了院子。主人家把所有方桌拼在一起,热情地招呼着大人娃娃,全都挨挨挤挤围坐了上去。在《庆丰收》《步步高》等一阵阵唢呐声中,菜端上来了,酒摆上来了,新郎领着羞答答的新娘一一面见父老乡亲了。大伙听着唢呐,吃着,喝着,聊着,笑着,玩着,闹着。新郎给新娘面对面介绍着每一个人,先称呼,再敬酒,后点烟。一轮又一轮,逐人过通关。人人都盯着呢,称呼大家听不见不行,喜酒喝不干不行,喜烟点不着不行。不喝酒,找人代。不抽烟,别耳朵上。如此这般,吵吵闹闹,推波助澜,狂欢到了极点。所以,在道喜的场面上,许多从不喝酒的人喝开了酒,从不抽烟的人抽开了烟。

　　这其实是闹洞房的前奏。就这样,人们常常闹腾到了深夜,唢呐也响到了深夜。

生命之根

　　如今,多少年过去了,这唢呐声却仿佛成了我一根敏感的神经,一旦远远地飘荡而来,我就不由得想起了被唢呐串联起来的往昔岁月和民情风俗。

　　还有我的父老乡亲们,那份浓得化不开的乡情,那份纯粹的沉甸甸的快乐。

老村之殇

永太捞面

在我们永太乡北村，奶奶的捞面是呱呱叫的。她们那一辈人里，我们乡下那方圆十里八村，饮食里最讲究的就是捞面了——看谁家的捞面细，看谁家的捞面长，看谁家的捞面韧，看谁家的捞面香。

不过那时候，家里吃用非常紧张，要吃一顿捞面是很稀罕的事情。只有管住队干部、家里来了客人或者逢年过节，才舍得做一回。不然，就有点儿怠慢客人，这既不符合乡下人热情好客的礼数，也不符合多年约定俗成的习惯，是注定要被人们瞧不起的。

做捞面的面，必须是磨出来的细面、白面和精面。我看见娘和面时，总是冲上一碗淡盐水，左手哩哩啦啦淋洒着，右手麻利地拨拉着，三下五除二就把面拌成了棉絮状，继而揉成压菜石头一样沉甸甸的生硬的面团。然后，她用一个大老碗底朝天把面团扣在瓷盆子里，再将盆子放在热腾腾的锅盖上，慢慢地饧面。如果面饧好了，就会稍稍回润，微微发软。约莫过上半个小时，娘就抓出面团放在案板上，一下一下，狠劲地揉起来。坊间流传着一句不好听的俗话："打到的媳妇揉到的面。"淡盐水和出来的面是死硬死硬的，所以揉面擀面非出尽九牛二虎之力不可。只见娘斜着身子，俯在案板前，使出了浑身力气，像泥瓦匠玩着泥团一样，时而撕扯着，时而摔打着，时而挤压着，时而揉戳着，从两边折叠起来又压平了，压平了又从两边折叠起来，如此三番，不厌其烦。如果面团像个压菜石头，一点不粘手了，看起来明

171

溜溜的,就算真正揉到家了。接下来,娘把面团用拳头和手掌压成铁饼大小,就用长长的擀杖,吭哧吭哧擀起来了。她上气不接下气地擀着,一会儿啪啪啪地卷起来,一会儿又扑扇着展开了。渐渐地,面团变成了圆圆的锅盖,变成了大大的碾盘,越来越圆,越来越大,越来越薄,终于变成了一张偌大的黄表纸。最后,娘用手巾擦了擦额头的汗水,喘息着歇了一会儿,又开始擀起了另一案子面。

家乡有句老话,樱桃好吃树难栽。我要说的是,家乡的剺面的确好吃难做。因为我亲眼看见,它是一种地地道道的掺不了假的功夫面,它体现了一种浓郁醇厚的民情和风俗,它告诉了我们一个只有苦做才可以美吃的简单朴素的道理。其实,要做没有多少诀窍,只要能耐下烦,肯出力,就一定能行的。

面擀好以后,剺面时奶奶就上手了。她先把两张圆圆的大面片撒上面粉,囫囵摞起来,对折之后再对折,成为一个扇形,再用方方正正的捶布石压平。接着,就戴上老花镜,坐在面案前的长凳上,聚精会神,一丝不苟,小心翼翼地剺起来。动手前,她有一个习惯性的动作,先拿着长长的剺面刀,在瓮沿上霍霍磨两下。然后,左手伸平扶着面摞子,右手攥着剺面刀,刀刃贴着左手大拇指,眼睛紧盯着茬口,就一刀一刀地剺出去了。那细致专注的神情,简直像大姑娘绣花。

在过去,剺面和纺线织布一样,都是年轻姑娘、媳妇们的基本功。许多体面的人家,给孩子找对象,是很看重这些的。所以,每当看到我们家管住队干部,或者来了客人,或者奶奶给谁家去剺面,村上的大姑娘小媳妇们就成群结队地围过去,亲临现场,专心致志地跟着学。有时,奶奶也丝毫不怕麻烦,手把手地给她们教。就这样,剺面的手艺便一代一代地传承了下来。

大锅煮面,小锅烧汤。猛火一煎,面就熟了,赶紧用笊篱捞到凉水盆里。烧汤时,奶奶拿出脂油罐罐,剜了一疙瘩脂油,切了些瘦肉臊子,拌上豆腐丁、洋芋丁、辣子面和盐,一股脑儿倒进锅里,刺刺啦啦炒起来。加水沸腾以后,她又打了两个鸡蛋,绕着圈儿淋了进去,最后再浇上米醋,撒上韭菜叶漂菜,汤就烹调好了。你看那锅汤油汪汪的,辣子红彤彤的,漂菜绿生生的,香气扑鼻而来,沁人心脾。捞一筷子,盛在碗里,面条长长的,细如线,韧如丝;浇上一碗尝尝,油汪汤煎面筋道,口感酸酸的,辣辣的,喷香喷香的。我总是禁不住自己的食欲,一口气就吸溜了七八碗。

一转眼,几十年过去了,我再也没有吃过那么好吃的剺面。

因为我深深地知道,在奶奶那一代人手里,家乡的剺面才是正儿八经的,原汁原味的,让我刻骨铭心的。她们谢世以后,家乡的剺面很少有人做了,手艺几乎失传了。有道是,三十年河东,三十年河西。时代发生了翻天覆地的大变化,物质产品一下子丰富起来,人们的生活节奏越来越快,几乎家家都有了压面机、饸饹机,谁也没有那份闲情逸致,细细地做,慢慢地吃;人们起早贪黑,整天忙忙碌碌,似乎大都奔着钱去了,心一天比一天浮躁,还有谁能静下心来,出力流汗,一心一意,一刀一刀地去剺面呢?

所以,家乡的剺面就真的大面积式微了。

不过,一些聪明人却似乎看到了商机。曾记得好些年前,在县城中心广场,全县各乡镇齐聚一处,搞了一次轰轰烈烈的土特产展览,我们永太乡就在民间邀请了一位巧媳妇来献艺,她是我初中同学邵民的媳妇,名叫卢巧玲,心灵手巧,享誉乡里。当日,她现场表演了一手剺面绝活,观者如堵,在全县引起了极大反响。随后,竟然有个外乡镇的人,灵机一动,抢先在县城312国道边开了一个饭店,独出心裁地打出了"永太剺面"的招牌。我去过几次,吃面的人络绎不绝,生意着实火爆了好一阵子。曾几何时,县城街道拓宽了,国道边又开张了一家"巧媳妇手擀面馆",仔细打探了一下,擀面的人竟然是我们永太乡那位在大庭广众之下表演的巧媳妇。

虽然我明明知道,它早已不是我记忆中最纯正的功夫剺面了,但心里还是好欣慰,因为毕竟还有人记着家乡的剺面,传承着家乡的剺面!

娘和雪天的爆米花

　　乡下的孩子几乎没有啥好吃的。要说有的话,就只有玉米爆米花了。

　　每年的农历二月二,是我们中国传统的龙抬头的好日子。先一天,娘就从门前的塄坎下掰来一笼白土,倒在捶布石上,棒槌捣烂,用筛子筛到黑老鸹锅里,舀上一碗玉米倒进去;然后,用麦秸一把接一把烧起来。过上好一阵子,便找个玉米芯芯,周而复始地搅动着;随着细面面白土沸水般滚烫了,就有玉米粒嘭嘭嘭地爆起来,有的甚至蹦出了锅,响声越来越密,越来越大。看到有七八成爆了,就说明成熟了,赶紧连土带玉米颗粒,舀到筛子里筛起来。在一片灼人的土雾中,娘的爆米花终于出笼了。抓几颗拿在手里,一看都绽开花了,撂进嘴里一尝,脆脆的,酥酥的,香香的,有一股浓浓的土腥味。

　　二月二的早上,娘给我装了半书包。见了同学,抓一把就给。犹豫着,忐忑着,也给女老师抓了一把。没料想,男老师却狠狠地批了我一顿,说学校不准吃东西。

　　这就是娘味道的爆米花!也是带着我童年时候常常啃食的观音土味的爆米花!

　　后来,情况大变了。村里来了圆嘟嘟的爆米花的铁锅,像蚂蚱的肚子,中间大,两头小,爆出的玉米花,没有了土腥味,像那个冬天的雪花,甚至还带有一点甜味。

　　那年,我六七岁,爹还在电站做工。时候正是初冬的一个午后,到处刮

着冷飕飕的西北风，空中飘着入冬的第一场雪，大片大片的。村心的老槐树上，几只黑乌鸦哇哇哇地叫着；偶尔也可以远远地望见几只喜鹊站在高高的杨树顶上忽悠着，起落着。整个村子显得寂静而寥落。

一个陌生的中年男人，身穿黑色的粗布棉袄棉裤，打着补丁，有几处开了花。他中等身材，方头多耳，浓眉大眼，双目炯炯有神，大踏步走进了我们北村。只见他肩挑着一副忽悠悠的担子，一头是圆鼓鼓、黑黢黢、沉甸甸的炒锅和铁丝框子，另一头是长方形的风箱，外带一个支锅的铁架子。他一边走，一边嘴里大声高喊着："打玉米花了！打玉米花了！"我和小伙伴们把他跟起来，他一路打问着，走过了人们正在绞水的老井坊，走过了村心的老槐树，径直朝我们家走去。

最后，他把挑子放在了我家院子里，敲开了我家的门，坐在炕边上，和爷爷搭讪起来。爷爷是穷人出身，过去讨过百家饭，当过半辈子长工，心地善良，热情好客。村里经常有乾县来的换布衣、换棉花的人，没处吃饭，没处住宿，爷爷都平白无故地管吃管住。爷爷问来人吃过饭了吗，听他说没有，就赶紧打手势让奶奶端了搅团和玉米面糕给他吃。他也丝毫不客气，就狼吞虎咽地吃了。饭后，爷爷把烟锅杆子和烟包递给了他，让他抽一锅子。他说他打棒子。说着，便从怀里摸出一个一指多宽的纸条，熟练地卷起了棒子，悠悠然抽起来。

他们寒暄起来。来人说，他是南塬上下芦堡村人，他姓田，人们都叫他"大眼窝"。他和我爹很熟悉，曾是形影不离的工友，过去打降山电站时，他们摸爬滚打，吃住劳动经常在一块。爹是有名的炮手，电站建成后，被留下来，当了工人。他还说，现在冬闲了，农活少了，出来赚几个零花钱，好过年。说着，他便转过身来，用两只手抚摸着哥哥和我的头，笑着说："两个小家伙，都长这么大了！快剥玉米去，伯先给你们打一缸子。"

我们俩欢天喜地，连跳带蹦，哥哥从院子的玉米棚上拽下两个棒子，赶紧剥了起来。我也不失时机地从屋里抱来了柴火，大眼窝伯在我家门前选了个背风的地方,麻利地支起炉子,生起了火。我蹲在旁边,迫不及待地拉起了风箱,风箱扑嗒扑嗒地叫唤着,红红的火苗子呼呼呼地蹿起来,火舌直舔着圆嘟嘟的锅底。大眼窝伯抽着烟,咳嗽着,拨着火,脸色通红,灼灼发光。他戴着破烂的手套不紧不慢地转动着炒锅,不时地看着手把上的表。不知什么时候,大人娃娃们已经端着缸子、抱着柴火集聚来了,里三层、外三层,围了起来,自觉用缸子排起了队。大伙像麻雀窝里戳了一扁担,叽叽喳喳,说说笑笑,闹哄哄一片,好不快乐。这时,大眼窝伯就满脸笑容,说:"慢慢来,别挤!都会有的。"

忽然,大眼窝伯站了起来,高声喊着:"快!娃娃们,都离远点!"伙伴们吓得狼狈鼠窜。有的张大了嘴巴,有的捂起了耳朵,有的跑得远远的,有的躲到了大人怀里,还有的藏到了树后。只见大眼窝伯吸溜着,抱起炒锅,塞进了一个蒙着布袋子的铁框子,用扳子扳开了锅盖。随着闷闷的"咚"一声惊天动地的巨响,冒起了一股青烟。几乎是同时,锅里的玉米花唰地一下爆发了出来。布袋被打破了,白花花的玉米花远远地射了出去,落在地上四零五散。小伙伴们大呼小叫,拥来挤去,你争我抢,捡拾着地上的爆米花。我们的爆米花打完了,哥哥见柴火没有烧完,正准备抱着拿回家,爷爷笑眯眯地说:"柴水不分家呢。快撂下叫用吧。"他回头看我提着爆米花袋子,又说:"吃不穷,喝不穷,打理不到一世穷。你咋这么小气,快给大伙儿分些尝尝。"爷爷的话,让我们兄弟俩脸红发烧。于是,我们就抓起爆米花,见人硬往手里塞。许多大人还当着大家的面,跷起大拇指夸奖起来,让我们的心里一下子又热乎乎的。

被炸开的人群忽地又围拢在一起,又一洋瓷缸子玉米倒进去了。风箱又扑嗒扑嗒扇起来,火苗子呼啦啦地欢叫着。大伙吃着脆香的爆米花,你一言我一语,嘻嘻哈哈,谝着闲传,银铃般朗朗的笑声,在沟边的小村里,传得很远很远。

雪,继续下着,似乎越来越大,越来越精致,像玉雕,像梨花,像白梅,像棉花骨朵,像镂空的银圆,像我家的格子窗,更像奶奶剪出的素白的窗花,绵绵密密,玲珑剔透。冷森森的雪花,飞舞着,飘扬着,旋转着,翩翩然而下。孩子们猴性十足,是站不稳当的。我和伙伴们追逐着,嬉闹着,在人堆里钻来钻去,满头大汗。我看到,洁白的雪花径直落在人们的头上、眉毛上、脸蛋上、衣服上,灌进脖子里,甚至落在孩子们的掌心里,落在他们的舌头上。渐渐地,渐渐地,地上白茫茫一片,但竟然没有一个人感觉到冷,更没有一个孩子在大人面前喊着要回家。

记得那些年春秋冬三季,大眼窝伯总来我们北村爆米花。我不知道他真正的名字叫什么,只知道他姓田,大人们称呼他"大眼窝",只知道是他给我们的童年带来了无穷无尽的快乐。后来,有一年春节,我们去南塬下芦堡村走亲戚,无意中竟发现,他是姑妈的邻居。当然,他也一眼就认出了我们兄弟俩,还问起了爷爷的身体状况,念念不忘地感谢我们家总是给他管吃管住。

时过境迁,现在似乎很难吃到这么香的爆米花了,更难见到的是村子里那爆米花的情景。原因是村子早已被推平了,所以,回想起来,这是多么温馨温暖的记忆啊!

尤其是那难忘的——娘和雪天的爆米花!

杏树台台

据老人们说,杏树台台位于老村的龙头上。

老村坐落在沟边,斑斑驳驳的黄土崖下,一划是高低不平的院落、参差错落的窑洞。家家院落前后左右都长着葱茏的树木。可谓"榆柳荫后檐,桃李罗堂前。暧暧远人村,依依墟里烟。狗吠深巷中,鸡鸣桑树颠"。借用陶渊明先生《归园田居》中的这几句来写实村子的生态环境,实在是再准确不过了。后来,上师范读到这几句诗时,我竟然惊喜地感到,他描写的就是我们的老村。

我的老村被掩映在烟树丛中,跟世外桃源一样安闲静美。我的父老乡亲们祖祖辈辈,背靠黄土,面沟而居,像一群土中刨食的鸡,日出而作,日落而息。日子过得实实在在,马马虎虎,颇有点儿"山中无甲子,寒尽不知年"的味道。

其实,杏树台台是村口急转弯上去的一个高高的大平台,台上长着一棵老杏树,有的人也叫它杏树嘴嘴。这棵老杏树,戴天履地,吸风饮露,饱经雷击火烧,岁月沧桑,以致人们都有些弄不清它的来历。孩提时候,发生了这么一件事:有位杨姓的老人,不知啥原因,忽然拿起镢头要挖掉它。许多人心里感到惴惴不安,就告诉了二爷。一生多灾多难、平时沉默寡言的二爷,拄着拐杖,急煎煎上前拦住了他,说:"它是咱村里的风水树!保佑大伙的平安树!你想干啥?还想在龙头上动土?你挖,要看大伙愿不愿意。"就这样,

老杏树终于躲过一劫,存活下来了。

不错,如果说老村是一条卧龙的话,杏树台台确实是在龙头的节骨眼上。

静静地站在这棵树下,可以鸟瞰老村的全貌,清清楚楚地看到黄土崖下每个院落,以及每个院落里的每棵树。可以游目骋怀,长放眼量,远眺沟壑纵横,梁峁起伏,山川历历,泾河形同一条蜿蜒的神龙,见首不见尾。天空有时风起云涌,像波涛汹涌的大海,或像浩瀚无边的雪域高原,须臾又来无踪,去无影,犹如明净清澈一碧万顷的湖水。西望巍巍槐山,逶迤曲折,俨然一条铁青的臂膀,护佑着山脚下的村村寨寨;到了傍晚时分,落日熔金,一群归鸦回旋着,聒噪着,忽然间就捣碎了灿烂的夕光。我感到最精彩的还是秋天的早晨,紫气东来,天高气爽,视野辽阔,张开双臂迎迓滚圆滚圆、苍苍凉凉的红日,感受一幅凝重的油画;穿山的老鹰乘着丽日苍茫而来,巡游着,盘旋着,一眨眼,闪电似的俯冲下来,掳走一只野兔、野鸡或者家鸡;有时,一群美丽的长尾蓝鹊叽里呱啦大叫着,横空而来,鱼贯而过,翩然落到那片柿子树林里。当然,也可以仰观北雁南飞,聆听它们的叫声,仰观云雀在高空中回旋,像一只只小蝌蚪……

总之,站在杏树台台上,极目远望或聆听的时候,我始终是心旷神怡赏心悦目的。每每此时,我总想长上一对有力的翅膀,像雄健的老鹰一样,飞得很高很高,很远很远,看得很多很多。

杏树台台是我童年时最难忘的地方。

一不留神,春天就眉开眼笑,花枝招展地来了。不知啥时,村头的老杏树就悄悄地开花了。我和小伙伴们背着书包,一走进胡同口,就远远地看见了。它极像一树茸茸的雪花,我们手舞足蹈,欣喜若狂。呼喊着,大叫着,撒着欢儿,上气不接下气地迎上去。满树的花朵盛开,细看,有的含苞待放,粉嘟嘟的;有的灿然盛开,白花花的。繁花丛中,蝴蝶翩翩起舞,蜜蜂嘤嘤成韵。一股强劲的生命的气息,甜丝丝的,香馥馥的,径直沁入肺腑,差点儿醉了。向远处眺望，沟坡里，塄坎上，东一簇、西一簇，桃花、杏花一股脑儿都开了，火红的是桃花，雪白的是杏花。接着，我们就像猴子似的，哧溜哧溜爬上树，每人折了一大捧杏花枝，拿回家，插在瓶子里，灌上清水，养在窗台上。

杏树台台在窑垴垴上，一场杏花春雨淅淅沥沥过后，就很快成为最好的天然草坪。这时候，我们就挎着篮子，在草坪上捡地软软，掐茼蒿，有时也能挖到嫩生生的小蒜。拿回家，拣去柴草，淘洗干净，交给母亲。包成"角角"的是地软软，蒸成菜疙瘩的是茼蒿，切碎当成菜的是小蒜。特别是在那个青黄不接、食难果腹的年月，能吃到这些东西，简直就像吃到了一顿极其丰盛的美味佳肴。多少年来，回味起那清香的野味，总是令我舌下生津，感慨万端。

不久，杏树台台上的草坪里，蒲公英、白蒿、柴胡、蝇子草、牛子草、苍耳等，都在春风细雨里，很茂盛很泼辣地长起来了。放学后，我们一撂下书包，就三五成群地去挖蒲公英、白蒿、柴胡等中药材。倘若碰到蝇子草、牛子草、苍耳，就索性多采些带回家。蝇子草分几撮，分别插在瓶子里，置于案头、锅台或者窗台上，让它们来收拾可恶的飞虫。牛子草俗称"老鼠它舅"，浑身带着尖利的细刺，一个个团起来，攒成拳头大小，用它塞住家里一个个老鼠洞。尝试了一次又一次，我总觉得这些土办法非常管用。苍蝇、蚊子被粘住了不少，老鼠也没有以前那么猖獗了。

初夏，阳光灿烂，是杏树台台最绚丽、最热闹的时候。草坪上百草丰茂，空气里到处弥散着青草味和花香味。菟丝子已经扯起了蔓，红丝线似的，长长的，纠缠不清；野葡萄一簇簇，一串串，晶莹剔透，颇像褐红色的珍珠。此时，我们就把草坪当作了运动场，连跳带蹦，跌打滚爬，尽情尽兴地疯起来。有的逮蚂蚱，有的捉螳螂，有的扑蝴蝶，有的找七星瓢虫，有的斗蛐蛐。我们几个男孩子最淘气，竟然模仿着动物，玩起了驴打滚、老鹰抓小鸡、狗撵兔等有趣的游戏，有时也翻跟头，像蒙古汉子摔跤，甚至学着电影里的故事玩打仗，闪转腾挪，死去又活来，跌倒爬起来，快活得像花果山上的一群猴子，实

在有些无法无天。有一次,我玩得正起劲,忽然感到尿急,就跑向杏树台台边上,往下撒尿。不料,崖下路上有个女人大叫起来:"谁?谁?干啥呢?捣尿骨头!"接着,就看见球儿他妈端着一盆面跑上了杏树台台,伙伴们呼啦一下子围了过来。我羞愧难当,只想找个地缝钻下去,逃之夭夭。

一晃,几十年过去了,杏树台台不存在了。球儿他妈也早已过世,当时的伙伴们年近半百,估计都没有人记得这件事情了。虽然我从来没有给人提说过这件让我终生难堪和纠结的事情,但昨天夜里,杏树台台却来到了我的梦中。

我那 1976 年的小山村

1976 年，是个多事的年份。那年，我八岁，正月十六这天，我背着奶奶给我做的绣花书包走进了学堂。

那一年，村里怪事似乎特别多。

一开春，坊间的左邻右舍悄悄地流传着一种"神酵头"，各家的大人都拿它蒸成馒头或者烙成锅盔，让家中每个人吃。不久，学校里也悄悄传起来。有一天早上，一位同学用纸包了三疙瘩"神酵头"，悄悄地送给我们三个要好的伙伴。我拿回家，娘烙成锅盔，全家人吃了。娘又丢下三疙瘩"神酵头"，分送给邻里。听人们窃窃私语，吃了"神酵头"馍，家人可免灾祛祸。当时，好像还流传着手抄本和长长的顺口溜。从人们的言谈举止里可以看出，这是秘而不宣的事情，我隐隐约约感觉到，人们有一种无法掩饰的恐惧感，似乎不久的将来就要发生一场灾难。

五月份里，正是麦子开始泛黄的时候，我在村子里看到了今生最美的奇观——蔚蓝的天空下，一种白色的蝴蝶倾巢出动，洋洋洒洒，熙熙攘攘，密密麻麻。走在放学的路上，随手一抓就是几只。特别是站在沟边远望过去，这些蝴蝶像芦花，像柳絮，像雪片，绵绵密密，飘飘荡荡，迷迷茫茫，横空而来，铺天盖地，实在壮观极了。白蝴蝶，是白蝴蝶，怎么这么多呢？有人说，是门前沟渠里的死猫烂狗腐烂了、臭了，衍生出了这些蝴蝶。我半信半疑，很有些想不通。后来，上初中了，我读到《澜沧江边的蝴蝶会》，觉得这是一次难

得的蝴蝶盛会。不同的是,澜沧江边的蝴蝶会,是大小不同、五彩缤纷的各种蝴蝶集会,而我们村子里的却只有一种,很单纯,白色的,老是忙忙碌碌地翩翩然地飞来飞去。

那次白蝴蝶会,过了三五天,就突然没有了。我感到好生奇怪。

跟着,就看到老鼠翻了蛋,猖獗得很,胆大得出奇,光天化日,竟然在人的眼皮底下,吱吱哇哇,招摇过市,无所顾忌。常言道,胆小如鼠。按说,这些穴居的家伙,天性机灵,一世鬼精,昼伏夜出,大白天是很少看到的。可是,这时候的校园里,它们却大的小的,一串一串,三五成群,像遛马似的。老鼠过街,人人喊打。我和伙伴们追前撵后,在校园里,操场上,打死了许多只。最气人的是,它们明目张胆,上蹿下跳,在院子中、窑屋里,溜过来,溜过去,一个上午光景,就掳走了刚刚孵出两天的十几只小鸡娃,让人非常恼火,又无可奈何。

夏天的晚上,劳累了一天的乡亲们坐在墙根下纳凉。有人说,地心里趴着一条金蛇,被一只金鸡不换眼地死死盯着。倘若蛇始终不动,地上就一直平安无事;万一蛇动弹了,就要地动山摇。地动山摇了,灾难就来了,就要死人。有位老人还说起了他的祖先记忆中的一次大地震,大树跌倒站起来,房倒屋塌,地面裂开了缝,死了好多人。听到这个离奇的故事,我心里害怕极了,曾经有几个晚上都睡不着觉。

不久的一天夜里,我睡得正香甜,忽然被父亲抱着跑出了窑屋。我揉着眼睛,迷迷糊糊听到许多人大声喊叫着:"地震了! 地震了! 赶紧往出跑!"接着,我看见夜色里人影晃动,扶老携幼,蚂蚁搬家似的,牛马脱缰了似的,踢里踏拉,从窑洞里,从院子里,从村子里往出跑。我精尻子浪荡子,也跟着父母上气不接下气地跑。我瞥见好些大人娃娃和我一样,都没有穿裤子,只是以逃命的速度,一个劲地往前冲。到了窑垴垴的禾场上,村里的男女老少才惊魂暂定,遂撕了麦秸,抱了谷草,乱七八糟地铺在大场里,纷纷坐下来,躺下来。只能在野外过夜了。

那一夜，四周黑蒙蒙的，天上没有月亮，也没有星星。夜风轻轻地吹着，大场边上，白杨树的叶子、谷草的叶子，窸窸窣窣作响。大人们好像一直坐着，咕咕叽叽地低声说着话。天亮后，老队长说，要赶紧搭棚，孩子们不准乱跑，不要回家去。于是，大人们就一下子忙碌起来了，纷纷从家里搬出铺盖卷卷，拿来棍棍棒棒，敷上谷草和玉米秆，在大场里精心营造起了防震棚。傍晚时分，爷爷领着我们全家去了村外沟边的一个猪场。这一溜儿新建的猪圈，都是一人高的茅草棚，爷爷背来一捆麦秸，厚厚地铺在地上，又在檐下挂了一串铜铃铛，全家人姑且蜗居下来。爷爷很警觉，好像有几次，都被铜铃铛的响声惊醒。没事，原来是风作怪。我们就又糊里糊涂睡了过去。一周过去了，爷爷、奶奶和爸爸都执意回家去住。只让娘带着我们兄妹住在窝棚里。一月后，见没有什么事，父老乡亲们都相继搬回家了。

后来，淫雨霏霏，连月不开，正所谓秋风秋雨愁煞人啊。不会言语的奶奶急得不行，就找来细棍子、碎布片、烂棉花，还有针和线，琢磨着，比画着，做出了一个像模像样的女人，好像观音菩萨的样子，单手作揖，另一只手拿着笤帚。娘说那是"扫天婆"。我忽然明白了，奶奶是想让"扫天婆"扫去满天乌云和连天阴雨呢。按奶奶的意思，哥哥用细绳子把"扫天婆"拴在了门前沟边的枣树上。望着她被凄风苦雨吹打着，癫狂地晃悠着，我们满心希望她能发挥通天的神力，为大家带来红天大日头。可是，秋雨依然淅淅沥沥地下着，没有一点停歇的样子。家里的窑洞最里边，已经滴答滴答往下渗水了，地面上湿了一大片。老队长领着公社里的干部巡视了一回又一回，要求我们想办法尽快搬出去。究竟往哪儿搬呢？谁也说不出来。因为看来看去，这个沟边的小村子，二十多户人家，都凑凑合合，蜷缩在烟熏火燎的土窑洞里，实在无处可搬。那些天里，娘简直没有睡过一个囫囵觉。最为惊险的是，有天午后，我正趴在炕头盯着窗外的倾盆大雨发呆，忽然听见屋门的铁栓子稀里哗啦摇起来。情急之下，一家人慌里慌张跑出窑洞。我看见老队长也站在门前的沟边，大喇叭似的喊起来："地震了！地震了！"人们一下子

从家里跑出来,无可奈何地站在瓢泼大雨里,眨眼工夫,就濯成了水鸡娃。沟边的土崖下,不时传来一阵阵轰隆隆倾塌的巨响,一片白色的土雾径直蹿上来。

　　毕竟天无绝人之路,村里住人的窑洞都没有大面积塌方,没有造成人员伤亡。好在这没完没了的雨终于停了,天也慢慢地放晴了。要不然,灾难是不可避免的,损失也是巨大的。

从前的那群羊

　　小时候,我家的窑院东边不远处有孔塌窑,窑洞后边夯筑了高高的土墙,上边用捆酸枣拨儿塞着。这窑是队上的羊圈,这群羊里有本地山羊、绵羊,还有长着弯弯犄角、棒槌尾巴的新疆羊。一年四季牧羊的是我的七爷、堂伯、哥哥,还有和哥哥年龄相仿的一个伙伴,村里人称呼他们为羊倌。

　　在我童年的记忆里,放羊是一种非常轻松、有趣的活儿,可以漫山遍野撒欢儿,疯跑,甚至仰天狼嚎。春夏秋三季里,每天早上天蒙蒙亮,羊倌们就把羊赶到野外或者沟里去放牧,到了九点左右,就把羊赶回来。吃过午饭,大约两点多,又把羊赶出去,太阳落窝后,再把羊吆回来。冬季,白天短了。吃过早饭,把羊赶出去,天擦黑,再赶回来。七爷和堂伯放羊很敬业,也很精心。在作息时间上,一年四季是雷打不动的。每天早上天还未亮,他们便在门前大声呐喊:"放羊走了——放羊走了——"俗话说:"十只羊里必有一只馋羊。"为了不糟蹋庄稼,羊群穿过田野时,五十多岁的堂伯一马当先,在前面打先锋;六十多岁的七爷殿后,尾随着紧追慢赶;十五岁的哥哥和他的伙伴一左一右,两厢夹住,一路甩着响鞭。熙熙攘攘的羊群被四个羊倌四面卫护着,吆吆喝喝,急急匆匆,赶过庄稼地。那黑乎乎、光溜溜的羊粪豆密密麻麻地撒了一路,空气里弥散着一股浓烈的腥臭味。

　　在周末和寒暑假里,我经常替哥哥去放羊。我总觉得那时的冬天似乎天天都在刮风下雪,像柳絮,像芦花,像鹅毛……飘飘洒洒、纷纷扬扬,无边无际。门前旷荡莽苍的沟壑里，梁梁峁峁、坡坡坎坎、渠渠洼洼、密密树林、萋萋草丛、羊肠小道，全都没了踪影，看不见了原来的样子，天下一片缟素，到处只剩下了干干净净的白。七爷和大伯带着我们扛着镢头，拄着棍子，踩着齐膝深的雪，把羊群赶下了门前的深沟。那些羊瑟缩着身子，夹紧尾巴，咩咩叫着，头抵头，扎堆子，踟蹰不前。我们费了好大劲，才把羊群赶到沟底。沟底平坦而开阔，全是玉米、谷子、糜子、豆子等作物的秋茬地。平日里，这些秸秆早被牛羊啃光了叶子，仆倒在地后全被雪深深地埋住了。在这样的雪天雪地里，我平生第一次看到了动物在面临绝境时，那种强烈的求生本能。只见它们交替跪下一只前腿，用另一只前腿狠劲地刨着雪块，像挖掘机一样，挖开厚厚的雪。过了好一会儿，费了好大劲，雪窝里才露出一截光光的玉米秆来。这时候，那些羊就实在有些像狗啃骨头一样，一点一点撕扯着玉米秆，咯吱咯吱咀嚼着，嘴角淌着泥水。突然，空中传来一声犀利刺耳的鸣叫。抬起头来，一只硕大的黑色老鹰正在头顶上盘旋。它摊平两只长长的翅膀，虬曲着锐利的爪子，仿佛一架战斗机在羊群的上空画着弧圈。我双手紧紧攥着镢头把，大气也不敢出。羊群哗然骚动起来，向人靠拢过来。蓦地，老鹰向前边俯冲下去。我清楚地看见了一只灰褐色的兔子，被紧紧抓着，匆匆拎走了。

羊的繁殖能力是很强的，到了落羔的季节，哥哥经常放羊回来，怀里都抱着一只很机灵的小羊羔，身后跟着一只咩咩叫的羊妈妈。可是，要最大限度地保证每只小羊羔都能活下来，却并非一件易事。特别是在干草月里，有的母羊瘦骨伶仃，羊羔落草后天生体质孱弱而且缺奶，怎么办呢？只有靠这老小四个羊倌了。每次放羊前，都要找只奶饱的母羊，几个人拉住，喂喂缺奶吃的小羊羔。每天傍晚回来，仍然要给所有缺奶吃的小羊羔喂奶。在这一点上，大家最佩服的是我的哥哥，他的眼力很硬，能将每只小羊羔和羊妈妈对应起来。他能知道哪只小羊羔缺奶吃。所以，给小羊羔喂奶主要是两个小羊倌的事情。这期间，我也经常帮他们喂小羊羔。

对那群羊来说,漫长的冬天是最难熬的,饥饿和寒冷常常威胁着它们的生命。冬天里,山寒水瘦,到处百草枯黄。群羊普遍掉膘,死羊也是常见的。七爷说,最怕的是年后正二月的"稀屎雪",一连下上几天,羊的厄运就跟着降临了。似乎记得那时每天早起,都能从羊圈里拽出一两只死羊来。羊圈门前是深沟,有个雪天的早晨,我和伙伴把一只死羊拖到沟边,顺势用脚一蹬,那死羊就骨碌碌骨碌碌,滚下悬崖,咕咚一声,沉沉地跌下了沟底。我们听着那响声高兴地跳了起来。不料想,七爷却黑着脸瞪着眼训斥了我们:"胡闹!多可惜啊!说不定有人吃呢。"我恍然明白了他的意思。其实,那个年代,人们平时是吃不到肉的。不过,开山、修路、打坝、修地等大会战前,队里也会在劳动现场杀一只羊,犒劳大伙。有时年关也杀几只羊,分给大伙过年吃。平时死了羊,刚开始老队长总安排几个社员剥了皮,家家户户分着吃。后来,死了羊,谁家想吃,自己收拾去。说真的,在那个吃不饱饭的年代,队里死了羊,大家总是抢着剥,分着吃。所以,再也没有人把死羊蹬下深沟骨碌碌听响声了。

煨热的夏天终于来了。羊圈门前的那棵大核桃树如同一把偌大的绿伞,投下了一片浓浓的阴凉。中午,七爷、大伯和哥哥他们几人全都蹲在树下剪着羊毛,他们戏称这是给羊脱"棉袄"。只见他们把羊从圈里拽出来,拉到树下,放倒在地,将四个蹄子交叉着撺起来,迅速用绳子扎了。接着就拿着一尺多长的剪子,嚓嚓嚓,非常熟练地剪起毛来。眨眼工夫,羊毛便翻起来,像白云,像棉花,白花花的一大堆。往往这个时候,我便帮七爷和大伯他们,从圈里往出拉羊,拉到树下,又帮他们捆羊。有时也帮助他们按住羊头,不让羊动弹。就是在那个时候,我跟着七爷他们学会了给羊剪毛。可是,有时候剪着剪着,不小心就在羊身上剪出了指甲盖大小的伤口,殷红的血一下子就流了出来。大热天,羊身上的伤口最容易惹苍蝇生蛆了。这时,七爷就笑呵呵地说:"不怕,贴些面面土。"他顺手从地上抓起一把面面土,边贴边唱着:"面面土,贴膏药,今天不好,明天好。"我也跟着他唱了起来,惹得树下纳

凉的人们禁不住哈哈大笑。

　　记得那群羊繁殖了一茬又一茬,队里卖了一茬又一茬。在全村年年的赛畜会上,七爷和大伯都曾领过奖呢,奖品不是油布雨伞,就是高筒雨鞋。后来,大约到了实行生产责任制前夕吧,那群羊就被全部卖掉了。

红马、白马和黑马

　　世事沧桑,岁月轮回,马年又来到了。但现在的孩子要见一回活生生的真马却并非易事。多数时候,除非亲临坦荡辽阔的大草原。这样想着,不知不觉间,就有三匹马从脑海里浮现出来:一匹是红火火的马,一匹是白花花的马,一匹是黑漆漆的马,依然那么雄健昂扬,依然那么活力四射。仿佛见到了亲人似的,一种久违的亲切感,忽然间让我回到了岁月深处。

　　那时,我六七岁,还没有念书,整天和小伙伴们风里来,雨里去,到处乱跑。一天早上,还在睡梦中,听爷爷说队里从内蒙古草原上买了几匹马回来。我就一骨碌爬起来朝外跑,悄悄溜进饲养室的门,发现饲养员老三哥还在呼噜噜酣睡。我就蹑手蹑脚,端着煤油灯来到骒马槽前细细巡视了一遍。借着忽悠忽悠的灯光,我算是看清了。真是庞然大物啊!一个个蹄腿周正,高大威武,雄健有力。它们嘴里咯吱咯吱嚼着谷草,抖动着身子,摇头晃脑喷着响鼻,咴咴嘶鸣。当时,给我的感觉就是,它们一定是桀骜不驯、不可一世的家伙。

　　这以后,三匹马就经常活动在我的视野里。

　　红马是骒马。大概动物的天性使然吧,它脾气驯良温和,不骄不躁,简直像位母亲,身上多了母性的善良。酷热的盛夏,知了在饲养室门前的洋槐树上吱吱吱地叫着,树下聚集了一片纳凉的人。老三哥也把红马牵来,拴到了树干上。它蹄腿壮实,肚子圆鼓鼓的,皮色油光闪亮,光滑滋润,好像浑身

披着红色的锦缎。老三哥拿来亮晃晃的月牙形的马蹄铲,一下一下狠劲给它铲着蹄甲。铲完了,又抱起它的蹄子小心翼翼地钉掌。这当儿,我们这些淘气的孩子,也往往凑上去。有的用手轻轻地抚摸着它,有的拔来青草喂着它,有的采来树叶给它驱赶蚊蝇。红马呢,面对大家的围观,似乎有点扬扬得意,潇洒地甩着长长的尾巴,伸着软塌塌的嘴皮子,舐犊一样舔着我们的小手,温吞吞的,简直舒服透了。

红马不但是善良的,而且是忍辱负重、任劳任怨的。它驮东西,轻重都不炝蹶子,不撂挑子。从深沟里往上驮玉米棒子,一次可以驮三口袋。不用人牵,只管沿着弯弯曲曲的羊肠小路往上走。拉套,更是循规蹈矩,从不乱来。它太听话了,我们这些小孩子都能不费吹灰之力,轻而易举给它套上绳索。犁地的时候,大人们都喜欢使唤它,让它走犁沟。就是和驴或者牛拉合套时,也老老实实,配合得非常默契。拉车的时候,就让它驾辕。平时,不论谁家推磨子、碾米,大伙都抢着用它。有一回,两家为拉红马推磨子还大吵起来,闹到了饲养员老三哥那里。原因很简单,红马向来秉性老实,干活卖力。不像那头奸猾的跛脚毛驴,走一走,停一停,就是戴上眼罩也要趁人不备,在磨道里偷着吃。如果卸套了,人们往往盘好缰绳,让红马在场院边自由自在地吃草,它从来不会野马长缰,跑得无影无踪。

真是人善被人欺,马善被人骑。我常常看见红马从车上卸下来,犁杖又套上去;磨子上下来,碾子又套上去了。它一年四季红得简直跟灯笼一样,身上常常汗水淋淋。如果是人,早就呐喊着受不了了。还是老三哥心疼红马,他把这事反映到队长那里,红马也一度获得了特赦,谁要使唤它,必须经队长和老三哥同意。

白马也是一匹骒马,但它的情形却大不一样。它刁钻古怪,一惊一乍,爱炝蹶子,很不老实。一旦丢手,就落荒而逃,撵也撵不上。再就是,它的脊背什么也不敢放。娃娃们是万万不能逗它的,更不能摸它。就是大人们也有些胆怯,轻易不敢使唤它,使唤前一定要牵好缰绳。后来,不知是白马不服水土呢,还是其他原因,老三哥发现它慢食了,身体一天天消瘦下去,精神萎靡,一蹶不振。多年的老把式心里纳闷了,同样的草料,同样的喂法,究竟怎么回事?请来兽医检查,之后便是打针吃药。一连几天,看见老三哥在饲养室的屋檐下,用三个砖头支了洋瓷脸盆,咕嘟嘟咕嘟嘟地熬药,浓浓的烟熏得他连连不断地咳嗽,鼻涕一把泪一把。有时,也喊我们给他帮忙,熬好凉冷了,就拉的拉,拽的拽,七手八脚给硬灌下去。后来,白马似乎慢慢好了,但就是强壮不起来。怀的几个驹子要么流产了,要么生下来就软弱得不行,挨不过几天就死了。老三哥说,白马简直像个小孩子一样,不好伺候,弄不好,就生毛病,就要给熬草药。所以,每次上套前,老三哥总要对使唤它的人千叮咛万嘱咐。它太娇贵了,干不来重活,消停着用,别累着它。总的感觉是,人们都不太喜欢它。没有办法,在老三哥的建议下,最后队里还是把它卖了。

黑马是匹公马,毛色漆黑,体格强健,性子很烈,实实在在的火脾气,就是不干活。拴在晾圈里,也始终趾高气扬,雄赳赳,气昂昂,一点都不安生。时而用前蹄刨着地面,时而前蹄腾空,时而尥着蹶子,时而仰头嗷嗷大叫,时而就地兜着圈子,这气势让人非常害怕,更不要说谁能降服它。一天,老光棍队长信心十足地牵出了它,说看他怎么驾驭。他刚翻身骑上去,就被黑马前蹄腾空给掀翻了。他勉强挣扎着再次爬上去,只见黑马忽然像一道黑色的闪电,一下子跑得就不见了。人们的心一下子被提到了嗓子眼里。等老队长终于回来时,只见他脸色煞白,浑身像筛糠。从此,再也没有人骑过黑马。

那是一匹力大无穷、生性顽劣的烈马。第一次套车时,老队长就组织包括老三哥在内的十几个精壮男子,摩摩挲挲,吆吆喝喝,往车辕里套,黑马连蹦带跳,怎么也不听使唤。拉着满满一车粪上坡时,大家齐声驱赶,一鼓作气,往上冲。快上去了,黑马突然前蹄腾空,马车直往后倒,好在人多手稠,才驯服了它,避免了眼前的危险。还有一回,是在龙口夺食的夏天,头顶炎

炎赤日,人们在偌大的麦场上摊满了厚厚的麦秸,用鞭子驱赶着黑马拉起圆滚滚的碌碡撒欢飞跑。跑着跑着,黑马就慢了下来,乖了起来,没有了之前的戾气,没有了之前的匪气。

就这样,日久天长,我的乡亲们群策群力,用农村的广阔天地,用马车、用碌碡、用犁、用耙,用繁重紧张、热火朝天的生产劳动,终于降服了一匹生猛嚣张、狂野无羁的烈马。就这样,在那个年代,那黑马真正成了一匹独耕独耱、活跃在田野上的英雄的马!

不久,中国农村发生了天翻地覆的变化,到处都包产到户了,生产队散伙了,红马和黑马都被抓阄到户里去了,我也开始背着书包上学去了。如今,三十多年过去了,我再也没有见过一匹真马。

可是,红马、白马和黑马,却永远鲜活在我的心田里。

梦回阳坡崄

村子北边有个叫阳坡崄的地方。

从家里出门向东走,下一段仄仄的小坡,就是一座页梁。梁不长不宽也不高,从远处看,像一只头朝东的土鳖静静地趴着。站在鳖盖上,可以一览无余地看到那个叫阳坡崄的地方。其实,它是村北一条长长的东西向黄土梁的南坡。这里,由于祖祖辈辈的镢头挖、锄头刨、犁铧翻,从坡顶到沟底的土崖边,形成了一台一台的梯田。这些大大小小的坡台地,有的一绺儿,像长蛇;有的很短,像兔子尾巴;有的宽处可套牛碾场,有的窄处仅容一耧通过。

这些地,背风向阳,南面是空阔辽远的沟壑。沟壑里是狭长的谷地,有条小溪一年四季汩汩淙淙,萦来绕去,流入泾河。谷地以南,一座粗犷苍莽的土塬,犹如一条巨龙,俯首泾河饮水。早上,太阳刚刚露出地平线,这阳坡崄就沐浴在阳光的怀抱里,一直到日头西斜,黄土长梁的巨大阴影便落下来。大概正因为如此,我的父老乡亲们把它叫作阳坡崄。去阳坡崄,有两条路可走,一条是从村东鳖盖的北边,沿着羊肠小路,翻一条沟过去;另一条是西出村子,沿着深深的沟圈绕过去,来到土梁边上,再弯弯转转走下去。

20 世纪 70 年代初期,西安国棉五厂的人来到了我们村子里,他们在阳坡崄一带大面积试种棉花。秋季里,村里的妇女们都帮着去摘棉花。我当时年幼无知,很不听话,连哭带闹,跟着母亲去了。模糊记得,地里草盛棉花稀，植株纤弱矮小，一棒槌高，东一棵西一棵。花骨朵核桃般大小，黑色的外壳已经炸开了，摸上去很硬，有些扎手，抠掐了半晌，我才拽出了一疙瘩棉花来。后来，不知道什么原因，也就两三年不到的时间，不种棉花了，人也跟着悄无声息地撤走了。只在村口的开阔平坦处，留下了三间青砖瓦房，房顶上两根烟囱，高耸入云，只有麻雀、燕子和喜鹊在上面歇足。这烟囱，是我们全车村最高大的建筑物，老远就可以望见。它简直就成了我们北村最雄伟的标志。

这之后，阳坡崄又开始种起了玉米、高粱、谷子、糜子、豆子等农作物。收获的时候到了，生产队长站在村心的老槐树下大声呐喊起来，男女老少齐动员，扛着扁担，挎着草笼，拿着口袋，提着大秤，拎着算盘，浩浩荡荡，下到沟里。大人们一下子散开来，忙着掰玉米，一笼一笼提来，倒在地中间。我们这些太小的孩子，手上没力气，棒子是掰不下来的，只有想着法儿玩耍，趴在玉米堆上，惹猫逗狗，打来闹去，抢着红通通或者黄灿灿的玉米缨子，玩起梳辫子的游戏。更多的时候，是在玉米堆上寻找嫩棒子。剥开棒子翠绿的外皮，露出玉齿似的颗粒，用手指轻轻一掐，有白白的奶汁一样的东西溅出来，就视若珍宝，赶紧抱在怀里，生怕被别的伙伴抢去。一提起烧棒子，大家就兴味十足，纷纷四散开去，从地边的枣树下弄来干柴和青枝烧起来。看着一股青烟袅袅升起来，我们就迫不及待地把棒子扑里扑通扔进火堆。可是还没有到大熟，我们就火烧火燎地把棒子刨出来，捧在手里，颠来倒去，吹着嘘着，贪婪地生吞了。最后，我们个个就像掏炭的，手和嘴脸都被弄得黑不溜秋。

分玉米的事儿，我们小孩子是不关心的。好像是按各家各户的劳力和人口分的吧，只见大伙围着玉米堆，有人往大笼里拾着玉米，有两个壮汉抬着大秤，老队长一手按着秤杆，一手拨着秤锤；老会计狗蹲着，耳朵上夹着笔，膝下放着笔记本，时而噼里啪啦拨着算盘，时而拿笔记下称出的重量。就这样，一家一户倒一堆，满地倒的都是堆。分完，各家往回搬运的时候，都

195

是用牛马驮,用担子挑,用肩膀扛,用草笼提,群蚁排衙似的,鱼贯而行,络绎不绝地走在弯弯曲曲的山路上。

在那个农耕年代,生产队里养着牛、马、驴、骡几十头牲口。为了解决饲草问题,阳坡峣也种过几台苜蓿。每年立春一过,那里的冰雪就忽然间融化了,荒坡眨眼间朗润起来。站在村东的页梁上,远远望去,阳坡峣里浮着一层隐隐约约的绿,模模糊糊的绿。母亲高兴地说,那是苜蓿露头了。要说,当时青黄不接,正是许多家庭食难果腹甚至揭不开锅的时候,女人们大都相互撺掇着,去挖油菜根。我亲眼看见,大片大片的油菜都被挖光了,大伙儿提着一笼一笼带冰碴的菜根回家去,蒸成疙瘩吃,煮成糊涂吃。眼看着苜蓿刚刚探头,女人又领着孩子们一拨一拨地去掐苜蓿。煦暖的阳光下,大家散开来,满地趴的都是人。快吃午饭的时候,专门负责看护苜蓿的老人就不知从哪里冒出来,突然出现在坡顶上,声嘶力竭地大喊起来:"狼来了!狼来了!"我们一下子被吓得魂飞魄散,夺路而逃。如此几番之后,我们才弄明白了,他老人家只是做做样子,只是吓唬吓唬而已。所以,对于苜蓿,人们依然还是照掐不误。

阳坡峣,最适宜生长的是酸枣树。上上下下的峣畔上,全都长着一拨拨、一簇簇的酸枣树。在"酸枣接大枣、杜梨接梨树"的年代里,人们响应号召,满沟跑着嫁接枣树和梨树,曾几何时,这里已经成了以枣树和核桃树为主的杂果山。"八月剥枣",这是《诗经·豳风·七月》里的句子。事实上,我们这里距离古豳地仅有咫尺之遥,它说的也是我们的农事呢。在生产队里,打枣这类轻松活似乎总是女人和孩子们的。谁也不料想,在光天化日之下,一群大黄蜂早已盘踞在一棵高大的枣树上,不知何时,垒起了一个白晃晃的扁球状的窝巢,上面有好几个核桃枣大小的窟窿。大人们远远地指着说,那窝有鼻子有眼,有嘴有耳朵的,你们看,像不像个巨大的人头?乡里人关于"人头蜂"的说法,大概由此而来。那些蜂飞出钻进,沸沸扬扬,让人无法靠近。有几个胆大的大孩子,硬是不相信"狼是麻的",便领着我们这些不知天高地厚的家伙,肆无忌惮地冲了过去。还没有等我们扔出土块,一股熙熙攘攘的大黄蜂就猛扑过来了。尽管我们有的用衫子包着头,有的抓着布衫狂挥乱舞,但还是一个个被蜇得吱吱哇哇喊叫着,落荒而逃,作鸟兽散了。剩下我们几个年龄小的,跑不动,索性赶紧卧倒在犁沟里,平展展地趴下,一动不动,佯装死去。我还算幸运,只是手指和手背被狠狠地蜇了两下,刺痛难忍,立马肿起来。有个伙伴没有护好脸面,就惨不忍睹了,眼睛眯成了一条缝,头肿得简直像个弥勒佛。

那一年,那条崄边枣树上的枣,硬是没有打得成。冬天里,那个伙伴去打柴,用长杆子把黄蜂窝捅了下来,恶狠狠地猛踩一阵之后,将蜂窝架在火堆上烧成了灰,这才报了一箭之仇。

在阳坡崄沟底的土崖下,过去包山庄的人曾留下了两孔老窑洞。好像是初冬的一个傍晚,一对逃荒讨饭的河南夫妻,领着一对儿女来到了这里,女孩十八九岁,男孩六七岁。看着他们没啥吃,可怜兮兮的样子,村里人就睁只眼闭只眼,把没有收完的玉米地留下来,让他们自己掰了。第二年,队里还特别给了他们几十亩边角地,让他们自己耕种,养家糊口。后来,经老人们好心好意地撮合,这家的姑娘与老大不小的记工员搭伙了,过起了小日子,不久,还生养了两个儿子。

农村生产责任制开始了。通过先人发明的抓阄的老办法,我们家分到了阳坡崄最平整、最肥沃的一条大崄,也承包过那里的枣园和核桃园。为了吃饱肚子,年近古稀的祖父还带着我们在阳坡崄开垦了好几坨荒地。后来,就在我成家后,也曾甩开膀子,抢着镢头,在那里开过荒地,带着我四岁的儿子收过谷子。总之,在那片土地上,我们种过玉米,种过小麦,种过油菜,种过荞麦,种过豆子……我们收获了很多很多东西,我一辈子也忘不了。

十几年,几十年过去了,我一次次梦回阳坡崄。

我不知道自己究竟有多少次到过那个地方,但我总感觉那是个给予我恩惠最多的地方,更是个让我无论走到哪里都永远忘不了的地方。因为多少年来,我的根还始终长在那里,一直呼吸着那里的空气,感受着那里的温度,吸收着那里的水分和无机盐,就像那片土地上的一棵枣树、一株玉米、一把苜蓿。

火热的乡村麦场

　　乡下的五月,每个早晨都是从燕语呢喃中,或者在杜鹃"算黄算割"的鸣叫中开始的。

　　我家居住在沟边土崖下的窑洞里,左邻右舍都有燕子筑巢育雏。一看见老燕子叼着虫子急急忙忙飞进来,幼雏们就抢着张开黄灿灿的大嘴,嗷嗷待哺。所以,它们的欢叫声,总是把我从每天的晨梦中吵醒。睁开眼一看,大人们早都下地收麦子去了。只有明丽的阳光,透过窑院树叶的罅隙,从天窗里射进来,晃动着,摇曳着,照到土炕上,照到我们的屁股上。一走出梧桐院落,就看见杜鹃在村庄上空飞来飞去,亲切而响亮地叫着"算黄算割""算黄算割"……它的叫声或由远而近,或由近而远,一遍又一遍,不厌其烦。它仿佛在念念不忘地提醒人们,麦子一定要黄一坨割一坨,千万不能误了农时。等全黄了再去收,就忙不过来,来不及了,只能眼睁睁地看着麦子落在地上了。

　　在村口窑垴垴的平坦处,有生产队里的饲养室,饲养室的旁边是宽阔的大场。站在高坎上眺望,青光光的天空下,远远近近,高高低低的麦垄,一台接着一台,一片连着一片,一望无际。茫茫田野里,一重重金色的麦浪,起伏荡漾,沸腾着,翻卷着,向着沟边,向着塬边,向着天边,滚滚滔滔而去,像一片大潮波光激滟,像一幅壮锦豁然绽开,像万顷朝霞坠落凡间,实在壮观极了。烈日炎炎,麦香飘飘,一股股热浪扑面而来。社员们足蒸暑土气,背灼炎天光，挥汗如雨，一个跟着一个，一个赶着一个，用镰刀一把一把地割着，一捆一捆地捆着。运麦子的皮轳辘马车和硬轳辘牛车，都装着谷堆了，像驮着一座小山，忽悠忽悠，缓缓地从田间走来……

这时候，白光白光的麦场上，一群孩子围着刚从地里拉回来的麦秸捆，欢天喜地玩着。男孩子最淘气，有的在麦秸捆上驴打滚，有的在麦秸捆上翻跟头，有的在麦秸捆间捉迷藏，有的在麦秸捆里逮蚂蚱，有的在麦秸捆里找绿色的麦穗……邻居的永民哥，心灵手巧，不知什么时候，竟然用一根根麦秆编成了精致玲珑的蚂蚱笼子，托在手上不停地炫耀，简直像《大闹天宫》中的托塔李天王，神气极了。小伙伴们团团围住他，羡慕得要命。用不了多久，小伙伴们人人手上都有了蚂蚱笼子，笼子里还装进了翠绿或者土灰色的蚂蚱。如果是个尾巴上带刀的，还可以不时吱吱吱地叫唤呢。女孩子们要安生得多，主要是抽麦秆，掐来一撮又一撮，塞进水瓶里泡湿了，编织成一指宽的麦秆辫子，然后再一圈一圈用针线缝起来，就做成了雪白的草帽。

刚收回来的麦秸捆，必须先一捆一捆摞起来。不过，摞麦秸捆好像是个技术活儿，需要的是好把式。否则，辛辛苦苦地摞着摞着，就有可能溜了倒了，甚至哗啦啦塌了，前功尽弃，还得重来。有时，就是勉强摞起来了，可能会因摞心垫得不均匀、不实在，或者摞顶收偏了，遇到下雨就成了水包子，麦穗会霉变发芽。所以，心明眼亮的老队长，总是把这项活儿派给六十多岁的大伯，让他领着一个年轻壮汉来做。在麦摞上面，大伯一捆一捆地垒，壮汉在下面不停地用权往上挑、往上撂。每每这时，一个人忙不过来。大伯便招呼我们这些孩子，往麦摞子跟前拉麦秸捆。他的话一呼百应，伙伴们立即就像花果山上那群顽皮的猴子，一下子呼呼啦啦地围过去，争先恐后，七手八脚，连拉带拽，忙得满头大汗，不亦乐乎。就这样，一座又一座金色玲珑塔，便在麦场边上巍巍乎矗立起来了。

麦子收完了，才能开始集中碾打。一大早，老队长便站在窑垴垴上大声呐喊起来："摊场了！摊场了！"大人们陆陆续续来到了麦场里，男男女女，老老少少,人人都动手,偌大的麦秸垛眨眼间就被刨开了,拽的拽,抱的抱,解捆的解捆,抖散的抖散。正所谓人多手稠,干活不愁。早饭时,几个麦垛就没有了,无数个麦捆被用手解开了,用杈抖散了,密密匝匝,厚厚实实地摊满了两个大场。抬头望,天空瓦蓝瓦蓝的,万里无云;太阳像一面硕大的火镜,投下灼亮灼亮的光芒,热烘烘地炙烤着山川大地。大场里,麦秸被晒得嗞嗞作响。在麦场边的梧桐树荫里,在绿茸茸的草地上,人们或坐或躺,有的抽着旱烟,有的谝着闲传,有的眯着眼睛,有的打着呼噜。孩子们则躺在凉丝丝的草地上打着滚儿,看着蚂蚁上树,或者采来瓜花,小心翼翼地喂着笼子里的蚂蚱。约莫过上一个多时辰,老队长又喊起来:"翻场了!"人们又爬起来,赶紧走进麦场,一个跟着一个,转着圆圈儿,一杈一杈,把厚厚的麦秸翻了过来。

真是好天气,毒花花的阳光继续暴晒着。过了中午十二点,碾场就开始了。饲养室里的成年骡子、马、驴、牛,一个个都被牵出来。我们跟在大人后边打下手,像模像样地帮着拿套绳,给骡、马、牛、驴系肚带、戴笼嘴。要从厚实的麦秸堆里碾轧出一条辙来,是很不容易的事情。根据以往经验,人们首选打头阵的是一贯独套的大黄牛,它膘肥体壮,老实驯良,不用扬鞭,就独自默默地埋头拖着重轭,竭尽全力往前走了。蹑踪其后的是气焰嚣张的黑马。平日里,它连踢带咬,野性十足,桀骜不驯,难以驾驭。估计是人们有意调教它,就让它也独自拉上了一副圆滚滚的石碌碡。的确,它很不老实,很不顺事,忽然一吃重,便前蹄腾空,后蹄肆意尥蹶子。可是,和平哥手里的皮鞭也是很厉害的。无奈何,它只能高昂着头颅,喷着响鼻,咴咴嘶鸣,斜着身子,拖着沉沉的碌碡,呼噜噜呼噜噜地飞跑起来。跑着跑着,它的步子就不由得放慢了,浑身大汗淋漓,明晃晃的。这时,其他合套的几副碌碡也紧跟了上去。过了不久,场内的大人们就把赶牲口碾场的活儿让给了跃跃欲试、摩拳擦掌的孩子们。于是,我们就在场内,拽着长绳,扬着鞭子,高喉咙大嗓门,吆喝着那些家伙,拉着碌碡,一圈一圈转起来。有时候,谁也想不到,天空中忽然就风起云涌,电闪雷鸣,酝酿起一场大雨来。我们心急了,就把牲口们赶得撒欢跑起来。几个年龄大的老人也赶紧拿着扫帚跑进来,在圆骨碌碌的碌碡上,左右横扫起来。据说,这是大忙天急避雨的一种"海上法"。后来,不到两三年,队里买了一辆手扶拖拉机回来。此后,大忙天碾场的活路,就被手扶拖拉机完全替代了。

起场的时候,麦场里往往烟山土雾。即使这样,我们也是全程参与的。小伙伴们从大人手里抢扫帚,抢木锨,抢木杈,抢推板,抢推麦草的木轱辘尖杈车。人心齐,泰山移。很快,麦草垛就在场边摞起来,剩下麦粒、麦糠、碎草和细土的混合物,也在大场中心堆起来。夕阳落窝的时候,场边杨树上的叶子哗啦啦作响,三四个扬场把式来到了大场里。迎着凉簌簌的晚风,他们一锨一锨、一杈一杈,把麦子高高地抛向空中。随着麦粒唰唰唰地落下来,细土就在空中袅袅地飘散了,麦糠、碎草被一股脑儿吹出去,悠悠忽忽地飘下。月光下,远远看去,就像天空下起了绵绵密密的大雪,地上越积越厚。等到扬完了,粮食收拾干净了,把式们就会在扁平的粮堆上,盖上几个大印,才放心地回家去。

谁都知道,晒麦子必须选择最好的天气。没有天气预报,老队长就看云识天气。一大早,他嘴里就念叨着这样的老渣子:云往北,晒干麦;云往南,水上船。早霞不出门,晚霞晒死人。好不容易,两大场麦子终于晒开了。第三天上午,老队长就早早地安排几个社员套起了马车,赶到大场边的杨树下。大人们簸的簸,筛的筛,装的装,抬的抬,背的背,把一麻袋又一麻袋的新麦装上了车,直到再也装不下了。午饭前后,鞭子一响,马车就被赶走了,径直向远远的槐山粮站奔去。

龙口夺食、颗粒归仓,是三夏大忙最重要的事情。生产队就像一个热热闹闹的大家庭,为了鼓舞士气,调动人们农业生产的积极性,老队长想尽千方百计,鼓励、犒劳大伙。夏收时,割一亩麦子,给五毛钱;拾一斤麦子,给三分钱。在碾打的间隙里,还安排专人杀过几只绵羊,做过香喷喷的羊肉泡,

炸过黄灿灿的油饼,一大盆一大盆地端到大场里,让大伙美美地往饱里吃。

傍晚时分,我看见了大场里人影憧憧,听到了木锨铲麦子的脆响,听到了乡亲们的欢声笑语,更闻到了一阵阵扑面而来的麦香。这时候,我就隐隐约约地感觉到,火热而忙碌的五月终于就要过去了。

马车夫

　　木猴是我们队里有名的马车夫。

　　他姓杨,名字起得不伦不类,不但很难听,也很费解。我不知道究竟怎么写,只能根据平常人们的发音,在这篇文章里写作"木猴"了。因为那时村里的大人们都这么叫他。

　　听老人们说,木猴的父亲生来就跌到了"福窖"里,是当时村里同辈人中最有福气的,小时候和伙伴们玩滚石子时,手里都拿着"袁大头"呢。他八岁就娶了一个十五岁的媳妇。娶妻后,还常常跟在他娘身后要吃奶,夜里非摸他娘的奶头不可。木猴兄弟两个,哥哥后来出了车祸死了。在我恍恍惚惚的记忆里,木猴的家里只有他和父亲两个人相依为命。估摸那时候,木猴已经二十多岁,他和他父亲一样都是瘦长瘦长的个子。不同的是,木猴的脾气很倔,沉默寡言,勤劳老实,似乎特别自卑,甚至有些忧郁,有些沉闷。这一点,完全不像他的父亲那样,伶牙俐齿,能说会道,胡说浪谝。

　　依我看,木猴最擅长最出色的是驾驭那些骡马干活,特别是赶马车。他有一杆很漂亮的马鞭,鞭杆是一根长长的竹竿,鞭绳由细细的皮条搓成,鞭梢由丝丝麻皮搓成,鞭杆顶端系着一绺红绫。他的响鞭甩得特别好,可以说是村里数一数二的。不论是在地上,还是在空中,他都能随心所欲地甩出山响来,那响声在门前的沟壑里传得很远很远。平日里,他视这根马鞭如同宝贝,从来不准人碰它,有事没事,就拿出来一个人痴痴地端详着,用他宽厚粗

糙的手掌，一遍又一遍地摩挲着古铜色的鞭杆、柔韧的鞭绳。心事重重或者很烦躁的时候，木猴就抓起马鞭子在地上一气狂甩，直甩得门前的沟壑里一阵阵山响，惊得草丛里的野兔乱窜，树上雀鸟乱飞。

那个年代，牛车、马车是我们村里最重要的运输工具，像往禾场上搬运麦秸捆，往田野里运送土粪、化肥，往十几里外的槐山之巅的粮站交粮，都得靠它。牛车和马车迥然不同，牛车安的是碾盘大的硬木轱辘，要慢慢地一步一步地走。不然，走得太快了，硬碰硬，就极容易被顶翻车，那是很危险的事情。所以，被套进去的都是牛和驴。牛和驴性情温顺，走路缓慢，好使唤得多。后来，队里请外地匠人做了橡胶轱辘马车，也从内蒙古大草原买回了红马、白马和黑马。这些畜生们，一个个生龙活虎，昂昂然气盛，怒冲冲性烈，时而喷着响鼻，时而咴咴嘶鸣，时而尥个蹶子，时而摇头摆尾……它们大都野性难驯。一看见那副趾高气扬的架势，人们心里就着实胆寒生畏，没人敢役使它们。在老队长三番五次的鼓励下，年轻的木猴就成了第一个敢于吃"螃蟹"的人。他天不怕地不怕，摩拳擦掌，终于上手了。为了调教这些家伙，就让它们先从平时的耕地、耙地、糖地等日常活儿做起，天长日久，慢慢地，慢慢地，木猴想尽千方百计，费了很大气力，才调顺了它们，摸清了它们的脾性。这期间，他被白马咬过，被黑马踢过，被红马踩倒过。

但是，驾驭马车毕竟是一项高难度的技术活儿，需要的是众马爬坡，个个出力。记得木猴第一次赶着马车拉粪，走向村口的陡坡时，就对一群尾巴似的跟在车后的孩子，凶巴巴地大声吼喊起来："快！滚开！都滚远点！"他的话还真不能当耳旁风，马车刚走到半坡上，那匹向来嚣张的黑马，突然前蹄腾空，其他几匹梢马也跟着踟蹰不前，车一个劲直往后倒。情急之下，木猴眼尖手快，叭！叭！叭！连续甩出几个响鞭，准准地打在了梢马的脖子上。只见它们斜着身子一下子共同前驱，马车又忽地跑起来，一口气冲上了陡坡。这极其惊险的一幕，直看得人们心惊肉跳。此后，马车每到村口爬坡前，木猴都是连发三个响鞭，歇斯底里地吆喝着，一鼓作气地把车赶上坡。

后来,时间长了,这些聪明的马儿,似乎都把握住了规律,或者说已经形成了条件反射,到了坡前,只要鞭子空响一下,它们都自觉不自觉地弓着腰,努力向前。不久,村里演了一场电影,名叫《青松岭》。那里面有一个名叫秀梅的女子,非常机智,也非常勇敢,是个让人很佩服的赶车好手。第二天,一帮年轻人中,就有人张口闭口叫他"秀梅"了。对此,木猴不但没有反对,还默默地乐滋滋地接受了。

　　一阵马蹄嘚嘚,马车被木猴赶得小跑起来。孩子们像一群跟屁虫,连颠带跑,在车后穷追猛撵。没过多久,那些撒欢狂奔的马儿就放慢了脚步,轻松舒缓,从从容容地往前走。每每这时候,木猴便坐在车辕上,怀抱马鞭,晃荡着双腿,神情悠然,清清嗓子,旁若无人,如痴如醉地唱起来。听见他唱戏,我们争先恐后爬上车尾巴,大呼小叫,纷纷为他鼓起掌来。他是个地地道道的歌迷,《十二把镰刀》《黄河大合唱》等红色歌曲,他也能在大庭广众之下响响亮亮地唱起;他更是个实实在在的戏迷,《白毛女》《三世仇》《三滴血》《梁秋燕》里,能唱的经典段子很多。不过,他最爱唱的戏有两段,一段是《深山问苦》:"小常宝控诉了土匪罪状,字字血,声声泪,激起我仇恨满腔。普天下被压迫的人民都有一本血泪账,要报仇,要申冤,要报仇,要申冤,血债要用血来偿!"另一段是秦腔《三滴血》折子戏中的这么几句:"空山寂静少人过,虎豹豺狼常出没;除过你来就是我,二老爹娘无下落;你不救我谁救我,你若走脱我奈何;常言说救人出水火,胜似烧香念弥陀。"看见有一群听众来捧场,木猴一下子就来了精神,彻底进入了角色,唱得更加投入,更加动情了。《深山问苦》自始至终唱得声情并茂,悲情悲摧,慷慨激昂;《三滴血》中的那几句,男唱女声,柔声细气,哀婉动人,唱出了一个落难女子的忸怩无奈。马车路过沟圈时,他嘹亮粗犷的唱腔,便在深深的沟壑里回荡开来,吓得土崖下的那些松鼠上蹿下跳,哧溜过来,哧溜过去,片刻不宁。就这样,马车一路颠簸着,他一路唱着,我们一路听着。忽然,他的眼里水汪汪,表情变得那么肃穆,那么凝重。唱着唱着,就戛然而止了,两眼空茫,抬起头来,仰

天长叹:"唉——人皮子真难背啊!"极其伤感的样子,似有什么难言之隐,或者不便为人道的苦楚。

木猴的父亲,从小在"福"中长大,一辈子没有出过什么大力、吃过什么大苦、受过什么作难。木猴的娘死去之后,这个家庭就成了典型的男寡妇抓娃了。所以,幼年时的他就学会了烧火做饭、擀面蒸馍等家务活。后来,农业社散伙了,生产队里的骡马卖了,马车也烂在了一孔破窑里。那时候,木猴已经三十多岁,早过了结婚年龄。听说,他先后跟许多女子遇过面,相过亲,都一个个黄了。究竟啥原因,不得而知。再后来,听说木猴到北塬上去了,当了上门女婿,成了招夫养夫。招夫养夫是怎么回事?那时,作为一个六七岁的孩子,我是弄不懂这些的。

1985 年,我上了师范,曾经在乡土作家郑义的一部小说作品中读到了类似的故事情节。原来,招夫养夫也叫"拉边套",就是说,一个已婚女子,本来有丈夫,夫妻商量之后,又招赘一个丈夫,共同组成一个新家庭,共同担起养家糊口的责任。这是一件多么不可思议的事情啊!为什么要这样呢?有人说,木猴的父亲是个逛娃子,四体不勤,五谷不分,好吃懒做一辈子,胡吹冒摞一辈子,屌不管娃一辈子,家里穷得像水冲了一样,要啥没啥,谁不知道?木猴就认命了。

如此看来,还真是老年人说得对呢。一个人有一个人的命运,一个人有一个人的福分。

远去的石匠

这应该是四十多年前的记忆了。

在那个年代里，人们似乎一年四季天天都起早贪黑，土里刨食，累死累活地挣扎在温饱线上。各家各户过日子，总是在紧紧张张、忙忙碌碌的生产劳动之余，还要三天两头从井里绞水吃，用石磨子推面吃。我们这个小小的自然村属于一个生产小队，二十多户人家，仅有七八台石磨子。所以说，村里每天每晌都有推磨子的。磨面这活儿，需要人手，需要牲口，也颇耗费时间。常常有这样的情形，有时向人家借好了磨子，却没有牲口；有时向饲养员借好了牲口，自己却腾不出时间。故而，经常有人一家子连夜推磨子，鸡屁股掏蛋似的等着吃呢。更有甚者，中午下地回来，女主人拿着面升子，忙忙活活地满村跑着借面吃呢。

就这样，每个日子都像推磨子一样，一圈一圈，周而复始，无休无止地向前转着。天长日久，石磨子的磨口就磨钝了，磨槽就磨秃了，磨齿就磨老了。

可日子还得继续往前熬啊。于是，有一年的春天里，我便看见了有人肩上搭着褡裢，摇铃打鼓地来到村子中央的大槐树下，蹲在裸露的树根上，掏出尺余长的烟袋锅子，吧嗒吧嗒，悠悠然抽起来。烟瘾过饱了，他就扯长嗓门高声喊起来："锻磨子喽！锻磨子喽！谁家锻磨子喽——"听见有人喊，大人娃娃们都走出窑洞，走出院子，凑了上去。家有磨子的人便上前试探着搭讪起来，你一言，我一语，七嘴八舌，东拉西扯，唠唠叨叨，纠缠不清：你是哪里人？锻磨子几年了？锻磨子的价钱多少？得多长时间？石匠就微笑着，不温不火，一五一十回答着人们的问题。说句结实话，那时的人们穷怕了，饿怕了，常常在一顿饭上也抠掐着节省呢。所以，大伙说着谝着，聊着笑着，眼看到了午饭时候，就是没有人请石匠回家去。

我挤在人群中看热闹，也上上下下打量着这位石匠。他五十多岁，戴着一副金丝眼镜，身材瘦小，头发花白，满脸皱纹，面容清癯，说话慢慢吞吞，显得非常随和，也非常温和。这时，石匠大概看到爷爷老实憨厚，心地善良，就直截了当地说："老哥，先给你家锻吧。"爷爷倒也很干脆，不假思索地说："行啊。到饭点了，先跟我回家吃饭。"吃饭时，石匠说，他是泾河北岸土桥原上的人。他们家世世代代做石匠，祖辈、父辈都在这一带打过不少石碾子、石碌碡、石磨子、石狮子、石门墩、石碑、石槽……忽然，我一下子敬仰起他来。

我家的窑洞很深很大，小小的石磨子摆在窑洞中央圆圆的土台上。他说干就干，挽起衣服袖子，麻利地打开了褡裢。他的工具相当简单，只有一把锤子，一根钢钎，外带几个锋利的錾子。接着，他便把磨子上扇翻了过来，坐在小板凳上，佝偻着腰身，几乎是匍匐着，一本正经地工作起来。他眯缝着双眼，全神贯注，左手紧紧攥住錾子，右手举着小锤子，一下一下，叮当叮当，有节奏地敲打起来，声音是那么悦耳，那么动听。我家的窑洞在背阴的拐角处，里面光线十分昏暗。随着一番凿、削、砍、磨，石匠的手下便溅起一个个小火星。不久，其他有磨子的人都陆续来到了我家，围着石匠细细看了起来。石匠依然如故，一副旁若无人的样子。看着看着，人们就对他竖起了大拇指。两天过去了，石匠说，磨子锻完了。只见磨槽深深的，怀阴而抱阳，磨齿像一圈光芒。用手摸了摸，很糙很利的感觉。最后，他用笤帚仔细扫净磨膛，合上磨扇，双手扶着腰椎，艰难地跳下磨盘，扑了扑衣襟，长长地出了一口气，心里很轻松的样子。"推着试火一下。"我赶紧端了碗玉米倒在磨眼里，推着磨椽飞快地跑起来，磨子霍霍霍地欢叫着，磨烂的玉米粉从磨口里簌簌簌地落了下来。此时情景，正如一则民间谜语描写的那样：雷声隆隆而不雨，大雪飘飘而不寒。

俗话说，磨刀不误砍柴工，人快不如家伙快。磨子锻了就是不一样，真锋利啊！

跟着，石匠就马不停蹄，忙了起来。这家出来，那家进去，锻完了村子里所有的磨子和碌碡。从这以后，我们村就自然而然地成了石匠的老主顾，每年春秋季的空闲日子里，他都会如期而至。就这样，石匠肩上搭着褡裢，靠着自己的双腿跑南闯北、走村串巷，登门上户，为人们服务，凡是有碾子、碌碡、石磨的农家，都留下了他叮叮当当忙碌的身影。他很能吃苦耐劳，走到哪住到哪，走到哪吃到哪。他锻一盘碾子、一台石磨、一个碌碡，都只收五角钱。多了不要，少了能行，赊账半年也可以。

记得我最后一次见到老石匠时，依旧是在村心的老槐树底下，我明显地感觉到他苍老了许多，头发全白了，脸上的皱纹更深了，手茧更厚了，脊背更驼了，喘息得更厉害了，走路也更缓慢了，精气神大大不如以前了。那天，他似乎有些伤感，见了面便喟然长叹："唉！岁月不饶人啊！才六十三岁，就吃不动饭了，整天腰腿疼，走不了远路，手抖索得厉害，这一回恐怕也是最后一次来村里了。"我安慰他说："您还能行呢。"他笑了起来："能行个屁啊！瞧我这副熊样子，一年不如一年，都快成棺材瓤子了，哪能比你们年轻人呢。好好念书去吧。回头给你爷爷说一声，我回家了。"说罢，便头也不回地离开了村子，慢慢地走了，孤单地远去了。望着他瘦小弯曲的背影，我的心里陡然一阵发酸。他确实老了呢。

后来，中国农村发生了翻天覆地的变化。我们这个偏僻的小村子也买回了电磨子、脱粒机、碾米机、榨油机……一个时代结束了，又一个时代开始了。那些和人们曾经朝夕相处、须臾不离的石碾、石磨、碌碡，再也派不上用场，彻底被淘汰了。石碾子、石碌碡像一群疲惫的伤兵，东倒西歪，藏在荒榛乱草中，昏头昏脑地沉睡着；石磨也早被搬掉了，有的斜靠在院子的犄角旮旯里，有的被铺在了黄土地大观园的甬道上。

那位默默奉献的老石匠呢？也许早已作古。

老话说，三十年河东，三十年河西。我常常想，山不转水转，大概说的就是这个理儿吧。

边氏兄妹

边氏兄妹的命是很苦很苦的。

我不知道他们什么时候来到我们这个小村子的,只知道打我记事起,他们就和自己的娘在我们这个弹丸大小的村子里生活着。后来,他们母子四人融入了三个家庭。

村里城台台旁边的土崖下,住着一个姓杨的老汉,是个老大不小的光棍儿,他和年逾古稀的老母亲相依为命,生活在一起。爷爷说,那老母亲是他的姑姑,那光棍儿是他的表弟。表弟少年时候金贵得很,也值钱得很,娇生惯养,享了不少福。长大以后,走得不端,行得不正,整天胡吹冒撂,东游西荡,不务正业。到了找媳妇的时候,还眼高得不行,这山看着那山高,挑来拣去,最后把自己给剩下了。

边母就带着两个儿子和一个闺女走进了这样的家。听说,我那表爷暗自高兴了好一阵子。说是老了老了,却喜从天降,成了家,讨了老婆不说,还凭空得了两个儿子一个闺女,个个长得跟枪杆一样。生产队里耕糖耙碾的活儿不愁了,家里肩扛手提的活儿也打不住了。表爷一下子还真的装起了老汉,当起了甩手掌柜的。但过了不久,他的眉头又皱了起来。他发现屋里的面磨得勤了,窑里头的麦囤下得快了。好在姑娘大了,家中不宜久留,赶紧说了对象嫁给了南村的一个小伙。剩下两个儿子,整天跟着他忙着队里的农活。

　　表爷家的斜对岸是村里的老井坊，隔壁是我们村里的徐家。爷爷说，徐家是我们村里的老户，是过去方圆有名的土财主，兄弟四五个一伙伙。后来，哗啦啦大厦倾，家道中落，一个个成了败家子，老实巴交的饿死病死了，好吃懒做的拉牛背包袱，进山挡道当起了土匪。据说，徐家老三是小毛贼，老大占山为王，气候大得很，竟然当了匪司令。一九四九年以后，他们都被人民政府改造了过来。老三膝下无儿无女，手一撒就去了。后来，老伴收留了她姐的孙女，养大了为自己养老送终。不孝有三，无后为大。经村里老年人出面说事，边氏小兄弟入赘其家，做起了上门女婿。

　　那时，我五六岁，整天在村里跑来跑去，除了亲耳听到的故事，还亲眼看到了不少事情。边氏老大，给我表爷当了干儿子，跟着改姓了杨，表爷后来给他张罗了媳妇。我称他尊敬叔，他长得五大三粗，牛高马大，手却很灵巧，常常叼空给人们编织席子或粮囤，惹得大伙儿围着看。他娘皮肤白净，个子高大，衣着朴素，头发梳理得整整齐齐，高高地盘在脑后，髻上别着一根明晃晃的簪子。她把屋子里收拾得干干净净，锅碗瓢盆擦拭得锃亮锃亮的。没事的时候，常坐在窑门口的蒲团上搓棉条，或者收拾鞋帮子。有好几回，我亲眼看见她跪在地上，扶着面前的高凳子，站不起来。我那灯笼火把的老奶奶抓着她的手，怎么也拉不起来，哥哥和我伸出手才把她拽了起来。很明显，他娘身体不太好。似乎不久，便病恹恹卧床不起，离开了人间。尊敬叔的妹子叫玉梅，和她娘极像，个子很高，肤色白净，人也漂亮，性格活泼，为人谦和，见人连说带笑。特别是她留着两根长长的辫子，辫梢打着美丽的蝴蝶结，走起路来，那两根辫子就一左一右地摆动，蝴蝶结在腰际不停地跳跃，煞是迷人。

　　尊敬叔的弟弟叫玉刚，自然是跟着徐家姓了，好像在大队的综合场里干过一段时间，他很聪明好学，学到了一手铁器活儿。遇上阴雨天，队里不出活儿，他便在自家门前城台台下的破窑里支起火炉子，用风箱扑嗒扑嗒地扇着。忽然，他左手铁钳夹出一疙瘩红火火的铁，放到了铁砧上，右手抄起了小锤子。说时迟,那时快,尊敬叔跟着就抄起大铁锤抡了起来。兄弟俩配合得很默契,你一锤,我一锤,叮叮当当,很有节奏地趁热打起了铁,红色的火星在眼前唰唰唰地乱溅着。他们给左邻右舍打出了镢头、麦锄、铲子等农具,也给生产队里打出了马蹄铁、牛鼻环、八钉之类东西。听到风箱扑嗒声和打铁的叮当声,许多人都不自觉地围拢了过来。大家七嘴八舌,连说带笑,谝着闲传,拉着家常,说着陈年往事,很是热闹,常常忘了吃饭。

出了尊敬叔的家门,走上两丈开外的陡坡,就是村里的老井坊。那时,尊敬叔的娘还活着。有一回,尊敬叔家里来了客人。饭后,他来到了老井坊,和绞水的人们聊了起来。人们都说,那人是尊敬叔一直生活在老家的大哥,名字叫玉敬,他的脸形很像他娘,个子很低,身体单薄黑瘦,满头星星白发,身穿灰色的劳动布衣服,人很朴实憨厚。他说话口音有点儿侉,但非常健谈,与大伙聊得格外投机,也十分开心。他似乎见过大世面,说了许多人们从来没有见过也没有听过的场面。他和尊敬叔一样,有编织的手艺。所以,从老家远道而来看望他娘的那段日子里,也参加队里的生产劳动,抽空也帮我的父老乡亲们打席子、编粮囤。那次以后,我才从大人们那里知道,他们姓边,老家是山东的。他们兄弟姐妹七八个,人口多,没啥吃,家里又遇了难。为了能活下去,年近花甲的娘才迫不得已,背井离乡,带着他们逃难到了我们村里。在我的记忆里,他娘在世的时候,他先后来过三四回。他娘下世以后,似乎再也没有来过。

后来,我还亲眼看到过尊敬叔的三哥边敬。他穿着一身那个年代特有的草绿色衣服,里面是白衬衣,说话温文尔雅,老是文绉绉的。他是个读过几天书的人,画儿画得相当好,是个油漆匠。那年阳春三月,他从老家来看望他娘,顺便给我们家油漆了新做的三个木箱子。整整一个上午,我蹲在旁边,目不转睛地看着他用彩笔在一个大箱子上画出了一篮子盛放的花朵,金黄色的花蕊,粉红色的花瓣,配上青秆秆、绿叶叶,还有翩翩蝴蝶和几只小蜜蜂,鲜活生动,尽态极妍。画完,两边题了"外挂黄金锁,内藏八宝衣"十个

字。为了感谢他,那天中午,家里特意拿出一点麦子面做了一大锅苜蓿菜煮面片,他坐在窑门口的木墩上,呼噜呼噜咥了五碗,吃得满头大汗,嘴里还不停地说,好吃极了。

现在回想起来,那时我最多也就五六岁。如今,尊敬叔他们兄妹早已年逾花甲,满头华发,儿孙满堂了。唯一让我难以释怀的是,他们边氏兄妹的命运,竟然那么苦,那么苦。他们投生在山东平原地带,不期最后一家人骨肉分离,落脚到了陕西永寿这个穷山沟沟里。世事沧桑,造化弄人啊!人的命运都是社会造成的,往往不同的社会造成不同的命运。这时,我就不由得想起了爷爷生前说过的一句话:"人,一节一节活呢。生有时间,死有地点。"

已近知天命之年的我,完全理解了爷爷所说的话。但我此刻却在想,人这一生,不论多苦多难,其实并不可怕。最关键的是,天无绝人之路,只要有活下去的勇气,到了哪里,都会像种子一样生根发芽,开花结果。

这,也许就是真正的人生吧。

老孙头

在过去的年代里,逃难到永寿槐山脚下沟沟坎坎里的外地人,是很多很多的,有河南的、安徽的、山东的、四川的、甘肃的。其中,甘肃人最多,其次是河南人。大伙儿把他们都称作客户人。

在我们车村的南头子沟边上,就住着一家山东人,掌柜的男人,大伙儿叫他老孙头。他瘦高个,小蒜头鼻,走路风风火火,一晃一晃地往前拱,显得精神抖擞,很有奔头似的。老伴比他高出了半个头,按村里人戏谑的说法,就是腰吊肋子稀,长腿撂胯,像根电线杆。最惹人注意的是,她的衣服特别短小,很不够尺寸,还脏兮兮的。她整天光着两只大脚片子,跐着一双烂布鞋。她的头好像从来没有洗过,也从来没有梳过,常年四季,一头长发乱糟糟地披散在肩上,颇有些像流浪的乞丐。她说话粗声大气,叽里哇啦,很少有人能听得懂她在说什么。也许正因为这些,她出了门,总有一群鼻嘴娃娃撺前撺后地起哄,似乎她就是一个疯子,或者精神病人。

那时候,生产队里农活不断,人们起五更睡半夜,似乎朝思暮想着光往嘴上刨,穿不上、戴不上既普遍又常见,村里一家比一家强不了多少,大人们谁也不笑话谁。

老孙头的名字,在村里是很响亮的,大人娃娃们都知道他。当时,街头巷尾曾流传着一个顺口溜:“永太怪事多,老孙的女儿吊死在半坡……”顺口溜很长,说了好些家乡发生的怪事,我当时年龄很小,只是很清楚地记得开

216

头两句。老孙是谁？到底怎么回事呢？我问起了一连串的问题。有人就说了来龙去脉，有人也向我指认了老孙，还有他的老伴。他的女儿为什么吊死呢？有人捂着嘴，悄悄附到我耳旁，窃窃私语，说是他的女儿好像被一个男人强奸了，女儿含羞忍辱上吊了。我打破砂锅问到底：那个男人是谁呢？法办了没有？没有线索，调查不出来，只能是个疑案，悬起来了。

关于老孙头，我跟着也听到了不少大人对他的说法。说他脾气古怪而阴郁，性子暴躁而乖戾，与人说话直来直去，时常直得转不过弯儿来，一句话不合，就挥起了拳头，牙齿咬得嘎嘣嘣直响，甚至拿着刀子斧头和人闹事。当时，我听了很害怕，感觉他似乎就是个凶神恶煞。

后来，我上小学了。读二年级时，我认识了老孙头的儿子，名叫铁芯，他读四年级，老实自卑，沉默寡言，但长得五大三粗，不论从沟里往学校背柴捆，还是从学校院的老井里往上绞水，一个人扳辘轳都很有力气。有一回，不知是故意欺负他是外地人，还是怎么回事，几个同学斗胆在他面前说起了他姐姐的事情，一下子戳疼了他。他竟勃然大怒，暴跳如雷，像一只恶虎似的，用头连续撞倒了几个同学，其中一个狼狈而逃，他顺手抓起半截砖头，毫不犹豫地撂了过去，砸到了那位同学的脊背上。事后，我还看见老孙头风风火火，天不怕地不怕，气呼呼地找到了老校长。老校长连连回话，这才作罢。从此以后，再也没有人敢欺负铁芯了。说真的，大家心里都害了怕，怕老孙头拿着刀子斧头闯进学校里来。

20世纪70年代末，农村生产责任制全面推开了。老孙头头脑灵活，眼尖手快，带领一家人起早贪黑，点灯熬油，忙死忙活，做起了豆腐生意。平时，除了侍弄地里的那点庄稼，就是三天两头往家拉水，套着毛驴磨豆浆，摇晃着网子滤豆渣，然后拾些干柴熬豆浆，用酸菜水一遍遍点豆花，再打包上笼，镇压去水，最后就是满村转着卖豆腐了。起初是挑着担子卖，后来用架子车推着卖。老孙头的手艺很好，做出的豆腐细腻白嫩，吃起来可口。随后，老伴和小女儿便在家用豆渣养起了老猪婆，第一年就下了一窝子，欢实地绑到集上卖了,留下弱的芥的自己悉心养着,每年向收购站缴五六头大肥猪。到了年关的集市上,乡政府的街道里人流如潮,汹涌而动,老孙头就把摊子摆在街道边,既卖豆腐又卖猪肉,忙得不亦乐乎。亲眼看着他一下子挣了大把大把的票子,小日子三两年就红火起来,人们非常羡慕。有人眼红地说,老孙头卖豆腐发了,养猪发了;有人打趣地说,老孙头有钱了,连老伴也穿得齐整了,闺女会修饰打扮了。

不错,钱肯定是挣下了。每逢这个时候,老孙头就笑眯眯地望着来人,吧嗒吧嗒地抽着烟,露出一副悠然自足的神情,和颜悦色地说:"攘酸我了,就几个辛苦钱、零花钱,勉强糊口罢了。""一年缴那么多大肥猪,不是一疙瘩钱吗?""哦,哦,倒也是。留着给铁芯订媳妇用。""哈哈哈,瘦猪哼哼呢,肥猪也跟着哼哼呢。"老孙头也跟着哼哼哈哈嬉笑着,很明显,他比过去随和多了,说话也多了。"来,称些豆腐回去吧。"往往此时,不管是谁称了他的豆腐,他总要连说带笑地给你搭上一块。"钱后面再说,先拿回家过年吧。"记得每年过年,爷爷总要在他的摊子上赊十斤豆腐回来,年后新麦上场,再给他些麦子抵账。

凭我亲眼所见,我感觉老孙头做生意后,彻底变了一个人,谦和多了,热情多了,特别是太会套近乎,拉拢生意了,完全没有了过去的阴郁和戾气。自然,生意也就越做越火爆,日子也越过越滋润了。

可是后来,村心的老池岸边却传出了一些言论。有人说,老孙头钱挣腻了,竟然用老池水泡豆子、熬豆浆;甚至还有人说,老孙头挣了钱,良心坏了,竟然往豆腐里掺玉米面。究竟是真是假,是不是造谣,似乎没有人亲眼见过,谁也说不上来。问来问去,好像都只是听说而已。不久,我听他的一位邻居说,那个晚上,老孙头家没有点灯,漆黑一片,屋里传出了低低的凄凉的哭声。人言可畏,众人口里有毒呢。好端端的生意,就这样不明不白地塌火了,再也没有人搭理老孙头了。

老孙头的儿子铁芯,小学刚一毕业,就应征入伍当了兵。大约过了不到

一年,老孙头两口就带着小女儿永远地离开了我们村子,回到了原籍山东老家。据说,临离开时,老两口来到沟边的半坡上,扯开嗓子,放声大哭了一场。

这以后,我们再也没有看见过老孙头一家人。此事经年,他却似乎成了人们心中一个挥之不去的念想。人们在街头巷尾谝闲传唠嗑时,有人不经意间念叨起老孙头。这时,总有人发自内心地感叹说:来我们村里的外地客户人,都很会处理人事关系,人人能吃苦,个个能负重,都会过日子。发家了,大都纷纷撤回了原籍。

我回头仔细想了想,事实也真是这样呢。

鸟儿与村庄

鸟儿是村庄的精灵。

在我的印象中，如果一个村庄没有鸟儿飞翔，没有鸟儿降临，没有鸟儿栖息，没有鸟儿歌唱，那简直是不可思议的，也根本不能称为村庄。我出生在一个叫北村的小小的自然村里，东、北两面临着空阔旷远深邃的沟壑，沟边是前后错落、参差不齐的土窑洞。家家户户的窑院里、崖畔上、禾场边，塄坎沟洼，树木丛生，百草丰茂。高大的是乔木，低矮的是灌木，纠缠不清的是藤蔓。整个村庄都被纷繁泼辣的植被簇拥着，掩映着，荫蔽着，包围着。正所谓，这里风景独好。

大概正因为如此吧，鸟儿们也纷纷栖居下来，使我的村庄一下子成了鸟的天堂。

七九河开，八九雁来。在嫩嫩的柳笛声里，最先来到的是可爱的小燕子。春日迟迟，蓝蓝的天空下，它们成群结队，在村庄上空飞来掠去，叽叽喳喳，欢快地叫着，似乎在向人们兴奋地报告着，春天来了，我们回来了。孩子们不由得抬起头来，指指点点。一只两只三四只，五只六只七八只，它们翩翩然落在了村口长长的细细的电线上，毫无顾忌地呢喃着。忽地，又轻快灵活地飞起来，嬉闹着，追逐着，飞进村子，飞进院子，飞进窑洞，选择一只旧巢，或者一根横梁，或者一根短短的木橛，叼着泥和草，搭建起了自己的窝，开始了自己的新生活。不知什么时候，灰褐色的布谷鸟也来了，它们一大早

就从这棵树上飞到那棵树上,嘹亮地叫起来,似乎在暗示着什么。听见一阵砰砰砰的脆响,抬起头来,准会看见一只啄木鸟趴在院子中的老桐树上,不停地鸹着树皮,仔细寻找着越冬的虫卵。幸运的话,还会看见它忽然间绽开头顶的羽毛,像一把小小的彩扇,简直漂亮极了。往往这时候,我就看见祖父在窑前的太阳光里抽着旱烟,用粗糙、笨拙、略显僵硬的手,默默地收拾着锄头,或者一遍又一遍地擦拭着犁铧,嘴里还喃喃自语着什么。

初夏时节是我们村庄最有生气的时候。灿烂的阳光洒满了天底下,"烟村南北黄鹂语,麦垄高低紫燕飞"。在我们的农家院落里,那些高大的梧桐树郁郁葱葱,蒲扇似的叶子绿油油的,清风徐来,叶子与叶子摩擦着,发出飒飒的细响。麦黄五月的时候,站在院子里,就可以看见鸟儿在青枝嫩叶间跳跃、追逐、嬉闹,或者放开喉咙歌唱;也可以听见雉鸡在窑垴垴上的麦田里发出高昂的叫声。特别是有一种民间称它为"算黄算割"的鸟,据说是怨气所化,它从早到晚,整天在村庄上空飞来飞去,不停声地吆喝着"算黄算割",一遍又一遍地催促着人们抢抓天时,龙口夺食。你看,在斑斑驳驳的黄土崖面上,那些鼠洞和墙缝里,也寄居着麻雀、火焰斑、红嘴乌鸦等许多鸟呢。在这鸟儿育雏的高峰期,只见亲鸟们终日飞来飞去,忙忙碌碌。那小燕子,唧的一声飞出了院子,又唧的一声飞进了窑洞。远远就可以听见雏鸟叽叽喳喳争食的叫声。一旦听见一群麻雀聚集在一块儿长时间喳喳乱叫,一定是有一条黑蛇或者菜花蛇,正在慢慢地向雀巢蠕动呢。于是,我便喊来一群小伙伴,抓起土块或石子,一股脑儿向蛇扔去,直到把它赶跑,或者把它打得从崖面上掉下来,方才罢手。有几回,我们还趁大人没在,从梯子爬上去掏鸟蛋,或者抓小鸟。一次,简直太惊险了,我们竟然从麻雀窝里掏出一条黑蛇来,差点儿把人吓死。

天高云淡,白露为霜。村庄周围远远近近的柿子成熟了,一片片一片片,一嘟噜一嘟噜,火红火红的。这时候,最活跃、叫声最响亮的当是红嘴蓝鹊。这是我记忆中最美丽的一种鸟,颈项乌黑,体背蓝紫,尾羽间杂白斑,配上朱红色的尖嘴,橙红色的脚趾,显得仪态庄重,雍容华贵。它们经常在柿子林间,成群结队,一个紧追着一个,作鱼贯式穿飞。尤其是远距离滑翔时,两翼如同扇子,尾羽长曳舒展,随风荡漾,起伏呈波浪状,轻盈之态,造型之美,实在让人叹为观止。它的叫声响亮而喧闹,远远就能听见。它最爱吃的就是成熟了的软蛋柿子。一旦发现它们在哪棵树上噪叫,我就和小伙伴们一哄而上,打飞它们,抢着爬上树,寻找软蛋柿子吃。不久,玉米、谷子、糜子、豆子、荞麦等也陆陆续续收上场了,到处是一派五谷繁熟、穰穰满家的丰收景象。大人们都在各自忙着手里的活儿。我们一群孩子在谷草堆里,你追我赶,狗逮兔,藏猫猫,翻跟头,玩得不亦乐乎。不知谁忽然大喊一声:"快看! 大雁!"人们纷纷翘首仰望,一群大雁正排着整整齐齐的"一"字形或者"人"字形队伍,向南方飞去,偶尔传来一两声高亢的雁鸣。

　　冬天来了,北国风光,千里冰封,万里雪飘。梁梁峁峁、沟沟壑壑,一下子全盖上了白茫茫的棉被,麦秸垛也成了雪白的大馒头。这时,邻居水平哥领着我们在麦秸垛周围,用脚踢出了一个个雪窝,下了套子,撒上玉米,然后蹲在饲养室门口远远地瞅着。一群灰色的野鸽子在村庄上空盘旋着,盘旋着,呼啦啦落下来了。忽然,水平哥领着我们大声吼着跑上前去,鸽群惊得轰的一声飞走了,但总有几只被牢牢地套住了脖子,在地上扑棱棱乱飞。冬天的村庄是恬静的,雪落无声。只有村心的老槐树上,乌鸦哇哇地叫着,喜鹊喳喳地叫着,不管谁坐在家里都能听得见。院子里,一群胆小的麻雀围着猪食槽或者柴火垛觅食,忽地飞走了,又忽地落下来。跟着七爷把队里的羊群赶下沟,没走多远,就看见几只白颈鸦在羊脊背上悠闲地走动。不知啥时候,一只老鹰就在天空踅来踅去。忽然间,闪电一般俯冲下来,提着一只兔子,迅速飞走。

　　眨眼间,四十年过去了,老村庄早已不复存在了。我记不起来究竟是从哪一年开始,这些可爱的鸟儿年年消失,消失,再消失,终于连司空见惯的喜鹊都看不见了,只剩下了一窝蜂似的可怜的小麻雀。

　　唉,一切都只能在遥远的记忆里了。

　　回想起来,鸟儿飞过了四季,飞过了我童年的天空,陪伴着我一路在田野山冈、沟渠河畔跳跃、欢呼、嬉戏,慢慢成长。它们像常开不败的花朵一样,馨香了以往的岁月,让我终生怀念。

门前树上的喜鹊

自古以来,喜鹊似乎就是人类的邻居。

小时候,我家门前的沟洼里长着一棵高大的洋槐树,枝杈间架着一只喜鹊窝。每天早晨,东方刚刚露出鱼肚白,两只喜鹊就在枝杈间跳跃着,或在树梢上忽悠着,嘎、嘎、嘎、嘎地叫着。傍晚,夕阳落窝,暮云合璧,它们又在树上噪叫着。大概是叫声的缘故吧,我们村子里的人给喜鹊起了一个很土气的俗名,有人称它嘎哇,有人称它嘎嘎。

嘎哇是一种傍着人类家园生活的鸟,也是一种常常会带来喜讯的鸟,但民间却流传着它很讨厌、很不得人爱的说法,刘秀让它"伏伏不喝水,九九不进窝"。为什么呢?刘秀是谁呢?儿时的我,总是打破砂锅问到底。娘没有念过一天书,她也不知道刘秀是谁。只是听老人说,王莽赶刘秀的时候,刘秀被追得无处藏身,恓惶地趴在了一条犁沟里。嘎哇看见了,就栖落身边,嘎嘎嘎地叫起来。刘秀心惊胆战,怕嘎哇暴露目标,把追兵引来,就愤愤地说:"我让你伏伏不喝水,九九不进窝!"据说,便留下了这种说法。但我不相信,曾经为此很留意嘎哇。酷热的三伏天里,嘎哇热得张着嘴喘气,就是没见它喝过水。严寒的三九天里,嘎哇冷得发抖,就是没见它进过窝。

嘎哇究竟伏天喝不喝水,冬天进不进窝,反正到现在,我也没弄清楚。

不过,嘎哇天生叽叽喳喳爱叫唤倒是不争的事实。因为好多次我在沟坡上割草、拾柴火或者挖药材时,都有过这样的切身经历。有一回,太阳正当头顶，我一个人在村子东沟里的页梁上挖柴胡。身旁不远处是一座古墓，周围没有一个人，非常安静。忽然，嘎哇不知从哪里冒了出来，跳跃在墓地的树上，嘎嘎嘎地对着我叫起来。我抬头四下环顾，野外一片空寂，啥动静也没有。但是，它仍然不停地朝着我叫。它越是这样叫着，我越是心里发怵，直弄得我头皮发紧，头发都奓起来了，浑身陡然起了一层鸡皮疙瘩。嘎哇，你究竟想对我说什么呢？风吹草动，是不是不远处就藏着什么野物呢？我越想心里越害怕，不停地扭头四处张望着，甚至连大气都不敢出了。眼前的草丛里，蹿出了一只火红火红的老野狐，尖尖的脸，瘦瘦的身子，拖着长长的尾巴。我一看，就是经常来沟边偷鸡吃的那个家伙，扬起镢头大喊着，撒腿就往回跑。

可平时，在村子里，在有人的地方，嘎哇不论怎么嘎嘎嘎地叫，都是没人理会的。相反，我们这些猪嫌狗不爱的小浑蛋，却常常站在沟边，任性地欺负它们，使它们一天都不得安生。一天早饭后，我想出了一个坏主意，就对伙伴们说："咱们撇靶子吧，看谁撇得远，看谁能打中嘎哇的窝。"伙伴们齐声响应，站成一排，瞄准嘎哇窝，使劲扔起料姜石。嘎哇严重抗议了！它们很愤怒的样子，在不远处的枣树上，忽起忽落，时而折冲俯仰，时而扑棱棱地乱飞，时而嘎嘎嘎地大叫。看着嘎哇窝里的树枝一根一根地掉了下来，我们活蹦乱跳，心花怒放，胳膊抡得更欢了，简直把吃奶的劲都用上了。有一次，却差点儿把我们的魂吓遗了。我们刚石头瓦块撇起来，深深的沟底就传上来大伯隐隐约约的喊声："谁在上面撂石头呢？我把你们一个个碎土匪！"一定是大伯在沟渠里割草呢，这下可能闯大祸了！我们一个个吓得吐着舌头，慌忙作鸟兽散了。还好，没有伤着人。过了不久，我们依然呼朋引伴，瞄着嘎哇窝撇靶子。后来，我读完初中上了师范，学校举行运动会，我竟然不经意地拿到了手榴弹投掷冠军、铁饼投掷亚军、标枪投掷第三名。仔细一想，撇靶子的功夫许是那时练出来的吧。

就这样，好端端的一个嘎哇窝，被砸得七零八落，最后稀里哗啦落到了地上，我们拾了一堆干柴，还美美地幸灾乐祸地庆祝了一番。

遭此飞来横祸，那两只嘎哇就不得不迁居了。但是，让我始料不及的是，它们又飞来飞去，叼着树枝，在我家院子的梧桐树上横七竖八、辛辛苦苦地搭起了一个新的窝。仰起头细看，那窝架在树杈上，简单粗糙，密密匝匝，外形跟爷爷编的粪笼一样大小。它们照例每天早上天一亮，就在高高的树梢上忽悠着，在村庄上空展翅飞翔着，像一支支响箭似的，穿过来射过去，时不时嘎嘎嘎地大叫着，叫得那么响亮，显得那么快乐。爷爷摸着我的头，絮絮叨叨地说："灶口对窝口，不饿肚口。嘎哇叫，喜事到。"有嘎哇前来院中安家，的确是一件很吉祥的喜事呢。听了爷爷的话，我冥冥中似乎觉得这就是吉星高照了。我暗暗地叮咛自己，再也不敢捣乱了，再也不敢胡来了。

哪知，嘎哇这家伙也不是省油的灯。它经常悄悄地落下来，停在猪食槽周围，踱来踱去觅食吃。偶尔也趴在老猪婆的脊背上，一下一下啄食着虱子。炎夏刚过，院中的火晶柿子慢慢红了起来。嘎哇的眼睛是贼亮贼亮的，它们专挑树顶上一个个软蛋鸽着吃。赶走了又来，赶走了又来，实在防不胜防。我和哥哥总是爬上树，摘食它们吃剩的残果，确实太甜了。后来，我还发现嘎哇也是偷着吃的。一次，窑院崖面上的墙缝里，跌下来一条草绿色的蛇，眼看要爬进门槛，吓得我不知所措。忽然，一只嘎哇从树上飞下来，勇敢地把它叼走了，活生生吞下去了。不久，我发现嘎哇真的成了来无踪去无影的飞贼了。开始，谁也没在意，更想不到，它竟然像经常在村庄上空盘旋的老鹰一样，也抓起小鸡了，冷不防就扑下院子偷袭，用两只爪子抓住刚出窝的小鸡娃，神不知鬼不觉地飞走了。不过，狐狸再狡猾，也有露出尾巴的时候。抓走第五只时，还是让鸡妈妈给发现了，它扑棱着翅膀大叫着追了上去。但很无奈，已经迟了。这以后，鸡妈妈领着鸡娃在院里转悠觅食时，奶奶便只有撵前跟后，寸步不离，死死地盯梢保护它们了。

人不犯我，我不犯人。有一天，我想出了一个复仇的绝招，不如爬上树直捣它的老巢。于是，我就趁着家里没人，偷偷地爬上了院中的梧桐树。我忽然傻眼了。窝里躺着四只毛茸茸瓜不楞登的小嘎哇,觉得有动静,还嗷嗷地张开了大嘴,似乎等候着母鸟喂哺。我用手拨弄着这些眯眯瞪瞪的小家伙,觉得它们真是又可爱又可怜! 我一下子软了,像皮球泄了气一样。

毕竟还有这四只活生生的小生命啊!

犹豫再三,我最终还是选择了原谅。只是气实在没处出,无可奈何地对它们说:"走着瞧吧,我让你们一个个伏伏不喝水,九九不进窝!"

燕子和我是邻居

　　燕子是傍着人类家园生活的一种鸟，也是最讨人喜欢的一种鸟。在祖祖辈辈农村人的眼里，燕子是益鸟，是家鸟，是千年的邻家，谁家要是来了燕子筑巢，那一定是很吉祥的事情。

　　春天说来就来了。有人说，燕子的叫声，极像一个人快速地念着"一二三四五六七八九十"，特别是念那个"十"字时，如果拖音、婉转、上扬，就更惟妙惟肖了。所以，当某一天忽然听到燕子熟悉的叫声时，我和小伙伴们就不由得仰起头来，兴奋地拍着手，快乐地跳起来，跑起来，连连大声喊着："燕子回来喽！燕子回来喽！"那喊声在门前的沟壑里久久回荡。

　　燕子归来寻旧巢，飞入寻常百姓家。

　　我们的村子在沟边，人们全都住着一孔孔的土窑洞。蓝莹莹的天空下，春光浩荡，暖风吹拂。在整个村庄上空，那些刚刚归来的燕子，好像举行着一场盛大的集会，自由自在地盘旋着，熙熙攘攘地聒噪着，三三两两地降落下来，停在电线上，左顾右盼，交头接耳，似乎亲热地谈论着村子的变化，诉说着久别重逢的喜悦。跟着，我们就看见它们像穿梭似的，飞出了这家院子，又飞进了那家院子；飞出了这孔窑洞，又飞进了那孔窑洞。燕子是特别聪明的一种鸟，它们总是结伴从窑洞高处的天窗里飞进来，绕着窑顶一遍又一遍地回旋着，似乎在仔细地搜索着什么，亲昵地谈论着什么。结果，它们终于在空间阔大的窑洞里找到了旧巢，或者在窑洞壁上稍高的地方找到了

一根木橛,找到了可以放心营巢安家的所在。

就这样,一对活泼可爱的小燕子来到了我的家里,它们以一根木橛为支点,开始了新的生活。此后,我就有幸舒舒服服地坐在家里的土炕上,亲眼见证了它们幸福快乐的生活。每天早上,当熹微的晨光刚刚透进窗棂,它们就扑棱棱扇着翅膀,叽里呱啦呢喃着,把我从梦里唤醒。整个白天,小燕子飞出飞进地忙碌着。倦了,就站在浮梁上小憩,有时用嘴相互梳理着羽毛,有时歪着小脑袋端详着我们,有时婉转地唱起来。夜里,我也曾听到它们那甜蜜的梦呓。说真的,它们的生活太融洽、太和谐了,我从来没有见过它们闹过别扭、吵过架。

燕子是动物界里最出色的建筑专家。旧巢需要修复,需要加固,需要翻新。它们先是除去了挂在巢上的蛛网尘絮,扔出了往年垫在巢底潮湿发霉的草屑。然后,再叼泥衔草,把旧巢修饰得光里光堂,焕然一新。而要建筑一只新巢却是一件技术含量很高,也非常费劲的事情。燕子总是先要选好一根牢固的木橛作为支点,然后就不停歇地叼来一点点春泥,衔来一丝丝小草,时而用嘴上下抹着,时而用爪左右踩着。就这样,经过仔仔细细的工作,大约过上一个星期,一个结结实实、漂漂亮亮的新巢就垒起来了。它圆圆的、黄黄的、泥乎乎的,精致极了,在黑咕隆咚的窑洞里,显得格外醒目,简直就像农村人吃饭时常用的大老碗,也像爷爷用芦根编织的牛笼嘴。

应该说,燕子的巢是它们精心编织的一个艺术品! 燕子们顶着艳阳,迎着斜风,沐着细雨,不知衔了多少棵草,叼了多少口泥,噙了多少口水,才辛辛苦苦建起了自己心爱的家。可是,有一年,我却在几个小伙伴的挑唆下,趁着家里没人,站在板凳上,擎起长长的扁担,毫不犹豫地捣毁了燕子的窝,使它们无家可归。爷爷知道后,拍了我一巴掌,还严厉地训斥了我。他说:"有千年的邻家,没有千年的冤家。小燕子是我们的邻居,它吃的是害虫,保护的是庄稼。它没有招惹谁啊,你太不懂事了!"的确,燕子朝朝暮暮,早出晚归,飞过案板,飞过灶台,飞过土炕,从来没在家里拉过屎,就是从门里低飞出去，也没有碰到过谁，它何罪之有，竟然遭此横祸？我支支吾吾，半晌说不出一句话来。从那以后，我和我的小伙伴们就是抬着梯子四处掏麻雀窝，也从没有掏过燕子窝、抓过它的幼雏。

话说到了初夏时节，寄居村子窑洞里的燕子们，都先后陆陆续续育出了一窝窝的幼雏。我们的村庄周围天高地阔、阳光灿烂、一望无垠的麦海里，翻滚着一轮轮绿中透黄的麦浪。无数只勤劳的小燕子，烟村南北，麦垄高低，一刻也不停歇地忙碌着。它们像一个个黑色的小舢板，贴着麦浪疾飞横行，寻找着一只只虫子。飞着飞着，忽然间就来一个一百八十度的急转弯，那动作简直潇洒优美极了。它们一捉到虫子，就急急火火飞向烟树葱茏的村庄，飞向花木掩映的农家小院，飞进黄土斑驳的土窑洞。

看着美食来了，那些幼雏全都争先恐后，摇摇晃晃站起来，吱吱吱地叫着，张开金黄色的大嘴，等着亲鸟喂食。没有多久，这些毛茸茸的小家伙也渐渐长大了，叫声越来越响亮了，胆子也越来越大了。它们敢于站在巢沿上拉屎了。有一天，我突发奇想，找来一顶旧草帽，让几个小伙伴扶着梯子，小心翼翼爬上去，把草帽挂在了窝的下面。伙伴们为我拍手叫好，也纷纷仿照我的做法，给他们家的燕子窝下面挂上了烂草帽。有一次，一只小家伙不小心从巢里掉下来了，我连忙找了小伙伴帮忙，爬上梯子，把它放了回去。

爷爷见状，笑呵呵地摸着我的头说："你终于懂事了！"我想，我已经长大了，该去书坊了。

雀巢鹞占的故事

　　记得过去在师范学校上生物课的时候,老师曾给我们讲了一个"鹊巢鸠占"的故事。上网一查,原来《诗经·召南·鹊巢》里早有这样的记载:"维鹊有巢,维鸠居之。"专家经过考证,说是"雀巢鸠占"。可是,童年时候,我却有幸亲眼见到真实的情况,原来其实是"雀巢鹞占"。

　　我出生在永寿县槐山脚下一个叫北村的小村子里,村前临着深不可测的沟渠,斑斑驳驳的土崖下,家家户户,院子挨着院子,土墙连着土墙,一个个烟熏火燎的老窑洞,前后错落,深浅不一,窟窿眼睛似的,二十多户人家蜗居穴处。沟边边、窑垴垴、院子里,坡坡坎坎,到处长着桃、杏、梨、枣等各种杂果树,以及中槐、洋槐、青桐等许多用材树。一到夏天,树木蓬蓬勃勃,团团簇簇,郁郁葱葱。村在林中,林在画中,简直如同仙境一般。

　　一天,大约是初夏的时候。我和伙伴们在门前的土崖下挖柴胡,不经意间,发现崖壁上有个窟窿,旁边有白色斑点的鸟粪。我们就索性像猴子似的爬了上去。啊,原来是一只碗口大小的鸟巢,中间放着几枚鸟蛋,其中一枚和枣一般大小,其余的像指甲盖一样大。大家喜出望外,欢呼起来。邻居水平哥说:"不要动!这一定是火焰斑的窝。瞧!在那儿!"顺着他的手势看去,在不远处的酸枣树上,有两只很漂亮的小鸟,羽毛华丽,雄鸟像一疙瘩火焰,雌鸟像灰绿色的宝石。它们边叫边警觉地飞了起来。这就是人们常说的火焰斑。

其实，在坊间，早有"三斑一鹞，三虎一豹"的说法。按老人们的说法，这鹞是鹊鹞子，是一种性格凶悍、专吃小鸟的猛禽。至于究竟是三只火焰斑里面有一只鹞子呢，还是三窝里面有一只鹞子呢？我实在搞不明白，问来问去，似乎谁也说不清楚。

反正，不管怎样，自从发现了那只鸟窝，我和伙伴们几乎是每天都要溜下土崖，小心翼翼爬上去看，弄得满身的土。不久，小鸟终于孵出来了。个个全身精光，肉乎乎的，蜷缩起来，埋头酣睡。两只亲鸟从早到晚，整天忙忙碌碌，飞出去，飞回来，嘴里总叼着菜青虫、蚂蚱、螳螂之类的虫子。它们非常机灵，非常警觉。进窝喂食之前，总要巡视一下周围的环境，确保没有什么动静，才快速飞进窝里。过了几天，小鸟们都长出了羽毛，毛茸茸的，傻乎乎的，张着金黄的大嘴，吱吱吱地叫着，憨态可掬。其中有一只雏鸟，羽毛灰褐色，体形明显比别的雏鸟要大。又过了几天，我们惊奇地发现，窝里只剩下了那只灰褐色的雏鸟，虎视眈眈的，竟然长得比亲鸟还要大得多。其他的小鸟都不见了。怎么回事？它们到哪里去了？这时，邻居水平哥说："这就是鹊鹞子，别的小鸟已经被它吃了。"我们几个年龄小的孩子一下子被惊得睁大了眼睛，怎么还有这事？回家问起爷爷，他说是真的。这家伙是个恶物，起窝了，说不定还要吃掉老鸟的。我听得有些害怕，仍然半信半疑。然而，有一天，我却不幸看到了惊心动魄、极其惨烈的一幕。母鸟刚从窝里飞出来，那家伙就冷森森地大叫着，扑棱棱追了上去，母鸟还没有反应过来，就被它尖利的爪子抓住了。然后，那家伙就张开大嘴，活活地把母鸟吞下去了。当时，伙伴们都张大了嘴巴，瞪大了眼睛，惊得说不出话来，似乎突然成了泥塑木雕。

这一幕，到现在我依然记得清清楚楚，仿佛就在昨日。

多么可怜的小鸟啊！风里来，雨里去，辛辛苦苦把自己的孩子养活大，竟然落得如此下场！看来，动物世界和人类社会多么相似，总有一些强势的家伙干着极其缺德甚至蛮不讲理的事情。这也许就是真正所谓的弱肉强食吧。

　　第二年，初夏时节。还是邻居水平哥从火焰斑的窝里抓了一只鹞子回来，养在铁笼子里，挂在窑院向阳的墙壁上。我和小伙伴们不止一次地仰头看着它，它凶残地吃着我们为它搞来的麻雀幼雏。看着看着，也终于看清了鹞子的真面目。它，羽毛灰褐，嘴坚硬钩曲，爪子锐利无比，浑身透着一股戾气和霸气，见了人就抖动翅膀，凶巴巴地尖叫。整个样子看起来非常像鹰，只是体形比鹰小了许多而已。它的食量大得惊人，放进一片肉，三下五除二就被消灭了。过了不久，食物就供不上了，没有办法，只有打开笼子放生了。

　　这是个非常真实的故事。写到这里，需要向大家澄清的是，"鹊巢鸠占"其实是"雀巢鹞占"。特别令我兴奋的是，我还上网从雀形目鸟类的图册里，经过反复仔细比对，终于找到了那个俗名叫火焰斑的小鸟——红腹红尾鸲。

　　多么可怜的小鸟啊！多么无情无义的鹞子！

仰望老鹰降临

记得刚上小学的时候,体育课上女老师就教我们做"老鹰抓小鸡"的游戏。如今,几十年都过去了,幼儿园的孩子们还时不时玩着这多少有些古老的游戏。可惜的是,现在的许多人包括幼儿园老师,他们并没有真正见过老鹰是什么样子,更不用说这些孩子了。有幸的是,童年时候的我,常常站在家门口,一次又一次地亲眼看到老鹰抓走了鸡。那个场景就是现在想起来,我也不由得心惊胆战,身上瑟瑟发抖。

那时,我们的老村坐落在簸箕形的沟边,全村家家户户住着烟熏火燎的土窑洞。这些古老的窑洞随坡就坎,依崖而凿,或大或小,或深或浅,或连或靠,或背或对,参差错落,沿沟摆布。每家每户都没有院墙,打开窑洞门向前走几步,就是断崖壁立的沟壑,空阔深邃,望不到底。沟边密密匝匝长着洋槐、中槐、桐树、枣树等。在村子东沟边的土崖上倒挂着几棵中槐树,老鹰叼了一大堆树枝纵横交错地垒上去,铺上厚厚的茅草,就搭成了自己的窝巢。我们站在对岸的土崖上,可以看得清清楚楚。

清晨,一轮呆呆红日像颗硕大的草莓,从遥远的天际冉冉地升起来。夜终于睁开惺忪的睡眼。天朗气清,苍苍凉凉,视野一下子无比辽阔。看见了江山无限,晴川历历,如此多娇,如此形胜。纵横的是沟壑,起伏的是梁峁,波澜壮阔,汹涌澎湃。就在这样的时空里,我们的老鹰早已雄心勃勃,盘踞在一根"土箭"的尖顶上,像一颗黑色的炮弹,沐浴着黎明的曙色,掸着翅膀,梳理着羽毛,舒活舒活筋骨,跃跃欲试的样子,似在积聚力量,准备一飞冲天。忽然,一声嘹呖的高歌,只见老鹰奋翔云霄,像一股强劲的黑旋风,扶摇直上,背负灿烂的霞光,苍茫远去,优游于岁月深处。那个潇洒壮丽的逍遥游啊,就像宇宙的王子,驾驭着山川大地,风行九万里,渺渺于湛蓝的太空。

老鹰啊,让我翘首期盼,让我多么羡慕!

那是个春天,我刚刚把牛羊赶下山坡,它们在坡上散开悠闲地吃草,白头乌鸦在牛羊身上跳来跳去,或在它们头上忽起忽落。突然间,老鹰风驰电掣,一飞冲天。那呼啸奔腾掠起的风浪,吓得牛哞哞大叫,惊魂不定;羊群哗然溃散,落荒而逃;一群乌鸦呜里哇啦,翩翩乱飞;我呢,则平展展地趴在地上。等回过神来定睛细看,老鹰已经蹿上蓝湛湛的天空,飞得很高很高,像一片飘游的黑树叶,最后钻入了白花花的云朵里,再也望不见了。

在我幼小的心目中,老鹰雄风万里、高蹈苍天的气势和气魄,是谁也比不了的。所以,最有趣的还是观看它巡游天下、雄视天下的时候。你看,它不知啥时就从白莲花般的云朵里钻了出来,在天空中趸来趸去,寻寻觅觅。往往这时,老鹰总是平展展地摊开簸箕似的双翼,给天下众生们表演着滑翔的绝技,回趸着,回趸着,慢慢地,慢慢地,坠落一轮轮弧圈。说时迟,那时快,它忽然径直向草地上的一只兔子或者一只小羊羔端端地俯冲下去。没等兔子或者小羊羔反应过来,只听见一声惨叫,老鹰已将它们掳到空中,呼啸着飞到沟那边去了。

那个时候,矫健凶猛强悍的老鹰常常在村庄上空,或者辽阔的沟壑上空趸来趸去,或者瞄准门前粪堆旁刨食的鸡鸭,或者瞄准草丛里惊慌逃命的兔子,或者瞄准埋头啃草的小羊羔,然后以迅雷不及掩耳之势俯冲下来,用尖利的爪子攫住小动物,仓皇逃走。儿时的我,曾经不止一次地看到过如此壮烈残酷的场景。经历了老鹰一次又一次的袭击,一旦看到老鹰在天空回旋,我们这些孩子就一同歇斯底里地呐喊起来:"扑噜——扑噜——"直喊得山鸣谷应,响遏行云。这时,老鹰就会绝望地,也是很不情愿地远走高飞。但

是,老鹰一旦像战斗机一样开始向下俯冲了,任我们怎么吼叫也是不起作用的。在我的记忆里,最难提防的是吃午饭的时候。大概老鹰也是非常聪明的,它常常算计到人们吃午饭,就出其不意地下来抓鸡了。只要一听到院子或沟边有鸡咕咕叫,人们的第一反应就是老鹰抓鸡了。于是,就都像箭一般冲出屋子。迟了,老鹰又肆无忌惮地拎着一只鸡,从眼前斜斜地射向天空,快如流星,疾若闪电。它俯冲降临和腾空而起带来一股猛烈的风浪,使得树叶飘摇,小草波动。一群鸡和鸭子躲在荆棘乱草里,张皇失措,咕咕嘎嘎乱叫。那时,尽管我和我的父老兄弟姐妹们一样,站在沟边,嘴里连声高喊着"扑噜——扑噜——",鸡还是被抓走了。只剩鸡鸭的叫声和人们的喊声交相呼应,在门前的深沟里经久不息地回荡着。

有一回,老鹰鹐死了村东田五八爷的一只羊羔。田五八爷曾经买了鼠药,领着哥哥去沟里,把药放到了小羊羔的内脏里。究竟是否毒死了老鹰,谁也说不清楚。反正,从那以后,我们村里的老鹰就不知不觉地消失了。老鹰窝里的那堆干柴,也不知被谁弄下来背回去烧了。

不久,我就上学念书了,那年我八岁。从那时到现在,快四十年过去了,我再也没有见过一回老鹰。如今,每每看到孩子们玩着"老鹰抓小鸡"的游戏,我总觉得他们的生活里好像欠缺了什么。

怀念麻雀

麻雀是我们村子里最常见的一种鸟。

麻雀的巢比较隐蔽,大都选在人够不着、风吹不着、雨淋不着的地方。不像小燕子把巢建筑在窑洞里的木橛上或者屋檐下的木橛上,那么精致,那么漂亮,一抬头就可以看见。麻雀的巢要么藏在屋檐下的马眼里,要么藏在崖面上的鼠洞里,要么藏在高高的土墙裂缝中。它们的窝也很简单,叼些鸡毛、细草、树叶,攒在一起就成了。

麻雀是傍着村庄而生存的一种鸟,始终与人类比邻而居。一年四季,春夏秋冬,随时随地,都可以看到麻雀的影子。院子里、篱笆下、柴垛上、食槽旁、谷地里、禾场边,到处都是。有时是一只两只三四只,有时是五只六只七八只,但更多的时候是一伙伙、一群群。如果推开饲养室的门,就轰的一声飞走了,成堆的饲草被刨得乱七八糟,满地狼藉。人们前脚刚出门,它们又成群结队,轰的一声落在草堆上,叽叽喳喳地叫着,肆无忌惮地刨着。特别是秋天,谷子快成熟了,地里的麻雀多得像群野蜂,闹嚷嚷地啄食着谷穗,连稻草人也不起作用,赶走了又来,赶走了又来,人们感到非常无奈。

说真的,它们简直讨厌极了!

记得 1976 年我刚上小学一年级。有一天,自习课上,一只麻雀误闯误撞飞进教室。同学们手舞足蹈,一下子吼叫起来,就像撵过街老鼠一样,人人喊着打麻雀,有几个同学脱下鞋子,顺手就飞镖似的扔了出去。可怜的小麻雀吓得惊慌失措，在房梁间飞来撞去，灰尘簌簌地落了下来。忽然，班主任老师冲进教室，非常严厉地教育我们说，麻雀曾经被列为"四害"之一，国家也发动人们天天打麻雀呢。后来，鸟类专家站了出来，说麻雀吃害虫的时候多，是益鸟，是人类的朋友，我们都要保护它。这才正儿八经结束了麻雀的厄运。

我想，麻雀之所以经历此种劫难，大概也和它自身的捣乱、不得人爱有关系呢。

六七岁的孩子很淘气，正是猪嫌狗不爱的年龄。那时候，全国"农业学大寨"，生产队里农活很多，大会战一个接着一个，大凡有劳动能力的人们，都早出晚归、没黑没明地开山、打坝、修路、修梯田去了，哪有时间管我们这些整天光着屁股跑来跑去的毛孩子。既然年龄小，进不了学堂，没人管，我们就三五成群，像一群小猴子，整天在村子里东奔西跑，上高落低，无法无天地疯玩起来。生产队饲养室的屋檐下麻雀窝是最多的，一旦看见麻雀从那里飞出来了，或者往那里飞进去了，我们就一声呐喊，七手八脚抬着梯子，像一伙攻城的突击队员似的，腾腾腾地跑过去，一鼓作气把梯子搭在墙面上，就迫不及待地摇摇晃晃爬上去。我们掰去外面的土块，把一根前头开衩的小棍子小心翼翼地伸进去。然后，拧着，拧着，慢慢往出一拽，一窝蛋或者幼雏就出来了。不过，有时我们把梯子搭在窑洞门口的墙面上，从鼠洞里往出掏，胆子大的也用手直接往出摸。有一回，我竟然摸到一条软绵绵的蛇，吓得我差点儿从梯子上掉下来。最为惊险的是在窑院的窑垴垴上，一个人在崖畔边趴下来，几个人从后边拽住他的双脚，趴着的人前半截身子奄拉在半空里掏鸟，有人站在窑院里望着指挥，直看得人提心吊胆，大气也不敢出。如果被大人发现了，大人只能悄悄绕到趴着的人身后，抓住他的双脚提上来，然后厉声呵斥。尽管如此，我们还是肆无忌惮地掏，偷偷地掏，掏了一窝又一窝粉色的麻雀蛋，掏了一窝又一窝赤条条或者毛茸茸的小麻雀。它们被我们抢来抢去，传递着，抛掷着，玩弄着，腻了，蛋也就打碎了，小麻雀也许

早已饿死或者奄奄一息了。然后,就扔给我家的猫或邻居永民家的大花狗。

我们从来没有觉得它是一条生命,更没有感到过心疼!

转眼间,就到了忙后,村庄里的小麻雀先先后后都起窝了,它们被老麻雀带领着,这儿一群,那儿一群,叽叽喳喳叫着,四处乱飞。刚起窝的小麻雀,打眼一看就可以看出来。它们羽毛未丰,呆头呆脑,行动缓慢,脚步蹒跚,力气不足,飞起来似坠而非坠,落下来的样子颇像一片秋天的树叶悠悠坠落。有经验的邻居大哥说,夏天天气热,麻雀都住在树上。我曾经很怀疑他的说法。于是,在一个风清月朗的夜晚,他们叫上了我,擎着长杆子,打着手电筒,在门前梧桐树的青枝绿叶间寻找。果然,麻雀三五成群地栖息在树枝上。照准一竿子打下去,几只麻雀就落下来了。跟着,他们便和了不软不硬的泥,将麻雀团团裹住,拳头大小,拿到生产队烤烟楼的火膛里烧烤起来。熟了,就摔掉泥块,有滋有味地吃起来。我有幸吃过几回,虽然肉很少,但味道鲜美,也算解了馋。这以后,我们这些淘气鬼,就常常玩起了逮麻雀、打麻雀的恶作剧。一旦看见一群麻雀,就从后面穷追不舍。说时迟,那时快,土块、石子、瓦砾一股脑儿像流弹一样密密地朝它们砸去。大伙都很佩服我的靶子很准,半个下午竟然就击落了四只小麻雀。为此,我曾感到非常过瘾,非常骄傲。

不久,我就很不情愿地被母亲送进了学堂,暂时远远地离开了麻雀。从此,再也没有掏过麻雀蛋和小麻雀,更没有打过小麻雀。后来,也记不准究竟是哪一年,是什么原因,从未离开过村子的麻雀和许多鸟一样,突然间,不知不觉销声匿迹了。

再后来,也不知过了多少年,麻雀却突然出现在了我的阳台上。

我的心不由得抽搐了一下。原来,麻雀并没有离开过我们呢。

红嘴乌鸦

今天，能写下这个题目，我心里感到非常快慰。

因为近乎四十年了，始终有这样一种鸟，一直在我记忆的乡村、田野和天空飞来飞去，喧闹不已，怎么也驱赶不走。我不知道它叫什么名字，只记得它比鸽子稍大，长着一身乌黑光亮的羽毛，两只红红的爪子，一张红红的嘴巴，整天在村子、田野、树林上空，成群结队，飞来掠去，闹聒聒齐飞，舞翩翩落下，哇里哇啦，叫个不停。当时，村里的人们都叫它红嘴鸟，我很不满意这种名字，但问了好些人也无从知道。

这究竟是一种什么鸟呢？绝对不是乌鸦，乌鸦全身乌黑自不用说，嘴脚也是黑的，在村子里纷起纷落，谁没有见过？也绝不是白头翁，白头翁脖颈上有白毛，经常在野外跟着牛羊转。可以说，哪里有牛群、羊群，哪里就一定有白头翁出现，它们总是在牛羊背上迈着小步，啄来啄去。

后来，不知啥原因，这种鸟不知不觉消失了。

前不久的一天，我忽然用"红嘴乌鸦"几个字搜索了一下，奇了，还真有这种鸟，打开网页细看有关这种鸟的生活习性和照片，我一下子判定记忆中的这种鸟一定是红嘴乌鸦，我高兴得差点儿叫了起来。

那是大约四十年前的事情了。

邻居堂兄家门洞旁有孔塌窑，窑的半崖上有个干枯多年的水洞。不知什么时候，两只红嘴乌鸦找了来，以此洞穴为窝巢，叼了些茅草、树叶、鸡毛之类铺了进去,舒舒服服安居下来。平时,它们比翼齐飞,你追我赶,过着似乎比人间更自由、更幸福、更温馨的日子。到了每年麦收前,一窝黑不溜秋的幼雏就悄悄地孵出来了。这时,我的堂兄就常常领着一群兴致勃勃的孩子站在院子中央,踮着脚,仰起头来,指指点点。有时,为了把窝里的情况看个一清二楚,我们也来到窑垴垴上,站在斜对面的位置,向下俯瞰。一进入育雏阶段,就是两只老鸟最忙碌、最辛苦的日子。两只老鸟整天从早到晚,慌里慌张,飞出飞回,每次回来,嘴里都叼着虫子。小鸟们一看见老鸟翩然落下,全都叽叽喳喳叫起来,张大嘴巴,你不让我,我不让你,争先恐后抢食物吃。它们长得真快,简直一天一个样。稍微大些了,有的小鸟似乎嫌窝里憋闷,就来到窝边,摇摇晃晃、战战兢兢地散步。有一回,一只小家伙不幸坠落院中,被我轻而易举地抓住,成了掌中玩物。翌日,堂兄劝我赶紧放回去。小伙伴们七手八脚抬来一个长长的梯子搭在墙上,我颤颤巍巍爬了上去,刚把小鸟放回窝里,老鸟突然回来了,随着一声声暴戾的大叫,它们像战斗机一样,朝我的头顶俯冲下来,恶狠狠地啄到了我的头上。小伙伴们见势不妙,丢下梯子,仓皇四散,梯子顺墙溜了下去,我一下子摔倒在地,幸好只擦伤了脸,崴了脚脖子,没有什么大碍。

　　一切都源于那两只红嘴乌鸦,它们为什么要鹐我?它们为什么要鹐我?我想不通,就对红嘴乌鸦恨得咬牙切齿,发誓非要报这个仇不可。一天,我趁着堂兄家没人,撺掇了几个伙伴,从路上弄来一堆子不软不硬的泥团,站在窑垴垴上,拿着泥团瞄准红嘴乌鸦的窝口就一阵枪林弹雨般乱扔,小鸟吓得钻进窝里,窝口却被泥团严严实实糊住了。我们拍手称快地庆祝了一番。随后的两天里,我发现两只红嘴乌鸦左冲右突,上蹿下跳,无奈极了,狼狈极了,也悲摧极了。它们在崖畔的枣树上,不停地飞着,也不停地叫着,其形之憔悴,其声之凄楚,我是真真切切、幸灾乐祸、扬扬得意地看到了。有一天,我发现这两只红嘴乌鸦都郁郁而终,一个死在了窑垴垴上,一个死在了院子当中。

　　四十年后的一天,我幡然醒悟了。原来,那两只老鸟也是为了保护四只小鸟,就像父母有时要舍生忘死,冲锋陷阵保护儿女一样,必须俯冲下来,拼死一搏,它们做得一点儿没错!是我错了!可是,我这个有名的小淘气、捣蛋鬼,醒悟得太迟了!如果早一点儿的话,那一窝小鸟不至于被活活闷死!那两只老鸟更不至于呼天抢地,啼血悲号,最终死去。

　　值得庆幸的是,我最终还是找到那些小鸟叫什么名字:红嘴乌鸦!红嘴乌鸦!红嘴乌鸦!

　　我简直有些喜出望外。

牧童乐趣

　　农村实行生产责任制以后,随着土地包产到户,队里那些牛、马、驴、骡都被抓阄到各家各户去饲养了。大锅饭被彻底打破,一家一户的生产开始了。一年四季,春耕、春播,夏耘、夏收,秋收、秋播,冬藏,农活一下子多起来,也琐碎起来。大人们总是忙了家里忙地头,整天紧紧张张,连颠带跑,奔着自家的小日子。

　　每个节假日,我们这些孩子都要帮着家里人劳动。大人吆着牛犁地,我们就跟在后边点种,或者用镢头敲打着土块;大人背着犁耢耙,我们就背着套绳;大人摇着耧摆麦,我们就在前边牵着牛;大人在前边割麦子,我们就在后边学着割麦子,或者捡拾着麦穗……所以,准确地说,我们这一代农家子弟,大都是跟在父母身后干着各种各样的农活进入童年的。好像在每个节假日,我们一个个几乎都自觉地承担起了放牛、放羊、割草、拾柴、挖药材的活儿。每当赶着牛羊满山满沟跑的时候,我们都感到了一种无忧无虑、无拘无束、无法无天的天真和浪漫。

　　所以,就是到现在,我总感觉到,自己最喜欢、最难忘的还是过去的牧童生活。因为在那段时光里,只要把牲口按时赶到沟坡里,喂饱它们的肚子,平平安安赶回来,就算万事大吉了。其实,放牛、割草、拾柴、挖药材、放羊、摘酸枣,可干可不干,那不是大人硬派的活儿。这样一来,我们心里就最轻松,最快乐。一旦疯玩起来,也就玩得最得意,最过瘾了。

　　盛夏酷暑,太阳正当头顶,光芒四射,像一面火镜,肆无忌惮地烘烤着大地。天空中,火辣辣的阳光很耀眼,如同芒刺在背;路面上,到处铺着厚厚的细土,踩上去烫热烫热的。刚吃罢午饭,我们这群孩子就光着膀子,露着脊背,在村子里跑来跑去,使劲地喊起来:"放牛走了! 放牛走了!"喊声在门前的沟壑里回荡着。这时,大人们就卸掉牛笼头,把牛从院落的树荫下赶出来了,养羊的人家也把羊群吆出来了。没有孩子的人家,也把牛托付给了我们。就这样,几十头牛和几百只羊混合在一起,组成了一支浩浩荡荡的队伍,被十几个孩子吆吆喝喝、咕里咕咚赶出了村子。村子北边是一条深深的沟壑。路过时,我们不约而同地在崖边上跺起了脚,一个劲地吼喊了起来:"崖娃娃,你妈纺线呢吗? 还是织布呢?"喊声交混回响,在沟壑间经久不息。惊得崖缝里的松鼠一下子上蹿下溜,乱蹦乱跳。一旦牛羊走进一条长长的土胡同,就有捣蛋的家伙索性骑在了老牛或者老羝羊的脊背上,突突突地狂奔起来。那些熙熙攘攘的牛羊,跟着就狼奔豕突,一个劲地向前冲,像一股决闸的洪流,奔腾咆哮,滚滚而去。回头看,牛羊踢踏起浓浓的烟尘,俨然一条巨大的黄龙,斜斜地升上天空,简直壮观极了。

　　玩是孩子们的天性。牛羊赶到了沟底,就自由自在地散开了,或在草丛里,或在树林里,安闲地、静静地吃着树叶,吃着嫩草。这当儿,我们也心无挂碍,感到非常放松。大家急火火地奔向半人深的水潭边,争先恐后地扑通扑通跳了进去,一个个抢着站在水潭的石崖下边,一任活泼泼的溪流冲顶而下。好凉快好冰爽的感觉啊! 然后,就狗刨,就蛙游,就仰游,就扎猛子,就打水仗,或者就像土鳖一样在水里趴着……这里面最活跃的是一个名叫水龙的小家伙,就像他的名字,水性简直好极了。然而我觉得,最惬意的就是枕在潭边的石头上,四肢伸展,仰面朝天,望着天上的白云,像棉花,像羊群,像雪山,慢慢地蠕动着,膨胀着,飘游着。粼粼的水波,就像温柔的大手,把人整个身子轻轻地托了起来,有种轻飘飘的感觉,似乎自己眨眼间变成了天上的云。泡得浑身舒坦了,大家就纷纷跳上岸,在热烘烘的大石头上平展展地趴着或者躺着,像鳖晒

盖一样,眯着眼美滋滋地享受着,那感觉真叫绝了呢。

然后,我们就顺着水潭去下游抓螃蟹。这是让我和伙伴们手舞足蹈、无比兴奋的事情。一条曲曲折折的小溪流,咕咕噜噜,常年向东流着,直流到不远处的泾河里。溪水两岸犬牙参差,青树翠蔓。水清得见底,卵石颗颗分明。只要搬开碗大的石头来,准会看见螃蟹随着水流仓皇而逃,一闪眼就不见了。螃蟹这家伙,外壳呈黑褐色,很接近卵石,身体前端长着一对硕大有力的锯齿状的大钳子,一旦遭遇敌人,它就张牙舞爪,晃动着钳子来防身,以趁机逃走。所以,我的经验是,用左手慢慢地轻轻地搬起石头,右手紧跟着在石头下面摸,摸到了就快速抓住撂上岸。有时,还真的把它撂翻了,只见它露着雪白的肚皮,怎么也翻不过身来;就是挣扎着翻过身,横行起来,也憨态可掬,笨拙得很,可笑得很。俗话说:“一朝被蛇咬,十年怕井绳。”好多伙伴不敢贸贸然去摸,怕的就是它的那两把大钳子。不知听谁说,螃蟹能生吃,可就是没人敢试。经不住伙伴们的再三鼓动,我就壮着胆子,真正做了回第一个吃螃蟹的人。我拽下它的钳子和腿,放进嘴里,有滋有味地大嚼起来。味道脆嫩鲜美,有点儿淡淡的咸腥味。当然,最可口的吃法还是拿回家,剥掉盖剔除内脏,让祖母在铁勺里炸熟了,看起来黄灿灿的、油晃晃的,吃起来脆脆的、香香的。

云淡风轻,秋高气爽。沟前沟后的秋庄稼、坡上坡下的野果终于成熟了。秋风飒飒,送来一阵阵扑鼻的香气。到了周末,我和伙伴们仍然相约去放牛。大伙儿常常提着草笼,把牛赶到林场附近,瞅着护林人不注意,就去偷梨、打枣、摘核桃,弄来了,就藏在草笼里,上面苫上野菜或树叶。有胆大的伙伴,竟然脱了衫子,扎紧两只袖口,疙里疙瘩装满了,滴里嘟噜搭在肩上,很招摇地往回走。虽然也被抓住过,被训斥过,但我们仍然像那些不会说话的牛羊吃庄稼一样——只记吃不记打。不过,漫山遍野的野果,像红艳艳的酸枣、红玛瑙似的苦李子、黄澄澄的杜梨、紫红的苦楝果、黑葡萄似的软枣等,却可以随便采,尽管往饱里吃。当然,最美的事情就是在野坡上偷着烧玉米棒子了。提起烧棒子，伙伴们就来了劲，高兴得连蹦带跳。于是，大家就赶紧去拾柴火、掰棒子。干柴遇到火，很快就毕毕剥剥烧起来了。一个个棒子被撂进去了。干柴太少不够用，有伙伴干脆就地砍来狼牙、酸枣等青柴，一下子捂了上去。跟着，一股浓浓的湿烟便袅袅升上天空，风助火势，火借风威，腾起高高的火焰。我们估摸着快烧熟了，就拨散火堆，捧起棒子，火烧火燎地啃起来。倘若弄来了很多干柴，我们就顺着土坎挖出一个槽子，下边生上旺火，上面架着棒子，边烧边转，烧着转着，一会儿就熟了，大家就狼吞虎咽地抢着吃起来。最可笑的是，吃着吃着，我们就吃成"画眉羊羔"和"黑脸包公"了，吃得两手十指黑黢黢了。

　　放牛放羊的生活是无比快乐的。牛羊吆到野坡里，我们就聆听着幽幽鸟鸣，在林间草地上坐着，躺着，滚着，跑着，甚至呼噜噜地睡一大觉。更多的时候，我们则是聚集在一起玩，有时打扑克牌，有时说笑话，有时讲鬼故事。眼看着快到回家时间了，大家才匆匆忙忙地散开来，挖药的挖药，拾柴的拾柴，割草的割草，采野菜的采野菜，捋树叶的捋树叶。在那些日子里，我做得最多的是放牛挖药材。因为我必须在暑假挣够自己的学费和书本费。不过，最值得庆幸的是还有书看呢。胡同口的永忠时常怀里揣着《西游记》《三国演义》的连环画来，伙伴们蜂拥而上，都抢着看，我认真地读完了每一本。后来，我还向邻居大哥借来了《两晋演义》以及《聊斋志异》的白话本，都如饥似渴地阅读了。然而，最糟糕的是，有时候只顾着玩，牛羊钻进了庄稼地里吃了大片庄稼；有时候，夕阳落窝了，我们却怎么也找不见自家的牛，急得狼颠狗蹿，坡上坡下地跑。

　　……

　　岁月如飞，忽地几十年就过去了。现在回想起来，童年少年的牧童生活，只给我留下了满满的快乐。如今，儿时的伙伴们早已面目沧桑，接近知天命之年。但那时的人物，那时的故事，那时的快乐场景，却不断泛上心头，像一幕幕老电影似的十分清晰地浮现在我的眼前。

戏园春秋

　　一条东西走向的土路从我们村子中间穿过。

　　这条土路，盘旋向上十五里，可以通达槐山顶上，再翻两条大沟就走出了山外，到了县城；长驱向下，可以通到泾河边上，走过一座摇摇晃晃的铁索桥，爬上山坡就到了泾河以北，也就是过去老年人常说的"红区"。所以，在外的山里人，都习惯地自称住在槐山脚下、泾河岸边。

　　我们这个村子有一千五百多口人，也算得上个古老的村子。虽然有一条路通往山外，但那个时候却不通车。从前，这条路的北边有个地窖大杂院，窑垴垴上是一大片开阔的空地。空地上有个戏园——不，其实不能叫戏园，因为没有园；也不能叫戏楼，因为没有楼。只有个半人高的四四方方的土台，三面围着又高又厚的土墙，充其量算个简单粗陋的戏台而已。戏台旁边还长着一棵高大的梧桐树，树杈上架着一个大喇叭。

　　不知怎么回事，对于这个戏台，我有真真切切的记忆。一天晚上，母亲用头巾包着我的脸，抱着我去看戏。戏没有开场，大幕还合在一起，台上有一些淘气捣蛋的孩子，像一群活泼的松鼠一样，哧溜过去哧溜过来，钻出来钻进去。母亲来到台下，把我抱上高高的台子，示意我跟他们一块玩去。我回过头来，看台下黑压压坐着一大片人，只怯怯地走了两步，就又张开两臂回到了母亲的怀抱。至于这个戏台，那天晚上究竟演的什么戏，以前演过什么戏，以后还演过什么戏，我都没有任何印象了。

现在想来，那应该是 20 世纪 70 年代初期的事情。

这个戏台子被村里的人们称为"老戏楼"。后来，这个"老戏楼"在不知不觉间消失了，那梧桐树、那大喇叭也跟着都不见了。倒是在村心的老池岸边，村里组织各小队的社员打土墙，圈起了一大片空地。空地上，坐东向西，夯筑起了大大的方形土台，三面围着土墙，没有顶棚，后边两侧留有进出口。

这个新戏园建起来后，公社里的宣传队、村上的文艺队、学校的文艺班更加活跃起来了。队员们大显身手，先后自编自演了一系列折子戏，白天演，晚上演，大会战前演，批斗会上演，搞得如火如荼。就在这个舞台上，一些人登台扮演的"小常宝""杨子荣""韩英"等形象，给人们留下了极其深刻的印象。特别是小常宝的唱段，大人娃娃几乎都能咿咿呀呀唱几句。邻居民哲、永民哥最爱唱，也唱得最好。不管是扛着锄头下沟干活，还是吆着牲口犁地，他们都放开喉咙，慷慨激昂地唱着。还有，学校的文艺班编排演出的韩英唱段，"韩英"是我们小队里的香梅姐扮演的。她一开腔，那歌声就吸引住了台下的观众，赢得了一阵阵春雷般的掌声。这出戏后，她一下子风风光光，名噪一时，简直成了人人称羡的大明星。真让我们这些"小尾巴"们羡慕得要命呢。

到了 20 世纪 80 年代初，公社又在街道北边圈了十几亩地，调集各村群众筑起了一圈土墙，临街安上了大红铁门。园子里，坐北向南，由公社的基建队盖起了高大气派的新式戏楼，戏台宽阔豁亮，两侧还带着化妆室和更衣室。随后，社里请县内的书法家在戏楼的横额上赫然题写了"永太影剧院"的名字。那几个字，很醒目，很俊朗，很大气。其中，那个"太"字，还是我的一位小学老师的墨宝呢。

那一年的农历三月份，公社举办了首次物资交流大会。为了庆祝，为了宣传，也为了聚集人气，全公社唯一的一辆东风牌汽车从县城拉来了县剧团几十号人马和几十箱行头。县剧团晚上不歇场，连续大唱三天，演的都是经典的传统本戏，有《三滴血》《火焰驹》《铡美案》《下河东》等秦腔大剧。看戏的人很多，不单本条塬上各村的人来了，而且南北两条塬上各村的人，都扶老携幼、投亲靠友地来我们村赶会看戏来了。那些贩猪卖羊的，卖生产农具的，卖日用百货的，卖布匹衣服的，卖儿童玩具的，卖各种各样小吃的，都被从县城及大集镇上吸引过来了，沿着街道两边摆开了。儿时的我，着实美美地开了一回眼界。宽阔的街道里，突然像涨满潮水一样，熙熙攘攘，车水马龙，川流不息。山里人没有见过什么世面，这百年一遇的秦腔戏，看起来真解馋！风轻云淡，艳阳当空，十几亩大的戏园里一下子人山人海，连墙头上也坐满了人。台上的演员们备受鼓舞，唱得尽情卖力，酣畅淋漓。台下的乡亲们如饥似渴地观看着，如痴如醉地观看着，或目不转睛，或如泥塑木雕，或喜笑颜开……那个万众欢腾的场面，实在令人难以忘怀。真应了坊间的一句调侃之语："唱戏的是疯子，看戏的是瓜子。"

这个过大会唱大戏的盛况，是我的村子以前从来没有过的。不过，我却听到了一些人的唉声叹气。就因为过会唱大戏，好几对刚订婚不久的年轻人散伙了。原因是，山里人有这样的风俗习惯，凡集镇逢古会，男方家庭都要把刚订婚的女子请到家里来，给些钱，再引到古会上买身新衣服，做些好吃的，买些好东西。有的女子嫌钱给得少，有的嫌衣服买得不称心，有的嫌男方太小气不大方，有的嫌照顾不周看不起她……姑娘们相互打问，相互攀比。这下，可真坏了。有的女子嘟嘟囔囔，满脸不高兴；有的女子啥也不说，屁股一扭，转身就走，男方家人拉都拉不住；有的女子闹矛盾，还把双方家人扯进来，话越说越多，越传越远，越闹越僵。就这样，尽管双方是奉父母之命媒妁之言、两眼对两眼订的婚，可因这场唱大戏的古会，弄得不欢而散，彻底黄了。一句话，钱是个硬头货，啥都不怪，就怪太穷了啊。

后来，好像哪一年的九月物资交流大会，也请县剧团来热热闹闹唱过一回。再后来，县剧团也不知什么原因倒闭了，这个戏园里就再也没有演过什么戏。既然没有戏可演，那十几亩地就一直闲着、空着，慢慢地被大片野草吞噬了。几十年风雨下来，戏楼也破破烂烂，完全成了一堆废物。

　　历史的车轮是谁也挡不住的。这些年里,山里人们的生活条件逐渐好了起来,几乎家家户户都住上了大瓦房,看上了大电视,许多年轻人还买了电脑。网络里看世界,看什么有什么,足不出户,就可遍知天下大事。凡事都有个兴和败,老戏楼、老戏园没用了,早被淘汰了。

　　前几年,戏园门口临街的地方,建起了自来水站和通村汽车站,在戏楼的地基上也盖起了漂亮的新村。一些老人经常自言自语地说,人老几辈,我们谁也想不到,远在泾河岸边的焦家河村,竟然被整村搬迁到了这里。

乡村老电影

　　孩提时候,我经常穿着开裆裤,编个青枝绿叶的草帽戴在头上,跟在一群大孩子屁股后面,漫天野地,没远没近地跑。有时在门前的沟洼洼里,有时在场院边的麦地里,有时在禾场上的草垛间,有时在土壕里的草丛中,钻出来,溜进去,卧倒爬起来,爬起来再卧倒,冲啊冲啊地疯玩,常常忘记了吃饭,害得祖母满村找。就是天黑了,也不知道回家,祖母就抱着衣服,撵前撵后地喊。

　　有人见了就说,你们这些小浑蛋,整天光学电影里的,翻天了,快成一帮子土匪了。想想也是,有时齐声呐喊着冲锋,土块一个劲乱扔,一下子弄得烟山土雾,惊得鸡飞狗跳墙,还真像土匪、鬼子进了村。

　　那个年代,乡下人一到天黑就无事可干了。可是,每当夜幕降临,我们就像夜猫子一样,夯起了耳朵,倾听着沟圈那边的动静。一旦夜气中远远地传来发电机突突突的声音,我们就手舞足蹈,一蹦三尺高,呼朋引伴,火烧火燎地缠着大人们去看电影。

　　其时,我们乡下人的文化生活是很单调的,除了平时看些样板戏,就是看电影了。所以,男女老少,看电影的兴致始终是蛮高的。我们村在公社所在地,公社里有专门的放映队。队上有三个人,一个姓马的男子,一个姓贺的女人,还有一个就是村里名叫权生的年轻人。他们一年四季,用自行车驮着放映机、电机、胶片、银幕、喇叭这些行当,一个村挨着一个村地放映。往往他们一来，整个村子就沸腾了。

　　乡下没有电影院，都是没有围墙的露天场子。我们村的电影，有时在公社的院子里放，有时在大队的院子里放，有时在中学的操场上放。放映队选择一个背风而开阔的地方，要么靠着高高的房檐，要么在两棵树之间，就扯起银幕来。傍晚时分，放映员就开始忙活了。一群大孩子放学后，连家也顾不上回去，就背着书包来了。他们兴高采烈地跟前跟后，七手八脚地帮着放映员抬电机，搬桌子，抬梯子，挂银幕，接电线，提片盒，上房或者爬树安喇叭……屁颠儿屁颠儿的，忙得不亦乐乎。这一切收拾停当了，放映员就开始倒片子、试片子，我们迫不及待围着看。这时候，太阳还老高老高。一些很鬼精的伙伴，不知道从哪里抱来了砖头瓦块，在银幕前的正中位置，整整齐齐地垒起了自己的座位，也为爸爸妈妈提前占好了位置。他们三个一团，五个一堆，一边左顾右盼、焦急万分地等待着，一边交头接耳，兴致勃勃地嬉闹着。夜幕终于降临了。吃过晚饭，大人们腋下夹着小凳子陆陆续续地来了。电影开场了，场子外，人影绰绰；场子里，人头攒动。母亲呼唤着儿子，儿子呼唤着母亲，一声接着一声，秩序乱极了。可笑的是，有一回，我提前抢占好了位置，等着等着，竟然埋头呼噜噜地睡着了。电影结束后母亲叫醒我，我还以为才开始。为此，我心里还后悔了几天。

　　那个年月，上演的似乎都是清一色的战斗片。但我们这些孩子却最痴迷，看得最过瘾，就像现在的小孩子对《西游记》一样百看不厌。就这样，我们如饥似渴地观看了《铁道游击队》《平原游击队》《地道战》《渡江侦察记》《上甘岭》……其实，在那个颠颠顸顸的童年时代，我们啥也不懂，不懂社会，不懂人生，不懂历史，更不懂电影里的时代背景，反映的是什么事。因而，看电影，也只是囫囵吞枣，看个出来进去，看个打打杀杀，希图个热热闹闹。用大人的话说，就是狗看星星，连个稀稠都不知道。尽管如此，一听到远处发电机响，我们依然心花怒放，依然乐此不疲，甚至几个人不惜跑上几里路，也要偷偷去邻村看一回。有一回，看到《铁道游击队》中敌人抢掠一通撤走后，有位大爷头系白毛巾,提着铜锣,边敲边喊:"平安无事了!"那时不懂普通话,我们也学着喊:"平安五十了!"心里当下就犯嘀咕,怎么就是五十,六十、七十不行吗?真是太可笑了。后来,上学了。自习课上,老师出去了,一个捣蛋鬼就跳出来,卸掉凳子的一条腿拿在手里,另一只手拿着教鞭,边走边敲,边敲边喊:"平安无事了! 平安无事了!"被老师逮了个正着。还有一回,我们看了《狼牙山五壮士》,第二天,一个小伙伴就站在教室的后窗台上,吐着舌头,扮着鬼脸,学着五壮士的样子,悲壮地高喊起来,喊完就转身勇敢地跳下去了。不期,外面跟着就传来了狼嗥似的哭声。原来,他的脚被绊了一下,人倒下去,头重重地杵在了地上,天庭上立马凸起一个鸡蛋大的包来。我们笑着笑着,就笑出了眼泪,笑得肚子疼,可最后却怎么也笑不出来了。

不过,战斗片看得多了,也似乎看出了一点门道。我们有了最基本最朴素的是非观念,能分清好人和坏人,最后总是好人战胜坏人。大家议论起来,也就眉飞色舞,滔滔不绝。好人怎么怎么样,坏人怎么怎么样。有一回,看完电影《红牡丹》,小伙伴们很不满意那个糊里糊涂的结局,就激烈地争论起来。主人公到底是死了还是活着? 有的说,她明明跃马跳下悬崖,肯定死了;有的说,她最后被好人救走了,绝对没死。我们争执不下,还去问了邻居上中学的大哥。当时,我就非常困惑,非常纳闷,好人怎么会死呢? 怎么也不甘心啊。

后来,农村改革轰轰烈烈地开始了。人民公社都改头换面了,大的改成了镇,小的改成了乡。我们那里是一个小乡,各村也大都通上了电,原来的放映队散伙了,现在由村上的权生兄弟俩支撑着,看电影也开始卖票收费了。这时,凭着发电机判断演不演电影,自然是不行了。但我很快就发现,只要远远地看见乡政府门口挂出一个红牌子,就知道晚上一定要演电影了。为了把消息弄准确,我几乎每天上学或放学都要绕道去乡政府门口侦查一下。

　　原来的电影院不收费、不卖票，场子是没有围墙的。后来乡上在街边圈起了十几亩地大的园子，里面建起了一座洋洋气气的戏楼，临街安上了大红铁门，大门上又开了个小门。于是，权生就在临街的墙上开了卖票窗口，经常在这个园子里演电影。大人的票价起初五分钱，后来一角、两角、五角，最后卖到一元钱。应该说，票价不高，很符合当时的实际情况。检票员一般都是请的陌生人。他们也有人情呢，领导、熟人、朋友也偷偷往进放。这时，个别聪明机灵的孩子，就钻空子，悄悄拽着他们的衣角混进去了。有的胆子很大，趁着人多检票员不留神，从别人胯下往进钻、往进溜。真正买票看电影的大人不多，他们只是在影剧院门口趸摸着，等待着，一旦半场过去，那大铁门就豁然大开了，外边的人也被放进去了。

　　我不会往进混，也不会往进溜，属于经常在影剧院门口趸摸的人。有一次，一个很要好的同学把我拉到一边悄悄说，跟我来，不用买票的。他把我带到围墙的水眼处。原来不知什么时候，那个水眼已被捣得像个狼窝。看着有几个人钻了进去，我也赶紧趴下钻了进去。后来，这个水眼还是被发现了，他们便从茅坑里淘来一铁锨大粪倒在了水眼处。一个不知底里的小家伙爬了进去，弄得满身臭烘烘的，被传为笑柄。水眼是无法进了。有天晚上，那个伙伴又带我来到了剧院后墙处。只见墙头上趴着一个个黑影，墙内的手电光扫过，就露出小脑袋来。原来都是一些翻墙的小家伙。电影开始了，园子里一下子暗了下来。觑着墙下无人，他们一个个就跳下去了，飞快地跑向人堆里。我心里很害怕，犹豫着，犹豫着，也跳了下去。不料，一个人打着手电筒，从墙下追了过来。我逃命似的钻进了戏台的后门，来到了舞台上，那人紧追了上来。我实在无处可逃了，便急中生智，不顾一切地从一人多高的戏台前沿径直跳了下去，很快钻入了人堆……为了看一场电影，简直跟做贼似的，甚至跳墙而下，铤而走险。这是一次多么可笑又多么可怕的逃票经历啊！从那以后，我宁愿不看电影，也不去翻墙。

　　后来，大概是我读初中的时候吧，权生得了一场大病，不到一年就走了。

放电影的事情就落在了他的弟弟身上。不久,电视兴起来了,买电视的人越来越多,乡下的电影事业就一日不如一日了,他的弟弟勉强维持了几年,实在干不下去,也就彻底撒手不干了。

前几年,数字电影终于走进了乡村。

那些看电视的碎事儿

　　第一次听到电视这个东西，是在四十多年前。那时候，我五六岁。

　　有一天，同村的小伙伴永忠说，中学买电视了。电视是啥东西啊？他搔着脑袋，用手比画着，吭哧半天，还是说不出个所以然来。反正，我们从没见过的，很有趣，好看极了，哪天带你去看看就知道了。永忠的伯父是学校的大师傅，有这个便利。一个星期六的中午，他果然带着我们几个小伙伴去了，美美地开了回眼界。真的，很新鲜，那里面怎么还有人呢？能跑能跳，又说又唱，也哭也笑。人是怎么钻进去？从哪里钻进去的？里面能藏下那么多人吗？带着一连串的疑问和困惑，我们还绕着它转了几个圈，始终没有弄明白这究竟是怎么一回事儿。

　　这是电视给我的最初印象。

　　只觉得，这是一个很奇妙、很稀罕的玩意儿。

　　我们这个小镇处在槐山脚下、泾河岸边，到县城要翻山越岭，有着百里路程。由于经济落后，这里长期不通车，消息很闭塞，人们几乎没有出去过，没有见过什么世面，所以，小镇上的新鲜事儿本来就不多。不过，中学买电视的消息很快就一传十、十传百，在小镇上不胫而走。到了晚上，人们就带着孩子，一拨一拨，络绎不绝地去看稀奇。起初，学校里的领导和老师们也很理解，也让大家坐到会议室里看。可人多了，会议室里面就很拥挤，甚至很闹吵。他们干脆把电视搬到院子里，让人们尽情尽兴地看。但是，看电视

也会上瘾的。人们天天晚上来，而且人越来越多了。学校本来就是个清静之地，更是个很文明的地方，像随地拉屎撒尿，随手丢弃垃圾，随意高声喧哗，都与学校的环境格格不入。但人们似乎不理解，我们这一群小孩子更不理解。不但如此，甚至还有些得寸进尺了。天刚擦黑，学生还正在上晚自习，人们就带着孩子，早早地来到了校门外，等候着门开。一些人高喉咙大嗓门地说着谝着，肆无忌惮地放声浪笑着。一些大人根本不管教自己的孩子，任其胡作非为。有的孩子打起了口哨，有的孩子把大铁门上的锁子和铁链摇得山响，有的孩子爬上了铁框门的顶上，高声喊着："开门！开门！"这时，一个校长模样的人走了过来，显得有些无可奈何，遂用乞求的口吻说："不要吵了，小声点儿。学生正在里面上自习。"说完，就转身走了。人们依然还是老样子。

有一天晚上，我跟随着一群人来到学校里。会议室的门紧锁着。人们就一个房子挨着一个房子地去找，终于找到了，一个房子里正放着电视，门从里面锁着。这时，一个教师拨开人群，敲着门喊着："李玉涛！李玉涛！"门开了，那人进去后又关上了。我靠近窗台透过玻璃，看着里面的电视。这时，不知谁在门口，大胆地高喊着："李玉涛！李玉涛！"忽然，门被拉开了，大家一下子闪身躲开了。我还没有反应过来，就被一个人拽进去了。他咆哮如雷，很气愤地向我吼起来："喊什么?！喊什么?！你叫啥名字?！"我脾气很倔，嘴上就是不服软："你抓我干什么？我也不知道是谁喊的，反正不是我！你人没认得，钱没挣下。"我是一个不懂事的小孩子，他拿我没有办法，只能把我放出来。跟着，人们才一哄而散，扬长而去了。吃一堑，长一智。从那以后，我再也没有去中学看过电视。后来，从大人的口中得知，那个叫"李玉涛"的人好像是我们小镇中学的时任副校长。

我总感觉，在那个物资极度匮乏的年月，人们对精神生活好像始终有一种追求的狂热感、饥饿感。后来，小镇上的供销社、医院、公社，也相继买了电视。说实话，未买之前，机关里的人和我们一样，也是经常死乞白赖地到

中学蹭着看电视。想想,也不纯粹是人们不知趣,死皮赖脸,那是饥饿啊。那时候,人们照样经常去蹭着看电视。一到天黑,就心热得不得了,一拨一拨地,一群一群地,这个单位门里进去,那个单位门里出来,简直跟遛马似的。如果门从里面被关住了,有人气没处出,就会咚咚咚地砸着铁门,驴喊马叫,鬼哭狼嚎,甚至气呼呼地谩骂,向院子里丢土块。其实,有时明明知道晚上没处看电视,却好像心里缺少个什么东西。既然不死心,睡不着,心里那筒花放不了不行,人们就三五成群地去找,可找来找去,转悠了半晚上,还是一无所获而归,回到家里,心里安然了,也能睡着了。不过,人们是不会到公社里去的。那里是衙门,人们似乎天生对衙门有种恐惧感、畏怯感,那里万万去不得,莽撞不得,造次不得。

这样的日子,过了好几年吧。我们大队把南沟苇塘的芦苇卖了,托人从上海买回了一台日立牌彩电。这是小镇街道第一台彩电。从此,人们就告别了每天晚上游击式蹭着看电视的岁月。这台电视买到了人们心坎里,大家欢天喜地,一下子有了种扬眉吐气的自豪感。

大队院里有一座五间房的大会议室。每天晚上,天还没有黑,男男女女,扶老携幼,就从四面八方咕里咕咚拥来了,密密麻麻站满了一院子,十万火急地等着放电视的人。孩子们最难沉住气了,早早地聚集到会议室门口,拥来挤去,打打闹闹。好不容易,放电视的村干部来了。他刚踏进院子,人们就一窝蜂似的跟了过来。他豁开人群,挤到门口,打开了锁子,嘴里连声叫着:"慢点!慢点!别挤了!"似乎没有人听。大家谁也不让谁,拥着,挤着,后边的人推着前边的人,像决闸的洪水一样一下子拥了进去。人挤人,吓死人。这时候,由于房子里面黑着,有人就被绊倒了,有人就被踩倒了,有人哭叫起来,有人呐喊着。情急之下,不知谁拉亮了灯,人们眼前豁然一亮,都抢着往前冲,跌倒的也赶紧爬起来。一眨眼的工夫,会议室爆满了,人们都在地面上的木椽上一排一排地坐下来了。会议室里顿时烟山土雾,弥漫着一阵阵呛人的土腥味。不久,会议室的门扇下面,不知被哪个捣蛋鬼撞了个窟窿，一些精细伶俐的小家伙，老早就从那儿钻了进去，坐到最佳位置上等候着。后来，门扇被修好了，有人又在土坯堵着的窗子上扒开一个洞来。有天晚上，我也提前钻了进去。电视刚开不久，我却埋头睡着了。醒来时，已半夜三更，会议室里空空如也，只剩下我一个人。我揉着眼睛，就地撒了泡尿，连忙爬出了窗子。好在那天晚上有月亮，我好像被狼从后面撵着似的，一路大步跑着回到家里。

自从大队有了彩电，几乎天天晚上放，我也几乎天天晚上像穆桂英阵阵到。如果哪天晚上放电视的人有事来不了，就看见人们在院子里一直集结着，闹吵着，常常是等到快十点了，还迟迟不肯离去。如果到了春节期间，那电视就白天晚上不倒台地放，直看得人头昏眼花，天旋地转，但我仍然还是去。不去，就感到心里不舒服。

不料，有一年，大队里的彩电却不翼而飞，无影无踪了。报了案，可没有线索就一直悬着。于是，全村人气不打一处来，相互之间一见面，就唾沫横飞、不歇不停地、咬牙切齿地祖宗八代地，骂着那个丧尽天良的贼。骂归骂，没有电视看，倒是铁的事实。这时候，村里个别殷实富裕的家庭也开始买电视了。尽管是黑白电视，没有大队里的好，也给我们带来了不少快乐。不用说，人们又开始到关系相好的私人家里蹭着看电视了。在私人家里看电视，不比在单位看电视，是要特别知趣的。永忠家是我们小队里第一个买电视的，记得在他家，我一集不落地看完了连续剧《霍元甲》。

生活真会和人开玩笑。过了几年，大队的彩电又找到了，简直和丢失一样奇怪。不过，那个时候，人们的生活一天天好起来了，电视已渐渐成为新婚对象的首选嫁妆。随着一批又一批的年轻人结婚，买电视的家庭自然就越来越多了。慢慢地，慢慢地，作为嫁妆的黑白电视也变成了彩电、遥控彩电、平板彩电、大屏幕彩电，越来越高端，越来越洋气了。如今，电脑已经作为嫁妆，走进了一些年轻人的生活。

忽然有一天，大队里的彩电就被一个收破烂的人拉走了。

逛　集

　　永寿县的槐山脚下，自西向东匍匐着三条十来里长的土梁。这些土梁，极像巨人伸出的三根手指头，一路摊开沉降下去，径直通到泾河边上。乡亲们都习惯夸张地说，它们是棒槌梁梁。最北边是郭村梁，中间是永太梁，最南边是唐朝时所谓的长寿塬，现在叫渠子梁。民国时期的永太乡公所，就管辖着这三条梁。站在这边，隔河而望，对面就是彬县的龙高塬和旬邑县的土桥塬了。

　　具体地说，我的老家位于永太梁中部的车村。村里人口众多，共有八个生产队，是永太人民公社所在地。这条土梁既狭窄又短小，几个弹丸似的小村子，沿着土梁南面的沟边，高低错落，一溜儿摆开，好像一串野葡萄。

　　那时，郭村梁和永太梁合称永太公社。渠子梁由于面积大、人口多，单独设了渠子公社。永太车村的集市是很有名气的。每个星期日的早饭后，南北两条梁上的村子里，都有人翻沟前来车村赶集。我家住在车村北边的北村里。这一天，我和伙伴们站在村口的杏树台台上，看见郭村塬上的赶集人，有在后边赶着猪的，有用担子挑着猪崽的，有棍子一头挑着几只鸡的，有提着肉兔笼子的，有挎着鸡蛋篮子的，有挎着"红军不怕远征难"包的……男男女女，扶老携幼，络绎不绝，从窑垴垴上经过。

　　当时，我只有五六岁，但每个周日逢集逛集看热闹，是雷打不动的。公社的西墙外是一片地坑窑的窑垴垴，地面开阔，周围杨树挺拔，槐树清秀，桐

树枝繁叶茂,遮天蔽日,像一把把大伞。大约上午九点半,集市就涨潮似的,咕咚咕咚上来了,那些树下到处都是人。我们东游西转,往往哪里人多就往哪里挤。

有一回,我挤到人堆里,看见一位瘸腿的中年妇女坐在地上,脚边卧着几只花公鸡,用绳子拴在一起。它们时而扑棱着翅膀,时而咯咯大叫。这位妇女矮个头,披头散发,穿着破破烂烂的大襟衫子,流着长鼻涕,手和脸脏兮兮的。尤其是她那前胸上,一层垢圿明溜溜的,简直能擦着火。一些大孩子竟然肆无忌惮地胡喊乱叫起来,"你看你把人能脏死!""你看你的鼻涕,把嘴唇都快压塌了!""你看你耳朵背后那垢圿,有一铁钱厚!""你看你头上那虱子,简直像麦牛!""瓜藏娃!瓜藏娃!你还钱多得不行!"许多难以入耳的话向她劈头盖脸而去。她不愠不怒,面无表情,只掏出馒头低头大口大口地啃着。啃完之后,便忽而从左边的衣兜里掏出一卷钱,忽而从右边的衣兜里掏出一卷钱,蘸着唾沫,一张一张,认认真真,仔仔细细地数了起来,看得好些人直咂舌头。有捣蛋鬼抢了她手里的钱,她才一脸惶然地仰起头来。

后来,我才从大人们嘴里得知,她叫藏娃,家住后沟,招了个上门女婿,不知什么原因,大脑受了刺激,神经有点错乱。由于衣服穿得烂,很脏兮,就有娃娃们撵前跟后欺负她。她账算很清,对生意很精,好像每个周日都来跟集,来时不是卖鸡、卖兔子,就是卖核桃、枣之类。藏娃一坐下来,就照例默默地掏出一卷卷钱来,细细地翻来覆去地数起来。孩子们依然无所顾忌地来捣乱,恶言恶语地数落她,耍笑她,拿她穷开心。甚至有手脚不干净的家伙,竟然把手偷偷伸进了她的衣兜里。她被作践得没奈何了,就起身挪一个地方。可无济于事,那帮子捣蛋鬼照样还是围上去起哄,简直把她当稀奇看,当猴子耍。

当时,我怎么也想不明白,她不就是不修边幅,衣服比别人烂一点儿,比别人脏一点儿吗?不就是两手粗糙,满脸汗渍吗?不就是头发有些凌乱吗?不就是爱当着大伙的面数钱吗?一个老实善良又有点儿麻木迟钝的女人,一个把东山的太阳背到西山的农民，一个为了生活，养猪养羊养鸡的家庭主妇，辛辛苦苦挣了一点钱，难道就不对路了吗？就应该备受人歧视吗？

所以，在我的印象里，她是一个很可怜很可怜的女人。

接下来，我能记住的就是郭村菜园子卖菜的。去过村北沟底里菜园子的人都知道，郭村人紧挨溪畔整出一块平地，修了一个个菜畦，种上了好多蔬菜，每年的夏秋两季都挑到我们村的集市上来卖。挑担的常常是一个中年男人，大个子，方脸盘，粗眉大眼，留着一脸森然的黑胡楂儿，戴着一顶旧草帽。每次路过村口的窑堖堖时，我都看见他气喘吁吁，汗流满面。大概是怕熟人撞上吧，两个菜笼上总是苫着绿汪汪的水草。一来到集市的白杨树下，他就坐在扁担上，敞开汗湿的衫子，摘下草帽，一个劲地扇着凉风。然后，就从颈项间拿下长长的烟锅，剜上一锅子旱烟，悠悠然地抽起来。人们早已呼啦围了上去，揭开笼上的水草——多新鲜的菜啊！白黄瓜像牛犄角一样弯弯的，拳头大小的西红柿红红的，秤锤一样的青椒绿生生的，马蔺草一样的韭菜水嫩嫩的，还有一个个茄子青紫青紫的，直看得人馋涎欲滴。有好几回，我曾亲眼看到，一个伙伴挤进去，围着卖菜的男子狗蹲下来，贼眉鼠眼地盯着菜笼，趁着那个男人不注意，偷偷地摸了一个西红柿，溜出人群，逃之夭夭。随后，就躲在没人处很香甜地吃起来。

最热闹的当是猪市。那里熙熙攘攘，猪叫鸡鸣，人声鼎沸，一片喧嚣。大一点儿的猪全都被拴在墙边的树上，它们用嘴一下一下拱开了地面，趴在湿土里，哼哼唧唧打着瞌睡。所有的猪崽都被绑着两只前腿，趴在地上，遇到惊吓，就吱吱哇哇噪叫着，不停地向前拱去。买猪的大人像经布似的，在猪市上来去穿梭。他们时而踢起了这头，时而踢起了那头，仔细端详着，心里盘算着，相互嘀咕着。倘使买猪崽，就捉住耳朵，提起来上下打量。这期间，最活跃的是那些经纪。他们在集市上转悠着，逡巡着，似乎对每个人都很熟悉，一旦发现有意向的买主，就主动凑上前去，热情地摘下草帽，或者撩起衣襟，或者伸出长长的袖筒，拉住买主的手，在下面捏来捏去。然后，再拉

住卖方的手,照例捏来捏去。就这样,关于价格的问题,他显得很有耐心,如此三番地给双方撮合着。那时候,人们都很穷,现金交易是极少的。赊账就赊账,只要经纪出面担保,双方有诚信,一切交易活动正常进行,生意照样成交。最后,经纪终于发话了:"就这价,三月会上交钱!你提走吧。"虽然卖方不太乐意,经纪还是把定金硬塞给他,自己把事拿了,让买主尽快把猪崽提走。

童年不识愁滋味,似乎经过的每个日子都是新鲜的、快乐的。特别是每个逢集的日子里,我们总是在熙熙攘攘的人流里,钻来挤去,不亦乐乎地逛着玩着,寻找着乐子。那时,我们弟兄俩最大的愿望就是什么时候能买两只兔子回来,日日饲养起来。为此,哥哥和我捡来砖头、瓦块和树枝,在院子里的土崖下,和上麦草泥,琢磨着,捣鼓着,垒起了一个兔窝。一天,爹终于从降山电站回家休假了,我死乞白赖地缠着他去逛集,转悠来转悠去,我们挑选了一对灰色的肉兔抱回来。我们如获至宝,欢天喜地。哪知,第二天一大早,我们俩大眼瞪小眼,兔子不翼而飞了。看着我们垂头丧气的样子,爹安慰说,一定是窗框缝隙留得大了,被狸子夜里抓走了,后面给你们再买两只。于是,爹便在院子的柿子树下就地掘了一个四方坑,凿了一个小洞,坑上边密密地捂上树枝,又弄起了一个新窝。爹说到做到,果然又带着我们买回了两只白花花的毛兔。后来,它们长大了,繁殖了一窝又一窝,我们铰了一茬又一茬毛,竟然卖了不少钱。

斗转星移,童年一晃就过去了。时移世易,在农村经济改革的大潮中,我的家乡早已发生了翻天覆地的变化。如今的街道里日新月异,今非昔比;如今的集市上,货畅其流,琳琅满目。

但说实在的,我却再也找不到那年那人、那事那物、那故事了。

特别是当年逛集时的那种情境、那种心情,永远地消失了。

清明备忘录

今天是四月四日,明天就是清明节了。

一大早,我就打开窗子,伫立在窗前,若有所思地望着外边的世界。天空迷迷蒙蒙的,远远近近都被浓浓的袅袅的雾气笼罩着。空气湿漉漉的,一股沁人心脾的冰凉,径直扑面而来。

清明节,是我们中国人祭祖扫墓的日子。据传,它始于古代帝王将相"墓祭"之礼,后来民间纷纷效仿,祭祖扫墓,历代沿袭下来,就成了一种固定的风俗。到了唐代,才真正演变成为一个节日。在这个日子里,不论是达官贵人,还是平头百姓,大都要回家祭祖扫墓,以表示对先人们的幽思、怀念和孝心。于是,我就忽然想起了百里之外的乡下,想起了那个生我养我几十年的老村,想起了我的左邻右舍,想起了我的父老乡亲。

我的乡邻、我的父老兄弟们,他们扛着镢头或铁锨,腋下夹着翠绿的松树或柏树,提着烧纸、冥币或者纸糊的电视、冰箱、汽车之类的祭祀物品,一路说着笑着,成群结队、络绎不绝地走向村北那个二三里外的土梁。放眼望去,天朗气清,视野辽阔,山川明润,桃红李白。土梁两边的黄土沟壑里,两条活泼泼的溪水,叮叮淙淙,常年四季流淌着,交汇在远处。在土梁的鳌盖上的南边背风向阳处,是一台一台的公共墓地,新坟挨着老坟,老坟连着新坟。一抔抔黄土、一丛丛荒草下,长眠着我们的亲人。这时候,我的父老乡亲们心怀虔诚和恭敬,带着满脸庄重肃穆的表情,来到了亲人的墓地。有的围着坟堆转悠着,看哪里塌陷下去了,哪里有了狐踪兔穴鼠洞,就弄来新土一层层培上;有的砍去荆棘和杂草,修剪着墓地上的洋槐树和楸树;有的在坟前栽下松树或柏树,给后辈留下记号。然后,就爬上坟头用土块压上黄黄的烧纸,最后跪下来,给亲人们烧着冥币,嘴里默默地念叨着,想到人世的伤心处,甚至也呜呜咽咽地痛哭……当然,也有人丁兴旺、家业发达的人家,趁着天气晴好,招来亲戚本家,为逝去的亲人攒墓立碑,让后辈儿孙永远铭记。

今年的清明时节很有些特别,天气乍暖还寒,忽阴忽晴,时雨时歇。前一天还风起云涌,电光闪闪,春雷滚滚,大雨滂沱,瓢泼了一整天。去年,是个老老实实的干冬,没有落过一场雪。"好雨知时节,当春乃发生。"眼前遇上这样的及时雨,真是久旱逢甘霖。有经验的乡亲们总会念叨:"雨打清明前,春雨定频繁。""雨打清明前,洼地好种田。""清明雨星星,一棵高粱打一升。"所以,我不禁想象在回来的路上,他们一定兴高采烈地议论着这些。他们心里很清楚,这些谚语都明白无误地预示着,今年春季雨水充沛,秋季庄稼可望大丰收。

坐在窗前,望着这绵绵不歇的春雨,我也不由得想起了我的亲人们。祖父从小是孤儿,是他的爷爷一把屎一把尿拉扯大的,他对父母没有任何记忆。我的父母死的时候都是四十多岁,我们兄妹三个都是祖父、祖母含辛茹苦养大成家的。对于他们的生育之恩、养育之情,我终生都是不敢忘的。先前,在乡下的时候,每个清明节,我总是要上坟的。有一年,清明节前夕的一个晚上,我做了一个莫名其妙的梦,梦见自己在村子北边的沟里游荡,竟然看见母亲住在一个破破烂烂的塌窑里。琢磨了好久,我才恍然大悟,可能是母亲的坟塌陷了。到了清明节那天,我下意识地带着镢头和锨去上坟。果然,就看见她的坟头上塌了个窟窿。后来,我的祖母过世了。几年后的一个秋天,我又做了一个类似的梦,梦见祖母住在一个塌窑里。凭着经验,我立即给乡下的哥哥打电话,告诉他,祖母的坟可能塌陷了,得赶紧修补一下。于是,哥哥就请人择了个良辰吉日,拉着架子车,带着镢头和锨及时去了。事后,他打电话给我说,祖母的坟已经补起来了,让我放心。这两件事情虽

然已经过去了多年，但我却始终记得非常清楚。我总觉得，那是亲人们托梦给我，让我们给她们修坟呢。

十年前的时候，我在家门口工作。每年的清明节，不管是不是节假日，都会抽空给亲人们上坟烧纸。后来，进了县城，路远回家不便，清明不放假，上坟祭扫的事情，只要哥哥没出远门，就全靠他代表了。有一年，他到外省打工去了，回不来，就打电话让我清明节回家上坟。可是，时过境迁，多年不上坟，发现各家的坟墓周围都长满了荒草、藤蔓、荆棘和洋槐树，没有什么能辨识的东西。我在树林里盘桓了好久，怎么也无法确认祖父、祖母的坟墓位置，连忙打电话问哥哥，纠缠了半天，才终于弄清楚了。想了想，这是多么可笑、多么荒唐的一件事情。实在是对亲人的大不敬、大不孝！简直贻笑天下！这不是典型的忘祖吗？忘祖也就是忘本！当时，我忽然深深地感到了一种难以启齿的愧疚。以至我不敢对任何人说起这件事情。去年深秋，邻居老妈过世，我回家奔丧，送葬的当天，还请哥哥和一位本家堂兄，来到祖父母的墓地，亲自为我进行了指认。

清明节祭祖扫墓，应该说是每个人都忘不了的事情。好几天前，我就掰着指头拨算着清明节是哪一天，上网查询这一天天气如何。不料，清明时节雨纷纷，我因为脚伤未愈，暂时不能走路，回不了老家，心里很不是滋味。其实，我是多么想回老家一趟，给祖父、祖母、父亲、母亲上坟祭扫啊！哪怕看亲人们的坟头一眼也行。然而，我却只能待在家里，哪里也去不了。我翻来覆去思量着，哥哥、妹妹和侄儿都去了外地打工，为扫墓赶回家很不现实。没有办法，我只有硬着头皮给老家的嫂子打电话，央她代替我们兄妹，给四位亲人上坟祭扫。

虽说做了如此安排，我的心里还是七上八下，很不踏实，甚至非常愧疚。人，不能忘了根本。尽孝，本来就是自己的事情。试问，人间孝心，别人能代替吗？

窗外，春雨淅沥，雾气蒙蒙。我突然感觉到自己像被屏蔽在玻璃罩中，心里也下起了毛毛细雨，一下子凉透了。

七夕絮语

过去,在乡下老家,流传着这样一种说法,说是喜鹊"伏伏不喝水,九九不进窝"。至于究竟为什么,母亲还给我讲过一个美妙的传说。可惜,原来的那个故事,我记不起来了。大意好像是喜鹊整天叽叽喳喳,吵吵闹闹,泄露了什么不该泄露的秘密,造物主就降罪了,嫌它口无遮拦,多嘴多舌,违了天意,坏了大事,就有意惩罚它,让它永世"伏伏不喝水,九九不进窝"了。每年的七月初七,还罚喜鹊飞上天,为牛郎织女搭桥,让这对有情人相会。

我的老家地处渭北高原沟壑区,如果爬上高处,可以远远地望见泾河。我们的小村坐落在沟边,周围簇拥着高大茂密的树木。院子里的梧桐树上、麦场边的白杨树上、村心的老槐树上,都有喜鹊窝。窝是用树枝七拼八凑纵横交错垒成的,跟家中的草笼一般大小。一年四季,从早到晚,这些喜鹊就在村子上空嘎嘎嘎地叫着,自由自在地飞来飞去。

那时的我,年纪很小很小,好奇心却很强很强。平时,我很细心地留意这些喜鹊。说来也真怪,我似乎总是看见,酷热难耐的三伏天里,每只喜鹊都热得张着嘴,喘着气,没精打采,几乎要从树梢上栽下来,但却好像从没有发现它们喝过水。到了数九隆冬,西北风狼嚎着,千里冰封,万里雪飘,它们似乎总是不停地在树梢上忽悠着,跳跃着,聒噪着,没有进窝避寒的时候。更让我感到奇怪的是,七月初七这天,我和小伙伴们在村子里跑来跑去,却怎么也看不到一只喜鹊。它们都到哪里去了呢?到哪里去了呢?

大人们说,喜鹊都到天上搭桥去了。我们不约而同地抬起头来,眼睛睁得像牛眼、像酒盅,吃力地四面张望着。水晶般蓝莹莹的天空里,一片片白花花的云朵,优哉游哉地飘着。它们在哪里呢?在哪里呢?我们怎么看不见?我们打破砂锅问到底,也许大人们感到不耐烦了,就说,凡人怎么能看得见呢?肉眼怎么能看得见呢?我们简直困惑极了。

母亲还说,夜里躲在葡萄架下,可以听见牛郎织女说悄悄话呢。这时,我们又来了兴致,高兴得连蹦带跳。一声呐喊,又忽地聚拢来,东家出来,西家进去,仔仔细细地搜寻起来,看谁家院子里有葡萄架。结果,没有,都说没有。我们垂头丧气,一下子失望到了极点。

夜幕还没有降临,我家门前沟边的土台,就被勤劳的祖母打扫得白光白光,有人说简直能晾搅团。入夜,一根老黄瓜似的新月挂上树梢;满天的星斗密密麻麻,眨着亮晶晶的眼睛;夜游的蝙蝠在头顶上循环往复,颤颤抖抖,趑来趄去;一只只萤火虫提着灯笼,忽高忽低,似乎在寻找着什么。左邻右舍,我的父老兄弟姐妹们都纷纷从家里出来了。夜风习习,在沟边的土台上,他们赤着膀子,露着胸膛,或席地而坐,或仰面而躺,或屈身而卧,惬意地享受着好天良夜,有一搭没一搭地拉着家长里短。见多识广的田五八爷,摸着胡子,忽然长叹一声,指着夜空,说:"那边,最亮的那颗是牛郎星;这边,最亮的是织女星。那长长的天河,把他们生生隔开了。"是谁呢?是谁呢?是谁这么狠心?是玉皇大帝,是王母娘娘。接着,他便为我们这些黄口孺子,娓娓动听地讲起了牛郎织女的故事。我们听得如痴如醉,心里酸酸的,气真不打一处来。

不一会儿,就发现邻居的大姐姐们,窃窃私语,相互撺掇,神神秘秘。我们便悄悄尾随着跟了过去。她们用碟子碗端来核桃、桃子、黄瓜等瓜果,一溜儿放在窗台上,接着转过身,就向着月娘娘,庄严肃穆地拜了起来。然后,她们就对着幽幽的月光,摆弄着手里的针和线,似乎要在月光下比赛针线活儿。夜深了,露水终于下来了。她们用纤纤玉指蘸着脸盆里明晃晃的露珠,

在脸蛋和眼圈周围细细地抹来抹去。有一年,天大旱,七夕夜里,她们不多不少恰好凑成了七个姑娘,分别端着盆清水,拿着谷草、抹布,来到村东的窑院里洗起了石头碾子,还咿咿呀呀唱起了歌。问起大人,他们说,这是七仙女在为我们大伙求雨,你们不要乱问,不要打扰她们。

不久,村里上演了电影《牛郎织女》。我们看到,织女被天兵天将抓走了,牛郎挑着两个孩子紧追不舍,眼看就要追上了。不料,王母娘娘拔下簪子,挥手之间,眼前就出现了一条波涛汹涌的大河,无法逾越。这时,我们再也按捺不住心中的怒火,暴跳如雷,指手画脚,大声骂起来。所幸瑞气千条,祥云缭绕,无数喜鹊欢叫着,熙熙攘攘而来,搭成了一座彩虹似的鹊桥,一对有情人终于相会了。

当时,我还十分天真地想,怪不得七月初七那天看不见村里的喜鹊,原来它们真的都到天上搭桥去了呢。

1985年,我考进了一所师范学校。课外读到了不少有关七夕的诗词,其中熟读成诵的有汉代《古诗十九首》里的一首:"迢迢牵牛星,皎皎河汉女。纤纤擢素手,札札弄机杼。终日不成章,泣涕零如雨。河汉清且浅,相去复几许。盈盈一水间,脉脉不得语。"还有一首,就是宋代词人秦观的《鹊桥仙》:"纤云弄巧,飞星传恨,银汉迢迢暗度。金风玉露一相逢,便胜却人间无数。柔情似水,佳期如梦,忍顾鹊桥归路!两情若是久长时,又岂在朝朝暮暮!"记得年轻初恋时,我写的第一封情书里,还引用了这首词。

后来,我的恋爱一而再,再而三,历经多次坎坷和曲折。不过,每失败一回,我都更加清醒一次,更加成熟一次。值得庆幸的是结局还好,在一次次寻寻觅觅、凄凄惨惨戚戚之后,终于还是找到了我的有情人。记得那是个七夕夜,我仰望着浩瀚无垠的星空,想着人间辛酸事,忽然视通万里,思接千载,灵感大发,就写了一首诗《仰望天河》:"走进紫陌红尘里/忽然就来到了天河边上/啊,这天上人间千古不息的河/波涛汹涌的河/难以逾越的河/像屈原仰望苍穹/像李白仰望蜀道/像韩愈仰望秦岭/天意啊,总是从来高难

问/牛郎织女早已地老天荒/不知去向/于是，真想变成飞鸟或游鱼/变成神仙！上天入地/渴望飞来一朵祥云/渴望搭起一座鹊桥/彼岸啊，你的窗口在何处/今夜，有人确实像李清照一样/正在寻找一个渡口/寻找一叶扁舟/寻找一位舵手。"

婚后，有一年的春天，妻子的大弟为我家院子里移栽了一株葡萄。到了那年七夕节，青藤翠蔓摇缀，绿叶翩翩婆娑，葡萄水灵灵的，一嘟噜一嘟噜。那天晚上，月光皎洁，童心未泯的我，还是那么幼稚可笑，竟然忍不住蹲在葡萄架下，聆听了一回牛郎织女的悄悄话。

妻子笑着问："听到了什么？"我不假思索地说："美梦成真。"

其实，古往今来，我们中国是没有名正言顺的情人节的。不过，如今有许多人都下意识地把七夕作为中国的情人节。节日来临之前，他们自觉不自觉地通过短信、微信、QQ 等，向亲人朋友们发去热情洋溢的祝福。8 月 20 日下午，一位同僚掏出手机，给我读了十来岁的儿子发给他的祝福短信。当听到"祝福爱情甜蜜"的字眼时，说老实话，我们这些做大人的，一下子心里热乎乎的。

哪个少男不钟情？哪个少女不怀春？可是，爱情和世间的许多事情一样，也常常不尽如人意，甚至是很不完美的。所以，在这个极其美好的节日里，我只想说，但愿天下有情人终成眷属，一路走好，且行且珍惜。

还乡散记

　　金秋十月的一天下午,天空灰蒙蒙的,空气潮潮的、湿湿的。我离开喧嚣热闹的县城,回乡下老家去。

　　刚一出城,我就来了精神。我贪婪地看着窗外一闪而过的丘陵、沟壑、田野、果园、树林……总感觉进入视野的那一山一水、一草一木,是那么熟悉,那么新鲜,那么亲切,心里涌动着一种无法抑制的兴奋。其实,最奇怪的是,每次回乡下老家一看见它们,我都会下意识地觉得它们好像我的亲兄弟、老朋友似的,与它们有种久违了的亲密感。仔细想了想,虽然自己已经离开乡下蛰居县城十年有余,但还是忘不了曾在故乡朝夕相处的这些"老朋友们",因为它们已经像一种生命的元素,融入了我的血液中。这说明什么呢?说明我的"根"还长在故乡的土地上。说到底,也许就是所谓的血浓于水的乡情吧。

　　窗外,随处可以看到的是,色彩斑斓的秋天已经来临了。

　　我们的车在山路上盘旋,时而爬坡,时而下坎,时而左拐,时而右转。公路两旁的洋槐树、侧柏,长得郁郁苍苍,或者墨绿,或者老绿,像夹道列队的哨兵,雄赳赳地守护着弯弯的山道。向远处眺望,梁梁峁峁连绵起伏,沟沟壑壑纵横交错。那些梁上、坡上、坳里、渠里,一下子秋色缤纷。一坨苍绿,一片暗紫,一块亮黄,一堆丹红。有坨地方颜色深重,有坨地方颜色浅淡;有坨地方色斑大,有坨地方色斑小。我知道,苍绿的是松柏,暗紫的是洋槐,亮

黄的是杨树,丹红的是柿子。这景象,要说万山红遍,那是不准确的,只能说层林尽染、色彩绚烂而已。整个看起来,波谷浪峰好像长上了老年斑,也好像穿上了和尚的百衲衣。近处,站在路边看过去,那洋槐树林是密匝匝的,树干是黑苍苍的,每棵树头上都挂着一嘟噜一嘟噜的果实,在簌簌的秋风中,唰啦啦唰啦啦作响。

车刚一爬上固室塬边,扑入眼帘的又是另一番美丽的景象。公路两边分别长满了一长溜的格桑花。在藏语中,"格桑"是幸福的意思,"梅朵"是花的意思,所以格桑花又名"格桑梅朵"。它是高原生命力最顽强的一种野花,它的故乡在西藏、青海、川西和滇西北那无边的大草原上。仔细看去,那些格桑花长得半人高,秆细而颀长,似乎有点弱不禁风的样子。花朵铜钱大小,八瓣形状,中间丝丝灿黄的蕊;花瓣有白色的,有黄色的,有紫色的,有粉色的,有红色的,好像童年时祖母为我做的风车,也好像千千万万只的蝴蝶。在凉丝丝的秋风中,这些格桑花开得非常灿烂,美丽而不妖艳,柔弱而不失挺拔。这是我平生第一次看见格桑花,不知什么时候,我们的养路工人竟然把它引种到了公路边。它们好像两条悠悠晃晃随风飘动的花带,形成了美丽的风景线。真是幸福花装扮了平安路啊!

十月的田野是空旷的、散乱的。回望公路两边的田野,视野非常辽阔。一大块一大块的苹果园里,果子都摘完了,只剩下了一棵棵轻轻松松、舒腰展枝的苹果树,叶子或暗绿,或褐黄,稀拉拉的,抖动着,絮语着。在果园的间隙里,偶尔可以看见小块的菜地,长着翠绿的白菜、萝卜和大葱。那些刚刚收完的秋田里,更是凌乱不堪,简直像打了败仗。豆蔓的落叶厚厚地铺了一地,被掐了谷穗的谷秆偃仰倒伏;那些野地里的玉米秆,大部分已被刈割,有些东一堆西一摊地睡在地上,有些依着田埂地头东倒西歪,似乎张望着什么。再远处,就是平展展的麦田,它被秋雨滋润得绿茸茸的,好像铺上了一大片一大片的绿毡子。

进入槐山地区,就像进入了神话世界。大雾升起来了,眨眼间,"山在虚无缥缈间"。那一座座山头，仿佛一下子置身波澜壮阔的大海里，被汹涌而来的白浪淹没了。有时只露出几个山头，看起来就像起伏在波涛中的岛屿。在那槐山顶上，高耸入云、巍峨壮观的电视转播塔，被朦朦胧胧的大雾弥漫着，包裹着，氤氲着，远远望去，就像茫茫大海上遥远的灯塔。我们的车子宛如一叶小舟，在曲里拐弯的山路上奔驰着。时不时可以看见路边崖畔上长着一棵棵酸枣树，树上挂着红艳艳的酸枣。忽然，路边草丛中的野鸡被惊得嘎嘎嘎大叫着端直射了出去，像一枚炮弹似的跌落在沟渠那边的灌木丛中。也偶尔能看到几只灰褐色的野兔或者松鼠，闪电般横穿公路逃逸时惊慌失措的样子。

我的老家在槐山脚下。下山的十几里路，一闪眼就到。家乡真是今非昔比，变化太大了。我看见街道边的小饭馆门口停着几台庞大的工程车，一些操着外地口音民工模样的人在小卖部前买东西。远处，建起了一大片活动板房，高高地矗起了一座水塔，还有许多立体灌装设施，好像一个什么厂子。我有些茫然地搜索着自己的记忆。那个童年时我们经常戏水的村心大老池早已被填平了，建起了漂亮的村委会，建起了宽阔的活动广场，周围开发成了商业门店。那个偌大的荒芜的戏园和那个土台子戏楼也不见了。远在十五里之外的泾河畔的小村，通过整村移民搬迁，在这里一划建起了自己的新家园。老家的街道又宽又平，干干净净，老土街终于变成了水泥路。街边的大瓦房吉星高照，宽敞豁亮，一家挨着一家，是乡亲们的和谐家园、幸福家园。

正是收获的季节，乡亲们的院子里，大南瓜慵懒地睡在窗台上；檐下的红辣椒，挂得一串又一串；门前水泥路上的玉米黄灿灿的，放得一堆一堆的；街边的柿子树上硕果累累，火红的柿子一嘟噜一嘟噜。姑娘们坐在门口，一边扎着"家和万事兴"的十字绣，一边叽里呱啦谝着闲传，笑声脆得简直像银铃，一浪又一浪……

瞧！乡亲们这日子，多么瓷实、多么滋润、多么红火啊！

　　路过邻居堂叔家,我看见他家的上房盖起来了,红屋瓦,白瓷砖,精致的铝合金窗子,典雅的新款式大门,确实美观极了。院子中央围着一拨人,正在打扑克,连说带笑。堂叔的两个双胞胎孙女,有棒槌高了,绕着圈子追逐着,喜笑颜开,手舞足蹈。我走进院子,堂叔自豪地说,银西高铁开工了,后沟里有隧道,咱村打了水井,建起了拌料场,他家住了十几个民工。现在村里人气一下子旺了,来往的车多了,连小饭馆也开了几个,生意也比以前好做了。有空去沟边看看,隧道已经钻开了,气势美得很。

　　堂叔的话,正中我意。我急不可耐地来到了北沟边,极目遥望起来。对于这个地方,我感到太熟悉太亲切了。北沟里,是苍茫的上坪林场,爷爷过去曾在林场里做牛倌。小时候,哥哥经常带我去林场给爷爷送吃的。后来,责任制开始了,家家分了牲口。暑假里,我和小伙伴几乎天天去北沟里放牛。如今,眼前一条沙土路弯弯曲曲穿过林场,修到了对面的半沟里,隧道从一个窑洞里钻进去了。曾记得,那是过去年代留下的一个包山庄的窑院,正面的院墙上有一块被整平了,用白灰刷着这么几个大字:"农业学大寨。"少年时的一个正月里,球娃哥曾带着哥哥和我,在这个窑院的土墙上挖过蝎子。在一个深深的曲里拐弯的老鼠窝里,竟然藏着一疙瘩蝎子,蠕蠕地动。我们喜出望外,小心翼翼地用手捏着往瓶子里装。

　　斗转星移,时光如水。谁也想不到,我们这藏在山旮旯里的小村子确实大变样了!想象着不久的将来,我们这些槐山脚下的山里人坐着高铁去外边的精彩世界,可以早出晚归的画面,我心里的憧憬一下子满满的,就像我眼前的父老乡亲们一样,满脸洋溢着扬眉吐气的自豪。

邂逅乡愁

深秋的一天,雨后初霁。

陕文投影视公司来了几个人,说他们明年开春要拍摄一部电视连续剧《一号文件》,想在我们永寿物色外景拍摄地———一个窑洞老村落和一个崭新亮丽的新农村。许多人拍手称快,说这是个极好的宣传机会,咸阳的泾阳县因为拍了一部电视连续剧《那年花开月正圆》美美地火爆了一回。

有人说,机会是可遇不可求的,我们永寿一定要紧紧抓住。前几年,永寿用三年时间告别了土窑洞。老村落早沉没地下,销声匿迹了吧?抱着试一试的想法,我打通了甘井镇余镇长的电话。他说这样的老村稀缺得很,他们镇上还保留下了几个。当时,我非常疑惑,竟然有些不敢相信自己的耳朵。因为这些年来,全县的村子我大都进去过,一回回看到的,总是摆布得整整齐齐的新农村。

见面后,我们和余镇长愉快地聊起来。我发现他眼光独特,颇有先见之明。他说,眼前这样的村落,很有人文历史价值,如果能拍个电影电视,建个影视基地,绝对是天大的好事情。我们应该把它作为一种典型的黄土民俗地域文化,想方设法保存下来,留给后人做个纪念。

大家很赞成他的观点,都说他是一个有头脑有眼光有担当有责任的人。

车穿过五星新村,很快就到了老村口。走下一段仄仄的土坡,就远远地看见禾场边的塄坎上矗立着一棵高大古老的柿子树,仿佛一位老态龙钟的

　　百岁老人站在村口瞩望着，迎迓远方来的客人。只见黑苍苍的树干树枝，虬曲嶙峋，奇崛遒劲，一枝枝像龙爪，像钢筋铁骨，伸向湛蓝的天空。树上，叶子稀稀拉拉，地上铺了厚厚的一层，像一片绮丽的丹霞，也像一块火红的地毯。树上的柿子全露出来了，密匝匝，红火火，亮晶晶。远看，像一盘惹人注目的糕点，更像披挂着满身果实的圣诞老人。

　　走近了，便看见树下的桐树根上坐着一位六十岁左右的女人，一个很可爱的小男孩，戴着帽子，穿得很厚实，很臃肿，圆咕嘟嘟的，挓挲着两手，依依绕膝，自顾自地开心地玩着。忽地，就狗蹲下来，不知是捡拾着树叶，还是逮着蚂蚁。

　　这个似曾相识的场面，是多么熟悉、多么亲切啊！

　　同伴们不约而同地拿出相机、手机拍了起来。听见有人过来了，那个女人慢悠悠地仰起头来，脸上毫无表情，似乎有点儿迟钝，有点儿麻木。那个小男孩站了起来，看稀奇似的，傻乎乎地，张着嘴巴，睁大眼睛，不换眼地盯着我们看。

　　忽然，传来一种很嘹亮的声音，径直撞击着我的心，但就是一时想不起是什么。急忙忙循声望去，原来禾场边的水池子里漂着两只大白鹅。见来人了，抻着长长的脖子，张着宽大的翅膀，侧斜着身子，交头接耳，左顾右盼，惊慌失措地仰天大叫着。远处，还有几只慢条斯理散步的灰褐色的鸭子。这时，一位同伴摇头晃脑，随口吟出了骆宾王七岁时写下的一首诗："鹅，鹅，鹅，曲项向天歌。白毛浮绿水，红掌拨清波。"

　　两只大白鹅，没有见过世面，也许是确实受到了惊扰。它们有点儿艰难地跳出了池子，肩并着肩，摇晃着肥大蠢笨的身子，颤颤巍巍，蹒跚着向我们走了过来。忽然，就张开翅膀，抻长脖子，嘎嘎嘎大叫着，端直朝我们冲过来。见势不妙，一位同伴夺路而逃。大白鹅气势汹汹，简直像两辆坦克，穷追不舍。一下子搞得我们狼狈极了，全都落荒而逃。

　　"不要慌，不要跑。你一跑，它就得势不饶人了。"余镇长饶有风趣地说，

"这家伙,没见过啥世面,对客人们这么不欢迎、不友好。"说着,余镇长转过身来,跺了一下脚。只见大白鹅好像听懂了话似的,陡然停下来,扭转身子,嘎嘎嘎地叫着逃之夭夭。

大家都不约而同地哈哈大笑起来。

这时候,我们听到了一个女人银铃般脆朗朗的笑声。循声望去,前边转弯处,是个一面开口的大院子,三面沿墙都搭满了棚子,棚子里都拴满了牛,拢共有几十头之多。天刚刚下过雨,院子里到处是泥糊涂、屎粪尿。一对青年男女,大概是两口子吧,身穿旧衣服,脚蹬高勒雨靴,正站在泥水里给农用车上装粪。大笑的就是这个洒脱利落的女子,她用笑声迎接了镇长,也用笑声和我们打起了招呼。

余镇长急忙向他们走过去,嘘寒问暖。随后,他向我们介绍说,这是全镇的专业养殖村,这一家是个养牛大户。目前,这个老村大部分住户都搬迁到新村去了,只剩下几户了。这里幽静,远离喧嚣,生态良好,他们镇上一直想把这个老村保护下来,通过招商引资,大力发展养殖业,促进农民增收。

他说到这里,我才仔细环顾了一下周围。

这的确是一个十分荒芜的老村落,庄前院后,都被洋槐、楸树、白杨和柿子树等树木错落有致地环抱着、簇拥着,喜鹊、长尾蓝鹊在老村上空飞来飞去。许是这里的水土与别处有很大不同,我惊奇地发现,洋槐的长势脱颖挺拔,好像浑身没有节疤,没有旁逸斜枝,个个像电线杆,昂首挺胸,高大魁梧,参天耸立,直插云霄。

我先后两次走进这个村子,一次次地惊叹着,思考着。这儿的洋槐树和楸树,为什么生命力如此强大、如此旺盛?它们与永寿其他地方的洋槐树和楸树为什么不一样?于是,我便不由得想起古人说过这样一句话:"橘生淮南则为橘,生于淮北则为枳。"大概就是环境的原因吧,是气候、风水不同所致。

进了一家又一家,院子极其颓败荒凉,有的是柴扉、篱笆院墙,有的是土门楼、土院墙。是土墙的,大都斑斑驳驳,或倾圮,或坍塌,墙头上长满了野菊花和莎草葫芦。院里的房子,有的是土木结构,有的是砖混结构,有的是柴草棚。每家院子里都长满了荒草,最里面壁立着凹凸不平的黄土崖,崖畔上牵拉着酸枣树、狼牙刺、苦楝、杜梨等灌木丛。下面的窑洞,个个饱经沧桑、烟熏火燎、窟窿眼睛的,有的甚至像狼窝。住着人的院子里,总有狗被拴着,见了人就汪汪汪地狂吠。金灿灿的玉米大棚摆在院子中央,窗台上、柴垛上摆满柿子。男主人从兜里掏出香烟来敬,女主人热情地让我们吃柿子。其中,走进一家院子,还看见一位女主人,手里正剥着玉米棒子,一群肥硕的花母鸡,仰起脖子,扑着翅膀,紧盯着她手里的玉米,偶尔还叽叽呱呱叫几声。见了我们,她有点自卑地说:"看我们这院子,乱七八糟的,都不敢让人进来。"后来,我们还走进了另一家院子的窑洞,女主人正忙着蒸馒头,很歉意地说:"看我们这窑里,黑咕隆咚,脏兮兮的,站没站处,坐没坐处。"弄得我们倒很不好意思。

作为一个土生土长的永寿人,我出生在沟边一个弹丸似的小村子,在这个小村子里,吃喝拉撒几十年。进了县城后,我也曾经常常跟随领导下乡,进过许多村子。但是,这次走进甘井镇五星老村,给我的感受却很深。说真的,我总觉得这里好像是世外桃源,与世隔绝,落后了一大截子。虽然村民们都很纯朴,但不论是他们的衣着服饰,还是他们的神态表情,与外面的世界相比,都似乎慢了半拍。我甚至有点儿想不通,永寿竟然还有这么落后的村子?所以我想,这不会是个被遗忘的角落吧?

记得前几年,我出生的那个沟边的小村子被复垦还田了。有一回,我回老家奔丧,忽然看见村口的老杏树不见了,黄土崖下的窑洞不见了,村内街道的树木不见了,甚至连同我儿时的记忆都不见了。当时,我一下子难以接受这样的现实,仿佛被抽了筋,浑身困乏无力,心里空落落的,禁不住流下了泪水。那时,我才忽然觉得自己真正读懂了大诗人艾青"为什么我的眼里常含泪水?因为我对这土地爱得深沉"的感喟。

不忘过去，方得始终。一个正常的人，怎么能忘了自己的根本呢？

也许是受了刺激，也许是为了渐去渐远的记忆，我痛定思痛，操起了荒废多年的秃笔，利用周末节假日，以老村记忆系列为主题，叼空写出了几十万字的散文。因为，那代表着一个不可逾越的时代，我想让后来人记住那个时代。而且，我还想通过自己的笔，给我们北村的父老乡亲及后辈儿孙们留下一些念想，使他们能"看得见山，望得见水，记得住乡愁"。于是，我便给这本书取了这样一个名字，叫《生命之根》。

真是没有想到，在记忆里寻寻觅觅之后，我却终于在两次走进甘井镇五星老村时，亲眼见到了那么熟悉的窑院，那么亲切的场景，那么淳朴的人情社会。

乡愁啊！这就是沉甸甸的乡愁。所以，我要说，一不小心，老村就触碰到了我沉睡的乡愁。

城市之痒

　　越过了茫茫槐山,就似乎进入了大千世界。

　　身心不适,水土不服,那都只能是暂时的。不食人间烟火绝对不行。只能想办法融入,再融入。良朋益友不可缺少,东奔西跑不可缺少,艰苦拼搏更不可缺少。感受着,尴尬着,困惑着;顿悟过,挣扎过,痛并快乐过……

　　一转身,已近知天命之年。忽然,大彻大悟,原来生活就是这么回事! 平平淡淡、从从容容才是真。

周末的流浪

周六的中午,酒足饭饱,我们一群狐朋狗友,海吹神聊,胡说浪谝,吆吆喝喝地挤上车,风风火火地奔向城里。

虽然已是农历十一月,但冬日的永寿塬上,风平浪静,视野辽阔。青光光的天空中挂着红艳艳的日头,飘着白粼粼的云朵,天气暖和得如同阳春三月。有道是,出门三步远,另是一重天。走了不久,太阳就变得影影绰绰,白云也不见了。隆起的乾陵、绵延的五峰山、突兀的九嵕山、坦荡的原野、鳞次栉比的高楼……车窗外的大千世界,一下子变得模模糊糊,仿佛被屏蔽在了一个无边无际的玻璃罩子里,白茫茫的。不是雾!这是霾。现代化的大都市都患了传染病一样,不可避免地得上了白内障啊。

临近市区,太阳早已消失得无影无踪,整个城市都在灰白色的帐子里了。没有想到的是,周末的城里却是另一番壮观的景象。每一条大街都宛然宽阔的河床,翻腾着一条汹涌的河流。车道上,各种各样的小车,来来往往,一辆挨着一辆,规规矩矩,慢慢地向前蠕动,好像大雨来临前蚂蚁在搬家。好不容易前面绿灯一亮,小车们都一辆紧跟一辆鱼贯而行,像梭子似的朝前猛蹿。红绿灯太多了,走不了几步,又得停下来,一分一秒地熬,一分一秒地等。我们的车夹在中间,见缝插针,简直像一条硕大的鱼,被汩汩流淌的车流推来挤去。现在的大都市,确实车满为患,找来找去,怎么也寻不到泊车的地方。凡到一处,每时每刻,都可以看到有车正在艰难地掉头,有车

正在一点一点地往出挪，有车正在小心翼翼地往进钻，有车正在无可奈何地等待。

忽然间，一种被挤压的感觉铺天盖地地袭来，是那么强烈，那么急迫。我甚至感觉到了，在这个城市里，我们显得是那么多余。

进入繁华的闹市区，大街两边的人行道上，老老少少，潮男潮女，小两口，一家子，扶老携幼的，拖儿挈女的，背包的，挎包的，空手的……似乎全城的人都倾巢出动了，一下子拥到了大街上。熙来攘往的人流，如织如潮，一浪一浪汹涌不息。这时，我们仿佛走进了密密的丛林，只有谨小慎微、亦步亦趋、心无旁骛地往前走。说真的，在乡下走路和在城里走路是截然不同的。平时，我习惯了自由散漫，习惯了无所顾忌，习惯了大步流星，甚至习惯了大摇大摆、招摇过市。忽然来到了这城市里，感觉真不适应，似乎连路都不会走了。不但不能交头接耳，不能左顾右盼，还得平心静气，慢悠悠，眼观六路，耳听八方，一心一意。尽管如此，我还是常常踩到别人的脚后跟，碰到行人的大腿、肩膀、手臂，撞到一些人的挎包或提包上，惹得人家翻白眼——怀疑我是醉鬼或小偷，也说不定呢。最难的是过马路了，眼前的车，一辆接一辆，像穿梭，像射箭，让人内心非常紧张，犹豫着，犹豫着，常常是抬脚走出去，退回来，再走出去，再退回来。

商场或商城就像蜂巢，人们成群结队，小蜜蜂似的，出出进进。一旦走进明明亮亮的商场，年轻漂亮的柜台小姐们就一下子热情地围了上来，争着向顾客们推销自己的商品，给你倒茶，帮你提包，为你抱衣服，领你换衣服，殷勤得实在有点让人受不了。说起买衣服，估计天底下最有耐心的还是女人们。她们一遍又一遍地比画着，挑拣着，弹嫌着，磨扯着，不厌其烦地看了一件又一件，试了一件又一件，有的又忽而转身恋恋不舍地走了。名牌就是名牌，确实是好货，可每件动辄上千元，甚至几千元。搞活动又能怎么样？打折又能怎么样？钱毕竟不是捡来的，真正要花一把心疼呢，还得掂量掂量。我看见许多人趑趄来趑趄去，最后还是一步一回头地离开了。同行的老王很知趣地附在我耳边说:"咱们走吧,这不是我们这个层次的人该来的地方。""好啊,咱们走!这里面又闷又热,赶紧出去透透气。"于是,跟着一大群人站在了下行的电梯上,我们看见对面上行的电梯又源源不断地送上来一大拨子人。

大概城里周末逛商场、逛商城的人最多吧,我们跟随着一股股人流,走进一个商场又一个商场,走出一个商场又一个商场;走进一个商城又一个商城,走出一个商城又一个商城。站在商场的门口透气时,我们发现,从商场门口咕咚咕咚拥出来的人中,手里滴里嘟噜拿着东西的人并不是很多。老王很达观地说,你看看,绝大多数人还不是和我们一样,都是空手而来,空手而归。他一语中的,说得真是对极了呢。我的心里忽然感到既释然又坦然。俗话说,有个卖啥的,就有个买啥的。但我们确实不属于这座城市,这座城市也确实不属于我们!

等车的时候,我们磕磕碰碰走出了繁华的商业大街,来到了人们平时休闲娱乐的大广场上,漫无目的地转悠起来。奇怪!广场上人很少。只见地下商场的出口处,一群衣着鲜亮、身段婀娜的女人,伴着美妙的音乐旋律,自顾自如痴如醉地跳着广场舞。倒是几个如花似玉的女学生,无忧无虑,叽里呱啦,优雅地甩出了一个又一个明晃晃的肥皂泡,追逐着,嬉闹着。她们看着肥皂泡一个又一个地破灭了,便发出银铃般灿烂的笑声。我们走困了,站累了,便四处搜寻着能坐下来的地方。广场周边的凉椅上,都坐着如胶似漆、卿卿我我的恋人。看到有个凉椅空了,我们就加快脚步赶过去。不料想,一对少男少女手挽手坐了上去。接着,我们又朝广场另一边的空凉椅走去,还没赶过去,一对少男少女就又坐了上去。哈哈哈,真是无奈极了。偌大一个城市,竟然连个歇歇脚的地方都找不到。

还是赶紧撤吧,这不是我们的栖身之地。

这时候,城市里灯火辉煌,夜生活不知不觉地开始了。大街小巷,车水马龙,川流不息。商家店门口的霓虹灯闪烁着魅惑的眼睛,一些流行歌曲唱

得火辣撩人。欲望啊，这是欲望之城！可我们却归心似箭，大逃亡似的悄悄地离开了。沿途，一栋栋新建的摩天大楼凸显出无比巍峨的剪影，稀稀落落露出几点灯光，好像遥远的鬼火。

好像有人这样说过："工业文明每前进一步，生存文明就后退一步。"眼前所见，难道就是我们这些乡下人常常羡慕的城市生活吗？说句真心话，我感受到了尴尬，感受到了压力，感受到了难堪，甚至想到了一个人要跻身城市，吃喝拉撒睡，何其艰难。

走在路上，我还不由得想起了钱锺书先生《围城》里的一句话："城中的人想出去，城外的人想冲进来。"

走进渭滨公园

十月六日一大早,我携妻带女来到了咸阳城里。

其实,这次出门,完全是为了践行我的诺言,为女儿圆梦。因为这次出行,女儿已经嘟囔了好长时间,而且我也早已答应。特别是国庆这几天,她天天嚷着要我带她到城里的游乐园去玩玩。十月五日晚上,当我终于下决心带她去时,她有些半信半疑,反复追问了我好多次。当发现我非常肯定之后,她高兴地在床上蹦了起来。当晚,她睡得很迟,第二天天没亮就醒来了。

应该说,渭滨公园是咸阳市民们日常休闲娱乐的最好去处。一进大门,我们就看见一群头发花白的退休老干部,男男女女凑在一起,站在林间空地上,有的吹着笛子,有的拉着二胡,大家在一个人的共同指挥下,满怀豪情、慷慨激昂,齐声合唱着过去年代里的歌曲。看着他们那副如痴如醉的神情,就让人不由得想起那个激情燃烧的岁月。大约他们是在用这种独特的方式,纪念回忆过去的青葱岁月吧。再往前走,我们还看见有人自由自在地散步,有人慢悠悠地打着太极拳,有人得心应手地抖着空竹,有人汗流浃背地打着羽毛球,有人无所顾忌地吼着秦腔……

在这现代化的大都市里,到处是鳞次栉比的高楼、川流不息的车辆、熙来攘往的人流、滚滚而来的红尘、烟霏云敛的雾霾。而唯有公园才像一座葱葱茏茏的绿岛,像城市蓬蓬勃勃的绿肺。在这里,我们看到了森森然的古树灌木、青茵茵的草坪、绿幽幽的湖水,听到了嘤嘤鸟鸣,闻到了淡淡花香,感

到了飒飒清风。林间小路曲径通幽,游人如织,络绎不绝。来到湖边,我看见墨绿色的湖水随着堤岸曲折回环,水面上漂着塑料袋、塑料瓶、草屑之类。沿着岸边每向前走几步,就可以看见一个垂钓者。他们的表情似乎都是一样的,个个手里擎着长长的鱼竿,全神贯注,默默无声,旁若无人地盯着水面。就是你从他的面前经过,他的眼珠子也不眨一下。在这个浮躁不已的世界里,我最佩服的是他们远离红尘、不为所动的静气,一心一意的精神。

"火车! 火车!"女儿突然兴高采烈地喊叫起来。顺着她的手指望去,我们看到了高大的绿树丛中,一列小火车沿着曲曲弯弯的轨道,铿铿锵锵,快快乐乐地飞跑着。每节车厢里都坐着大人和孩子,孩子的脸上带着乐滋滋的笑容。忽然,就听到了一种很奇怪的声音。循声望去,在铁轨内侧的草地上有一只体形庞大的恐龙。它浑身黑不溜秋,拖着长长的尾巴,前半身直立着。它长着圆圆的硕大的眼睛,大张着长长的嘴巴,露出雪白的利齿;它的头一左一右,一上一下,很有节律地摆动着,似乎在向游人点头问好。看见许多家长陪着孩子坐火车,妻子也陪着女儿坐了上去。女儿拍着手,眉开眼笑。这时,我忽然又听到了那种很奇怪的声音。仔细一听,哇! 原来恐龙说话了!"我要骑恐龙! 我要骑恐龙!"

鬼屋的门框上,挂着一个披头散发、青面獠牙的厉鬼。从门前经过时,女儿吓得躲在了我身后。跟着,我们经过了体能训练营,看到了摇来晃去的"空中飞船"、慢悠悠旋转的摩天巨轮、疾如闪电的快艇。一路上,游人来来往往,潮水一样,源源不断。他们一边往前走,一边左顾右盼,从他们指指点点的神情和稀奇惊叹的口气上看,他们和我们一样,都是从城外城郊来的,甚至是从咸阳县区的乡下来的,趁着国庆长假,带着孩子到城里逛一逛、玩一玩。女儿始终显得异常兴奋,看到啥都很新奇,问这问那,嘴里不停地喃喃自语:"真酷啊! 我从来都没有见过这么好的地方。比咱们县有趣多了! 我真是大开眼界了!"

我心里很清楚,能亲临游乐园逛逛玩玩,是女儿一直以来的美好愿望。看着她兴高采烈,赞不绝口,终于如愿以偿的样子,我和妻子感到非常欣慰。

动物园游记

动物园，是女儿梦寐以求想去游览的地方。

一进动物园的门，我们就看到有位姑娘坐在桌前的凳子上，身边放着两个鼓鼓囊囊的袋子，正在向游客出售草食动物的食物。食物是剁碎的胡萝卜丝和莲花白片，一小盆一小盆，放在桌上。很多游客领着孩子，买了食物，站在栅栏前，用手捏着，一片一片地喂给那些草食动物吃。他们零距离地与动物亲近，表示友好，享受着和谐相处的乐趣。

动物园不大，里面的动物还真不少。最先看见的是斑马，满身美丽的条纹，肥嘟嘟的，高昂着头颅，喷着响鼻，甩着尾巴，很欢实，很兴奋，在圈里嘚嘚嘚地跑着圈圈。羊驼长得奇形怪状，似绵羊而非绵羊，似骆驼而非骆驼。浑身漆黑的果下马，矮小敦实，也兜着圈子。黄白色的骆驼，体形庞大，性情温和，一头慢慢地向人走过来，另一头歪着头颅，边咀嚼边睡觉。看见孩子们端着食物来了，这些动物就小心翼翼地把嘴伸出了栅栏的空隙，用嘴叼着菜叶吃。

跟着，我们相继看到了丑陋的乌龟、粗笨的扬子鳄、冷森森的王锦蛇，它们都在狭小的方寸之间安眠稳睡，一动不动。那些天鹅、灰鹤、野鸭、雉鸡等鸟类全都傻乎乎地望着外面。在这个群落里，只有蓝孔雀、环颈锦鸡非常漂亮，算得上仙子。不过，有一只大白鹅憨态可掬，领袖似的，一摇一摆，走在前边，它的后面从大到小，跟了一串串，有鸭子、鸳鸯等，它们沿着圆形的小

水池,慢条斯理地转着圆圈,真是有趣极了。接着,我们又看到了老虎、狮子、黑豹、金钱豹、黑熊、狼……感觉形象最特别的还是澳洲狒狒,全身长着灰白色的毛。它的眼神、脸形、体态和坐姿,都非常像人。回到家里,说起那些动物,女儿说她特别注意到,那个狒狒还长着一个心形的大红屁股,惹得我和妻子哈哈大笑。

女儿对我说,动物园里最有趣的是那些猴子。她的看法,我完全赞同。因为不但我有同感,而且我也相信,许多人都有同感。猴子,是最有灵性,也最通人性的动物。它们被圈在一个巨大的圆圆的池子里,周围围了一圈人,不断响起孩子们的喝彩声。走近一看,池底是用石头堆叠的参差错落的假山。两座山头之间悬着一根铁链,形同一座天桥。近处,立着两副秋千、一个铁架子。铁架子上安装着两个圆溜溜的铁笼子,圆得好像地球仪。一只淘气的小猴子抱着秋千的立柱,一会儿哧溜下来,一会儿哧溜上去。听见有人鼓掌,小猴子似乎真来了兴趣,表演了一套拿手绝技。它上肢举在胸前,站在铁笼子上,蹬得铁笼骨碌碌直转。眨眼间,倏地闪身钻进了笼子,又倏地飞出笼子,立在了光滑的石头上。这时,有人扔下了一个橘子,猴子们从假山上连蹦带跳,扑了下去。一只猴子像人一样,捡起来,剥开,一瓣一瓣地喂进嘴里。跟着,又有人扔下一瓶矿泉水,一只猴子跑过去捡起来,用爪子拧了拧,没有拧开,便用牙齿咬住瓶盖,狠劲拧起来。开了,它把水倒在毛茸茸的手心里,吱吱吱地咂着喝。再看远处的假山上,暖洋洋的秋阳下,一只老猴子盘腿坐在石头上,一只小猴子眯着眼睛,舒舒服服俯身长卧,老猴子低着头,仔仔细细地在它的毛里找着什么。找什么呢? 大约找虱子吧。它的“舐犊”之情,亲子之爱,多么像人啊! 它们不愧是人类远祖的近亲,真是聪明透顶!

也许由于长期关在笼子里的缘故吧,那些我们经常在《动物世界》栏目里看到的,草原上的老虎、狮子、黑豹、金钱豹之类,早已没有了原生态里的雄壮。没有了雄壮,就没有了威武;没有了威武,就没有了气势;没有了气势,就没有了凶猛;没有了凶猛,就没有了野性。瞧!一只消瘦单薄的老虎,毛皮黏糊糊、脏兮兮的,耷拉着脑袋,在笼子里踱着步子,简直温驯绵软得像一只硕大的猫。再瞧!另一只老虎和一只金钱豹,似乎瞌睡极了,疲惫极了,非常慵懒地躺在墙角的石台上。纵然面对熙熙攘攘的人群,面对大声说笑、呼喊,甚至肆意挑逗,也头不抬一下,眼不睁一下,仍然呼呼大睡。而且,我也发现一个奇怪的现象,动物园的动物怎么都这么嗜睡?连那些墙角的秃鹫、老鹰也眯眼打盹呢,连那乌龟、扬子鳄、锦花巨蟒、王锦蛇,也静静地趴在那里,好长时间一动不动,这有点让人怀疑不是假的就是死的。面对众多动物好像都在统一午休这个现象,我们实在有些纳闷。

这时,我就不由得想起了好久以前关于动物园的记忆。

记得1988年秋季的一天,天空飘着霏霏淫雨,我跟随同事们去西安动物园逛了一回。在我的印象里,西安动物园很大,绿树葱茏。动物都分区饲养,一个区域和另一个区域总是隔着一段距离。东北虎、金钱豹、黑豹等,都是分别关在一间房大小的铁笼里。那老虎庞然大物也,简直像头牛,体格健壮,四肢遒劲,非常有力。它雄赳赳气昂昂,一看就很生猛,有股子野性,有股子雄风。见来人围观,它便躁动不安。时而低吼咆哮,时而跳梁大喊,时而猛冲牢笼,给人一种困兽犹斗的感觉,那样子非常可怕,实在让人恐惧。那只黑豹子更厉害,更狂躁,它简直像一道黑色的闪电,在笼子里闪来晃去,一会儿攀上笼壁,一会儿冲上笼顶,循环往复,一时也不停歇……直看得人毛骨悚然,不寒而栗。

可是,眼前的许多动物,却极像得了瘟疫,病恹恹的,茶呆呆的,没有一点儿精气神。人们常说"虎虎生气""生龙活虎""虎瘦雄心在",笼子里的老虎,竟然没有一点儿虎气。这究竟是什么原因呢?我想,是环境使然吧。在原生态的自然环境里,它们的生活领域多么宽广,多么舒适,多么滋润。譬如,那些老虎之类凶猛的野兽,或在茂密的原始森林里出没,或在广阔的大草原上纵横驰骋,喝的是清凌凌的山泉水,吃的是血淋淋的新鲜肉,为了捕

食,左冲右突,常常浩浩荡荡地追逐猎物,体质怎能不健壮? 且看眼前,它们的生活空间却如此局促,如此狭小。一条扬子鳄,仅仅只有两平方米的空间,一条大蟒蛇、几只乌龟却只有一平方米左右的空间,而且被严严实实地封闭着。

　　这时,我忽然明白了这些动物为什么大都蔫头耷脑,精神萎靡不振,缺乏生气,缺乏活力。这也许就是笼养、圈养和野生的根本区别吧。

欢聚在咸阳

　　一天,惠萍在"今生有缘"群里发了一条消息,说刘西芹从洛阳回来了,想 21 号中午在咸阳搞个碰面会,敬请大家届时光临。转念一想,人生苦短,世事沧桑,二十五年已倏地过去了。虽然我们现在都四十过半的年纪,每个人身上都多了几分稳重,几分成熟,几分淡定,但一想到昔日的同学情谊,心里还是有些热乎乎的。

　　8 月 21 日中午,老班长海峰约健身、宏柱、军祥和我一同搭乘他的私家车急匆匆驰奔咸阳。建民老早就在咸阳湖边的一家酒店门口等着我们。一会儿,兴彦的车就到了。后门打开,下来一位笑眯眯的女子,丰硕端庄的身材,健美白皙的肤色,一头飘逸的长发,一袭雪白的长裙,不由得让人眼前一亮,心头为之一振。这风姿绰约、魅力四射的女子是谁呢?她的眼力真是好,一下车便和我们一一握手,嘴里说着:"这是黄健身,这是何宏柱,这是来军祥,这是耿峻平。"我的反应真是迟钝,当她握着我的手叫出我的名字时,我才恍然大悟,原来她就是刘西芹啊。

　　沧桑易使乾坤老,岁月不饶人。可刘西芹的变化真是太大了! 二十五年不见,她竟然变得越来越年轻、越来越漂亮了! 在我的记忆中,她那时身体比较胖,皮肤稍微有些黑,留着时髦的烫发头,走起路来,身子总是一扭一扭的,给人的感觉是身段婀娜,或者说是柔美。当年,她是班里最爱唱歌的女孩子,整天很快乐,有着很外向的性格,一下课就唱歌,一个人走路也秧歌

小调地唱。所以,最吸引人的是她那甜蜜蜜的歌喉。想起那时,大家正值青春期,她大约要比其他同学早熟一些,思想活跃一些,反正她唱的歌曲,内容大多是情呀爱呀什么的,很有挑逗性,常常听得男同学们的心里一波一浪痒痒的。好些同学都私下里说,那是靡靡之音。现在想来,她那时思想很前卫,我们的确是落伍了。

叫我来说,这些年不见,眼前的刘西芹出脱得绝对比过去漂亮多了。其次,与过去相比,她显得更有气质,更有风韵,也更有魅力了。她的言谈举止大方、稳重、内敛,表现出的是知性熟女的风韵、丰采和人格魅力。可以想见的是,岁月磨炼了她,生活改变了她,也可以明显地感受到,她的身上涵养着谦逊、儒雅、淡定,甚至还有那么一点点矜持和小心谨慎。怪不得我一见面怎么也认不出她了。

饭店的包间是建民提前张罗定好的。进了包间,我们有幸碰到了同班同学王永永、杨玉萍和王晓东,大家都非常高兴。当时,我自觉有些尴尬的是,和见到刘西芹一样,刚见到杨玉萍,竟然一时半会儿想不起她是谁,糊里糊涂和她打了招呼。仔细一想,感觉到自己真是老糊涂了,脑子总是那么不好使,反应总是那么迟钝。

在饭场上,同学们相互拉着家常,开着玩笑,边吃边聊,气氛融洽和谐,非常热烈。对我来说,这次小小的聚会,最大的收获是二十五年来第一次见到了同班同学刘西芹和杨玉萍。刘西芹毕业后远嫁洛阳,暑期回淳化省亲,有幸聚会咸阳,颇有纪念意义。杨玉萍虽说一直近在古都咸阳,但二十五年来还是第一次见。所以,逢着这样的场面,酒自然是要尽兴喝一喝的。杨玉萍衣着朴素,说话慢言慢语,细声细气,纯粹家庭淑女型,但身上没有了一点儿过去的羞怯,有的却是待人接物的细心和殷勤,她不停地给大家添酒、倒茶水。刘西芹的酒量真不错,大家轮番敬她,她喝得痛快,也喝得义气。酒过三巡,大家都有些无拘无束,身不由己。有人脸红起来,有人话多起来,有人声高起来,大家都滔滔不绝,插科打诨,喝彩捧场,又尽兴,又热闹。说话最幽默、诙谐,也最油腔滑调的是王晓东,整个饭场从开始到结束,他的玩笑一直不断。这顿饭,淳化的同学们让大家吃到了他们家乡的特色饭——荞面饸饹。这次聚会,多亏了兴彦,他很细心,来时带了相机,一次次为大家拍下了真实而精彩的瞬间。

饭后,大家乘着酒兴来到了一家歌厅。酒可以给人的思想松绑,可以给人壮胆,可以让人无所顾忌,甚至天不怕地不怕。就像我这样的榆木疙瘩,如果酒喝大了,也气硬得很,思维空前活跃,心理防线松懈了,精神彻底放松了,什么斯文、脸面、体面之类全不顾忌了!往往这时候,我也会凭着酒劲,借着酒胆,拿着话筒,站在人前,在众目睽睽之下,人模狗样,驴喊马叫,南腔北调地吼几句,以附庸风雅。岂不知,我只是制造了些噪声而已。说真的,我不知道大家是否和我有同样的感受和理解,现代人生活压力大,容易烦躁郁闷,喝酒可以减减压,有时是一种很奏效的宣泄方式。如果喝酒后能唱唱歌、跳跳舞,身心也可以得到很好的放松。

健身是海量,我觉得在酒的作用下,他彻底放开了。他舞能跳,歌能唱,能装痴,能卖萌,搞笑的话能说,戏剧性的表演动作也会偶尔露一手,他再也没有了平时的冷静、矜持和沉默寡言,像是完完全全变了一个人。老班长海峰更是容光焕发,神采飞扬,他和三个女同学轮番翩翩起舞。他的舞姿很优雅,舞步很轻盈,掌控有度,进退自如,左右逢源,一招一式,很有绅士风度。

刘西芹是唯美艺术型的女子,所以在这个唱歌跳舞的地方,整个下午,最活跃的当属她了。也许是她二十五年后见到同学们很高兴,她不跳舞就唱歌,一刻都不闲着。她的音乐天赋极好,不论是美声唱法、民族唱法,还是通俗唱法,她都得心应手、如鱼得水。最让我佩服的是,她似乎什么歌曲都会唱,她尽情尽兴地唱了一首又一首,每一首都唱得那么有声有色,有滋有味,有情有韵。可以说,那个下午,她为大家带来了一个歌曲专场。我觉得其次唱得好的就是兴彦了。他似乎喜欢唱铿锵有力的属于真正男子汉的歌,炮弹一样敦实的身体,底气很足,歌声如同洪钟大吕,雄壮激越,有阳刚

豪迈之气,撼天动地之势。在醉眼蒙眬中,我看到杨玉萍在老班长的带领下,舞也跳得如同行云流水;特别是在老班长的鼓励下,她唱了好几首歌,而且一曲比一曲唱得好,赢得了大家的掌声。

后来,刘西芹点唱了《桌友》《初恋》等歌曲。明眼人都清楚,这几首歌她是点给她的桌友和初恋对象健身的。我清楚地记得,在师范三年里,他俩曾经有过一段青涩的恋爱。西芹主动、浪漫、多情,健身木讷、憨厚、实际。最后,不知是由于俩人性格差距太大,还是毕业后各奔东西的原因,他们的爱情没有开花结果。如今,二十五年一晃过去了,那份最美好的感情、最深刻的记忆,还是通过西芹的歌声传达了出来。最后,不知是谁还点了《小草》《踏浪》《我爱你塞北的雪》等当年很火的流行歌曲。这几首歌让我们的思绪仿佛回到了几十年前的彬县师范,回到了那意气风发、红情绿意的岁月。特别是西芹的《我爱你塞北的雪》一开腔,那灿烂的音色、嘹亮的声调、饱满的激情,一下子就吸引住了大家。

时间过得真快啊!不知不觉间已到傍晚六点,大家离开歌厅,一边往回走,一边随意地聊着。建民、惠萍执意要留下大家吃了晚饭再走,可大家都有事,只能就此打住。最后,同学们来到秦峰文化艺术馆门前合影留念。

相见时难别亦难。聚也匆匆,散也匆匆。古语说:"千里搭长棚,没有不散的筵席。"在这里,我只愿同学们在今后的日子里,都能各自保重,顺其自然,随缘而活,活得潇洒一些,活得快乐一些。

生命之露

眨眼间,我的散文集《生命之花》已经出版快一年了。在这一年里,我一次次被我认识或不认识的人感动着。那种感动就像一泓清泉,像一股小溪流,荡漾着,涌动着,奔腾着,跳跃着,憋得我很难受很难受。

所以,很早就想提笔写点什么,安慰自己的灵魂。

那是去年早春二月的一天,我和文友安斌合租了一辆小面包,一路乐颠颠地小跑着去太白文艺出版社拉书。大概是缘分吧,我俩年龄一样,都出生于1968年,都属猴。更巧的是,我俩家庭背景相似,穷苦人出身,青少年时期都饱经世态炎凉、人情冷暖,每个人都有一肚子的苦水和沧桑。这次,我俩的散文集都是在县文联的努力下,由西安永寿籍商界名人赵杰先生赞助出版,书名由著名作家陈忠实先生题写。对我这样的人来说,要想自费出书,谈何容易。所以,我始终觉得这是一件天大的喜事。

那天,偌大的天地之间,氤氲着白茫茫的雾气,似乎伸手可触。空中飘着蛛丝一样的毛毛雨,沾衣欲湿。空气冰凉凉的,沁人心脾,如同喝了琼浆玉液。路边的小草刚从土里钻出来,湿漉漉的;垂柳回黄转绿,一丝一缕,水淋淋的,仿佛刚刚出浴的少女。那些塄坎下的桃花含苞待放,好像红艳艳的宝石,空气里飘来一股淡淡的花香。城里草坪上的白玉兰已经含露乍开,一瓣一瓣,素素的,多像一只只大白蝴蝶。

不知不觉,春天终于来了,这自然界的生命之花和我的"生命之花",也

终于等来了一场期盼已久的甘霖！这种欣喜简直是任何东西都无法比拟的。

当我们弯弯转转来到印刷厂的车间门口时，我的《生命之花》已经一捆捆、一摞摞被码得整整齐齐放在那里了。见我们来了，几个穿着工作服的女工连忙走过来，七手八脚地帮我们把书装在了车上。我们正欲转身离开时，那群女工走了过来。其中一个中年女工忽然拉住了我，笑着说："给我签个名吧。""我叫严晓兰，是咱永寿人。""你的书，我们几个前几天都看完了呢。""写得好啊，我们爱看。"当时，我心里一惊，没有想到在偌大的西安城里，竟然以这样的方式，邂逅了一位素不相识的乡党。俗话说："乡党见乡党，两眼泪汪汪。"我忽然感到了一种亲切，也看到了严晓兰眉宇间流露出的自豪。"我没带笔，怎么签名？""走，到我们经理办公室去。"最后，我来到经理办公室，被她们团团围住，一口气给十几个人签了名。有一位女子还这样说："没有想到你的书写得这么好，字也写得这么好。"我不管她的话是不是恭维，反正像吃了蜜汁一样，心里甜丝丝、乐滋滋的。对于我来说，当时没有料到的是，现在竟然还有一些人爱看书；更想不到的是，自己竟然被一群人前呼后拥，堂而皇之、人模狗样地扮演了名人，臭美了一回。不过，现在想来，这怕是我一生中最荣耀、最自豪、最风光的时候了。

真是谢天谢地！

下来，就是卖书了。想来想去，自己不是名人，自然就没有名人效应，谁肯买我的账？厚着脸皮死乞白赖求人吧，这不是自己的做人原则。再说，自己也清高得放不下架子。开始，我想到将自己的作品全收在空间日志里，有那么多的粉丝，可以通过网络来卖，就写了书讯，发到自己的空间里。果然就有北京、沈阳、福建、山西等地的网友，立即把钱打到了我的账号上。其中，沈阳的一位叫"二月春风"的网友，一次买了三本。她说，她是在帮我。还说，我的书励志，很耐读。一本自己留下来，其余的送给要好的网友，其中一位还是自己邻县的旬邑人。这或许就是人世间的一种大爱吧，她让我心存感激，没齿难忘。人都说，网络是虚拟的，不可信的，但我感觉，只要人心

是真实的，自有真情存在。

为了卖书，我采取的是签上名字先送。刚开始，上班时，我用塑料袋装几本，提溜到单位去。路上碰到熟人朋友领导，就停下来寒暄几句，顺便掏出来送一本。这办法还挺奏效的。过了不几天，就有人知道我出书了。有人见面要，有人打电话要，有人到单位找我要。只要有人要，我就送就卖。就这样，书一本一本流出去了。没有想到，许多人还真的仔仔细细看了。有人抑制不住兴奋和激动，跟我打电话谈感受。有人找到单位和我交流分享他的读后感。那段时间，不管是在上下班的路上、会场里，还是在饭馆里，只要碰上了，就有人滔滔不绝地谈起他们的感受。有位朋友曾非常夸张地说："最近，永寿几乎全城人都在读你的书。你一下子成名人了。"记得有一回，我下班路过县城中心广场时，一位身着警察制服的中年人端直朝我走过来。到了跟前，他盯着我看了看，拉起我的手说："我是交警队的，叫×××，如果我没有弄错的话，你就是×××，你的书，我已经看了两遍，写得太好了。改天拜访你。"说得真是让我非常感动。还有一次，我去一个公共厕所如厕，一个正在蹲茅坑的中年男子盯着我看了一会儿，就和我攀谈起来。他没有说他的名字，只说他是个个体户，在朋友那里看到我的书，拿回家里，自己看了，老婆孩子也看了。觉得写的都是身边的故事，很真实，很感人。好几篇他老婆都是流着眼泪看完的。

说真的，我的《生命之花》出版以后，好长一段时间里，有许许多多熟悉与不熟悉的读者朋友都支持了我，体验并分享了其中的快乐，也使我收获了一种小小的成功。这就是，做人贵在真诚，真诚了，才会有人气；为文更要真诚，真诚了，才会动人。所以，人这一生，只有用真心去编织，用真情去浇灌，生命的花朵才会持久、鲜艳、馨香无比。大概正因为如此吧，我才能看透红尘，远离喧嚣，独处一隅，守住心，静静地沉浸在自己营造的快乐与幸福之中。

因此，感谢远远近近的朋友们，你们是我的上帝！是我一生一世的露水！滋润着我，沐浴着我。

"枪手"的滋味

有一天,我忽然想到了"枪手"这个词。要说明的是,我所谓的"枪手"不是原始意义上的"枪手",而是比喻意义上的"枪手",指的是专门替人写文稿的人。原因是,进城十余年来,我一边老老实实、辛辛苦苦干着本职工作,一边经常累死累活、加班熬夜干着"枪手"的活儿。也许有人不明白了,就会问,你有一份稳定的正式工作,还是让人羡慕的公务员呢,为什么就要干"枪手"这个差事?

从古到今,谁都明白文字工作是一件苦差事。暂不说古代的文人雅士们绞尽脑汁的苦吟,"吟安一个字,拈断数茎须",你且听听身边的一些同事怎么说道。有人愁眉苦脸地说,我宁愿赤脚跑十亩麦茬地,也不愿意写材料。有人幽默诙谐地说,如果他死后做了鬼,哪天不安分守己,你就干脆拿张纸、拿支笔压到坟上,让他写材料。他敢肯定,他一下子就尿了,就蔫了,就不"来油"了。有人无奈地说,一碰上写材料,他的头就嗡地一下子变大了。也有人开玩笑地说,他见写材料就吓傻了,就差尿裤裆了。这些话有些极尽夸张,但我相信,都是掏心窝子的大实话,至少说明写材料的的确确是个呕心沥血的苦活儿,一般没人心甘情愿去干,更没人争先恐后抢着去干,一般聪明人更不会去干。

尽管如此,"枪手"还是有做"枪手"的理由。这一点,不见得每个人都能懂得。

人生的路总是弯弯曲曲向前延伸的。刚参加工作时,我是乡镇的一名小学教师,电大进修回来后调进初中做起了语文教师,后来被提拔为学校的教导主任。四年后,也就是 2002 年,我三十四岁的时候,经人推荐调进了县政府办,专门负责综合材料。我深深地知道,这是我的工作、我的岗位,更是我的饭碗,只有老老实实、兢兢业业、尽职尽责好好地去干。就这样,我经常起早贪黑,一干就是好几年。

在政府办待的时间长了,随着熟悉了解我的人多了,找我改材料、写材料的人也就越来越多了。开始往往都是熟人、朋友,攒三聚五,约我出去吃饭,饭吃饱了,酒喝足了,闲传谝够了,就突然现场交代任务,令人猝不及防。如果回绝了,驳了大家的面子,那就活得没一点儿人气了。没有办法,我面情太软,既然吃了人家的饭,就得跟着人家转。尽管有种被"绑架"的感觉,但回到家里,只有暂时撂下自己的事,牺牲休息时间,全力以赴,通宵达旦地去赶了。人常说,应人事小,误人事大。我是个很老实、很随和、重情重义、乐于助人的人,凡是答应别人的事情,总是尽最大能力,从快保质保量完成任务,从来没有忽悠、应付过人。不久,我会写材料的名声也传出去了。后来,一些人通过朋友找我帮忙,也有一些部门、乡镇领导直接打电话找我。这些材料里,有单位的,有个人的;有总结,有汇报,有讲话,有大会表态发言,有典型事迹材料,也有经验交流方面的。一般情况下,找上门的材料大都是些难啃的硬骨头,有的是紧材料,有的是大材料,有的是重要材料,有的是别人倒腾几遍过不了关的材料。所以,要完成任务,是非当夜猫子不可的。

第一回就遇到了这样一件事:那是个酷热的夏天,下午下班时,老家邻村的一个村干部找到我,说自己参加全县十佳村干部评选要事迹材料,他请镇上的同志写好后,改了好几遍,就是交不上差,无可奈何间,才忽然想到了我。可是,当我听说稿子要写成三五千字的人物通讯的形式,第二天早上是最后的期限时,我一下子傻眼了,心里不由得嘀咕起来。时间这么紧,任务这么重，我能拿出来吗？看到我低头沉思、愁眉紧锁的样子，他哈哈大笑着说："你在老爷大堂里干事，这还不是小菜一碟？先吃饭吧。"他哪里知道，我是第一次弄这样的人物通讯啊。我嗫嚅着，支支吾吾半晌说不出话来。吃饭时，他说自己吃过了，只为我要了一碟肉拌菜，两瓶啤酒，一碗油泼辣子片片面。不一会儿，我就吃得大汗淋漓，喝得面红耳赤，意气昂扬起来。有句俗话说，酒壮尿汉胆。我在心里不停地告诫自己，绝不能示弱，绝不能让人笑话。今晚前面是沟是崖，都得义无反顾地跳下去了。饭后，他领我在酒店开了房。我脱掉短袖和长裤，袒着胸露着背，趁着酒劲激发出来的兴奋，和他滔滔不绝地聊起来，边聊边记录，边记录边琢磨。一直从他当会计聊到当村主任，从当村主任聊到当支书。他的一个个想法，解决的一个个难题，办下的一件件实事，村里发生的一次次变化，听得我心潮起伏，但要立马提笔就写，却无论如何也整不出个子丑寅卯来，一下子成了"南郭"先生。怎么命题？怎么谋篇？怎么布局？怎么开头？怎么结尾？怎么塑造他的形象？怎么表现他的精神？我抓耳挠腮，绞尽脑汁地想。浓茶喝了一杯又一杯，香烟一根接着一根，抽了一盒又一盒，废纸撕了一页又一页。当时，那种感觉，简直和女人生不出孩子一样，要多难受有多难受。大约到了凌晨三点，我的眼前才豁然开朗，开始一鼓作气、洋洋洒洒写起来。到五点半左右完稿时，我长长地如释重负地出了一口气。早饭后，他去打印部打稿子，我像往常一样去上班。中午十一点，他高兴地打来电话说，稿子过关了，反响很好。我心中的石头终于落了地。谢天谢地！自己终于没有在老家人面前丢人！虚荣啊！为了虚荣而活受罪！

真没有想到，我第一次就这样糊里糊涂、懵懵懂懂当了回"枪手"。

其实，在政府办给领导写材料的活儿，不单枯燥乏味无聊没意思，而且经常熬夜加班连轴转，忙得像陀螺一样，身心很累很累。有位师兄曾这样幽默地调侃我们这些人的状态：喝开水，尿黄尿，费灯泡，省老婆。曾有人经常这样说，材料是用烟熏出来的。这话不准确，但对我来说确实是这样。在政

生命之根

府办干综合材料的那几年里,隔三岔五彻夜加班弄材料,那是家常便饭。每每遇到这种情况,夜宵可以不考虑,香烟作为精神食粮,至少必须准备两包。一边吞云吐雾,一边冥思苦想。烟抽完了,材料也就完成了。一晚上不睡觉,加上烟熏火燎,面如土色。第二天,有人一见面就说我像刚从墓窟窿爬出来的。不过,我总觉得这是我的工作,也是我的饭碗,既然自己命贱命穷,落在了这把草上,就得坦然地去面对,乐观地去接受,抱怨是没有任何意义的。

既然平时这么忙,为什么还当要"枪手"?说真的,工作之余当"枪手",也是一种生活的无奈。像我,一个人带着一家人在县城里混,吃喝拉撒用,压力山大。好处是,当了"枪手"后,有人知道我抽烟很凶,帮了他们的忙,为表示感谢就给我烟。如果有人请我改材料送包烟,是十元以上的,我就把它换成两包五元钱的烟,留着自己抽。有时自己不抽也攒下来,等有事求人的时候,再拿出来派上用场。倘若有人请我写材料,送一条烟,我就把它拿到商店里贱卖了,变成一点现钱,留给老婆孩子花,以贴补日常家用。所以,但凡有人请我代笔,我还是奋不顾身地去做,因为有情有义的人,多多少少是给一点报酬的。我心里非常清楚,为了生存,为了生活,我必须付出十倍的努力。

"靠山吃山,靠水吃水""羊放着,酸枣也摘着",这些土气得掉渣渣的话,不知在我们乡间口耳相传多少年了。它是我的父老乡亲从生活中总结出来的,体现出了一种最基本、最实际、最朴素的生存观。他们的经验告诉我,脚踏实地才是最好的生存方式。

经常有人这样说,材料放在你手里,简直太简单、太容易了。真是这样吗?每逢听到这样的话,我只有苦笑着摇摇头。说句老实话,他们哪里知道写材料往往要经过女人十月怀胎一样的痛苦。有了太简单、太容易的看法,一些人就未免把我的劳动和智慧不当回事。

2008年5月12日,四川汶川地区发生大地震,我们县也地动山摇,倒塌了许多民房,各方都在积极抗震救灾,全县涌现出了不少先进集体和个人。一天晚上十点多,我刚躺下,一个单位的"一把手"给我打来电话,说要评选抗震救灾先进党委,事迹材料三千字左右,写成通讯形式,第二天要上报省市。单位上的人写了改了几回,都被县上退回来了,拜托我一定要帮忙。没有办法推脱,我就在电话里向他和相关人员做了详细采访。家里没有电脑,我就来到单位办公室,喝着酽茶,连续抽了三包烟,通宵达旦,一眼不眨地给完成了。翌日早上上班前,我给他交了材料,他请我吃了一碗羊肉泡,算是感谢。不几天,他们单位的先进事迹一字不差地在市报、省报上刊发了出来。后来,这位领导还请我给单位搞过几个材料,都是以一碗羊肉泡的形式打发了我。提起这件事,一位朋友替我抱不平,说文字不值钱,熬夜不值得,这样的傻事别干了。人在江湖,身不由己。最起码可以赚个人缘吧。尽管心里老是这么想,但我后来也学聪明了,遇到他打电话弄材料,我就借口忙,断然回绝了。

写到这里,我突然感到很累很累,许许多多的故事,再也不想往下写了。仔细推想,在社会生活这个大群落中,为了生存,我们每个人似乎都在扮演着不同的"枪手"角色。

"枪手"的滋味,也许只有"枪手"本人才能体会得到。

一把花布伞

　　其实，这件事情已经过去一年多了。然而，看到那把花布伞，我的心里就惴惴不安，老感觉不是滋味。

　　那是前年夏天里的一天中午，蓝蓝的天空像湖水，一片一片的白云浮在湖水里，就像鱼鳞，像鹅毛，像手绢，像草原上那白色的哈达。太阳像一面火镜喷射着毒辣辣的火焰，天地之间，闷得简直像蒸笼。我汗流浃背，坐在办公室的南窗边痴痴地发呆。这鬼天气啊！何时能痛痛快快浇上一场雨，让众生凉快凉快？

　　也许是天遂人愿吧，也许是天有不测风云吧，临近午饭时，老天突然变脸，风云相搏，雷火相击，一场大暴雨就大张旗鼓地酝酿开了。好可怕啊，但见电光霍霍、雷声隆隆、乌云倾盖、白雨跳珠，须臾间，天河倒倾，我们的办公楼仿佛漂浮于汪洋大海中，街道中激流浩荡，水宽得像糖涌，来往车辆的半个轱辘都看不见了，一个个宛然疾驶的快艇。

　　人们挤在屋檐下，看着眼前如此壮观的雨景，喜形于色，谈笑风生。一个多小时过去了，大雨仍然没有停歇的意思。这时，等着回家的人们就显得有些焦急。偶尔有人高高地挽起裤腿，大踏步地冲进雨幕之中。那时，我肚子饿了，也等不及了，跟着冲出了院子，跑进了潺潺的"河流"中。跑到大街中央时，忽然有人一手拉住了我，一把花布伞撑在了我的头顶。"快拿上！"我惊奇地抬起头来，原来是我小学时候的一位女同学。"你……""快拿上！

304

我马上到了!"还没等我反应过来,她已经消失在雨幕中。那天,我尽管打着这把花布伞像被狼从后面撵着似的跑回了家,但由于雨太大,衣服还是湿透了。好在这雨当天下午就停了。过了三四天吧,我才记起还伞的事情。岂料,那天当我拿着这把伞来到她的门店前时,却看到防盗门紧锁着。问起她的邻居,说她彻底关门了,人走了。到哪儿去了? 不知道。想到人海茫茫,世事变幻无常,我的心里忽然像打翻了五味瓶。

这时,关于她的记忆,一下子就浮现在了我的眼前。

她和我同村,不是一个生产队,估计小我两三岁。读一年级的时候,她的哥哥曾是我的班主任。那时,她还没有上学,实在是个聪明活泼可爱的小姑娘。她个子矮小,脸蛋圆硕,肤色白净,梳着羊角小辫,扎着红绸子的蝴蝶结;上身时常穿着嫩绿色的毛线上衣,下身着一条月白色的裤子,脚上穿着漂亮的绣花鞋。她爱说爱笑,整天跟在哥哥身后屁颠儿屁颠儿地跑,像个小尾巴,快乐得跟小天使一样。不过,一上课,她就端端正正地坐在前排,听得很认真,举手发言,咣里咣当,似乎肚子里的东西很多很多,让同学们颇有些嫉妒。后来,由于我不停地留级,在一年级读了三年,才和她真正成了同班同学。在初中的那几年里,她变得有点像个女汉子,很勇敢也很泼辣,经常和男同学在一块打篮球,跌倒爬起来,依然还是个拼、抢、扑。后来,我进了师范,她上了高中。高中毕业后,她进了商业系统,当了营业员,也在县城找了对象结婚了。听说她的婚姻很不幸,无奈之下就离婚了。为了儿子,她又组建了新的家庭。2002 年,我调进了县城,发现她在大街边租了个门店,专门卖皮鞋,店名叫锦瑟年华,很有些诗意。由于上下班我经常从她的店前经过,有时也就顺便进去喝口水,和她闲聊几句。谈话间,我发现她完完全全变了一个人。几十年过去了,她早已没有了过去的阳光、活泼、坦率、快乐和勇敢,有的却只是自卑、忧郁、怯懦、沉默、仰天长叹、自怨自艾,对己不自信,对人不信任,对生活表现出了困惑和迷茫。作为老同学,我有时很想和她推心置腹地聊聊,但一肚子的话到了嘴边,又咽下去了。因为我怕说得不对,又伤了她的心。所以,我不知道从何说起,不知道怎样去安慰她,不知道怎样才能打破她的沉默。毕竟这些年,她经历的事情太多,遭遇的波折甚至磨难也太多太多,无情的岁月扭曲了她,改变了她,她伤不起!

我怔怔盯着她送我的那把伞。

这是一把很普通、很陈旧的花布伞。淡淡的天蓝色的布料上点缀着一朵朵铜钱般大小的白花,像点点白梅,像片片雪花,看起来素美而有诗意,让人不禁产生无限遐想。我想,这把伞已经有些时日了,它一定为许多人遮过风、挡过雨,一定陪伴着她走过了漫长的风雨之程,也给很多人留下了温暖的记忆。

可如今,它却来到了我的家里。这是一种宿命吗?就因为它,我常常感到内心不安。我不知道她到哪里去了,也不知道自己以后能否再遇见她,亲手把这把伞当面还给她,真诚地说声谢谢。应该说,在人的一生中,这是一件很平常的事情。可是,令我万万没有想到的是,这却隐隐成了我心中的一块痛。

春天，就在我的生活里

去年腊月就打春了，很显然，今年春早。正月初九那天，永寿塬上晴空万里，上下碧透，实在是一个暖洋洋的艳阳天。可是，对我来说，这却仿佛是个很不吉利，甚至很晦气、很倒霉的日子。

午饭后，我和几个同学并排走在街道边上，边走边兴高采烈地聊着谝着。忽然，脚底咯噔一下，我踩到一个大约二寸高的塄坎上，当下右腿打弓，左手撑地，左腿跪倒了。怎么了？怎么了？两边的同学赶紧拽起我来。我的脚腕子崴了，疼得龇牙咧嘴，吸溜着直嘘气，怎么也站不住了。我遂喃喃自语，带有解嘲意味地说："大白天平地跌跤，真是活见鬼了。"没有办法，我只能像一只老迈的袋鼠似的，跛着左脚，一晃一晃地回到家里。褪掉袜子细看，脚趾已然乌紫，脚背红肿发亮，像块肥厚的面包，脚腕关节处灼烧刺痛，难以忍受。赶紧喷上朋友给的云南白药气雾剂，疼痛才稍稍缓解了些。

看着自己的脚这个样子，便有些按捺不住，心里不由得发毛，情绪一下子坏到了极点。

有生以来，在我的记忆中，左脚崴过好多次，这真有点儿像命中注定、无法逾越的那些坎坷一样。特别是十年前，大约2004年的春天吧，有天午饭后我去上班，平地跌跤，崴了脚腕子。我忍着疼痛，没有请假，坚持上班。谁知隔了一天，第三天上班路上，由于左脚始终不给力，一个趔趄又崴了，整个身子仆倒在街道上。大庭广众之下，我尴尬地爬起来，掸去满身尘土，咬着牙，忍着剧痛,硬撑着一瘸一拐去上班了。下班后,我简直像小孩子学走路,一步一步挪到政府大院门口,叫了辆出租车回家。那一回,我的脚肿得像棒槌,闭门不出,在家里待了四十多天。伤脚啊,又是这个多年来的伤脚!多灾多难的伤脚!

人们常说,伤筋动骨一百天。不管怎么样,这是谁都不愿意的事情。既然伤了脚,就得安心休养,就得待在家里,身不出户,足不下楼,衣来伸手,饭来张口,无可奈何地,安安静静地,做起一个真正的宅男。记得十年前的那一回,在四十多天里,我一口气认认真真阅读了《静静的顿河》《安娜·卡列尼娜》《战争与和平》《百年孤独》《猎人笔记》等外国文学作品,还心无旁骛地读完了作家豆冷伯的长篇小说三部曲《豳风三叠》《行路难》等文学作品。如今,时过境迁,人到中年,读长篇文学作品已没有了热情,没有了心劲,没有了精力。于是,便上网冲浪,看看新闻,浏览空间,翻翻杂志,读读短文,漫无目的地熬着日子,苦等着脚尽快好起来。累了倦了,也曾美美地想过,昏头昏脑地蒙头酣睡,时间就会不知不觉地过去。可是,多年来形成的习惯,大白天几乎没有睡过觉,一躺下就睡意全消。不但怎么也睡不着,大脑反倒更灵醒,意识更活跃起来。

无所事事,百无聊赖是最难受、最难熬的时候。于是,就端两把椅子放在阳台上,一把自己枯坐着,一把放上伤脚。推开窗子,望眼欲穿地看着外边,痴痴地望,痴痴地想。

一元复始,万象更新。春天,是一个万物苏醒、草木萌发的季节,更是一个躁动不安、生长向上的季节。这时候,窗外的世界,应该是新鲜烂漫的春天了吧?

关于春天,我忽然遥想起了乡下的老家,那个沟边的村子。冰雪应该早已融化了,河水也早已解冻了,风儿吹皱了一池春水,沟渠芦苇荡深处,绿头野鸭时起时飞,翩然起落。说不准究竟是哪一天,小燕子就从南方回来了,好像在天空蓝莹莹的湖水里,泡上了蠕蠕的春尖,回旋着,喧闹着,飞入了寻常百姓家。在村口高高的土台台上,古老的杏树一年一度又开花了,密匝匝的,白花花的。山岗上,酸桃树、野杏树也似乎一夜间开花了。这儿一簇,那儿一坨,红的粉红,白的雪白。站在沟边极目远望,千山万壑如同青灰色的衣衫,上面好像绣满了朵朵胸花。试探着,试探着,向春天问路,老人们都出来了,靠着土墙根晒着暖暖。田野里,麦苗开始返青了;苹果园里,枝条一天天变绿了,变柔了,密密麻麻的花芽含苞待放。农民们正在园子里忙碌着,运粪,翻地,打药……

这时候,我也不禁想象着自己工作的县委大院。花园里,三叶草已经苏醒了,迎着煦暖的阳光,伸着懒腰,打着哈欠,舒活着筋骨,焕发出了新绿。不起眼的迎春花,悄悄地,不知不觉绽开了黄灿灿的花儿,像星星,像眼睛,脉脉香气一丝丝地飘来,沁人心脾。最抢眼的当是那些白玉兰,核桃大的花骨朵,一个个心花怒放,一瓣瓣,一片片,像精雕细刻的白玉,像玲珑剔透的白瓷,像展翅欲飞的白鸽,酣畅淋漓地向人们展示出了生命之花的灿烂和美丽。那些门前一街两行的垂柳呢,也许蛾眉绽娇,舞步轻盈,腰身婀娜,像怀抱琵琶或竖琴,一任青袅袅的裙子、水袖轻拂。它们多像一群回黄转绿的娘子军,招摇过市,大模大样地向前走去。

我住的家属楼北边五十米处是县城中心广场。坐在我家北边的阳台上,可以俯瞰广场的全貌。元宵节前夕的那几天里,永寿县城上空艳阳高照,春风荡漾。在浓浓的年味中,春字形大红灯笼已经在广场周边的树上高高挂起来了。广场东边的灯笼市上,各种喜庆祥和的灯笼琳琅满目,摆得满满当当。熙来攘往的人流,如同一浪浪春潮,涌动不息。嫩蓝的天空中,一个个绚丽多彩的风筝,乘着浩荡的东风,襟飘带舞,扶摇直上。孩子们欢天喜地,奔跑着,喧闹着。偌大的广场空前沸腾起来了。就在这时,全县相继在广场举办了"舞动永寿"健身操、"好日子唱着过"秦腔演唱、开春锣鼓表演等系列大赛活动,为广大人民群众奉献了一份丰盛的精神文化大餐。特别是那一场场斗志昂扬、激情豪放的开春锣鼓大赛,响遏行云,大气磅礴,声壮山河,一下子抖落了沉沉暮气,把人们的精气神空前提振了起来,把人们红红火火干事创业的激情激发了出来,直看得人回肠荡气,血脉偾张,似乎年轻了许多,回到了血气方刚的年龄。

坐在窗前,我久久地望着外边的世界。所思所想、所见所闻,使我恍然间意识到,渭北永寿,大地回春,春天就在不远处,就在窗外。虽然自己蛰居一隅,不能亲历外边的生活,但我却真实而敏感地捕捉到了春天扑面而来的气息,窃听到了春天的脉搏和心跳。所以,我相信,这就是天上人间,天地同春,春到人间,春满人间!

想到这里,我便不由得细心起来,近距离地打探和搜寻关于春天的消息。这时,我才发现,对面那栋家属楼的阳台上,不知啥时候已经摆出了一个个越冬的花盆,沐浴着温暖的阳光,欣欣向荣,好一派春风得意的情形。回过头来,我也忽然看到自家的阳台上,妻子前几天在花盆里埋下的几瓣蒜瓣,也神不知鬼不觉地破土了,两片叶子嫩嫩的,绿绿的,好像一对触角,探测着阳光、空气和适宜的温度。在一股新鲜的泥土气息里,一只小蚂蚁在花盆里战战兢兢地爬来爬去。是啊,已经过了惊蛰,它们该苏醒了。入夜,一场蒙蒙的春雨,沙沙沙,沙沙沙,悄悄地降临了。那意境真可谓"好雨知时节,当春乃发生。随风潜入夜,润物细无声"啊!就在这个静静的夜里,一只猫在楼下声嘶力竭地嚎叫着。我深深地知道,在这个躁动不安的季节,它是在呼朋引伴呢。此后的一天,妻子说天气越来越暖和,该换季了。于是,就买了一件换季的夹袄,到汽车站捎给她乡下的母亲。回来时,顺路在野地里挖了荠荠菜,掐了嫩苜蓿。荠荠菜做成了菜馍,苜蓿菜做成了疙瘩,还有苜蓿面和苜蓿糊糊,那种久违的新鲜,实在太香太香,简直把人能馋死呢。

看到这些琐琐碎碎的场景,就觉得春天一直就在我的身边,春天已经亲密无间地融入了我的日常生活中。不唯如此,春天的阳光还毫不吝惜地降临到了我的心坎里,一种很温暖很温暖的感觉,让我感动不已。

眼看二十天过去了。就在我疗伤的这段日子里,朋友、同事有的抽空来

家里探望,有的还打电话、发信息,关心地询问病情,叮咛我安心养伤。正月二十九下午,我在自己的空间里发了这样一条简短的"说说":"真是晦气啊!几个人并排边走边说话,我突然就平地跌跤,脚脖子崴了!眼看半个月过去了,瘀血、肿胀、痛感正在一天天慢慢消失。现在,仍然是一边气硬,一边气瓢。郁闷啊!无聊啊!"不料想,过去一天后,竟然有四百〇一个网友浏览,四十三个留言关注,还有不少网友通过 QQ 留言询问病情,为我出主意。其中,网友随缘说:"老师好。您可以试试揉揉小腿肚子,找着最痛点,就会很快康复。"网友钟灵毓秀说:"没什么的,平地摔跤常有的事。伤筋动骨一百天呢,不能着急,放松心情,好好养。祝你早日康复!"网友一枝独秀说:"用艾叶、干大蒜秆、花椒枝,适量烧水,早晚泡脚,坚持一周,尽量卧床,不要走动,应该很快能好起来,祝友早日康复!"网友我主沉浮说:"就说好久不见,原来疗养去了,就当给自己放个假吧,脚崴了手好着,不如多写写。祝早日康复!"网友橘子花香说:"难怪好些天不见你上线了,就惦记你是不是出什么事了。想留言问候一下,又怕唐突。"……我是经常在空间写文发文的,这些网友绝大多数是我文字的忠实读者。

说实在的,同事们、网友们的问候、留言、建议,一点一滴,像一股股暖流,像这春天的和风,像这春天的细雨,像这春天的阳光,沐浴着、滋润着、照耀着我的心灵!让我实实在在地感受到了春满人间、大爱无痕的温暖,让我的感动像春天的花骨朵一样,灿然怒放。

清早,晨光熹微,窗外的布谷鸟"布谷、布谷、布谷"地叫了起来。是的,一年之计在于春啊!我的脚必须尽快好起来!仔细想了想伤脚以来的前前后后,我一骨碌爬起来,迅速打开电脑,写下了这样一个题目——"春天,就在我的生活里"。

四月二十三日的福缘

　　对于众多读者来说,4月23日,是世界读书日。可是对于我来说,它不仅仅是个读书日,更重要的还是个铭诸肺腑、永生难忘的感恩日。

　　这天早晨,我像往常一样,坐在四楼的办公室窗前上班。窗外,天光大开,阳光敞亮,洒满人间;蓝汪汪的天,上下通透,清澈见底,仿佛被刚刚擦拭过的水晶;一大朵白花花的祥云,从远方悠然飘来,停泊在永寿县城的上空。

　　天朗气清,风和日暖。难得如此好的天气啊!我正懒洋洋地享受着温暖的阳光、和煦的春风,忽然手机音乐响了,提示我,有信息到了。打开一看,是中国农业银行的信息:"您尾号457的农行账户于04月23日10时14分完成一笔转存交易,金额5000.00元,余额5126.26元。"我心里不禁一喜。可仔细一看,不对呀,怎么是5000元呢?自己的工资总共才不到3700元,每次都是分两期到卡。这究竟是怎么一回事呢?我的心里不由得嘀咕起来,疑惑起来。也许是有人打错了吧——不会。也许……难道是她……我下意识地产生了一种很强烈的预感。果然,我就看到了网友追忆似水年华的头像在不停地闪动。点开一看,她说:"朋友,钱已经给你打过去,请查收。前几天,我有点家事,没有顾上给你打过去,请原谅。祝你心想事成!健康平安!"我的心里一下子被幸福咕嘟嘟灌满了!心情久久难以平静。

　　其实,这件事情还得从不久前的一个"说说"谈起。有一天晚上,我看着

早已整理好的一本诗集打印稿，忽然心血来潮，突发奇想，现在做慈善的生意人多，能不能化点缘，把它印出来？于是，就再也没有多想什么，抱着试一试的念头，在空间里发表了这样一则"说说"："朋友们，谁若能资助我出一本书，我愿意终生来报答。今世若报答不了，我愿下一世变牛做马，结草衔环，甚至变鸡下蛋来报答。"不料想，网友追忆似水年华很快就跟帖了，主动问我："朋友，你出书需要多少钱？看我能否帮你一点。"跟着，我们就通过 QQ聊了起来，她问了我的想法，以及家里的一些情况，就要走了我的账号。

事情原来就这么简单。但是，我万万想不到的是，她居然非常慷慨地向我捐助了五千元。说真的，我当时内心既惶恐不安，又激动不已，这种复杂的感受简直无法用语言来表达！因为我从来没有遇到过别人这么丰厚的馈赠。所以，就不免一遍遍扪心自问，问得良心惴惴不安，怎么也做不到心安理得。总觉得朋友与我素昧平生，不沾亲不带故，凭什么要给我捐款？还一下子捐这么多！而且老人也常说，无功不受禄。眼下的我，是百无一用的书生，究竟能为朋友做什么呢？再说，在世俗社会中，人与人之间无非就是熟人、同事、朋友、亲戚等几种关系。从深层次看，人们平时的实际交往中，大都是对等的相互关联关系、势利的相互利用关系，甚至是赤裸裸的金钱关系。而我与朋友远隔千里，见一面都是很不容易的事情，何谈报答？我究竟能为朋友做什么呢？我甚至很纠结地拷问自己是不是骗子……但激动不已的是，朋友乐善好施，千里之外，雪中送炭，向我送来了贴心的温暖，送来了人世间最美好、最珍贵的仁爱之心，怎能不由衷地激动呢？我唯有双手合十，默祷苍天，谢谢我的朋友！祝你一生平安！合家幸福！

记得那个"说说"发出后，许多网友跟帖，向我表示恭喜祝贺。有个从没有聊过的网友找我私聊时说，不一定白纸黑字才是写作，脑子里不断地咀嚼生活本身就是最高境界的创作。不一定变成书才能证明自己的价值，自己的精神就是留给孩子最宝贵的财富。世间事，除了生死都是闲事。若为了生命，可以求人，别的您也别太委屈自己。当时，我语塞舌僵，哑口无言了，感觉像有一瓢冷水兜头而下。她哪里知道,我本来就是我的精神的殉道者呢。然而,最让我受刺激的是,远方一位与我相交两三年的文友,给我留言了,他说,恭喜我出书,这件事他帮不上忙。实际上,我并没有求他的意思啊!看来他还是太敏感了,误读误解了我。忽然,我隐隐约约地感觉到,自己的求助信息是不是无意中刺激到了他,伤害到了他的自尊,让他感到难堪了。伤及他人的事情,我是打死也绝对不会干的。说实在话,他的这条留言,一下子深深地刺激了我,我后悔自己太莽撞了,帖文发错地方了。于是,我就立即删除了这条"说说"。

看着网友的资助信息,我千恩万谢,诚惶诚恐。网友追忆逝水年华却平静而又坦然地安慰我说:"真的不用,我也是个文学爱好者,也有一个文学梦!这足矣!你是追梦人,我是助梦人!是你我共同的信仰让我们有了这样的交集,这是上辈的缘分。前些日子,刚看过《平凡的世界》,你就像那个少平,无论生活如何艰难,你都有一颗向上的触摸天空的灵魂,我敬重你。好好生活!我们都来自农村,在城市里拼生活不容易。而我们又都有共同的爱好,我是愿意助你所愿的。"真诚、善良和倔强是我的父老乡亲们给我的,是脚下的那片土地给我的。谢谢妹子啊!她的这番话使我的心里稍稍得到了安慰。

午饭时,怀着无比激动的心情,我又写了一条朋友赞助我五千元的"说说"在空间里发布出来。热心的网友们纷纷跟帖了,有的说:"人缘真不错啊!"有的说:"用你的好,碰遇最好的人。"有的说:"好人有好报!"……这时,有个网友找我私聊,问资助我的人是不是个大款。其实不然,她也是一个普普通通的工薪阶层朋友。在她的一篇文章里,我了解到她虔诚信佛,多年修行,境界高远,有着一颗慈悲善良的心,乐善好施。我已经记不起来,我们何时加为朋友,因为我们几乎没有聊过;就是现在,我依然不知道她姓啥名谁。可就是这样的一个人,却对我的情况那么了解,默默地关注着我,关注着我的文字,关注着我的人生。

缘啊,这应该是我的福缘!是我人生的最大幸运!

下午下班后路过广场的时候,邂逅了著作等身的老作家豆冷伯先生,我们倾情聊了近一个小时。他滔滔不绝地说起了自己的创作经历以及作为文人的酸甜苦辣,他有些愤世嫉俗地感叹道,创作难,出书难,维权更难。不过,最后他还是鼓励我莫要泄气,一定要好好坚持下去。

"好好生活!""好好坚持下去!"他们说得多么好啊!面对众多朋友的鼓励,我没有任何不坚持下去的理由。人所能做的是既然生下来,就得活下去,而且必须真诚地感恩地活下去。

佛家说,世事轮回,一切都是有因果的。我不知道是事情凑巧,还是暗合天机。4月23日这一天,我前世今生的福缘集中出现了!然而,不管怎样,对于我个人来说,4月23日,确确实实是一个很有意义的值得纪念的好日子。

心中有佛,佛在心中。朋友,遇到了你就是缘。我永远记住了这一天。

远去的背影

　　惊闻著名作家陈忠实遽然病逝的噩耗,我的心里咯噔一下子变得沉重起来,不由得回想起了一些往事。

　　记得那是 1994 年暑假,陕西省作家协会来函通知我参加全省业余作者培训会。生在乡下长在乡下的我,从小就自卑自贱,既万分激动,又忧心忡忡。在西安市建国路 54 号门前的牌子下,我徘徊来徘徊去,不停地打退堂鼓,最终还是说服了自己,斗胆诚惶诚恐地进去了。一进大院门,就看见了高桂滋将军的公馆,签名报到后,工作人员发给每人一张凉席,我们顺地一铺,就住在那个大厅里。一位白头素项的老人热情地迎上前来,说他是写武侠小说的,我们的吃住和生活由他具体负责,有什么困难尽管找他。接着,他跑前跑后张罗着,在门口的饭馆里给我们订了餐票。

　　培训课堂在建国路小学的一间大教室里。在这里,我第一次见到了大名鼎鼎、仰慕已久的大作家陈忠实。那时候,他已经是省作家协会主席,大约五十岁的年纪,穿着深色的衬衫和裤子,瘦瘦高高的个子,面容清癯刚毅,满脸的皱纹,眼睛炯炯有神,透着睿智犀利的目光,一看就是个学富五车、有远见卓识的大智大慧之人。他说话声音洪亮,态度和蔼可亲。他主讲的是长篇小说创作,先是简单讲述了自己的创作经历,然后就重点讲了《白鹿原》艰难的准备构思创作成书过程,他说他仔细研究了关中平原的民俗风情及近现代中国农村革命史,跑了几个县区进行调查采访,翻阅了好些县志,做

316

了大量的文史笔记。他说,他最大的成功是,发现了白嘉轩、鹿子霖、田小娥、黑娃等一批活生生的人物,他最钟情最钟爱的是田小娥这个人物,在她身上他倾注了大量的笔墨和心血。他讲到了读书和写作的关系,更讲到了写作和生活的关系,他还说到了文学是个魔鬼,说到了文学依然神圣……当时,正值七月的高温酷暑天气,教室里闷得像蒸笼,讲着讲着,他就汗流浃背,衫子湿透了,黏糊糊地贴在身上,他不停地掏出手绢擦着脖子和脸上的汗水。陈忠实用自己的亲身经历,让我深深地认识到,生活不容易,文学更不容易。要想在创作上取得一鸣惊人的成绩,简直比登天还难,背后要付出很多很多。如果选择了文学,就命中注定要守得住孤独,耐得了寂寞,注定了要吃别人吃不了的苦。

夏夜,皎洁的月光洒下来,作协的院子里静悄悄的。晚上,我们这些学员就来到公馆前的水龙头旁,用哗啦啦的凉水一遍又一遍地擦着身子,洗着脸,冲着脚。这时,就总能看见公馆的东耳房窗子里透出雪亮的灯光,一直到深更半夜。有学员说,过去西安事变刚发生,蒋介石就被羁押在这个耳房里。现在,它是陈老的办公室。夜深人静的时候,我总是偷偷地痴痴地望着那个窗户,浮想联翩,思绪万千。算了,还是安静点吧,陈老一定在读书,或者寂然凝虑,思接千载,正在创作着新的文学作品吧。因为我始终认为,特别是像陈忠实这样的作家,都是真材实料爬格子熬出来的。所以,我忽然感到自己太渺小,太渺小了,简直就像地上的一只蚂蚁。于是,想登门拜访的想法,好几次就这样被自己打消了。

这次基层业余作者培训会的规格,多年来实属罕见。除了陈忠实,还有赵熙、京夫、刘成章、闻频、李天芳、毛锜、莫伸、王愚、李星等一大批大腕级的作家、诗人、评论家及资深编辑们讲课,我身临其境,亲聆謦欬,终身受益,没齿难忘。尤其在陈忠实老师的影响下,培训结束时,我逛了好些书店,买下了他所说的《道德经》《易经》《庄子》《列子》《生命中不能承受之轻》等许多书籍。记得在最后一节课上,《延河》的一位小说编辑讲评了我的中篇小说

《回头无岸》。之后，就问我发表了多少作品，我当时羞愧得无地自容，说一篇也没有发表过，只是日记习作已经写了几十万字。他先是感到很惊讶，接着便鼓励我说，像目前这样的水平，一年能写五个，我保证三年把你推出去。为此，我曾激动了好一阵子，也心热迷狂了好一阵子。

可是，人生在世，生活永远是最现实最紧要的事情。特别是对于像我这样的业余草根文学爱好者，文学毕竟不能当饭吃，更谈不上养家糊口。所以，只能像陈老说的那样，先谋生，再谋文，解决了最基本的生活问题，再沉潜下来，慢慢从长计议。

第二次，亲眼看见陈老，那是六七年前的事情。我们永寿梁峁起伏，沟壑纵横，四十万亩槐林波谷浪峰，绵延不绝，成为关中最抢眼的一块绿肺。这一年的槐花节期间，我们的槐树林避暑山庄巧打文化牌，开辟了陕西省作家协会创作基地，有幸邀请到了陈忠实老师为基地题字挂牌揭牌。高山仰止，我只是在台下远远地看到了他。岁月不饶人，他已经苍老了许多，头发稀疏灰白，饱经沧桑的脸膛上布满皱皱褶褶，就像永寿的黄土沟壑，起起伏伏。他兴致盎然，精神矍铄，慈祥而随和，被一群热心的年轻文学爱好者前呼后拥着，很陶醉地漫游在花香四溢的槐树林里。回去之后，他好像还写了一篇关于永寿槐花的文字，发表在了报纸上，一下子骚人墨客来永寿休闲观光的络绎不绝。

一蹉跎就是十几近二十年。2013 年，我叼空写了我的第一本散文集《生命之花》。县文联主席戴莉拿着这本文集找到陈老亲笔为我题写了书名，并争取到了永寿籍名人赵杰先生的资助，由太白文艺出版社顺利出版了。

在文学这条路上，虽然我只是当年在省作协培训时，请陈老在我的笔记本上签过名，再也没有直接和他打过交道，但他的作品却深深地滋养着我，他那深邃顽强的精神激励着我，他那现实主义的高度吸引着我，使我每每不惮于前行。这一点实在是毫无疑问的，谁也抹杀不了。

所以，看到陈老远去的消息，看着他给我题写的书名，看着他在我笔记

本上的签名,想着他曾经大汗淋漓的讲课情景,我情不自禁地写下了一个文学爱好者来自心底的感动。

望着陈老远去的背影,我想,既然我已被文学这个魔鬼缠上了,那就要死心塌地地走下去。

师生有缘

　　7月15日早上,隔壁办公室的双选走进来,笑眯眯地对我说:"你学生要请你吃饭,准备好,看把你喝大了。"到底是谁啊？你从哪儿听到的？我很疑惑地睁大了眼睛。回想自己自从1988年师范毕业后,就在家门口待了十四年,小学教书两年,进修两年,初中教了十年,后调进县城,永远离开了教育行业。应该说,一茬一茬,带了不少学生。会是谁呢？双选好像故意给我卖关子,没有说。

　　下午,上班不久,妻子的表妹海燕打来电话,说他同学景参军、李香兰从外边回来了,想约我吃饭,问我是否有时间。我满口答应。下午下班后,他们就在单位门口等着。一上车,他们就和我热热乎乎打了招呼,嘻嘻哈哈地聊起来,我只是糊里糊涂地应答着。原谅我实在眼拙,反应特别迟钝,始终没有认出邻座和后排的两位女子。我有点不好意思,就问起海燕来。这才知道,后座上的女子是香兰,邻座上的女子是玉萍。大概是看出了我的羞愧和窘相吧,香兰快言快语地说,都二十多年没见了呢,也难怪。

　　是啊,二十多年！人生有几个二十多年？在二十多年里,不知道要发生多少事情,二十多年的风风雨雨,坎坎坷坷,足以让一个人的面貌变得苍老,让一个人的心灵变得沧桑,譬如我。跟着,我的记忆就一下子回到了从前。

　　用心做人,用情干事,这一直是我多年做人做事的原则。

　　1992年秋季,我电大培训毕业,从家门口的小学调到了初中。他们是我分配到中学后带的第一批学生,我带语文课,也当着一个班的班主任。记得那时候,我二十四岁,已经订婚,还没有结婚。精力旺盛,工作热情非常高。为了培养他们学习语文的兴趣,我总是鼓励他们多读课外书,坚持写日记,每周写一篇周记,每两周写一篇作文。原因是我上学的时候,从初一就开始写日记,写到初中毕业,写到师范毕业,走上工作岗位后还一直坚持了多年。所以,那时我经常在课堂上让他们阅读我的日记。对他们写的周记和作文,我每一篇都坚持精批细改,有眉批,有段批,有总批,常常批改到深夜十二点。如果发现闪光的句子和活色生香的段落,就用红笔打上圆圈,旁边写上热情洋溢的鼓励。随后,我会细心挑选出写得好的,拿到两个班上去讲评。如此一来,学生的阅读写作兴趣就被调动起来,作文和周记发下去后,他们抢着看我给他们写了什么。那三年里,我带的语文课在全县的统考单科评比中,分别获得第四名、第二名和第一名。可以骄傲地说,这是我一生中最为自豪的事情。

对于这一级学生,我的印象是很深很深的。

在我的记忆中,香兰是渠子梁上的五龙头村人,父亲在乡上工作,她是转学来的,吃住都在父亲那儿。她性格内向,沉默寡言,很腼腆,很懂事,甚至是有点忸怩、有点羞涩的一个姑娘。但她起早贪黑,学习刻苦,非常用功。早晚来回路上,紧紧张张,她腋下都夹着书本。我都担心长此以往,她那单薄的身体能否撑持得住。那时,他父亲每次碰上我,就打听她的学习情况。后来,到了初中二年级,她父亲调回去了,她也跟着转走了。

玉萍呢,是山沟沟里的孟坪村人。初一第一学期刚开学,父亲领着她到我的办公室报到注册。她父亲说,他和我父母都是甘肃武都人,都是小时候逃荒下来的。过去,我家在山里的时候,他们还是不远的邻家,似乎很熟悉,儿时还在一块儿玩过。玉萍念书也不错,很听话,写得一手很干净很清秀的字。作业总是做得整整齐齐,一目了然。初三毕业前夕,有一天我去上课,她和另外一名女同学,好像为一张小字条,在讲台下红脖子涨脸,拉来扯去,跟斗鸡似的。我问怎么回事，她俩没人说，只是相互间一个瞪着一个。我让回到座位上去，她们不听。我大声呵斥着，把她俩赶出了教室。未几，我担心她俩在外边厮打起来，又把她们叫进来，让回到座位上去了。下课后，我喊她俩到办公室，问来问去，还是没有人说话。无奈，就讲了些道理，劝说了一阵，让她们走了。

参军脑子灵活，人非常聪明，也很机灵，是我比较喜欢的学生。他上课的时候认真听讲，举手回答问题很积极，但有时却很捣蛋，蔫坏蔫坏的，用方言说，简直就是蔫驴踢死人。早读的时候，他的女同桌常常找我断官司，要么说他把书拿走了，要么说他给地上唾唾沫。我曾经气急了，批评过他，也动手扇打过他。大约到了初二吧，他不想念书了，我曾把他叫到办公室，苦口婆心劝过好几回，因为他人很聪明，能念书，我很为他辍学感到惋惜。没有办法，他还是早早地走上了社会。2002年，我调进县城，转行干起了行政工作。有一年，县上在广场举办槐花节的庆典仪式，参军他们开着礼炮车来了，他领着十几个大红大紫的礼仪小姐，在台上台下忙碌着。此后十几年里，我们还在县城街道里不期然碰到过三回。接着，就不断听人说起他，经过几年艰难打拼，事业风生水起，日子过得红红火火，经常天南海北，潇洒风光地来，逍遥自在地去。直让许多人羡慕不已，让我欣慰不已。其实，天下的老师和所有的父母，心理预期往往是一样的，每个父母都希望自己的孩子能成龙成凤，将来有大出息；每个老师也希望自己的学生能青出于蓝而胜于蓝，能出人头地，能轰轰烈烈干一番大事业。事实证明，只要是金子，总会发光的！参军绝对是好样的！他给自己的父母争了光！也为自己争了气！有时，我也在想，人生的道路各不相同。当时多亏没有硬把他留在学校里。

看来，社会真是个大熔炉啊！说起自己，参军淡定自若地说，刚步入社会时，走到一些人跟前，他们看人的那表情，总好像要跟他借钱似的。所以，他也遭遇过人的眉高眼低，遭遇过人情冷暖，遭遇过世态炎凉。跌倒了，就爬起来。不过，受过伤，才知道疼；历练过，才会成熟。他的潜台词就是说，一个人经历了酸甜苦辣,器量就大了;器量大了,眼界就宽了;眼界宽了,能量就大了。忽然,我就想起了一位外国名人这样说:"社会是一所最好的大学。"我相信,他的沉稳、他的内敛、他的智慧、他的精明、他的练达,一定是社会这所大学千锤百炼的结果。

一车人,就数我的年龄最大,比我的学生们整整大了一轮,其次是千老师。由于多年不见,他们显得无比快乐,相互开涮,相互戏谑,无拘无束地聊着,肆无忌惮地谝着,简直淘气得像一群不知天高地厚的孩子,似乎没有把两位老师放在眼里。那种兴奋,那种嬉闹,那份热情,那份亲切,直让我们觉得自己就像他们的大哥哥,一下子也年轻了许多岁。说真的,我的心里乐陶陶的。

不大一会儿,我们就走进了西寨村的一户农家乐。我的学生永军、西群、西锋、小刚也来了,加上千老师、我、参军、海燕、香兰、玉萍,刚好坐了满满一桌子。这时,一直很活泼很开朗的香兰说,她曾在姐夫双选那儿看到了我前年出的书。大家就问起了我的创作情况,我说又写了十几万字的散文,现正寻找赞助。参军当场慷慨地说,他想办法解决,立即打了电话。他还说,他是信佛的人,帮一个人实现梦想,是他正想做的一件事情。当时,气氛一下子热闹起来。大家对参军刮目相看,为我的赞助有了着落而高兴。说句老实话,我非常感动,但我又后悔自己的莽撞了。不久,菜上来了,酒打开了,学生们围着千老师和我,左一个恩师,右一个恩师,不停地敬酒,不停地碰杯。不知自己不胜酒力,还是他们的热情和诚意膨胀了我的虚荣心,我忽然就有些忘乎所以,有些飘飘然,有些按捺不住自己。我竟然趁着酒酣耳热,当场说出了他们几个人学生时代的"劣迹",惹得大家哄堂大笑。但是,我的学生们都很坦然,很大度地原谅了我。因为他们知道,我老实、正直、坦诚、善良,是一个没有坏心眼的人。当然,他们也说到了我那时一些有趣的往事,譬如海燕说到了我的后脑勺上,头发总是多得老高老高。是的,绝对没错。我本来就是一个不修边幅的人,从来没有注意过这些。

　　人啊人，人难活，人皮子难背。这是许多人经常感叹的一句话。算起来，已经稀里糊涂活了大半辈子。今天这情景，才似乎终于使我大彻大悟：社会再千变万化，一个人只要本质永远好着，其他任何大事情都是小事情。

　　人生苦短，相遇是缘，能乐就尽兴乐吧。既然饭钱轮不到我付，我便琢磨着请大家唱个歌，以表示我的一点心意。于是，便乘着酒兴来到歌厅。到了之后，我才感觉到自己脚步飘飘，醉眼蒙眬，真正喝高了。大家兴致很高，唱了一曲又一曲。问我唱什么，我说就点《敢问路在何方》《好汉歌》吧。其实，我五音不全，根本就不会唱歌。点这两首老歌的原因是，那时每次课前几乎都唱这两首歌。我只是想参与一下，与他们同喜同乐，给大家助助兴而已。

　　结账的时候，又没抢上。所以，我要说，兄弟们、妹子们，下次机会一定要留给我。

神　交

　　10月10日上午11时左右,我突然接到了赵一丁的电话,他问我有没有空,想接我到他的黄土地观光园一叙。说实在的,我真有些受宠若惊。不过,仔细一想,世上没有无缘无故的事情,他今天能约我相会,还是有些由头的。

　　其实,2002年忙前刚从乡下进城,我就认识了他。那时,我被借调到政府办。他在等驾坡引进了黄土地古窑洞大酒店项目,所以经常看见他引着客商谈事。后来,他凭着矢志不渝的精神,轰轰烈烈建起了黄土地生态观光园,来永寿到那里参观的人很多,我也曾不止一次去过他的观光园。我很敬重他在事业上的那种锲而不舍、不达目的誓不罢休的拼搏精神,很佩服他作为一个文化人的眼光和胸怀、胆略与气魄,以及对人类终极关怀的超前思维理念。为此,我常常有一种冲动,很想写一篇关于他和他的观光园的文字。终于在去年十月,我写了一篇散文《老赵的黄土地情怀》,上传到了我的QQ空间。不久,有位网友留言,说我很理解他的赵老师。最后,我们还简单聊了几句。他说自己是赵老师的学生,现在美国留学。大约过了几个月,我就接到了老赵从北京打来的电话,他一个学生看了我写他的文章,又转给他看了。他在电话那边很激动地对我说,你是目前很理解我的一个人。还说回来后一定要见见我,约我好好聊聊。

　　就这样,老赵开着车把我接到了他的黄土地生态观光园。刚一走上窑垴垴,就看见被老赵称作"老黑"的一只大黑狗,连蹦带跳,汪汪汪狂吠起来。老赵一边向它摇手打招呼,一边快步走了过去。只见"老黑"上半身也立起来,兴奋地摇着前爪,向它的主人打着招呼。好久不见了,主仆一下子亲热地抱在了一起。估计是"老黑"太激动了,它竟然不小心抓破了老赵的上嘴唇。

在老赵的黄土地生态观光园里,他和我围着圆桌,坐在遮阳伞下,倾心交谈,一边品茶一边闲聊。眼前的观光园里,远远近近,到处都是密密匝匝的树木。有洋槐树、柿子树、核桃树、枣树、桐树、楸树等。最多的是洋槐树,叶片已经微微发黄。秋风徐来,飒飒作响,树叶宛然彩蝶翩然飘落,也像下起了淅淅沥沥的花雨。那些经年累月的古柿子树,所有的枝干虬曲嶙峋,皮色粗糙墨黑,仿佛遭受烟熏火燎,给人饱经百年沧桑的感觉;树叶已经稀稀拉拉,开始变红了,一颗颗火红火红的柿子,滴里嘟噜露了出来,亮晶晶的。一群麻雀、几只长尾蓝鹊,在柿子树上飞来飞去,叽叽喳喳,叫得正欢。忽然,我听到了一种熟悉的叫声,它是那么亲切,那么让我激动。我连忙循声望去。哇!原来是消失了多年的喜鹊!仔细一想,我大约有三十年没有看见它了。只见两只喜鹊从不远处的桐树上翩然飞过来,落在窑垴垴上,朝着我俩喳!喳!喳喳喳!地叫着。民间有种说法,喜鹊是一种很有灵性的鸟,它能向人报喜,所以被叫作"喜鹊"。它们要向我们报什么喜呢?我忽地恍然大悟,我和老赵的相识相会相聚不也是一件喜事吗?

观天然美景,赏心悦目;听天籁之音,澄心净虑。把酒临风,促膝相谈,这是文人雅士之间多么风雅、多么浪漫、多么快意的事情啊!

秋阳灿烂,晒到人身上暖烘烘的。老赵和我坐拥园内美景,开怀畅谈。他说起了他曲折的人生经历,说起了一生都难以释怀的等驾坡村,说起了那些宝贝似的古窑洞,说起了历史悠久的土梁油,说起了淳朴的民情风俗,说起了积淀深厚的隋唐文化,说起了憨厚的永寿父老乡亲,更说起了低碳环保,说起了上海世博会。同时,他还毫不隐瞒地向我披露了他鲜为人知的多

重身份，以及目前重点投资的企业。老赵满怀深情地说，他用他的生命保护了这个村落。他曾好几个冬季大雪天一个人住在这里，没有暖气，没有炉子，脚手都冻肿了。忽然，他指着眼前的高压电线塔神情凄然地说，是它一下子破坏了园里的生态环境，是它让他多年的心血毁于一旦，是它给予他致命的打击，有多少回人家想投资，一看到这个高压电塔就直摇头。为此，他曾在这里一个人大声痛哭。说到这里，我感觉到他是一个性情中人，身上有着一种真正的文化人所具有的自觉、良知和真诚。

这一天，我们一见如故，从始到终都聊得非常痛快。老赵感叹地说，他没有想到，这么多年，永寿竟然还有人对他这么理解，知道他在干什么。我说，你是一个大写的文化人，有眼光的文化人，你在做着一件非常有意义的事情，只要矢志不渝地坚持下去，一定会有更多的人理解你，我们的子孙后代也一定会永远记住你。因为你收藏并保存了对于黄土文化的记忆。

就这样，不知不觉间，我们推心置腹，聊了近三个小时。离开园子的时候，我们从一块大石头旁经过，不约而同停了下来。老赵指着石头上的碑文说，这是习仲勋老人家 1989 年 7 月 29 日给他的题字：保护环境，造福人类。接着，我还看到了马文瑞 1992 年 10 月 20 日的题字：要做保护生态环境和人类自己的卫士。可见，投身环境保护早已成为老赵的使命和责任。我忽然对老赵更加敬重。他真是一个理想主义者，而且是一个为了理想特别能坚持的人啊。

下午，老赵开车送我回单位，他有些情不自禁地说："相见恨晚，你是我的知己。"我想了想，凭着一篇文字，我们相遇相知，相识相惜，最后成了朋友，这应该算是神交。

我的"尿友"

一天,一名网友有些气愤地给我讲述了一个真实的故事。在这里,我仍然沿用第一人称,把它原原本本地给大家讲出来。

那是二十几年前的一个上午,因为有急事,我从几百里之外的乡下,急急忙忙地、火烧火燎地赶到县城。记得当时我饿极了,走在街道上,东瞧瞧,西望望,南瞄瞄,北瞅瞅,正在寻找一个能填饱肚子的地方。忽然,远远看见人流中一个人相向而来。这人怎么这么眼熟啊!是他吗?我脚下像踩了风似的,三步并作两步地向前赶。不错,他正是我几年未曾谋面的老同学。我心里就想,今儿闹市不期而遇,正好可以好好聚一聚,叙叙旧,痛痛快快喝两盅。这时,他也看见我了。甭提我心里有多高兴。可是,我万万没有想到的是,正当我扑上前去,准备握手寒暄的时候,他却扭过头去,佯装没有看见我。

真是热脸贴到了冷屁股上,没趣极了。当时,我心里咯噔一下,气得叫老子地骂。才几年没见,这狗东西怎么就变得这么市侩,这么势利,长着人脸不叫人啊!难道他真的没有看见我吗?难道他真的不认识我?不可能啊。我们不但是师范同学,而且是三年的同桌。怎么会呢?我忽然像一只铩羽之鸟,变得垂头丧气,腿像灌了铅一样,无比沉重。这究竟是怎么一回事呢?难道我以前得罪他了吗?没有啊。记得那时,我从家里步行几百里到学校,母亲偷偷给我装的煮熟的鸡蛋,我都拿出来给他吃了,还有香喷喷

的酱辣子，我也拿出来给他夹馍吃。说实在的，我没有对不住他的。

那么，这究竟是怎么一回事呢？我有些百思不得其解。

这时，我忽然想起了临出门前，老实巴交的祖父对我说的一句话："城里人往往皮薄，常常在一顿饭上也抠呢！"一般吃饭的时间，不要到人家家里去。难道是这样吗？想到这里，我似乎恍然大悟了。

有道是，千人千面，百人百心。

后来，我从乡下调进了县城。俗话说得好，不走的路也得走三回。有一天，就在同一条路上，我和他不期然相遇了。正当我自卑地想扭过头去时，他一把拉住了我的手，热情地说："老同学，老桌友，几年不见，我还以为你蒸发了呢。"我苦笑着双手一摊，不冷不热，不温不火地说："谁叫我们是有缘人呢。谁叫你不认识我呢。"

看到他一下子怔住了，窘得脸红到了脖根，我就连忙拉着他的手说："有缘人毕竟是有缘人啊！今儿个咱们兄弟俩好好喝一回，一醉方休，我请你。"

就这样，他和我又重新认识了。从此以后，我们经常在一块海吹神聊，吃喝拉撒。有一回，同在一个桌上吃饭，我喝大了，就借着酒气，借着大家都有些高，偏偏哪壶不响提哪壶，晒摆他的不是。往往这时，就有爽直的朋友站起身来，哗然起哄，接二连三向他兴师问罪，用手指着他的鼻子，大大咧咧地说："你说，这件事是不是真的？""难道你管不起一顿饭吗？难道他要你给他管饭吗？""你的皮咋那么薄呢？""你到底啥尿人吗？""道歉，还不赶紧道歉！""负荆请罪，喝酒赔罪！""对！连罚三杯！"他纵然有三头六臂，不，纵然是个九头鸟，也无从应对了。只见他像个红头老爷，端着酒杯咣一下，咣一下，又咣一下，喝光了三杯酒，嘴里连连求饶："老哥，现在啥话都不说了。那时年轻，我真的错了，知错就改。"饭场上，又爆发出一阵哄堂大笑。

见好就收，得饶人处且饶人啊。谁让我们都是一帮子死皮赖脸、死缠烂打，煮不熟、砸不烂的狐朋狗友呢。是啊，世态炎凉，人情冷暖，那是常事，谁也没治。大千世界，芸芸众生，谁让我们有怎么也拆不开、打不散的孽缘呢！

文友陈博

陈博是我的好友。与他相识相知乃至惺惺相惜,都源于文字。

记得三年前,我接手主编县级小报《永寿之窗》的时候,它刚刚创刊,由于正在试刊,投稿的人很少。但是,第四版《芳草地》文学副刊栏目,收到的稿子却绰绰有余,每期都用不完。这时候,作为主编的我虽然很挑剔,但却发现一个笔名叫"凯复"的人,隔三岔五,经常投来散文稿,看了一篇又一篇,编了一篇又一篇,读者们对他的文章反响很好。时间长了,我感觉到这个人非同一般,每篇文章视角很独特,有新意;内容上接地气,有生活趣味;文字也很流畅,有一定基础。从文本上看,他热爱生活,作品地域性很强,有着自己的创作基地,都反映的是农村题材,是自己身边普普通通的人和事,表现着自己深深浅浅的感受。这些都是别人无法复制和翻版的。因此,也许可以这样说,他已初步形成了自己的风格。我想,一个作者成熟不成熟,也许就看这吧。

说真的,这样的作者,在县、区确实是不多的。所以,我产生了一种发现新大陆似的兴奋和欣喜。跟着,我就萌发了一股冲动,向周围的同事们打听这个人的情况,他的真名叫什么,在哪里上班,很想约他见面好好聊聊文学,想必他一定也会和我聊得很好很好。

不期,九月里的一天,这个人还真来到了我的办公室,我们一见如故。他一进门,就很坦诚地来了个自我介绍:"我叫陈博,是杨凌人,在苗圃上班。

我经常给《永寿之窗》投稿,笔名叫凯复。"我实在有些喜出望外,不由得一下子紧紧握住了他的手,激动地连声说:"相见恨晚啊。"当时,竟然忘了给他让座。过了好一会儿,我才醒悟过来,赶紧请他坐下来,给他沏了杯茶。随后,我们俩就促膝谈了起来。我迫不及待地谈了自己对他那些文章的整体看法,也和盘托出了对其中一些篇章的意见,也勉励他今后继续坚持,多写多练,多出精品。陈博很实在,也很憨厚,他的话匣子自然而然地也打开了。他说,他自从参加工作,就一直在乡镇当林业干事。先后待过好几个乡镇,后来到了县苗圃。这些年里,经常与群众打交道,每个春天和秋天里,都带着他们满山满沟地跑,永寿的沟沟壑壑、梁梁峁峁,他都踏遍了。怪不得,他的作品总有一种扑面而来的泥土气息,那么亲切,那么朴实。那只野鸡,那只兔子,那些野蒜,那些杏树,那场春雨……还有那片苗圃周围的庄稼,都被他写得活灵活现,栩栩如生。他说,生活是创作的源泉,脚下的土地、火热的生活,激励着他,启发着他,成长着他。我完全赞同他的观点。文学和生活确实紧密相关,真正的文学总是在生活的土地上,生根发芽,开花结果,是始终带着原野的露水的,是鲜活鲜活的生命之花。那些空洞无物的、无病呻吟的作品,即使羽毛再华丽,都只能是些干瘪的塑料花!

文字使我们相识,也使我们非常投缘。

就在那次晤面之后不久,陈博看到我的办公室空荡荡的,没有生机,还送给我一盆象征我们友谊的文竹。我一直把它放在我的案头。这文竹静静的,默默的,淡淡的,不喧闹,不招摇,不自卑,也素无所求,就像我们俩人的友谊一样,只要隔几天浇一杯清水就行了。而它密密丛丛、蓬蓬勃勃,竟然长疯了,像一片绿色的薄云,更像一只展翅欲飞的绿色的苍鹰!有朋友说,文竹长得一点儿不像文竹了,简直像一棵树!我说,是树好啊。这是我们的友谊之树!

后来,陈博只要到县城来办事。有空了,就到我的办公室小坐片刻,喝喝茶,聊聊天,说说文学,交流一下创作感受,相互加加油、鼓鼓劲,心里总是

充满温暖的感觉。2014年，县作协换届，我俩都有幸被选为副主席，作协也建起了QQ群，我们俩也加为好友，有时在群里，有时在私下，相互问候一下，嘻嘻哈哈热聊几句。但说得更多的话题是创作，我们在用心相互温暖着对方，鼓励着对方多创作、多出作品。友谊的力量是巨大的。陈博的创作是努力的，勤奋的，很有潜力的，他创作出了一系列乡土气息很浓厚的文学作品，足足可以出一本厚厚的散文集。他现在已经成为永寿文学园地里的一名佼佼者。2013年四月份，我出版了散文集《生命之花》，跟着又整理出一本诗歌集《生命之火》，还一口气创作出了老村记忆系列散文五十多篇十几万字，想把它结集为《生命之根》，这三部作品可以组成我的"生命三部曲"。

　　前几天，在作协的群里，我俩聊了起来。已任县苗圃副主任的陈博向我说起了发生在他身上的几件趣事。说起县苗圃，我去过，在乡下辽阔的原野上，几百亩地的园子里，育着各种果树苗木，野兔、野鸡经常出没其间。他说，几年前，有人在单位院子的屋后，用土块砸死了一只野兔，他还曾经为此伤心了几天，饭也吃不下，觉也睡不安稳。有一次，一个比较老实的工人抓住了一只大野鸡，准备做成野味，好让大家美餐一顿，他站了出来，硬生生地说，把它放了。没人理他，没办法，他就亲自放生了。打这以后，他带领民工下地劳动时，便经常叮咛大家要爱护小动物，保护好苗田里一窝一窝的野鸡蛋。他还说，有一年冬季，在苗圃院子里，灶夫放进来了一伙咸阳套兔的，套了不少兔。第二次，那些人开了三四辆车，又来套兔子，他拿出和人拼命的架势，硬是把那些人驱赶了出去。事后，他还把灶夫狠狠地批评了一顿。大家对他的书生意气很不理解。说完这些，陈博问我："是不是很幼稚啊？"我说："不幼稚。但你为什么这样做呢？"他说："那些野兔、野鸡、黄鼠狼之类，都是我的邻居，也是我们人类的邻居呢。我们要保护它们，不要伤及无辜。"

　　说真的，我生来第一次在永寿听到这样的话。邻居？是啊！是邻居！这话说得多么好啊！记得过去，在乡下时，打野鸡、套野兔的，我见过不知多少回了，也吃过几回野鸡肉、野兔肉，也多次捡过野鸡蛋，吃过野鸡蛋，可从

来没有想过保护它们。就是在旧历年的年前，我还给我乡下的邻居打电话，让他给我套几只野兔呢。这时，我便不由得想起他的多数文章中，饱含感情地写那些小动物，会把它们一个个写得那么可爱。应该说，这是一种人与自然和谐相处的理念，是一种悲天悯人的情怀，是一种保护生态环境的具体行动，更是对人类本身的终极关怀。这难道不是一种做人的境界吗？忽然，我深深地觉得，陈博给我上了一堂非常生动的自然环境保护课！

时值天暖花开，春光无限。始终热爱生活、热爱大自然的永寿本土业余作者、我的文友陈博，一腔豪情再也憋不住了。他在群里发了一组苗圃杏园春色关不住的照片，还非常自豪地说："带着满身疲惫，我穿越冬天与春天不期而遇，我看见：野草在发芽，麦苗在起身，春鸟在歌唱，野生的桃李杏之花迎风开放……出门就可踏青，抬头就能见鸟。呵呵，果园里的野兔、锦鸡和松鼠都能认识我呢。走进自然，亲近自然，聆听春之旋律。"好一个陈博，与草木为亲，与野兔为邻，与松鼠为友，与锦鸡为侣。

是的，春光美好，草熏风暖，宜向野庭闲步。陈博啊，你直说得我心里痒痒的，真想变成一只小鸟，在无边无际的春光里，自由自在地飞来飞去。

抱朴归真　老有所为

　　一天早上刚上班,同事小平引进来一位老干部。他衣着朴素,身体消瘦,面容清癯,头发灰白,但精神矍铄,神采奕奕。一进门,小平便给我介绍说,这是咱的乡党,渠子镇去坊村人,名叫张贵森,是县上前几年呱呱叫、响当当的人,曾经当过县广播站副站长、政府办副主任、禁烟办主任,后来在教育局党委书记的位置上退了下来。最近,老张看了你的散文集《生命之花》,很欣赏。你们好好聊聊吧。

　　老张的登门拜访,让我非常感动。其实,1998 年,我被教育局提拔成车村中学教导主任时,就知道教育局党委书记是张贵森,而且也常常听我的杨校长在全校教师例会上传达县局会议精神时提起老张。尽管在学校工作的那几年里我并没有见过他,但他是我的老领导,谁也不可否认。从地域上看,我们都曾经生活在槐山脚下,他是渠子镇去坊村人,我是永太镇车村人,他家在南边,我家在北边,我们一衣带水,隔沟相望。从这一点上说,我们的确是地道的乡党。从年龄上看,他如今是人生七十古来稀,可以说是我的长辈。所以,内心的感动就油然而生了。

　　落座之后,我赶紧给老张沏上了茶。我们一边喝茶,一边寒暄起来。他说,他在一位过去的下属那里见到了我的散文集《生命之花》,拿回家看了以后,觉得写得很好,有功底,有潜力。然后,他以过来人的口气委婉而含蓄地劝我把名利之类东西看淡一些,静下心来,多写文章,希望我以后在这方面

继续努力。随后,他不紧不慢,向我讲起了他不幸的家庭背景、艰难困苦的青少年时期,以及工作以后的一些重要经历。

也许是由于俩人过去的遭遇都很恓惶、很悲摧,同属天涯沦落人;也许由于俩人都钟情于文字,文人之间惺惺相惜。我们之间没有代沟,始终聊得很投契,很愉快。临走时,老张从包里小心翼翼地拿出一本自己写作的《心语集》递给我。这是一本散文集,十六开大,翻开一看,是刚刚打印出来的,文稿经历过校版,个别字句上有改动的痕迹。掂量着这本文集,看着眼前这位古稀老人,我心中顿生敬意。他很客气地说,让我抽空给他的书前写几句话。当时,我有些难为情,心里直犯嘀咕。一方面,我总觉得序跋、书评之类必须由有资历、有名望的人来写,岂容我这无名小辈在前辈面前指点;另一方面,我从来没有写过这些东西,不知道从何写起,唯恐写不好,伤了作品大雅;更重要的还由于我是太感性的人,只喜欢原汁原味地讲故事,天生理性思维很差劲,要想把对一部作品的零零散散的感受和理解,脉络清晰、层次分明地写出来,而且要有深度和高度,那简直比登天还难。所以,当老张让我给他写几句话的时候,我未免感到为难。但是,最终我还是犹豫着答应了下来。

就这样,我怀着崇敬的心情,利用两天时间一口气认认真真通读了他的文集,体验到了一种好久以来从未有过的阅读快感。他的这本文集共分三大块:第一辑"往事历历 刻骨铭心"散文十一篇。其中,长篇散文《国槐,生命的赞歌》洋洋洒洒,采用托物言志的手法,写出了在时代变迁中,国槐饱经雷火洗礼、岁月沧桑,而坚韧不拔、自强不息、永葆旺盛生命力的形象。在《燕子的灵性》中,作者运用拟人化的手法,以天真的童心、细腻的视角、精彩的文笔,淋漓尽致地描写出了燕子的灵性,表现了人类与燕子互为邻居、和谐共处的家园情怀。特别是《割草》《卖柴》《修路》等几篇叙事散文,以朴实的文笔、真实的经历,近似白描的写法,表现出了那个时代农村生活的艰难和农家孩子的人生况味。读后,让人感动,唏嘘不已。

　　第二辑"心语声声　人生感悟"收集近体诗歌五十二首。这部分作品，题材范围广泛，内容比较丰富，也最为出彩。有抒发人间美好亲情的，譬如《夫妻》《思念母亲》《忆父亲》《深夜心语》《亲情》《悼祖父》《姑母恩》《夜梦祖母》等；有描绘人生世相丑态的，譬如《病中吟》《势利眼》《图虚名》《敬君子远小人》等；有记述故园风物聊寄相思的，譬如《思故乡》《广寿塬记》《宝灵禅寺的钟声》《石佛寺》等。在这些近体诗里，亲情总被描写得真挚感人，世相总被刻画得惟妙惟肖。诗歌的语言平白晓畅，读起来朗朗上口，易记好懂，有点像顺口溜。在《敬君子远小人》里，他这样写道："山高水长均可量，唯独人心最难防。君子之心清如水，小人伪言巧似簧。亲近君子天地广，远离小人得安康。历代君子人敬仰，奸邪小人臭名扬。"看看，他抓住了君子和小人的典型特征，用对比和漫画的手法，把他们的形象刻画得多么逼真，简直可以说是入木三分！

　　第三辑"流年似水　岁月当歌"纪实散文六篇。在这部分里，老张以恬静的心态回忆了自己的工作经历。从他的文章中，我得知老张曾先后在县教育局、宣传部、广播站、政府办工作过。特别是在宣传系统工作期间，他以一个新闻人的使命感和责任感，实地采写了"模范民兵营长"孙天柱、老山前线烈士张兴仁等许多新闻稿件，曾先后被人民日报社、新华社、中央人民广播电台等中央级媒体采用，有力地宣传了英雄、模范、先进人物的事迹，弘扬讴歌了时代精神，为永寿做出了不可磨灭的贡献。在《无愧于心》这篇纪实文章里，老张又饱含深情地回忆了他和他的领导们、同事们当年是如何抓好全县烤烟生产的。尽管当时为了维护烟农的利益，他常常和烟草公司的人吵得面红耳赤，不可开交，但现在回想起来，他依然觉得问心无愧。人生旅途，不可能一帆风顺，有顺境必有逆境。在这部分文章里，他也不可避免地写到了人生路上的坎坷和无奈，辛酸和悲凉。但他始终很淡然，很达观，胸无挂碍，没有一点纠结。他在《实地回声》里写道："人生要面对现实，面对挑战，要活得坦然，活得有骨气，活得有尊严。"他还在《坎坷之路》里写道："能

否做个好人,以后的生活告诉我,那就得有足够的耐心和底气,承受做好人的痛苦和艰辛。它是一条十分艰辛的精神苦旅。尽管如此,我还是愿意做个好人。"

这话说得多好啊!可谓铁骨铮铮,掷地有声!

文如其人,话如其人。读完老张的这些作品之后,我才觉得他的形象在我的心里渐渐清晰起来,真正高大起来,不由得让我再次肃然起敬。现在,如果要让我说老张是怎样一个人,我会这样说:老张是一个做人心正、做事方正的人,一个有铁骨、有气节的人,一个有良知、有底线的人,一个响当当、呱呱叫的人。这就是我通过阅读他的文章得出的结论。这样的人,如今的社会上或已少之又少,因而能遇到他,实在是我的福分呢。

退休后的老张,日子过得安详而充实。他经常打太极拳、下象棋、练书法、听新闻、看书读报,写些随感、随笔之类。他也抽空种菜、务花,接送孙子放学上学。在《夕阳余晖》里,他引用鲁迅先生的话说:"能做事的做事,能发声的发声,有一分热,发一分光。"他说到了,也做到了。2003 年,他和几个老同志共同编写出版了十万字的《永寿文史资料》第五辑;后来,又和几位老同志参与了永寿第二轮县志的编纂工作;2010 年,老张被选为老年科学技术协会理事,经常和协会的同志一块儿谈论科技兴永;2012 年,他又和热心的老同志走访乡村农户,撰写了发展核桃产业的调查报告。总之,有一分热,发一分光。

到此,我只能说,退下来的老张,和许多人不一样,他平常心态,抱朴归真,老有所为。

安君康，其人其画其书

　　始识安君康，恍惚间已十载有余。其时，其书画之名气，永邑之人已然妇孺皆知，无人不晓矣。今能为狗皮袜子没反正之朋友者，此吾生之大幸运也。

　　安氏君康者，号三省堂主人，又号半坡山人，永寿县安家宫人也。昔大唐安氏金藏，爵封代国公。墓，安家宫也。其村皆安姓，自称金藏后裔，旧有祠堂，毁于战乱。金藏者，古之忠肝义胆、慷慨磊落士也。今者君康可类焉。其为人襟怀坦荡、豪爽义气、大气若虹、卓尔不群。与友处，可剖腹而见心，肝胆而相照；与人处，总怀慈而向善，睦邻而友里。春秋一瞬，岁月忽焉。今者君康已成职业书画家矣，头衔累累，中国楹联学会会员、中国国画家协会理事、秘鲁书法家协会顾问，确乎可叹焉。

　　君康吾友，祖耕畎亩之中，生处白屋之家，秉承先辈之遗风。幼时聪颖，敏而好学，学而不厌，不倦不怠，不骄不躁。诗书礼仪，俭以养德，静以修身，历久而厚成；痴书嗜画，观摩草创，经年累月，无师而自通。稍长，书画兼擅，卖画养家，颇负艺名，声播遐迩。尔后，即特立独行，游学四方，东奔西走，南下北漂，会天南海北之朋，交四面八方之友。拜师学艺，技艺日进；阅历世事，见识日增。游而归，守身笃志，沉潜宁心，闭关修炼，养浩然之气；足不下楼，挑灯磨剑，博览群书；研墨习字，设色作画，厚积薄发。每每佳作宏构，连篇累牍，漂浮网海，四处传颂。故引来天下粉丝者无穷，驱车登门拜谒者无

数,电话购画者络绎不绝也。门庭若市,达官显贵,纷至沓来;高朋雅士,继踵而至。品茶说书,煮酒论画,时人甚羡矣。

观其画作,花草山水,梅兰竹菊荷,一物一件,品类繁多,自成一家,誉满西北。其牡丹者居多亦最佳。一曰写意水墨牡丹,浪写其意,泼墨恣肆,浓淡枯润,笔法多变,气韵生动,触目惊心。叶子者,浓墨重彩,水墨晕染;叶脉枝干者,铁勾银画,曲折嶙峋之态、奇崛遒劲之势,墨到意见,逼真毕现,生命力之顽强不言而喻矣。二曰写意彩牡丹,彩丽竞繁,尽态极妍。其构图,宜简则简,宜繁则繁;其着色,当深则深,当浅则浅;其用墨,密时不透风,疏时可容拳,浓时化不开,淡时若流云。其形象意态,栉风沐雨者,风飕飕,雨沥沥;含露乍开者,点虬成火,珠圆玉润;迎迓丽日者,雍容富态,色艳馨香……千姿百态,应有尽有,可谓马良神笔。如牡丹之香飘万里也,君康"关中牡丹安"之美名远扬矣。其写意墨兰小品,出手不凡,超尘脱俗。寥寥几笔,形神兼备,尺寸见精神,些小皆精品。故早年"墨兰圣手"大名,远近悉闻。观其兰草,或一丛,或一簇,或一撮,叶宽者如带,细者如游丝,韧者如乱麻,顽者如牛筋,风来摧之,折而不断,兰之气节品格一览无余。故今淑女君子,幽人雅士,求之不得,求之者不绝焉。

其模山范水之作,尺幅千里,大气磅礴,豪气干云,峥嵘之气、沧桑之气逼人。千山万谷,留白飞瀑,江流有声,雷霆万钧;皴擦成岩,刀劈斧削,壁立成峰,势态崔嵬;浓墨晕染,云山雾罩,烟波浩渺,仙家境界;枯笔写树,铜枝铁干,嶙峋曲折,折而不断;点染成画,妙笔生花,霜叶吐血,红艳似火。画如其人,画品即人品。君康者,胸中有丘壑也。假之以如椽巨笔,摹写世间万象,胸中块垒,赫然尽出矣。此乃春秋之笔法也。其胸襟之大小,境界之高下,学养之厚薄,技艺之优劣,手法之精拙,须臾可判焉。其跻身大家之行列,为时不远矣!

其书法,圈内人士人人叫绝。观其书,行草居多。字者,往往写人胸臆性情也。稳重者,龙行虎步;散淡者,行云流水;奇诡者,怪诞峻嶒;癫狂者,

锋芒毕露。沉实时,如鼎,如石,如心;飘逸时,如草,如羽,如丝。所谓站如松,坐如钟,走起路来一股风。可比也。可见其笔法之多变,风格之多样,格调之多致矣。夫书画同源,相得益彰,相得益长,观之君康,可知矣。

夫治学者,必读万卷书,行千里路。生平多阅历,胸中有丘壑也。天道酬勤,学贵有恒,自强不息,终成大器者,永之书画家安君康也!

幸哉,吾友!乐哉,吾友!

与众不同的秦力

　　"千古一文人,苍茫天地间。赳赳老秦到,五洲四海眠。"这是作家秦力先生的QQ签名。从这几句话里,我们也许可以看出他的豪气,看出他对人生的追求。

　　秦力,字形奋,号好古居士,别号永寿散人。历史学学士,中国秦汉史学会会员,陕西省作家协会会员,咸阳市诗歌学会主席,咸阳市作家协会理事。系省(部)级劳动模范。研习中国文化史和陕西地方史二十余年,组建了漆齖文史学会、永寿县文联和咸阳市诗歌学会,出版了《文星诗历》《清浊人生》《人史情》等多部专著,还参编了《路祭》《瞩望》《陕西年鉴》《咸阳万事通》等多部书籍。偶尔涉猎散文随笔,在各类报刊已发表一千余篇。从这份简历中不难看出,秦力卓尔不群,著述颇丰,很有建树,实实在在是一个多才多艺、孜孜不倦的人。

　　其实,在彬县师范读书的时候,秦力比我高一级。他勤奋好学,德才兼备,是我们几百名学生的团委书记,在学校是响当当、呱呱叫的人物。那时,他酷爱文学和历史,经常在校办刊物《泾水》上面发表文章。他的文章与众不同:语言文白夹杂,内容血肉丰满,沧桑的历史感与淡雅的古文味,始终混合在一起。仔细品读,颇有嚼头。估计是古书读得太痴了吧,就连他手刻的蜡版,也一丝不苟,似乎冒着古色古香的书卷气息。所以,搭眼一看,就知道是秦力的。于是,好些同学赠他"秦好古"的绰号。他不卑不亢,不温不火,也常常以好古居士自居。

后来，他保送到咸阳师专历史系和陕西师大历史系继续学习深造。毕业后，他分配到了彬县师范办公室，后来调到永寿县政府办公室，开始了行政工作。2002 年，我进政府办上班时，他已在乡镇任职四年。2002 年初调任县纪委党风教育室主任，这期间他出版了文史随笔集《清浊人生》。没多久，他转任县委宣传部副部长兼文联党组书记。在他手里，跑编制，跑经费，终于正式成立了县文联，这下他有了用武之地，风风火火地成立了十来个协会，一波一浪地开展了一系列活动，出版了散文集《空谷幽兰》《命名字号》，编选出版了《永寿文库》系列书籍，在全县引起了一定轰动。时间不长，他便荣调市文联了。

2012 年 6 月，我调任县委宣传部副部长。利用节假日，叨空整理出了一本十几万字的散文旧作，结集为《生命之花》。年底，我邀请秦力作序，他欣然答应。之所以请他作序，是有深刻原因的：他是我的乡党，是我的学兄年弟，昔日同为《泾水》文学社的社员，我们都曾做过文学梦，更重要的是，多年来工作之余，他涉猎广泛，博学多识，是一个我心目中学养深厚的文人，是一个很纯粹、很真诚、很善良的文人，甚至是一个个性很鲜明、思想有锋芒的文人。隆冬时节，寒冷的天气里，家中停电，他竟然蜷缩在床上，洋洋洒洒写出了他热辣辣的读后感，一下子让我非常感动。开年 4 月份，我的书出来了。看到了他作的序，许多人都竖起了大拇指，啧啧不已。

翌年，我又整理出了一百二十首诗歌旧作，结集为《生命之火》，登门拜请他作序。他竟然一口气写出了四千四百多字的序——《将我的窑洞挖进你的诗歌》，发表在《秦风》杂志上。从本质上看，这篇序文是一篇精美绝伦、精彩绝妙的诗论，它采用框架式的结构，以客主问答的形式，纵横捭阖，旁征博引，滔滔不绝地评析了我的诗歌特点，阐述了诗歌创作实践中必须遵循的重要理论和观点。当时，我禁不住读了好几遍，总觉得它给我上了生动有益的一课。在这篇文字中，他满腔的深情，仿佛滔滔江水，一泻千里，势不可

当；他喷涌的激情，犹如熊熊烈火，呼呼啦啦，大有燎原之势。说实在的，我感受到了他作为文人的大气、才气和豪气。

近年来，秦力致力于诗歌创作，在咸阳年轻一代诗人中很有影响。最近，他的三卷本诗歌集《天下熙熙》《时光悠悠》《人世茫茫》终于出版了，他及时托人捎给我一套，还通过网络嘱咐我谈谈看法。说实在的，我感到受之有愧，却之不恭。因为我深深地知道，自己似乎天生就是一个感性的人，常常自觉不自觉、有意无意地拒绝着理性。尽管如此，但对于老同学秦力的诗歌大作，我还是要认认真真拜读学习一番，谈谈自己的感觉的。

秦力，博学多识，是一位能将万象入诗的作者。在他的诗歌创作实践中，这一点最直观、最明显了。他的心胸是宽广的，视野是开阔的，思维是发散的，题材是多样的，想象是奇特的，造型是丰富的，思想是深刻的。光看看他的那些诗歌分类，植物门、动物门、风景门、心情门、凡人门、书报门、天气门、时间门、事物们、唱和门、风雅门、旧作门……我就深深地感觉到，他是诗歌创作领域的"杂家""另类"，目前似乎还没有哪一位当代诗人有他这样的器量，诗歌内容无所不及。古往今来，大千世界，天地万物，滚滚红尘，他似乎什么生活、什么事物、什么故事、什么人物，都能信手拈来、充满激情地写进诗歌。他看到的是诗，听到的是诗，想到的是诗，梦到的也是诗。比如《用眼睛思考》《用耳朵思考》《我的眼睛是油灯》《今夜，我化作酒》《幻想》《大脑》《一分为二》《见上帝要穿正装》《三千岁的西安》……他的诗歌睿智大胆，有仰天狼嗥的匪气，有九天揽月五洋捉鳖的豪气，甚至还有让我撬起地球的霸气。这些诗歌都饱含着他长期思想的火花，精神涅槃的灵光，透露出强烈的超现实主义味道，表现出浓郁的浪漫主义色彩。所以，要我说，秦力是和好多学者、作家、诗人、朋友大不一样的，他在新诗创作题材领域做出了许多开拓性的工作。

秦力，历史人文专业学养厚实，他是一个擅长诗歌创作的高产作者。在中国，诗常常歌以言志，歌以抒情，歌以状物，歌以叙事，歌以咏史，这是我们的传统。但秦力的诗歌不唯如此,特别是他的《古人的那些事儿099—110》《姜尚爱民》《孔子的"五不祥"》《庄子识人之"九征"》《半坡姑娘》《阿房宫》《读〈道德经〉》《品〈离骚〉》《红楼人物咏叹调》……还有《我的夏代巫师生活》《我的商代奴隶生活》《我的周代贵族生活》《我的秦代士兵生活》《我的汉代将军生活》《我的魏晋士族生活》《我的隋代河工生活》《我的唐代商人生活》《我的宋代歌妓生活》《我的元代战马生活》《我的明代官员生活》《我的清代学者生活》《我的民国土匪生活》……这一组组咏史诗一脉相承,一气呵成,大雅至极,大气磅礴。秦力始终以他历史文化专业的身份,以他独有的诗人眼光审视历史文化现象,表现出了对民族历史、社会变迁、宇宙人生的大反思、大考量,实在让我们震撼不已。

秦力的诗歌创作品类多样。他的作品给我们提供了丰富生动的审美体验。他的诗歌乐园像自然界一样多姿多彩,有厚重的鸿篇巨制,有轻灵的即兴小品;有苍茫的历史穿越,有铁青的现实碰撞;有刺世疾邪的讽刺诗,有缠绵婉转的民歌体;有经典的诗词赋帖,有风趣的嵌名联语;有精致的藏头诗,有理性的顺口溜;有的豪迈大气,有的淡定深沉;有的慷慨激昂,有的自然平和……总之,在这部三卷本诗集里,他以多面手和大手笔,创造创作出了丰富多样的诗歌品类和造型,唯美大雅与朴拙大俗相结合,现实主义与浪漫主义相结合,自然人文和社会生活相结合,古今中外、历史现代相结合,共同为读者们烹调出了一份多维的"满汉全席"式的精神文化大餐,让我们获得了无极的审美享受。

这,就是与众不同的秦力! 一位学者型的诗人!

乾陵是个谜

乾陵名闻中外，但身为紧挨乾县的永寿人，多少年来，我却没有过登临乾陵、瞻仰乾陵的感受和体验。只是有好多次坐在车上，隔着玻璃窗，模模糊糊地看到过雾霾缭绕的乾陵而已。然而，不知不觉间，机会却悄悄地降临了。

有一天下午，我们在咸阳办完事往回走，车进入乾县境内，一位同事指着窗外对大家说："快看！乾陵多像一个睡美人！"顺着同事的指向，我极目远望西北方，梁山北高南低，北峰昂然巍峨，蔚然深秀，南边两峰东西对称，圆满肥硕。整个山势俨然一位体态丰满的少妇，袒胸露乳，枕山藉水，仰面躺在皇天后土之间，这就是乾陵——中国乃至世界上独一无二的一座两朝帝王、一对夫妻皇帝的合葬陵。试想，在如此旷荡辽阔的渭北山原上，一座帝王之陵赫然凸起一座山，这是何等的大气磅礴！一座山愕然酷似一位美女，头枕梁山，足蹬渭河，双乳高耸，睡态雍容，这何尝不是天地之大观、千古之奇观！大自然的鬼斧神工真是让人叹为观止。

这不愧是一块风水宝地啊！

正这样想着，我们忽然看见了高速路旁"乾陵宝地，魅力之城"的巨幅宣传牌。这时，我不由得想起了一个关于乾陵选址的民间传说，说是武则天要为高宗皇帝营建陵墓，请来袁天罡和李淳风两人分别踏勘寻找风水宝地。先是李淳风找到穴地，埋了一枚铜钱做记号，回来了；接着，袁天罡也找到穴地,插了一根银针做记号后回来了。后来,皇帝派人去查看,结果大吃一惊,袁天罡的银针正好插在李淳风的那枚铜钱孔里。因此,就选定了那个地方作为陵墓,那个地方就是中国现在保存最完好的帝王陵墓——乾陵。

乾陵被称为"天下第一陵",素有历代诸皇陵之冠的美誉。初建时,正值盛唐,国力充盈,陵园规模宏大,建筑雄伟富丽。据文献记载,乾陵仿唐都长安城格局营建,陵园"周八十里",原有城垣两重,内城置四门,曰青龙、朱雀、白虎、玄武。城内有献殿、偏房、回廊、阙楼、祠堂、下宫等辉煌建筑群多处。神龙元年(705)正月,武则天病重,宰相张柬之等发动政变,拥立中宗李显复位。十一月,武则天驾崩洛阳上阳宫,临终遗嘱"祔庙、归陵、令去帝号,称则天大圣皇后"。次年五月,武则天灵驾还长安,八月与其夫合葬于乾陵玄宫。从此,乾陵成为中国古代帝王陵墓中唯一的一座一陵葬两帝的陵园。后来,中宗、睿宗又将二太子、三王、四公主、八大臣等十七人陪葬乾陵。因此,乾陵陵园的所有营建工程经历了武则天、中宗至睿宗初期才始告全部竣工,历时长达五十七年。可惜的是,"安史之乱"后,历经一千三百多年的风雨沧桑,乾陵地面上的宏丽建筑已经荡然无存了。

我们的车沿着环陵路逆时针行驶,干干净净的道路两旁,垂柳纷披飘逸,如帘帘飞瀑。环陵路沿线,蔓延着一个个绿树葱茏、幽静雅致的村庄。一路上,我们在青龙门、玄武门、白虎门的路牌旁,看到了几尊历经风雨沧桑的石狮子斜立在塄坎上或萋萋芳草之中;也看到了好几个小土山似的陪葬墓。青龙门和玄武门往上,都是坡地,一绺绿,一绺黄,绿油油的是小麦,黄灿灿的是油菜。山顶上长满松柏,密密匝匝,郁郁葱葱,外圈间杂着花开得白花花的洋槐。到了白虎门附近,陡峭的山坡上全是青光光的巨石,累累赘赘,似乎一眨眼就可以骨碌碌滚下来。路旁是深深的沟壑,看路标叫黄巢沟。原来,当年黄巢起义,为筹军资,曾带四十万将士盗掘陵墓,后由于唐军追剿,虽然削去了西半边山,挖出了四十米的深沟,但还是没有找到墓道。

从乾陵的头道门拾级而上,走完五百多个台阶,就到了平坦宽阔的"司马道"上。从梁山南二峰的天然双阙起,依次往北对称地排列着一系列重要的石刻艺术品。首先看到的是高高耸起的八棱柱石华表,它是帝王陵墓的标志,据说其造型昭示着生命长存的理念和古代先民对人类生殖行为的崇拜。接着,看到的是昂首挺胸、浑圆壮观的石刻翼马,背生云纹双翼,似有四蹄生风腾飞云天之势。下来是优美的高浮雕鸵鸟,它是唐王朝同西域人民文化交流与友好往来的象征。最有气势的是五对配有驭手的石仗马和十对高大魁伟的石翁仲。传说翁仲姓阮,是秦朝镇守临洮的大将,威震夷狄。秦始皇树翁仲像于咸阳宫司马门外,后世的帝王以翁仲石像守卫陵园。他们个个虎背熊腰,带剑列队侍立,表情端肃凝重,虽说历经的千年风雨沧桑销蚀了他们眉宇间的峥嵘意态,个个面呈黑灰色或者灰白色,但那骨子里透射出的强大雄壮之气韵、威武森严之气象,依然可以感受得到。这也许就是当时的盛唐气象吧。最可惜的是那些驭手都没有了头,那些马也缺胳膊断腿,成了残缺残疾的艺术精品。

接着,在朱雀门外的司马道东侧,我第一次看到了闻名于世的武则天无字碑,据说重约一百吨。它通身取材于一块完整的巨石,浑朴厚重,巍峨壮观,雕刻生动,精美绝伦,不愧为历代群碑之冠。碑额未题碑名,阳面正中一条螭龙,左右侧各四条,共有九条螭龙,故亦称"九龙碑"。左右侧的八条螭龙纠结缠绕,鳞甲分明,张牙舞爪,生气勃勃。碑的两侧,巨龙腾空,线刻而成,栩栩如生。碑座阳面镌刻着狮马图,马者屈蹄俯首,温驯可爱;雄狮昂首怒目,咆哮威严。碑上还有许多花草纹饰,线条精细流畅。无字碑以种种富于传奇色彩的传说故事而名播八方,备受游客青睐。它在无数游人眼中不仅是乾陵的象征,更是女皇武则天的象征。所以,凡到乾陵来的人绝对没有不拜谒无字碑的道理。只见游客们纷纷向无字碑走来,他们一脸恭敬,或盘桓抚摩,或凝眸注视,或摄影留念,或若有所思,或指点评说。无字碑唐时立,但不铭唐人一字,留下诸多待解之谜。究竟无字碑上为何无字,坊间流传着三种说法。第一种说法认为,武则天立无字碑是用以夸耀自己,表示功高德大非文字所能表达。第二种说法认为,武则天立无字碑是因为自知罪孽深重，感到还是不写碑文为好。第三种说法认为，武则天是一个有自知之明的人，立无字碑是聪明之举，功过是非让后人去评论，这是最好的办法。宋金以后，再历元、明、清各代，开始有游人题字于碑，使无字碑成为有字碑。

述圣纪碑，位于司马道西侧，与无字碑相对，是武则天亲撰、其子中宗李显书丹，为高宗歌功颂德的一通功德碑。碑为方形，顶、身、座共七节，表示日、月、金、木、水、火、土，寓意李治的文治武功光照天下，故又称"七节碑"。碑文大多剥蚀，仅留少数字依稀可辨。在朱雀门外的神道东西两侧，还分布着两个方阵的无头石人群像，人们习惯上把这些石像称为"蕃像""宾王像"，也称"六十一蕃臣像"。他们与真人大小相仿，穿着打扮各不相同，有袍服束腰的，也有翻领紫袖的。他们列队侍立，打躬作揖，似乎做出俯首称臣之态，也仿佛正在列队恭迎皇帝的驾临。从这个场面我们至少可以领略到，唐王朝国力是多么的强盛！当时，天下太平，四海宾服，外夷朝贡，盛极一时。

最后，我们沿着青松翠柏荫翳夹峙的林荫道，一步一停，弯弯转转，登上了乾陵之巅。梁山主峰岩石磊磊，虎状峻嶒，地势险峻，为东西交通咽喉。自古以来，就是关中形胜之地、兵家必争之地。据史料记载，周太王逾梁山而载弘基，秦始皇筑宫梁山而御夷狄，汉张骞越梁山而通西域，以至唐代的"丝绸之路"都经过此山。东望九嵕山，孤峰突兀；南望太白终南山，雾锁烟迷；北望五峰山，遥相辉映；西接翠屏山，层峦叠嶂。脚下，梁山三峰凸起，钟灵毓秀，泔河环其东，漠水绕其西，整个山麓百草丰茂，古柏参天，环境雅致肃穆。堪舆家认为，梁山形如睡美人，又如凤鸣西北之象，大有利于女主。因此，代唐为周的女皇武则天便把梁山选为唐高宗和自己百年后的"万年寿域"了。

落日熔金的时候，我们依依不舍地下山了。一路上，我遥想着那孱弱多病的唐高宗、叱咤风云的武则天，遥想着那气势恢宏的乾陵、蔚为奇观的梁山，遥想着那美轮美奂的石雕、藏金聚银的地宫，遥想着那众说纷纭的传说故事、沧海桑田的历史风云……

原来，乾陵真是一个千古之谜。

一次最壮美的穿越

　　7月23日一大早,我和同事驰奔凤县去参加陕西日报通联会。25日晚上八点多,疲惫地回到家里。回想起来,这次凤县之行,从去到回来,我们沿着212省道,先后四次穿越凤县。

　　说实在的,这是我人生最惬意最快乐的一次壮游。

　　以前,虽然对凤县也有所了解,但这次旅行,我才真真正正地对它有了全方位的感受。凤县古称凤州,为岭南第一州。地处茫茫大秦岭南麓,浩浩嘉陵江源头,总面积三千一百八十七平方公里,总人口十一万人。早在六千多年前,此地已有先民繁衍生息。这里秦岭山巍峨壮观,嘉陵江宛转秀丽,山环水抱,草盛林密,自然风光美如画图。这里,扼陕、甘、川三省要冲,316国道、212省道贯穿全境,宝成铁路穿境而过,它现已成为陕、甘、川旅游大通道上的重要节点。

　　有道是:靠山吃山,靠水吃水。近些年,凤县人民审时度势,依山凭水,鸿篇巨制,一门心思做起山水画廊的大文章来。在大秦岭的"会客厅"里,明明赫赫地挂起了七彩凤县的大品牌:人文凤县、生态凤县、休闲凤县、魅力凤县、精彩凤县、通达凤县。经过艰苦努力,凤县已先后获得了国家园林县城、国家卫生县城、全国生态示范区、全国十大县域旅游之星、中国最美文化生态旅游名县、中国旅游百强县、中国最美小城、中国最佳羌族风情旅游名县等80多项殊荣,县域经济综合实力连续四年进入陕西十强县,2010年,进入西部百强县,连续两年跻身中国最具投资潜力中小城市百强县,年均接待游客近三百万人次。

可见,凤县已经全国有名,引起了世人的瞩目。

登临秦岭:感受父亲山

我们坐在西安发往凤县的大巴上。一到宝鸡,就远远地望见莽莽苍苍的秦岭山,它像一道苍翠的屏障横亘在眼前。

过了市区不久,车就进入了群山夹峙的峡谷,紧贴山根徐徐而上。路旁的河道里,白花花的石头大小不一,千奇百怪,或睡,或卧,或散,或聚。一条清澈见底的溪流潺潺而下。举头仰望,沟壑两边一座山头连着一座山头,横看成岭,侧立为峰,远近高低,各不相同。有的壁立千仞,如一柱擎天;有的突兀孤悬,如悬猿饮涧;有的拱天卫地,如列班朝拜;有的攒簇隆起,如怒发冲冠;有的危如累卵,险象环生;有的俯仰生姿,有的顾盼传情,有的盘腿趺坐,有的打躬作揖……其雄、峻、奇、险、秀,千姿百态,气象宏伟。山头坡上沟壑里,林草丰茂,一丛丛,一簇簇,浪起浪伏,参差披拂,蒙络摇缀。峡谷上空的蓝天白云,仿佛伸手可触。那蓊蓊郁郁婆婆摇曳的山头,似乎眨眼间就要倾塌下来的样子,感觉很可怕。几只苍鹰在沟壑里高傲地尖叫着,盘旋着,扶摇直上,直冲云霄。当年的宝成铁路几乎是修在巉岩绝壁上,一会儿出现在公路的左边,一会儿出现在公路的右边。远看,隧道口像鸟巢,一列列火车钻山进洞,时隐时现,宛然传说中的神龙,见首不见尾。在起伏纵横的沟壑梁峁间,一座座高高的电线塔像天地巨人一样,手挽手,稳稳当当地矗立在万木丛中。

峰回路转,我们的车在深山老林里攀缘而上。强烈的阳光透过林梢在车窗内摇来晃去,我感觉脸上很烫很烫。盼望着,盼望着,弯来绕去,好不容易爬到了山顶。"会当凌绝顶,一览众山小""登泰山而小天下""山临绝顶我为峰"。如此豪迈的感觉,让我的心激动得差点儿跳出了胸膛。

无限风光在险峰。我拾级而上,来到山巅的观日台。哇!山后还是山,山外还是山!一个山头挨着一个山头,一条沟壑连着一条沟壑,纵横交错,起伏跌宕,一望无垠,怎么也数不清,简直就像茫无际涯、波澜壮阔的大海,一下子突然间凝固了。我清楚地知道,这是史前地质运动伟大的杰作。不过,头顶蓝天白云,眼前脚下,滚滚滔滔,翻腾激荡而来的,却是一排排葱葱茏茏的绿浪。实在让人震撼不已。再看,那七十多个银白色的风塔,好像戴天履地的巨人,雄踞在一个个山头上,多么雄伟,多么壮观。

这就是浑莽雄峻的秦岭!大气磅礴的秦岭!龙盘虎踞的秦岭!恍惚间,我看到了在广袤的中原大地上,秦岭的山脉,像父亲脊梁上一条条的肋骨正在隆起,像一条条沧桑的巨龙正在腾飞。这时,我也似乎想明白了,为什么有那么多人说,秦岭是我们中华民族的龙脉所在,秦岭是我们中华民族的父亲山。

高山仰止,景行行止。这就是我们永远只可仰视的大秦岭!中华民族脊梁一样的大秦岭!厚德载物的大秦岭!

秦岭花谷:游山水长廊

7月24日上午,陕西日报社和凤县县委宣传部组织所有与会者,从凤县县城出发,沿着212省道秦岭花谷景观产业带,开展了一次壮丽的穿越采风活动。一路上,我们坐在车上,隔着玻璃窗,浮光掠影、走马观花,先后饱览了沿途公路两侧的岭南公园、波尔多庄园,黄牛铺镇的迎宾湖、波斯菊长廊、百亩油葵园,红花铺镇的荷塘映月、月季长廊、桃花岛、红叶李园,凤州镇的芳菲园、消灾寺……这一处处美丽的人文生态景观,构成了一幅巨大的立体山水画廊。

随行的凤县县委宣传部干部刘涛说,按照"全线贯通,带状布局,线状布景,点线结合"的思路,凤县212省道沿线的各镇生态建设各具特色。黄牛铺镇主要围绕"黄"字做文章,沿路两侧种了大片波斯菊和大面积的油葵,开了花，都黄灿灿的；红花铺镇主要围绕"红"字做文章，荷塘里养了睡莲，路旁护坡上栽满了月季，江边滩地上连片成方种了红叶李，花开时，都红艳艳的；凤州镇为凤县旧址，主要突出"七彩"主题，所以就经营了芳菲园，遍植百花，色彩斑斓，以应七彩之意，无怪我们沿途看到了以郁金香、白皮松、红豆杉、红叶李、薰衣草为主的千亩苗木花卉园，看到了核桃采摘园、苹果采摘园、花椒采摘园、樱桃采摘园等千亩农业综合产业观赏园。

他还说，沿路最美的景观当属荷塘映月湿地公园了，这是目前秦岭花谷最经典的代表作。

于是，在这里，我们全都下了车。远望，山在虚无缥缈间。近看，秦岭群山环伺周围，亭亭座座，如同翡翠楼，如同碧玉簪；嘉陵江碧水绕膝而过，一滩一洼，清澈见底，波光潋滟，如同青罗缎。荷塘边，草木葳蕤，绿柳摇丝，花香袭人；荷塘里，小桥流水，曲径回廊，莲叶田田，凉风习习。穿梭于荷塘的回廊上，我们看到了圆形的水车，看到了在巨幅竹简造型上镌刻着作家朱自清的《荷塘月色》全文。可惜不是月夜，要不然，我们就可以身临其境，欣赏到荷塘映月诗画般的意境了。面对眼前如诗如画的美景，大家快乐地观赏着，啧啧赞叹着，说这真是世外桃源、人间仙境。许多人举起了相机或手机，拍下了这美好的一幕。

跟着，凤县林业局的同志向我们介绍起了情况。

他说，"秦岭花谷"是近年来凤县全力打造的文化旅游新品牌。其主要目标是建成"四季常绿、季季有花、生态优美、产业繁荣"的旅游休闲通道、生态景观长廊和产业致富黄金带。项目总投资一亿四千万元，沿途各镇按照乔、灌、花、草相互搭配的立体式绿化景观规划和适地适树的原则，对沿线道路林带、农田水系、村庄社区、游园景点等进行全面绿化、美化提升，先后共栽植各类苗木七百余万株，沿212省道凤县段，重点打造出了采菊东篱下、荷塘月色浓、红花风情艳、万亩果椒红、凤州美食城、嘉陵垂钓乐的特色景观。

经他们这么一说，我大体上明白了，原来秦岭花谷，其实就是凤县依托

大秦岭群山、嘉陵江碧水,在212省道凤县段沿线精心打造的一条百公里生态景观长廊。

一路上,我们还看到了一个个整齐亮丽的新村,一个个高标准、现代化的休闲农庄。特别是那些农家乐小院,桃李罗堂前,榆柳荫后檐,个个精致雅静,草绿花艳。檐前都悬挂着一串串喜庆祥和的红灯笼,一面面随风飘扬的招牌上,都很醒目地推出了"凤州蒸菜""古羌菜系""嘉陵河鲜"和"豆腐宴"等特色美食品牌。

水韵江南:相约凤凰湖

凤城狭小,虽说乃弹丸之地,但灵山秀水形胜,风水气象绝佳。你看,两边是一堆一堆连绵起伏的大青山,来自秦岭深处的嘉陵江奔流不息,浩浩汤汤,在县城中穿过。如此依山傍水,有群山像父亲的臂膀长久环抱,有碧水像母亲的乳汁日夜滋养,这难道不是天赋的好风水吗?

7月23日,我和同事连续坐了六个半小时的车,赶到了凤县县城。草草吃过午饭,就怀着对这座小城仰慕已久的心情,马不停蹄,急不可耐地出行游玩了。刚走出黄金大酒店,就看见周围群山苍茫迷蒙,如同一幅大手笔浓墨晕染的水墨画。低低的天空中,乌云翻滚着,电光闪闪,雷声隆隆,一场大雨即将倾盆,感觉相当可怕。还好,老天爷大概不想浇灭我们的雅兴,只是雨疏风骤而已。街上除了几个环卫工人手提铁簸箕和笤帚冒雨出勤之外,几乎没有什么行人。我们像天真的小孩子,沿着清幽幽的凤凰湖,走一走,停一停,边走边看,边看边拍照,仔仔细细地感受着凤县水韵江南的味道。

大约两个半小时,我们就绕湖走完了大半个县城。总体感觉是,这座山谷里的小县城,街道呈台阶型,路面又窄又短,陆桥水桥多,时而上坡,时而下坎,时而左转,时而右转。但路网却四通八达。只要朝着一个方向走,不论哪条巷子都可以走得出去。那些路、桥、台阶的设计,都很人性化。其次,县城干净、卫生、文明,移步换形,处处有景,处处皆景。再就是,我们发现它们的"凤"文化品牌叫得特别响亮，街道的许多景观设计都有凤的图案，好些楼堂馆所的命名都和"凤"有关，比如"凤仪天下""凤凰来仪""凤成大厦""凤鸣餐馆"，等等。它们似乎在有意识多角度地向人们诠释着凤文化的现代内涵。应该说，这是它们经济生活中耐人寻味的金字招牌。

总之，凤城是小巧玲珑的，是细腻精致的，是浓缩精华的，是内涵魅力的盆景！

我们了解到，凤凰湖是国家 AAAA 级旅游景区，景区内拥有三千六百米的水景观长廊，有一百万平方米的星光瀑布，有五十万平方米的水景视听观光湖面，有万人萨郎盛会，有四千一百盏太阳能星星灯编织而成的星光瀑布，有一百八十多米高喷泉为核心的大型水景灯光音乐表演，周围月亮湾、凤凰山、丰禾山、堡子山四大主题公园环拱湖面，交织成一幅亦真亦幻如梦如画的美景画卷。

要欣赏这样的美景，必须等到天黑以后。不过，这时候，我却无意中邂逅了一位凤城本土美女作家，她给我的这次凤县之行增添了浪漫的色彩。

晚饭后没事，我将自己用手机拍的几张照片发到了空间里。没想到，网友清风淡雅回复说，这是她的家乡，她的家门口。由于没有我的电话，她便通过 QQ 联系我，邀请我出来聊聊。说她在凤成大厦门前、中心广场那儿等我，上身穿黑短袖，下身穿红裙子。其实，她是我在江山文学网荷塘月色文学社团结识的一位文友。她是荷塘的业余总编，也是一面耀眼的招牌。她当着教师，先后业余创作小说、散文等文学作品一百多万字，曾被评为"江山十大才女"。以前，我们聊过几次，我看过她的不少文章，深知她富有才情和灵气，创作很勤奋，美文佳作连连不断。她对社团的事情特别上心，特别敬业，人脉、人气很旺，天天要组织社员投稿，带领编辑进行点评。有时，她还要组织文学大赛，在群里开展评稿、讲课活动，是很辛苦的。但她依然无怨无悔，无私奉献。她的精神和毅力，颇让人佩服。然而，荒唐的是，我竟然不知道她的真实姓名，甚至也没有弄清她是哪里人。事后回来查了聊天记录，

打探一番,才知道她叫刘春燕。

当时我就想,缘于文学,邂逅而遇,应该是高雅浪漫的事情。所以,便欣然赴约了。

见面后,才发现她眉清目秀、温文尔雅、仪态大方,还是一个地地道道的时尚气质美女。简单寒暄之后,她就做起了我的导游,如数家珍般向我介绍起凤城的特色景点。穿过挨挨挤挤的人流,我平生第一次观赏到了街头羌舞。一面很大很大的羌鼓摆放在街道上,几个羌族服饰的姑娘,活力四射,激情澎湃,在大鼓上连跳带舞,既抢眼,又刺激。大鼓旁边,还有十几个美丽的姑娘,华彩丽服,围着红红的篝火,手拉着手,襟飘带舞,让我大开眼界。街舞结束,她又带我欣赏了色彩缤纷、魅惑迷人的七彩瀑布,用手机为我留了影。

漫步到江边,我看到整个凤凰湖畔灯火辉煌,五色斑斓。忽然,她指着江水对岸说:"看!那就是我们的星月瀑布。"顺着她手指的方向望去,彼岸黑蒙蒙的夜幕上,一大片闪亮星星的剪影赫然入目。它们密密麻麻,亮晶晶的,争先恐后地向我们忽闪着诡秘的眼睛。整体上看,这群星星构成了一座大山的轮廓,山顶上挂着一牙金黄的弯月。让我说,这处神奇的景观叫作星月山更贴切一些。面对此情此景,我还不由得想起了曹操登临碣石远观沧海时所见到的宏伟气象:"日月之行,若出其中;星汉灿烂,若出其里。"古往今来,这是多么相似的意境啊!想到这里,我忽然糊涂了,竟然分不清彼岸究竟是在天上,还是在人间。回过头来,愣过神,我望见真实的月亮正挂在高高的楼顶上,真实的星星或明或暗。相比之下,天上不如人间!

这就是凤城的人造夜景奇观,天上人间,两个月亮。

淡雅对我说,她的好多作品,都是在这凤凰湖边,转着转着,就找到诗意和灵感,或者说打通了思路。可见,这凤城钟灵毓秀,地灵人杰,确确实实是一个出才子佳人、出奇思妙想的好地方。要不然,他们怎么能把凤城打扮得这么漂亮,这么迷人?应该说,凭的就是独具匠心,就是异想天开,就是卓越的创造力。

凤城最热闹、夜景最壮观的地方,在嘉陵江和小峪河的交汇处。这里有大型动感水景灯光音乐表演。当我们来到廊桥边时,湖水两岸和桥上早已围得水泄不通。九点半,表演准时开始了。没有想到的是,激光的操控台竟然建在两水交汇处高高的山顶上。一道道缤纷的光柱从那里发出来,在湖面上空扫射着,旋转着。整个表演以"水韵江南,七彩凤县"为主题,内容分为开天辟地、生命永恒、天籁之声、七彩凤县、凤舞欢歌五章,自始至终,声光水色融为一体,互相配合,相得益彰。每一个乐章的内容简介都是极其优美的配乐诗朗诵,节奏高低起伏,强弱多变,或高昂,或低沉,或急骤,或舒缓,或欢快,或奋进……所以,湖中喷泉喷出的水型也丰富多样,不断变幻。时而喷火如炬,时而雾成蘑菇,时而盘龙抱柱,时而追风逐月,时而光芒四射,时而孔雀开屏……最璀璨夺目的是十二朵栩栩如生的莲花,最激情四射的是一百八十多米的惊心动魄的亚洲第一高喷泉。当然,色彩也是随着喷泉的造型,不停地轮番变化,多姿多彩。

如此高端大气精彩,让人叹为观止的水景表演,我是平生第一次看到。说真的,这是一个通过高科技手段精心打造的现代化、艺术化的视听盛宴。我深深地感到,它是一幅活力四射的动感画,是一首热情洋溢的抒情诗,更是一首慷慨激昂的进行曲。

仔细想了想,这些年来,凤县人民豪情满怀,高歌猛进,这又何尝不是他们精神世界形象化的灿然怒放呢!

时空隧道:品凤飞羌舞

凤县,在我看来,这是多么吉祥的名字。

凤县,古名凤州,据史载:"周兴,凤鸣于岐,翱翔至南而集,是以西岐曰凤翔,南岐曰凤州。"凤州城南有南岐山,城东有凤凰山。相传有凤栖其上,凤州便因此而得名。

　　许多人都说,到了凤城,《凤飞羌舞》非看不可,不然,就等于没来。刚到凤城的那天晚上,文友淡雅领着我看街头羌舞的时候,曾对我说,《凤飞羌舞》这部情景舞剧有三四个版本,每一个版本都不太一样。但总体感觉都扣人心弦,震撼人心,是呱呱叫的精品佳作,是凤县旅游文化宣传中响当当的品牌。

　　当晚,我躺在酒店的床上,仔细翻阅了"七彩凤县"的宣传册,它是这样介绍的:《凤飞羌舞》根据凤县古羌文化历史记载和凤县民间古羌生活习俗提炼而成。全剧以大篇章命题,多情景演绎,大写意造像,细肌理塑形,大景观造势,小舞台炫彩,凸显羌文化的古,熔铸羌民族的魂,展示羌风俗的韵,生成了现代与远古变幻,印象与行为交融,舞台与实景辉映的视觉震撼和艺术冲击力。

　　从这段介绍文字来看,感觉是很美很美的了。

　　为了弄清古羌文化的历史渊源,我还上网搜索了许多资料,做了详细了解。原来,素有"凤凰之乡、羌族故里"之称的凤县,多少年来,羌舞"小打小闹",方兴未艾,一直在民间街头休闲场所活跃着。后来,当地政府就聘请专家、学者,充分挖掘凤羌文化的丰厚底蕴和民俗风情,精心策划,大胆构思,利用高科技手段,创作编排出了以"凤飞羌舞"为中心主题的大型历史文化情景舞剧。

　　人常说,看景不如听景。但是,这一回我感觉这话错了,因为我深深地感受到,听景不如看景。

　　24 日晚上八点,我们几百人来到了古羌文化旅游产业示范园演艺中心,剧场爆满了。整个演出由家园、祭祀、情爱、羌年四章构成,前面有序幕,后边有尾声。大幕徐徐拉开,我们穿越了几千年时空,被一个个宏大壮观的历史实景场面惊呆了。一只宛若游龙的火凤凰鸣叫着,盘旋着,劈空而来;辽阔的大草原、迁徙的古羌部落、金戈铁马的战场,苍茫而去。在"家园"里,一座座石头碉楼造型别致,院坝上下,高低错落;古羌人叩石垦壤,耕耘稼穑,田间地头,民歌袅绕;秋高气爽,五谷丰登,寨前檐下,果实累累,女人们载歌载舞,晾晒着玉米。"祭祀"场面是宏大的,气氛是肃穆的。寨前堂上到处悬挂着羊头,主持者释比显得威严神圣,原始图腾虔诚神秘;羌人拜天跪地,祭山敬水,祈求风调雨顺,兵强马壮。羌人的"情爱"是细腻的,也是丰富的。一对对男女呼朋引伴,对歌谈情;女儿哭嫁,三步一踟蹰,五里一徘徊,难舍难分;洞房花烛夜,张灯结彩,"喜事锅庄"热热闹闹。"羌年"是幸福殷实的,喜庆欢快的。火焰升起来了,米酒举起来了,羌笛吹起来了,酒歌唱起来了,羊皮鼓敲起来了,铠甲舞炫起来了,肩铃舞摇起来了,"推杆"玩起来了!羌人的幸福像花儿开放,像金灿灿的玉米颗粒漫天而降,像一条条红艳艳的"羌红"随风飘扬。

这部实景舞剧将梦幻与实景结合,将视觉和听觉融合,将民歌、民舞、民乐、民俗、民情、民风充分糅合,全方位、多角度地演绎出了一部千年古羌部族的原生态文化,直看得我们感心动耳,回肠荡气,心灵受到了巨大的震撼。观众席上不时爆发出一阵阵热烈的掌声,许多人情不自禁地拍下了最精彩最美丽的瞬间。

大家纷纷赞叹,这是凤县旅游文化中的一部史诗性作品。

走出演艺中心,徜徉在嘉陵江畔,我们这才发现,这个开放式的舞台是为"凤飞羌舞"量身打造的。它以嘉陵江谷地夜空为大背景,与比邻的石头羌寨、萨郎湖、景观瀑布、灵官峡一起,联袂为游客们营造出了大气磅礴、美轮美奂的精神文化大餐。

好一个天地大手笔啊!唯有凤县,才有如此宏伟的大气魄!唯有凤县,才有如此卓越的创造力!

马栏之行

　　小时候就听爷爷说,泾河这边是白区,对岸的旬邑一带是红区。过去,经常有青年学生和一些进步人士,越过一道道封锁线,被宁泰游击队从我们这里偷偷地护送过泾河,到边区那边去。

　　20 世纪 80 年代,在彬县师范读书时,我曾听到旬邑籍的同窗们津津乐道旬邑农民暴动和马栏根据地的许多事情。1987 年,我们班到旬邑赤道乡见习。1988 年,我们又到旬邑排厦乡实习。那时,吃饭是在群众家里。茶余饭后,聊天谝闲传,人们经常眉飞色舞地说到马栏,说到习仲勋带着旬邑人民闹革命的故事。他们的表情和言语是难以掩饰的、下意识地流露出老区人民的自豪、骄傲和荣耀,更流露出对那些革命先辈发自内心的无限敬仰之情。到了周末,旬邑的同学们还借了自行车,带着我们这些外县的同学瞻仰过旬邑起义纪念馆。记得就在 1988 年 5 月我们实习的时候,听说党和国家领导人习仲勋、汪锋要回来看望老区人民,旬邑城里乡下一下子沸腾起来了。后来,习仲勋因临时有事,就委派汪锋回来了。当时,旬邑人民万众欢腾,翘首以盼,沿途十里八村夹道欢迎,盛况空前。

　　恍惚间,近三十年过去了。

　　7 月 3 日这天,天气阴晴不定,日光时亮时暗。一大早,我就和单位的八名同事乘着两辆小车,前往马栏革命纪念馆参观学习。一路上,车辆并不多,我们的车跑得飞快。进入旬邑县境内,让我们大为惊叹的是,宽阔的路

面上又干净又平整，似乎看不见一个坑槽，看不见一块伤疤，看不见一个烟头，也看不见一根草屑。来来往往的车辆贴身飞过，带不起一点儿尘土。两边路肩和塄坎上野草丛生，旺旺的，绿绿的，一些野花自由散漫地开着。田埂以上就是开阔的原野良田，最多的是地膜玉米，长得半人高，密密匝匝，郁郁葱葱，一望无际。再就是连片成方成带的苹果园，树枝角度拉拽得很平，树形修剪得很顺眼，果子大都套上了纸袋。无论玉米地还是苹果园，都可以看到人们精耕细作的痕迹。从路口望进去，一个个花园式新村，整整齐齐地镶嵌在茫茫无尽的绿色之中，显得非常抢眼。一排排精致的小院落，粉墙红瓦，屋舍俨然。街心的花园里，鲜花盛开，争奇斗艳。门前的菜园里，瓜棚豆蔓，枝叶婆娑。

好一派美丽如画、富足文明的渭北高原农村田园风光！

听说我们要前去马栏革命纪念馆参观学习，旬邑县委宣传部的罗部长急急忙忙赶来了。简单寒暄之后，热情好客的他坚持给我们做向导，在前面带路。

我们的车穿过职田镇，很快就进入了马栏大山，进入了原始林区。这里的路，全在山梁之间蜿蜒延伸，转弯不是很多，也不是很急。路面并不陡，很宽阔、很干净、很平整，车跑起来没有一点儿颠簸的感觉。于是，我们便摇下车窗，沐浴着簌簌凉风，呼吸着清新的空气，尽情地欣赏起壮丽的风景来。扑面而来的全是莽莽苍苍的梁峁沟壑，全是葱葱茏茏的绿意。山势逶迤，连绵不绝；重峦叠嶂，跌宕多姿。远处，烟雾缭绕，迷迷蒙蒙，怎么也望不到边。临窗而观，千山万壑，树木丛生，百草丰茂，一座座偌大的山包仿佛是蓄意堆叠的绿！不断膨胀的绿！正在发酵的绿！沸腾激荡的绿！熊熊燃烧的绿！波澜壮阔的绿！汪洋恣肆的绿！这天地之间大气磅礴的绿，给人一种强烈的视觉冲击力和心灵震撼力。让我们顿然感到，在大自然面前，人是多么渺小。我们一路马不停蹄，转过一道又一道弯，翻过一座又一座梁。走着走着，从未出过远门的我，忽然产生了一种"黄山归来不看岳""登泰山而小天

下"的感觉。

一个多小时后,我们的车终于来到了一个群山环拱的沟道里,仰慕已久的马栏革命圣地赫然出现在眼前。在一位女讲解员的带领下,我们走进了宽敞的院子。首先映入眼帘的是,在一个长方形的红色大理石方墩上,习仲勋横题着的"马栏革命旧址"几个烫金大字。绕过这个方墩,向前走几十步,就是一座银白色的庄严雄伟的纪念碑。在高高的碑身上,竖刻着王世泰所书"马栏革命纪念碑"几个黑色的大字。纪念碑的碑座由六层台阶构成,据讲解员说,它象征着马栏革命根据地从 1931 年到 1936 年的创业历史。这时,我们便不约而同地向纪念碑鞠躬致敬。再向前走,就看到了大生产运动时期,关中分区发动军民自己动手建造的"工"字房,看到了习仲勋当年在房前亲手栽植的核桃树。站在这里,环顾着巍巍群山和原始莽林,想象着他们艰苦奋斗的故事,我们的表情不由自主地凝重起来。

在那个风雨如磐、暗无天日的年代,革命是多么多么不容易的事情啊!

接下来,讲解员就带我们仔仔细细地参观了马栏革命纪念馆。纪念馆共有两层,采用图片、实物、人物雕塑、浮雕、硅胶人物、场景复原、泥塑、电子书、电动地图、幻影成像等声光电科技手段全方位、多角度展现了关中特区、关中分区的革命史实,再现了习仲勋、汪锋、李维汉、王世泰等老一辈无产阶级革命家的丰功伟绩。

说真的,在这里,我有生以来第一次学到了许多历史知识,清楚地知道了马栏革命根据地是关中分区政治、军事、经济中心,是陕甘宁边区的南大门,是圣地延安的前沿哨所,是通往延安的重要通道,是孕育中国革命英才的红色摇篮。在二十多年的艰苦岁月里,关中分区军民以马栏这片深山老林为天然屏障,积极开展游击战争,建立红色政权,进行反"围剿"战斗,保卫了延安、保卫了党中央,使红色革命根据地不断得到发展壮大。从 1938 年到 1948 年的十年里,先后有鲁迅师范学校、陕北公学、抗日荣誉军人学校和陕甘宁边区第二师范等四所革命学校在此办学,为中国革命培养了众多治党治国治军的优秀人才。1945 年 7 月至 8 月,张宗逊、习仲勋在马栏指挥了爷台山反击战。1946 年至 1947 年,中共路东工委、路西工委、西府工委和河南省委、山西省委先后迁驻马栏办公,马栏曾一度成为陕西革命的大本营。

也就是在这里,我看到了在漫长的民主革命时期,我们的革命先辈们为了救人民于水火而具备的那坚定不移的理想信念,那坚忍不拔的道德情操,那坚贞不屈的意志品质,那一次次跌倒又爬起来的革命精神,那与当地人民群众同甘共苦的鱼水深情。没有共产党,就没有新中国。我想,没有他们的前仆后继、抛头颅洒热血,就一定没有我们今天的幸福生活,就没有沿途生机勃勃、欣欣向荣的田园风光,就没有一个个富足文明、和谐美丽的新农村。

所以,当我看着纪念馆墙壁上无数革命先烈英名录的时候,就不由得肃然起敬,俯首沉思。在那白色恐怖的年月里,旬邑属于陕甘边区,马栏是关中红色革命的心脏。这里的人民群众,这里的山山水水,一定为中国革命付出了太多太多,包括一个个英雄儿女……

最后,当我瞻仰着那座巨大的英雄群雕的时候,我也深深地明白了,马栏这块红土地虽山大沟深,林密草茂,却实在是个藏龙卧虎之地。这里,不但留下了邓小平、彭德怀、李先念的革命足迹,也孕育了关中革命的火种,哺育了来自四面八方的仁人志士,培育出了一批带领人民建立革命根据地、武装夺取政权的革命英雄,以及习仲勋、汪锋、王世泰等老一辈无产阶级革命家。

自从走进马栏革命纪念馆,我的脑子里始终想着这样一个问题:当年一听说习仲勋、汪锋要回旬邑看看的时候,为什么老区人民就欣喜若狂,就欢呼雀跃,就群情沸腾,就奔走相告?这究竟是为什么呢?

走出纪念馆时,我终于想明白了。原来,习仲勋他们是分别来自社会底层的劳苦大众,深深植根于大地,在那艰苦卓绝的岁月里,始终与当地人民群众心连心,同呼吸,共命运,积极带领他们坚持革命斗争。正因为如此,毛主席曾高度评价习仲勋,说他是"从群众中走出来的群众领袖"。

所以,人民永远惦记着他们呢。

走进旬阳

之一　穿越大秦岭

这天,秋雨淅淅沥沥,淅淅沥沥地下着。

西安城南客运站候车大厅里,人头攒动,熙熙攘攘。因是同伴订的网票,我赶紧来到了电脑前排起队来。我先拿出身份证,人模狗样地在电脑前仔细端详了一下,自以为弄懂了,就噼里啪啦点起来,岂料它怎么也不听使唤,我急得抓耳挠腮,左顾右盼。正一筹莫展的时候,身后的一位年轻男子,急不可耐地伸过手来,麻利地替我操作起来,三下五除二,票就自动出来了。这时,我觉得狼狈极了,脸一下子很烧很烫。唉,没出过远门,没见过世面,竟然连个票都弄不出来。平时,自己不是在电脑前交过费、在取款机上取过款吗?可就是没见过,电脑上还能购票、取票。真是被爷爷过去常说的一句老话说中了:不读一家书,不识一家字。关键是自己以前只在窗口买过票,所以面对这个不会说话的新玩意儿,真有点儿丈二和尚——摸不着头脑了。

这说明什么呢?一是说明自己长期身处穷乡僻壤,孤陋寡闻,没见过外面精彩的大千世界,没亲历过热热闹闹熙熙攘攘的大社会,早已经成了坎井之蛙;二是说明社会发展太快了,世界变化太大了,特别是科技产品日新月异,瞬息万变,自己落伍了,跟不上新形势了。还有,就是自己生活阅历太浅,知识面狭窄,充电不及时,融会贯通不够所致。

故而,扪心自问,自惭形秽,就是必然的了。

十一点三十五分,我和同伴急急忙忙搭上了西康大巴。十一点四十分,大巴驶出了城南客运站,沿着西康高速,顶风冒雨疾驰而去。车内,前后两台电视上播放着综艺节目。有的人交头接耳,咕咕叽叽聊着天;有的人伸着脖子,目不转睛地观看着节目;有的人歪着头,呼噜呼噜睡大觉;有的人茫然地盯着窗外,欣赏着沿路风景,正如极少出过远门的我。

不久,大巴就进入了山谷。窗外,重峦叠嶂,连绵不断;风起云涌,雨雾缭绕。我们的车像离弦之箭一样,一股脑儿钻过了一个又一个隧道。不同的隧道里,光线亮度都不一样,有的明亮,有的幽暗。有的隧道很浅,刚进去就能看到那边出口透进来的光亮;有的隧道幽深绵长,走了好久,仍然望不到出口。于是,我便产生了一种错觉,我们的大巴似乎穿行在夜晚亮着路灯的街道里。正疑惑着,车就忽然钻出了洞子,回到了白天,钻进了秦巴山区的茫茫雨雾里。

一开始,我还天真地想,默默地记下一路经过的洞子,看看有多少。哪知,眨眼间,忽地一个,忽地一个,钻过了一个又一个洞子。实在有些目不暇接,就放弃了。我不禁感叹起来,这世界多像我们一路前进的大巴车,正在神速地穿越时光的隧道。一个洞子就能秒杀几百里,正所谓一洞穿南北,天堑变通途啊。

一出洞子,我就不经意地看见,在逶迤起伏的秦岭大山的沟道里,原来的低速公路像一条匍匐的长蛇,紧贴累累赘赘的悬崖峭壁,缠来绕去。沟道里,空间狭小局促,半坡上、悬崖下、塄坎边、旮旯里,总会因地制宜,因势起屋,披着藏着十家八家,三家五家,或者一家两家鸽子笼似的民居。这些山窝里的人家,似乎家家户户门前,都没有正儿八经的路,简直看不出他们在哪里种地,平时都吃些什么,甚至也看不出他们在哪里饮水。不过,如果仔细寻觅的话,可以偶尔发现,山坡上或者房前屋后,似乎有土炕大、手掌大、

364

鞋带宽的庄稼地,一片片、一绺绺整整齐齐地种着玉米、烤烟、蔬菜之类。当然,滂沱大雨里也会有惊喜,不知不觉间,一条瀑布赫然闯入眼帘,它从参差突兀的石缝里滚珠溅玉般嘈嘈切切而下,一下子将我拉回到童年记忆中的山沟里。

出门三步远,另是一重天。老话说得一点儿没错。我算是亲眼见识到了。

关中平原,坦荡如砥,沃野良田,一望无际。茫荡的秦岭山中,一处处民居、村庄和县城都成了盆景,成了一个个不起眼的小物件,成了大秦岭衣褶里的小虮子。靠山吃山,靠水吃水,这是我们中国人很传统的生存方式。但山是石头山,叩石垦壤,种不来庄稼;水是矿泉水,取之不尽,用之不竭,喂不饱肚子。所以,我大胆地推想了一下,千年百年来,生存于秦岭大山中的人家,他们世世代代守着大山,困于大山,吃喝拉撒、衣食住行,都是极不容易的。

想到这里,我忽然产生了些微的自豪,觉得自己出生在关中农村,真有点儿身在福中不知福了。

蓦然间,我感觉自己终于活明白了。原来,人生蹐局天地之间,不如意事常八九呢。

之二　感受旬阳人

旬阳,给我的印象是很模糊的。

我仅仅知道它在陕南,具体归哪个市管辖,却说不出来。打开手机上网查了查,才知道它在陕西省东南部,位于秦巴山区东段,是革命老区,属于安康市。县城位于汉江、旬河交汇处,因旬河入汉江处呈"S"形,故今又称"太极城"。

远远地看到旬阳县城了,雨却瓢泼似的越下越大。

忽然,前面遇到了塌方,堵车了。我和同伴下了车,饿着肚子,冒着大雨,步行前往,路上看到几个交警正在塌方处忙着指挥疏导过往车辆。我们凑上去,说自己是外地来的。一位年轻的交警看到我们淋着大雨,毫不犹豫地说:"跟我来!"他走到一辆警车旁,让我们坐了上去。"我送你们到酒店!"说真的,他的举动让我们心存感激,肃然起敬。因为我们凭空受到了一种非常热情、非常友好的礼遇! 就这样,他把我们送到酒店门口后,又急急忙忙开着警车消失在了大雨中。虽说我的衣服快湿透了,身上冷得打战,可心里却始终热乎乎的。

进了酒店大厅,登记时一名服务员尴尬地告诉我们,是她们联系时,不小心发错信息了,我们住在前边的一个酒店。"远吗?""很近。""那我们自己去找。"看见我没有打伞,一位身穿红色上衣的年轻姑娘急忙跟过来,快言快语地说:"我带你们去。"一路上,她一直为我擎着雨伞。她柳眉杏眼,额前留着整齐的刘海,显得既纯朴大方,又精干伶俐。我们问啥,她回答啥,没有一点儿扭扭捏捏的样子。她自我介绍说,自己在人社局上班,是个志愿者。还说,老天爷真不争气,连阴雨淅淅沥沥下个不断,给大家增添了不少麻烦。送我们到了酒店,我发现她的衣服也淋湿了,便很不好意思地说:"非常感谢你!"她连忙摇摇头说:"不用,您是我们的客人,应该的。"说着,用手拢了拢额前的秀发,抿着嘴笑了一下,就转身走了。

看着她的背影,我同样很感动。我想,自己虽然不知道她的名字,但已经永远地记住了她,她是一名很开朗、很热情的志愿者。因为大雨里,我提着包,腾不出手,是她擎着雨伞,把我从一个酒店送到了另一个酒店,我很幸运地享受了一回美好的待遇。

一方水土养一方人,这话是真的。就像一株幼苗,如果栽到了贫瘠的土壤里,就会长成一株瘦弱的植物;如果栽到了肥沃的土壤里,就一定能长成一株苗壮的植物。

风水之好,风气之好,传统之好,共同酝酿纯化着这里的人情社会。大概正因为如此吧,我们才遇到了这么热情好客的交警,这么贴心暖心的志愿者。

之三　天然太极城

　　请原谅我的浅薄无知,"太极城",我没听过,更没见过,但由阴阳鱼构成的太极图,作为学易多年的我,却早已熟稔在心了。

　　于是,我就从"太极"二字,浮想联翩。旬阳县城山水形胜,属于天下奇观,必为风水宝地。因为它一定有个偌大的"S"弯,好像两只长长的臂膀,把整个县城囫囵囵地山环水抱着,可谓要风得风,要雨得雨。

　　细查资料,我豁然开朗。原来,旬阳真的是个天然的太极城,汉江和旬河在旬阳县城交汇。由于亿万年来旬河河床不断下切侵蚀、沉淀堆积,使河床形成"S"形图案绕城而过,竟然组成了一幅天然的太极图案。阴鱼岛和阳鱼岛,首尾相逐,对称互抱,惟妙惟肖,最为奇特的是阴阳鱼鱼眼位置分别生长着一棵千年古柏,历经千年依然枝繁叶茂。

　　真可谓大自然鬼斧神工的伟大杰作啊! 它造就了神秘,造就了最为神奇的天然太极城。据说,早在清乾隆年间,就有诗句这样描述旬阳:"满城灯火列星案,一曲旬水绕太极。"这说明什么呢? 说明太极城的称谓由来已久。大概正由于旬阳天然太极城是目前国内唯一世界罕见的自然奇观吧,它无可厚非地成了不可再生的旅游资源。所以,古往今来,曾有许多骚人墨客赋诗撰联描绘太极城之美:"伫望俯瞰江河流,太极突现山城秀""南望汉江,北镇旬河,江河锁钥旬阳城;东倚灵崖,西依林园,秀丽妖媚太极城。"

　　面对灵山秀水簇拥怀抱的天然太极城,我遥望着那宋家岭观景台,真想一口气攀爬上去,高瞻远瞩,游目骋怀,美美实实地领略一番它的全景全貌。

　　很无奈,我只能站在酒店的客房里,一遍又一遍地启窗而观。我惊奇地发现,自然界里的原生态总是那么神奇地相似。远望,旬阳县城高楼大厦,鳞次栉比,处处洋溢着现代化气息。周围群山环拱,连绵不绝,烟霏云敛。古老的汉江和旬河像两条沧桑的巨龙,汹涌着,蠕动着,贴身而过,蜿蜒而去,一个巨大的"S"弯出现在眼前。此时,我便不由得想起泾河流域的家乡永寿和彬县交界处的龟蛇山,在空阔辽远的沟壑里,两座低矮敦实的土梁突如其来,相对擦肩,仿佛雌雄两只乌龟不期邂逅,静静地趴在那里,铆足劲儿,做出默默对峙之态。浩浩荡荡的泾河宛然一条浑黄的长蛇,见首不见尾,在这两座土梁之间曲折迂回,形成一个硕大的"S"形走势。

不愧是天然太极啊!我和许多外地来的客人们一样,都情不自禁地惊叹造化的神奇!

夜里,我躺在酒店的床上,随手拿出老子的《道德经》翻看着。读到这么一句话:"人法地,地法天,天法道,道法自然。"我揣摩来揣摩去,恍惚间终于大彻大悟。

哦,神奇美丽的太极城。原来,这就是道法自然。

永寿赋

永寿,古为雍州之地。夏为漆兮,商隶豳;周属召兮,后入秦,汉置漆县。西魏置南豳兮,造邦始作邑。广寿塬置广寿县兮,后周改为永寿县。隋省唐复兮,重设永寿。宋改长寿兮,时属豳州。明西安府兮,隶属乾州。雍正年间兮,归直隶州。民国时期兮,属关中道。后避匪患兮,徙县治,至今之监军镇也。

纵观古今兮,隋唐夏宫;天赋永寿兮,毓秀钟灵。夫丝绸古道兮,依稀可辨;秦砖汉瓦兮,俯仰可捡。汉中大夫陆贾兮,说服南越俯首称臣;桃花源里兮,颐养天年。建信侯娄敬兮,议都关中聚富于咸;明月山上兮,修道成仙。唐时永寿,县治四易兮,麻亭、义丰堌、永寿塬、顺政店依次是也。传李渊蛰伏兮,永寿坊塬;孝名长留兮,五龙泉边。永寿坊村兮皆长孙,五龙头村兮李姓全;豪门望族联姻兮,太宗霸业基奠。秦王世民兮,率师征战;宫娥美女兮,寒宫盼还。长孙无忌兮受人谗陷,青山长叹;安金藏兮剖腹明心,苍天可鉴。监军镇、古屯村、养马庄兮,突厥平叛;等驾坡、起驾坡、御驾宫兮,安史之乱。来曜来瑱父子兮,尽忠戍边。刘沔神道碑兮,勒石立传。夫云寂古刹兮,金之铸大定铁钟;武陵寺院兮,闯王两过而毁城。诏封佛门兮,禅师碧峰;太祖元璋兮,御赐袈裟。杨参政兮激浊扬清,张殿梅兮为国殉命。舍生取义兮,佑我苍生;见贤思齐兮,福我百姓。钩沉掌故兮,考究村名。前世多渊源于唐也,此所以"隋唐夏宫"。

　　横览方圆兮,物华天宝;福安永寿兮,得天独厚。八百八十九平方公里兮,八百九十一条支毛沟。泾河浩荡兮,东去宛转;漆水萦回兮,西流蜿蜒。巍巍槐山兮,烟霏云敛。翠屏如虎踞兮,页梁似龙蟠。五凤落兮五峰山,娄敬藏兮娄敬山。彬宁锁钥兮,秦陇咽喉;梁峁起伏兮,沟壑纵横。北屏大佛兮,南接乾陵;西连法门兮,东望昭陵。距咸阳机场六十五公里兮,属西安一小时经济圈。夫公路改,铁路通,高速快,四通八达兮,车辆辐辏;人气聚,商流涌,百业兴,南来北往兮,货畅其流。永寿福地兮,四时分明;山大沟深兮,物饶产丰。此实属大西安绿色有机农产品之供应地也。"金玉寿"苹果兮,响当当亮;槐花蜜兮,享誉八方;沙棘醋兮,西北飘香;露仁核桃兮,独冠咸阳;景泰蓝工艺画兮,远走他乡;黑猪肉兮,四处吃香;散养鸡兮,紧俏市场;手织布兮,美名传扬。此永寿之有名土特产也。监军战鼓兮,一帜独标;土梁菜油兮,销路看好;民间剪纸兮,惟妙惟肖;任派秦腔兮,独步高蹈;佛教文化兮,漆泥浮雕;来家唢呐兮,拍手叫好。此永寿之省市级非遗项目也。永之羊肉泡兮,美馔佳肴;手制豆腐脑兮,关中一宝;安宫大麻花兮,永寿绝妙;"老八队"饸饹兮,味香汤嫽;店仪油汤面兮,顶呱呱叫;甘井血条面兮,风味独到。此永寿之地方风味小吃也。

　　前人栽树兮,后人乘凉。美丽永寿兮,福荫绵长。五六十年代兮,植树造林;八九十年代兮,秀美山川。一块金字招牌兮,四十万亩槐林。今集全民之智兮,运筹帷幄;举全民之力兮,励精图治。中国槐乡兮,生态立县;美丽永寿兮,绿色发展;招商引资兮,融合多元;鸿篇巨制兮,山乡巨变。看皇天后土兮,绿水青山;休闲养生兮,身康体健;精彩纷呈兮,华章烂漫。百里页梁,波谷浪峰兮,西咸国际化大都市最天然之氧吧;黄土地观光园,鸟语花香兮,关中最璀璨之农耕文化博物园;蓝溪书院,林丰草茂兮,渭北最旖旎之休闲养生园;东仪农庄园,花团锦簇兮,天下最优美之乡村小院;锦川海岸边,波光潋滟兮,最惬意之垂钓养心地;永太焦家河,过桥挑担兮,最逍遥之铁索便桥;渠子石佛龛,座边灵泉兮,最甘甜之治病神水源……知味停车兮,

闻香到乡间;游人如梭兮,不嫌路高远。此乃大西安之休闲度假养生后花园也。

天戴其苍兮,地履其黄。开拓永寿兮,远追先贤。永平古镇兮,昔之老县;万夫莫开兮,一夫之当关;弹丸之地兮,丝路古驿站;时移世易兮,逾七百年。夫虎头山上兮武陵塔,槐林深处兮藏兵洞。二十四景兮,已句句诗成;翠屏书院兮,犹声声入耳。惠民泉兮,流芳千载;金盘城兮,遗响百代。今之老县城恢复项目兮,继往开来。高起点兮大战场,扩街道兮铺管道,造县衙兮修城墙,辟广场兮建社区,搞喷泉兮竖雕像,历史融现代兮,相得而益彰。寓永一人杰兮,张焜千古名! 倾囊集资兮,政通民兴。仰无愧于天兮,百姓瞩目;俯无怍于地兮,一像横空。此陕西之文化旅游名镇兮,中国之最小老县城。洋洋大观兮,久久功成。

天,油然作云兮,沛然下雨。伟矣哉! 此今日之奋进永寿也!

人,举袖为云兮,挥汗成雨。壮矣哉! 此今日之实干永寿也!

噫吁嚱,伟乎壮哉! 天人合一,勠力同心! 可歌可颂兮,可喜可叹! 辉煌永寿兮,明日可盼!

下乡手记

3 月 25 日,阳光和煦,春风荡漾。

久在机关上班,从早到晚,事务繁杂,身心感到非常疲惫。能忽然走出机关,亲近大自然,深入田野乡村,感受一下早春的田园风光,这是多么好的事情啊。我的郁闷而阴暗的心情一下子好了起来,就像这无比晴朗的天气。

车窗外,视野无比辽阔,到处是一派新鲜的春的气息、春的气象。路边,杨柳正在回黄转绿,一条条,像祖母织布机上的细丝;一叶叶,像祖母的剪刀裁出的,像一张张雀嘴黄黄的。小草也趁机苏醒了,远远的一抹淡绿,近看却没有了。坦荡的麦田里,麦苗开始返青,好像绿茸茸的大毡子,直向远方平铺开去。连片成方的果园里,苹果树的轮廓疏朗清晰,枝枝丫丫,渐渐变青了。看来,水分和营养已经从树根慢慢上行,上行到树干,上行到树枝,叶芽和花芽正在悄悄孕育。

一年之计在于春,一生之计在于勤。农民们忙碌起来了。有人正爬上梯子修剪果树,有人正用铁锨翻着空地,有人正开着农用车往地里拉粪,有人清理着繁枝乱叶,烧起了一堆堆篝火,升起了一缕缕青烟……田埂上,酸桃树已经开花了,白花花的一片,如同点点白梅。

一

翻了两架梁、两条沟,终于到了何谈村。省人大代表、村支部书记徐旗成给我说,这个村离县城远,处在三县交界处,人口稀少,村中老户很少,大多数是困难年月里来的外来户,七姓八辈,口音杂得很,他们十三省十几个县呢,是饥荒战乱的时候,拼拼凑凑、凑凑合合组成的一个村子。落户的多数是陕南人,其次是河南人。日子慢慢好了,好些人就陆陆续续回老家了,之后土地面积就大了,种粮种得多了,也丰收了几年,小麦补贴也领了不少,老百姓的日子就渐渐好了起来。

我看到整村搬迁了,家家户户盖起了新房,门前绿化都是花园或菜园,韭菜绿生生的,蒜苗旺火火的,菠菜绿莹莹的。村上的广场安装了好些健身器材,卫生室、农家书屋都建起来了。走了一家又一家,好多农户的院子里都有收割机、拖拉机、旋耕机、播种机、蹦蹦车。他们说,这几年惠农支农强农政策越来越好,日子就跟着好了起来。我看见,他们说这话的时候,扬眉吐气,笑成了一朵花,脸上洋溢着抑制不住的喜悦和自豪。

跟着,老徐把我们引进了贫困户朱平义的家中。当时我就想,这么富裕的村子,难道还有贫困户?事实上,我真的想错了。一进门,一位矮个子的大嫂迎了上来。她用围裙擦了擦手,热情地说:"你们来了,快进来坐。"说着,就倒了热水端上来,说:"家里有病人,脏兮兮的,你们见笑了。"接着,就用袖子抹了又抹小杌子,说:"你们将就着坐。"这时,我发现屋子确实乱极了。一位五十岁左右的男人,两鬓秋霜,白发乱多,脸色蜡黄,双腿埋在被窝里,靠着被子,没精打采。老徐赶紧指着床上的男子解释说,老朱和妻子都是河南人,一家四口人,女儿出嫁,儿子现在上海上大学。老朱一直患肺结核,去年出了车祸,风湿腿坏了,没有钱,治疗没跟上,发展成骨髓炎了,已经瘫痪了一年多,不能穿裤子,天天接屎倒尿呢。说到这里,我看见那位大嫂眼里泪花直打转转,她咬着嘴唇低下了头。揭开被子看,老朱果然没有穿裤子,两腿已经皮包骨头了。此刻的他,多像2007年时的我的祖母。我的鼻子陡然一阵发酸,悄悄背过身去,擦掉了眼泪。当领导递上慰问金时,那位大嫂怎么也不要,她说:"村里的低保,我们享受了,大病救助也享受了,给其他人吧。"这让在场的人唏嘘不已,竟然还有这样的人,还有给钱不要的事情。

经过再三劝说，那位大嫂才含着眼泪勉强接下了五百元。

有道是，啥都要有，千万不敢有病；啥都要没有，千万不敢没钱。说真的，长这么大，我还是第一次见到这样的人。临走时，那位大嫂硬是拉着我们不让走，让我们吃了午饭再走。"你们大老远来，一定要吃饭。"经老徐的反复劝说，我们才走脱了。

二

离开老朱家，我们一路上沉默不语。

翻过了一条大沟，我们来到了豆家镇中学。走到校门口，两位校警拦住了我们，说什么也不让我们进去。幸好，校长是我昔日的同行，他赶紧上前解释了一番，才领我们进去。他在自己的办公室，详细介绍了这个学校的基本情况和目前存在的问题，也切合实际提出了很好的意见和建议，我们都认认真真记录在了笔记本上。

最令我们吃惊的是，在他的办公桌上看到了一本文学期刊《山枣花》。"山枣花"，多么熟悉，多么朴实，多么好听啊，简直像山里某个女孩的名字。我深深地知道，在沟壑纵横的西北黄土高原、渭北旱塬丘陵地带，山枣是一种极其普通的树，路旁崖畔沟边，坡坡坎坎，一棵棵，一丛丛，一片片，长得到处都是，随处可见。它的根系特别发达，生命力很强，就是在黄黄的干土里，细长的根也能延伸几米。它开的是黄花，细细的，米粒似的，结出的果实红红的，指甲盖大小，吃起来酸甜酸甜的，味道美极了。想到这里，我觉得"山枣花"这个名字不光有着土生土长的朴实，而且象征着一种山里人极其顽强的生命力。我翻开《山枣花》粗略浏览了一下。没有料想到的是，如此偏僻的地方，喜欢文学的老师和学生竟然这么多。

随后，我们来到了镇卫生院。院长是一个高个的中年男子。他介绍说，现在医院的硬件设施、医疗设备很到位，全院共有六名工作人员，三名医生、三名护士，有资质看病的只有他一人，其他都是临时雇用的，每月工资只有七百元，实在少得可怜，所以大部分人干上一段时间就拍屁股走人了，队伍

很不稳定。至于那些配备的设施根本没有人会用，一直闲置着，实在是资源的浪费，太可惜了。我们认真地记录下了他反映的问题。医疗设施配备到位，专业技术人员奇缺。

现实啊，多么让人感到无奈！这是关系千家万户的事情，也是最大的民生问题。

中心幼儿园是镇街道最鲜亮、最抢眼的单位，新校址、新校园、新校舍、新气象。走进校园，一辆新崭崭的校车引起了大家的注意。年轻漂亮、衣着得体、举止文雅的园长老师热情地迎了上来，她把我们领进幼儿园的一个小班。音乐响着，平板电视开着，一位更年轻的幼儿老师领着孩子们连跳带蹦，边歌边舞，非常投入，一群可爱的小孩子，跟着音乐的节拍，学着老师的动作，像模像样地唱着，跳着。

看着眼前的情景，大家情不自禁地感叹道："现在的孩子赶上了好时代，真是幸福极了！"恍惚间，在明媚的春光下，一群幼苗在我的眼前随风摇曳。

春天的确来了，这才是真正的春天。

三

走在路上，我们顺便到果园里和村级文化活动广场了解了一些情况。

最后，我们来到了镇政府会议室。镇党委班子成员、"两代表一委员"、离退休老干部、各村支部书记、学校医院的负责同志等方方面面的人都来了。会议的主要内容是给县委常委班子及其成员提一些在工作作风、贯彻"八项规定"、反对"四风"、践行群众路线、推动县域经济发展等方面的意见和建议，还有要解决的实际困难和问题。大家开诚布公，各抒己见，踊跃发言。一致的看法是，党的十八大以来，农村的变化越来越大了，老百姓的生活越来越好了，党群干群关系越来越和谐了，胡支乱花、铺张浪费现象越来越少了，来信来访、喝酒闹事的越来越少了，克勤克俭、埋头干事的人越来越多了。

同时，社会各界的来人都提了自己的意见和建议，以及急需解决的现实问题,我们仔仔细细梳理了一下,主要有惠农政策方面的,有产业发展方面的,有农民思想教育方面的,有村干部工资太低方面的,有乡镇卫生院、村级卫生室缺乏专业技术人才方面的,有体音美教师、幼儿教师奇缺方面的,有合疗费、养老保险费、社会抚养费、报纸杂志费硬摊硬派方面的,有村级债务方面的,有留守老人、留守儿童方面的,有农村环境卫生整治方面的,有村级文化活动广场、修路、饮水等设施建设不到位方面的,有撤点并校不合理、孩子上学难方面的……问题太多了,要赶紧整改。

一位市人大女代表面有难色地说了一件具体的事情。说是有一个六口人的家庭,爷爷奶奶、爸爸妈妈和姐弟俩。这个家在镇街道有两层门面房。儿媳妇出轨后伙同情夫杀死了丈夫,坐监狱了,两个年幼的孩子由爷爷奶奶拉扯着。不久,爷爷奶奶过世了,亲戚本家便一直照顾着这俩可怜的孩子。那个女孩子上高中了,她的弟弟还小呢。

这位人大代表最后说,能不能给姐弟俩办个低保?能不能免去他们的学费?

听了这话,会议室里的人们一下子愕然吃惊,都有点不敢相信自己的耳朵。这时,有几个人站了起来,含着眼泪说:“这是非常真实的一个事情,就在××村。”

我们所有人确确实实心动了,说真的,我当时立马走出会议室,擦掉了自己的眼泪。

后来,我又想了想,如果我们不深入实际访民情、听民声,怎么能遇到这非常特殊的一幕呢?

我是一棵小老树

前年秋天,八十九岁的邻居老妈仙逝,我回家奔丧。

大约是年龄的关系吧,当我静静地伫立在旧庄基还田后的空地上,亲眼看着沟边烟树葱茏的老村已经消失、已经不复存在的时候,我忽然感到心里好像被掏空了,失去了许多东西,一种从未有过的滋味,猛烈地袭上心头。接着,陈年往事便如一幕幕纪实连续剧,一集接一集地在眼前播放起来。

娘说,1968年阴历有个后七月。那个月的十六日,是邻居桃山伯和香竹妈结婚大喜的日子。到了半下午,人们看新媳妇、闹洞房。娘说,她感觉肚子疼得难受,回到家里,我就吱哇一声落草了。三岁的时候,家里锁了门,一根绳子把我拴在土炕上。不知啥时候,我弄断了绳子,从半人高的土炕上栽了下去,头杵在了地上,疼得我龇牙咧嘴。老鼠在窑洞里面哧溜来哧溜去,我害怕极了,就手里攥着爷爷的长烟锅,在地上爬来爬去。我双手狠劲摇着门,用烟锅敲着门,门哐啷哐啷响着。小燕子从窑洞的天窗里时而飞出,时而飞进,被惊吓得叽叽喳喳叫着。羊进圈的时候,屋外有了脚步声,我把头挤到门槛下,努力向外看,娘下地回来了。她扔下锄头,开了门,急忙抱起我,用手摸着我额头的大疙瘩,忽然泪眼婆娑。从那以后,每次下地干活,娘再也没有把我一个人往家里撂过。

娘说,二月二,龙抬头。先一天,娘就从门前沟里挖来一筐白土,细细捣烂,筛到大铁锅里,剥些玉米撒到锅里,噼噼啪啪地为我们炒豆豆。她用白土炒的豆豆个个开花,吃起来沙沙的、脆脆的、土腥味浓浓的,有种很难忘的味道。到了第二天,她向邻居借了手推子,站在窗前暖烘烘的阳光里,为哥哥和我理着头发。然后烧一锅热水,让我们洗头、洗脚。再换下穿了一冬的老棉袄,给我们捉虱子。娘每年都在菜园里种指甲花。花事正盛的时候,这些花很好看,红秆秆,绿叶叶,五颜六色,香气袭人。这时,娘就采了指甲花,找来白矾,放在石蒜窝里,一遍遍捣得稀烂。接着,就给我和哥哥的每个指头上涂上花泥,再用肥大的梧桐树叶子细心地包扎起来。睡一觉起来解开,指甲就捂好了。橘红橘红的颜色,鲜亮鲜亮的。

我知道,这就是娘的味道,家的味道,童年的味道。

在那野菜和水煮的日子里,我喝着她熬的菜糊糊、南瓜汤,吃着她蒸的麦麸黑馒头、玉米面糕、高粱卷卷、糜子饦饦,一天天长起来。老是觉得肚子饿,饥肠咕咕叫的感觉,让我没齿难忘。但我也无忧无虑,生活得很快乐,整天没远没近地乱跑。有时跟着大人们去放牛放羊,刨蝎子,拾柴火;有时跟着一群大孩子到沟里抓螃蟹,采冬花,挖柴胡;有时也串公社机关的后院拾垃圾,捡些骨头、烂鞋以及破铜烂铁,卖到收购站。快过年了,老队长就在村心的老槐树下喊:"分年货了!"这时,我们就拿着瓶瓶罐罐欢天喜地跑过去,为家里领了煤油、火柴、碱、盐、红糖、水果糖之类过年的生活用品。

八岁时,我进了书坊,在一年级吊儿郎当念了三年。

第一次,是我背着奶奶用碎布片七拼八凑做成的书包,被目不识丁的爷爷引到学校的。学校里状况很糟糕,缺教室,缺老师,缺桌凳,缺课本,缺纸张,一些曾经唱样板戏的高中毕业生,被请进学校当了老师,教室总共只有九间,几个年级挤在一起,往往六七个人围着一张桌子,坐的坐,站的站,有的还趴在木板或土台子上。老师好像经常不上课,只一味地教学生唱歌。其余时间就任学生胡打胡闹。所以,不几天,一群高年级的同学凶神恶煞似的走进来,揪住我胸口,啥话不说,就把我打得眼冒金星,鼻青脸肿,鲜血长流。学校野外有地,校园里种着菜,养着猪,很像个生产队。一年四季,学生似乎都忙着帮生产队收麦子、收玉米、收谷子、收糜子、收豆子,甚至到处扫羊粪豆、捡羊粪豆。那年,窑垴垴的大场里来了四川放蜂的人,我和几个小伙伴躲在一个遍地开满野花的土壕里,制作一个小木箱,里边放上融化的水果糖,再撒些白糖,养起了一只只小蜜蜂。期末考试时,我语文得了几分,数学得了零分,只能留级了。

开学时,一个伙伴带我藏到了半沟里的核桃树上。娘哭天喊地,把我从树上叫了下来,拉我去了学校。这年的忙假里,老师带我们去拾麦子。整整一个早上,我拾了五把麦子,放在一块麦地边上。结果,不留神,回家时,麦子竟然不翼而飞,我心急如焚,便和一个同学打闹起来。班主任老师气急了,骂骂咧咧,质问我拾的麦子哪里去了,跟着,不分青红皂白就扇了我两个耳光。我委屈极了,就头也不转跑回家,发誓再也不念书了。后来,班主任老师派几个同学来到家里,说是我拾的麦子找回来了,五斤重,卖了两毛五分钱,劝我把钱收下,赶紧去学校,快期末考试了。我赌气没有去。

新学年开始了,我吃了石头铁了心,宁折不弯。娘把我的耳朵拽得血流不止,我哼都不哼一声。无可奈何间,幼年孤儿、睁眼墨黑、长工出身的爷爷,硬拉着我去学校。半路上,他气得金刚怒目,捶胸顿足,失声痛哭,老泪纵横。最后,看着他两鬓苍苍、战战兢兢的情形,我一下子软了,崩溃了,突然伤心得号啕大哭起来。于是,我在一年级读第三年。这一年,学校经过考试,将一年级分成了甲乙两个班,班主任换成了邵国堂老师,我当上了甲班的班长。那一学年全公社一年级语数竞赛,我总分第一名,捧回了奖状。四年级统考时,我总分全公社第三。小学毕业升初中时,我又总分全乡第一。数学老师景红军曾不厌其烦地说,我有"压坏板凳"的学习精神,经常号召他的学生、我的师弟们向我学习。

说真的,从年幼无知到少年老成,我过早地背上了家庭的负担、人生的重轭!

在读书求学的路上,作为农民的儿子,我给灯笼火把的爷爷奶奶,给病恍恍的爹娘,给我的家人争了光。爷爷说,不吃苦中苦,难活人上人。我曾痴痴地想,为了这个家,为了我的亲人,我必须矻矻奋进、砥砺前行。否则,就枉来人世一趟。就这样,我慢慢地走上了读书改变命运的路子。

初中三年,我的头脑更清醒,意识更自觉,对自己要求更严格了。我决心破釜沉舟,拿自己的生命做赌注,背水一搏。我曾不止一次地暗暗对天发誓,自己的家庭和别人不一样,一定要自尊、自爱、自强、自立,务必考上学,跳出农门,让家人过上好日子。如果考不上,那就坚决不念书,回家种田,帮家人起早贪黑干活,减轻他们的负担。初三毕业,我总成绩居全县第七名,预选入围。可是,在等待复试结果的两个星期内,我却过得很纠结,很熬煎。我承认初试前,自己的头脑老是发烧,头疼得要命,记性越来越糟。复试时,头脑曾出现过断电卡壳的现象。但我又一遍遍否定了自己的判断。自我安慰说,倘若自己考不上,百分之九十的人也是考不上的。那几天,我吃饭不香,睡觉不甜,精神恍惚,走路都自言自语。我曾经产生一个可怕的念头,如果成绩不尽快公布,我一定会被折磨得发疯。有天晚上,我做了一个特别奇怪的梦,梦见一句极富诗意的话:"青枝绿叶金红果。"琢磨着这句话,我的心里顿时很释然。有志者,事竟成;苦心人,天不负。命运之神还是青睐我的,我梦寐以求的愿望终于实现了。

坐在通往县城的车上,第一次离开家乡,班车到高家梁入口处转弯的时候,我无意间扭头看到了高家梁像一条苍莽的老龙匍匐着。在离大路很近的垴坎下,有一孔低矮的土窑洞,窑洞旁边是一条土硷。不知怎么回事,我竟然强烈地感觉到,这地方有种久违的熟悉和亲切,觉得自己在这孔窑洞住过,在这条土硷上种过地。看到它们的刹那间,我欣喜若狂地叫出了声。车上的人们莫名其妙地望着我。当时,我十八岁,第一次离开家,来过这个地方吗?没有。在这里种过地吗?更不可能。我很疑惑。后来,我回到家里问起爷爷,他说那怎么可能。平娃啊,那是你上辈子的事。你没有喝过迷魂汤,太灵醒了。以后,莫要再对人说起,不然,你会头疼的。

爷爷的话,我一直记在了心里。但多少年来,不管是离开老家,还是回到老家,路过那里时,我总要不由自主地深情地望一眼。因为,那是我前世生活、今生经过的地方! 有我难以磨灭的记忆。

师范三年,我鬼使神差般地痴迷上了文学,曾如饥似渴地饱读了古今中外众多经典作品。从初中到师范毕业,我写下了几十万字的日记,曾满满地装了偌大一个纸箱。毕业后,我又回到了母校,先后教过小学,教过初中,当过教导主任。2002 年,我转行进城干起了行政工作。离开老家时,爹娘已过世多年,爷爷的三周年还没有过。五年后,也就是 2007 年的最后一天,腊月二十九日,瘫痪在床三年的奶奶离我而去。当时,我没有多么伤心,甚至感到很欣慰,因为她老人家的痛苦终于解脱了,终于永远歇下了。翻检遗物时,我看到在炕席下,她为我纳了十多双绣花鞋垫,有几双还没有纳完。端详着这些鞋垫,我再也按捺不住自己的感情,陡然悲从中来,放声号哭,几次昏厥过去。后来,邻居香竹妈也对我说,奶奶好着的时候,几乎每天下午五点都呆呆地望着村口,望着班车回来的方向,望着从班车上下来的人。望着望着,她眼泪就流下来了。我深深地知道,她虽然不会说,但她始终牵挂着我们,牵挂着她多少回给摩挲着脊背的重孙,牵挂着在她怀里牙牙学语的重孙女。

这就是我不会言语的奶奶!

一晃,我已到知天命之年。掐指一算,自己在老村足足生活了三十四年。虽然现在已经离开了十五年,但那份渐行渐远的记忆却一浪一浪地涌上心头。于是,从老家奔丧回来之后,我就利用周末和节假日,拿起笔来,一鼓作气,以"老村记忆"为主题,以讲故事的形式,用童年、少年的视觉,原汁原味地记录了那年那月那人的原生态生活图景。这些文字,我相继上传到了空间里,竟然引起了全国各地许多网络朋友的密切关注,有不少网友还私聊我,谈感受,说体会,表达他们的真知灼见。最后的结果是我怎么也想不到的,大千世界,芸芸众生,我的文字拥有了可观的读者群落和粉丝群落。

　　有一天,妻子跟我开玩笑:"你感冒咳嗽,打个哈欠,都有粉丝跟呢。"上初中的女儿在旁边接着诙谐地说:"爸,看了你写的书,我班上几个同学都成你的粉丝了,要加你为朋友呢。"是吗? 这也许就是文字的光芒,就是思想的力量,就是精神的正能量呢。我心里很清楚,自己区区一介穷书生,凭什么呢? 我想了想,正是自己用掏心掏肺的真爱、真诚和真情打动了他们,甚至震撼了他们。所以,去年四月份,一个网名"追忆逝水年华"的山西网友,名叫于文红,是位老师,她看到我准备出书的消息后,在世界读书日那天,为我慷慨地资助了五千元。7月份,我的学生景参军,又雪中送炭,毫不犹豫地资助了我一万六千元。说一句很骄傲的话,我2013年出了第一本散文集《生命之花》,许多熟人朋友阅读后,觉得接地气,生活味很浓,很喜欢。所以,他们就一直很关注我的业余创作,一见面就问我再写书了没有。有一天,县教育局原党委书记、我的老领导、忘年交张贵森来到我的办公室。在谈到这本书的出版情况时,他不但热情地鼓励我,帮助我出主意、想办法,而且还亲自托朋友,找熟人,说是看能否寻求一点儿赞助。当时,我的心里一下子热乎乎的。他们那暖心的话语,让我刻骨铭心,非常感动。书稿编辑整理结束后,我拜请原咸阳市作协主席杨焕亭,咸阳市文联办公室主任、咸阳市诗歌协会主席秦力为这本书作序。他们也毫不推辞,百忙之中,披阅书稿,为我的散文集写出了很生动很精彩很深刻的序。临出版前,我的乡党、我的师弟,中共永寿县委常委、宣传部长杨军荣,百忙之中,披阅了书稿部分内容,给予了我最大的鼓励,使我最终下定了决心,尽快把书出版。

　　这说明什么呢? 说明这个世上,好人总是一大片!

　　谢天谢地! 谢谢所有远处的身边的有情有义的乡党们、朋友们! 我是非常幸运的! 我的福报还真不少! 有一句古话这样说:"天行健,君子以自强不息;地势坤,君子以厚德载物。"因此,我只有永远执着地活着,感恩戴德地活着,才能不辜负他们,才能对得起生我养我几十年的这片土地,对得起这片土地上所有善良的人们。哪怕我下世结草衔环,变驴做马,变鸡下蛋!

就这样，在朋友们的鼓励下，我在这本书稿里，利用业余时间编辑出了"家族之忆""老村之殇""城市之痒"三大板块。其中，家族系列板块有《寻找老辈人的仙踪》《那年月，爷爷在林场》《菜园小记》《腊月·正月》《祖母和她的那群鸡》《祖母·纺车·织布机》《父亲的魂在我身边》《昨夜父亲入梦来》《长兄比父》《妹子、狼和小羊》《田五八爷》《邻居老妈》《臭臭嫂子》《老队长逸事》《球娃哥》……老村系列板块有《北村纪事》《老池记忆》《村心的老槐树》《别了，我的辘轳和井》《我的梧桐老村落》《从前的那群羊》《红马白马和黑马》《梦回阳坡崄》《火热的乡村麦场》《马车夫》《鸟儿与村庄》《燕子和我是邻居》《仰望老鹰降临》《怀念麻雀》《戏园春秋》《乡村老电影》《那些看电视的碎事》……城市系列板块有《周末的流浪》《走进渭滨公园》《动物园游记》《欢聚在咸阳》《生命之露》《"枪手"的滋味》《一把花布伞》《春天，就在我的生活里》《四月二十三日的福缘》《师生有缘》……

特别是"老村之殇"专题竟然有四十篇二十六万字。值得庆幸的是，我终于可以对生我养我几十年的老村有所交代了。说一句老实话，我觉得最大的感受是，虽然进城十几年了，那些事情也过去了三十多年，但我越写越觉得，自己的思想、性格、气质、为人处世的方式，始终都带有老村人的基因，我的父老乡亲们的所作所为始终都带有时代的烙印。他们的勤劳，他们的善良，他们的真诚，他们的纯朴，他们的坚忍，他们的乐观，甚至他们的木讷，他们的倔强，他们的忍耐，他们的卑微，他们的怯懦，他们的务实，都始终深深地影响着我的人生。所以说，不论自己在哪里，我都没有真正离开过老村的那片土地，离开过那片土地上的父老乡亲，离开过我的兄弟姐妹们。

这是一种血浓于水的亲情！是一种天上人间的缘分！是一种根深蒂固的情结！是一种我与生活、与人生、与世界关系的见证！说到底，这也就是我的世界、我的人生，以及我的平常心！

想到这里，我突然感觉自己就是长在渭北高原老村原野上的一棵小老树，颤动着蓬蓬枝叶，呼吸着茫茫大气，聆听着滚滚雷火，享受着滴滴雨露。

那生命的根啊,深深扎进土里,吸吮着来自那片贫瘠土地上的乳汁。刹那间,一股强劲的原始的冲动在血管里奔突起来,径直充溢了我的全身。

为此,我斟酌再三,给这本散文集取名"生命之根"。

不久,我的画家老朋友安君康先生,提笔挥毫,浓墨重彩地为我画了一棵郁郁苍苍的小老树,以示祝贺。我也在此深表谢意。